[illegible]

Nuova Narrativa Newton

19

Prima edizione: febbraio 1999

Roma, Casella postale 6214

ISBN 88-8289-207-7

Fotocomposizione: GI Grafica Internazionale, Roma
Stampato su carta Ensolux della Cartiera di Anjala
distribuita dalla Enso s.r.l., Milano
Stampato e allestito nel febbraio 1999 presso la Legatoria del Sud s.r.l., Ariccia (Roma)

Corrado Calabrò

Ricorda di dimenticarla

Newton & Compton editori

Avvertenza

I fatti, i giudizi, i comportamenti e le parole riportati, pur se riferiti a persone realmente esistenti, sono tutti inventati. Questo non è un romanzo storico e meno che mai cronistorico: anche la pseudo cronaca è un riporto della fluitazione onirica del racconto. E – come ha scritto Freud – "*l'invenzione, l'arte non sono che un sogno a occhi aperti*". "*Un sogno guidato*", gli ha fatto eco Borges (*Il manoscritto di Brodie*, Prologo).

Prologo / epilogo

«L'immaginazione *conserva* una verità
che è incompatibile con la ragione».
SIGMUND FREUD

«Non hai più altra felicità da darmi;
bene! *Hai ancora la tua pena...*».
LOU VON SALOMÈ, *Inno alla vita*, 1887

Eh sì, questa volta era diverso. Nell'affidare il braccio all'anestesista non aveva sentito nelle vene la ragionevole fiducia di altre volte. E ora se ne stava rincantucciato in un estraniamento tutto suo, invincibile quanto il sonno quando si sogna di dormire. Portava addosso – sulla cassa toracica, sull'addome, nello sfinimento delle membra, nel sangue ispessito – il corpo inerte dei suoi cari e questo lo appesantiva enormemente. Percepiva come fosse un altro l'affanno di affiorare dal limo greve della sua incoscienza e il suo aggravarsi nuovamente al fondo. Gli parve di cogliere che parlavano volutamente di lui a voce alta per fargli notare quanto erano sicuri che non li sentisse. Li sentiva invece, solo che non aveva voglia di esserci. Del resto, anche se avesse voluto, non avrebbe potuto parlare: aveva la lingua imbrigliata da un cordone di carne, come nel travaglio del parto o nel nirvana, o nell'estasi del Tao. Già è così difficile uscire dal corpo della madre; chi può farci venir fuori dal nostro stesso corpo? Doveva stare attento a non uscire dalla sua identità, senza però rivelarla. Provò comunque a superare lo stadio prefasico arrampicandosi lungo il cordone ombelicale, alla maniera degli acrobati che salgono verso il trapezio. Ma avvertiva una grande spossatezza. E non finiva mai la risalita: come quando, da trenta metri sotto, aveva riportato su un compagno d'immersione avviticchiato al collo come un polpo, scambiando con lui il respiratore, bocca a bocca, e sostando un tempo interminabile ogni dieci metri per rallentare la decompressione delle arterie ingorgate dall'azotemia. Non aveva più quello spirito sportivo, non aveva più niente da dare. O forse semplicemente era impacciato. Aveva smarrito l'abitudine di affrontare quotidianamente la vita; l'aveva lasciata andare alla deriva come un vuoto a perdere, senza nemmeno la velleità furtiva di rilasciare alle onde – nell'ora più desolata che precede l'alba – un messaggio (per chi?) galleggiante in bottiglia.

Ma certo, pronunziavano *apposta* il suo nome; per tutta *risposta* – per fargli intendere per le rime che aveva capito che con quel nome si riferivano proprio a lui ma che non lo avrebbe ammesso – strinse la mano che lo tratteneva. Era una mano di ragazza quella che lo tratteneva sulla soglia del bisogno profondo di dormire. Una ragazza in età puberale. Come faceva a saperlo così ad occhi chiusi? Lo sapeva, lo sapeva da un altro livello dell'essere. Giungeva chi sa da dove quella consapevolezza. Morbide e placide onde cerebrali s'allungavano una sull'altra, come cera fusa. Ritornava onda a onda nella vista interiore quel volto, entrava onda a onda nell'udito, come un ultrasuono, quel nome mai più pronunciato. Fluiva, onda a onda, nella mente come un male dell'anima. Cosa può restituirci l'attesa di un altro giorno, quale rigenerazione, per un naufrago, se non essere raccolto per mano – al risveglio su un'altra spiaggia – da Nausicaa?

Il Tevere si snodava in pigrissime anse alle falde del rialzo terroso di piazza delle Muse, come un rettile che scorra scagliosamente dentro la sua pelle. Splendeva sulle pendici dei Parioli il sole adamantino di gennaio; attraversando i vetri, raggelati nella guancia esterna, soffondeva la stanza di una luce da acquario e irrorava i ripiani metallici e di laminato plastico del *Quisiplaca* di un chiarore tra l'acqua marina e il quarzo di rocca.

Capitolo primo

Il peperino s'inazzurrava come pietra serena, ai raggi inclinati dell'attardato pomeriggio di fine agosto. La piscina s'era quasi svuotata e non si sentiva più la pipinara,[1] ma c'erano ancora gruppetti ai bordi e, più numerosi, sparsi nei paraggi, sul prato all'inglese, tra i pini, le magnolie, i cespugli di ibischi e di lantane.

Era la più bella piscina di Roma e forse d'Italia.

Leda stava semisdraiata sul lettino, accerchiata da tre-quattro giovani accovacciati e da un paio di uomini seduti sulle sedie. Aveva un costume intero, di un tessuto che sembrava pelle, o meglio pelle d'uovo, aperto sui fianchi, enormemente sgambato. Cercavano – specialmente i meno giovani – di essere spiritosi a ogni costo e lei di tanto in tanto rideva, rovesciando indietro la massa dei capelli biondi. Aveva capelli fortissimi, grossi come spighe.

Alceo stava con un ginocchio sul bordo della piscina, il cronometro in mano. «Ventisei e otto», disse rialzandosi.

Valerio poggiò le mani sul bordo e si tirò su, sgocciolante.

Al gruppetto intorno a Leda si erano aggiunte un paio di ragazze, ma gli uomini tenevano tutti gli occhi incollati su di lei.

«Sai quella della madre superiora e della conversa?», chiese Andrea Pellecchia. «Avevano portato al pronto soccorso un marinaio, per una coltellata all'inguine. La madre superiora aveva assistito alla prima medicazione, poi l'aveva lasciato con una giovane conversa, in attesa del ricovero nel reparto. Mentre lo portano via, la madre domanda alla ragazza: *"Hai visto che strano tatuaggio ha?"*. *"No, cosa?"*, fa la conversa. *"Ha tatuate le lettere A e M"*. *"Dove?"*. *"Proprio lì"*. *"Lì sul...?"*. *"Eh sì! A M. Chi sa che vorrà dire? Forse ammini-*

[1] «Chiasso di bambini».

strazione militare". "*Ma, madre*"», fa la ragazza, "*non c'è scritto A M. C'è scritto AMSTERDAM!*"».

Risero, guardando Leda, anche se alcuni l'avevano già sentita. Leda sembrò che non l'avesse capita. Le piacevano le barzellette spinte, ma non gradiva i riferimenti troppo espliciti. Se poi l'argomento era il membro maschile diventava di colpo seria.

Alceo si librò a sua volta nel tuffo di partenza.

Le lastre di peperino avevano riflessi bluastri che prolungavano la superficie della piscina a sfioro: cinquanta metri di lunghezza, ventidue di larghezza; una signora piscina. Ma l'incantamento era che, stando immersi, la piscina sembrava dilatarsi; non si distingueva più il bordo e l'orlo liquido sembrava estendersi a tutto il lastricato.

Una volta a Olbia, di notte, Alceo e Leda erano giunti per imbarcarsi all'ultimo momento, sotto la pioggia scrosciante. Il piazzale e il molo erano allagati. Facendo retromarcia non s'erano accorti, per i riflessi, che la banchina era terminata e furono lì lì per finire con l'auto in mare. Erano rimasti in bilico sull'ultimo lastrone: col fiato trattenuto, senza osare dare gas, lui aveva visto lei scendere dalla macchina come in *un sogno a occhi aperti*, col passo sospeso a mezz'aria.

Leda si alzò dal lettino con passo danzante.

Valerio era rimasto inchiodato a guardarla.

«Quant'ho fatto?», domandò Alceo, appoggiandosi al bordo.

«Ti dispiace rifarla?».

Gli dispiaceva, sì; doveva aver fatto un buon tempo.

Leda passò a poca distanza. «Io me ne vado», disse.

«Faccio quest'ultima vasca e ti raggiungo», le gridò Alceo, mentre s'allontanava.

Il presidente del club le andò incontro, le baciò la mano e l'accompagnò oltre l'uscita, fin dove Leda aveva parcheggiato la macchina, in via Eraclito.

Valerio era sempre con un ginocchio per terra. Fece appena in tempo a far scattare il cronometro mentre Alceo aveva già spiccato il tuffo: «Ventisette e due».

Con spalle larghe e vita stretta, affusolato dalle correnti dello Stretto, Alceo aveva un'acquaticità migliore di Valerio. Ma sulle distanze brevi la muscolatura da normotipo di Valerio aveva la meglio. Per lo meno quell'estate.

Capitolo secondo

Maturità classica a sedici anni, laurea a venti non compiuti, Alceo era sempre riuscito a scuola con facilità irrisoria. Non studiava neanche molto, tutto preso com'era dalle sue letture; e dallo sport. Lo sport era la sua fissazione. Ragazzo allampanato, ci s'era incaponito. Predisposto naturalmente per il nuoto, aveva fatto anche ginnastica e lotta greco-romana; quell'anno aveva cominciato a frequentare la pista d'atletica, dove era passato dai quattrocento agli ottocento. Risultati così e così, nonostante il grande fiato.

Era lì, allo stadio, che aveva visto Leda. O aveva creduto di vederla.

Un giorno era rimasto a bocca aperta a guardare una ragazza che volava sopra gli ostacoli. Una levità incredibile e due gambe mozzafiato che il costumino scosciato prolungava fino ai fianchi. Aveva chiesto il suo nome. «È una nuova, una slava», gli avevano detto. Finalmente l'aveva saputo dall'allenatore: Leda Lambrovich. «È magica, una dotata come non ho mai visto, ma non le va di allenarsi, se fosse per lei verrebbe solo per le gare. È la numero uno sugli ottanta ostacoli e nel salto in alto; ha appena fatto il record regionale. E potrebbe fare benissimo anche i cento o i duecento. Ma non posso togliere il posto in squadra a quelle che ci danno sotto tre volte alla settimana, per metterci lei che non viene mai».

Pensava di non rivederla tanto presto. Invece l'aveva rivista la settimana successiva. Provava i duecento. E ancora il giorno dopo mentre faceva il salto in lungo. Gli era sembrata più donna, le gambe sempre slanciate ma che il costume da allenamento più castigato faceva apparire meno lunghe rispetto al busto. E portava gli occhiali; la prima volta non se n'era accorto.

Non sapeva come abbordarla; era stato assalito da un'improvvisa timidezza. Finalmente si buttò: «Leda», la chiamò mentre passava. Lei tirava dritto. «Leda!». Raccolse la tuta per seguirla.

«Dici a me?».

«Sì, perché non ti chiami Leda?».

«Veramente di solito mi chiamo Wanda».

Rimase come uno stupido. Ma l'attese fuori degli spogliatoi e l'accompagnò a casa.

Wanda aveva cinque anni più di Leda ed era al primo anno di università Non erano slave, erano triestine.

All'opposto di Leda, Wanda non amava il ballo. A Leda era l'unica cosa che interessasse; e ballava divinamente. Volteggiava nel boogie-woogie a due metri d'altezza sulla testa di quello spilungone di suo fratello come lanciata e ripresa da un elastico. Alceo invece era impacciato, trovava pedissequo muovere i piedi a comando; e d'altra parte, malgrado un buon orecchio, tra il suo corpo e la musica non c'era percussione diretta, quella risonanza immediata che c'era invece in Leda.

Con Wanda, Alceo faceva lunghe chiacchierate, anche sulla barca a vela: parlavano di Svevo, di Kafka, di Proust, di Bergson. O meglio era Alceo a parlare e Wanda lo ascoltava profondamente. Leda veniva anche lei in barca, una volta sì e due no, ma se ne stava sdraiata sul bordo, a pelo d'acqua, con lo sguardo cristallino, impersonale. Si usavano costumi di lastex, ma Leda ne indossava spesso uno di lanetta che le si ritirava sui glutei, lasciandoglieli scoperti, specie quando fuoriusciva dall'acqua.

A settembre Wanda regalò ad Alceo *La Recherche*, uscita da poco in edizione di lusso Einaudi. Proust, Alceo l'aveva scoperto da solo, in libreria, in francese, in un'edizione Gallimard nella quale mancavano due volumi. La leggeva in piedi, in un angolo, con la tolleranza del libraio.

All'elezione di *miss Costa viola* Wanda proprio non avrebbe voluto andarci. E nemmeno Alceo. Ma si sarebbe ballato e Leda e suo fratello non sarebbero mancati certamente. Finirono per andarci tutti e quattro. Leda era vestita semplicemente, con una gonna svasata e le scarpe basse come Audrey Hepburn in *Vacanze romane*. Eppure, dalla giuria qualcuno insistette che si presentasse anche lei. Vestita, e vestita così, perdeva molto; il corpo appariva ancora più acerbo e i fianchi spropositatamente alti, ma i suoi occhi oblunghi, di un blu indaco, catturavano l'anima.

Fu eletta con un tifo da stadio, nonostante i contrasti nella giuria. Ma a Leda interessava solo ballare. Ballò e ballò, prima e dopo l'elezione. Alle tre di notte Wanda non volle saperne più oltre e con un peso nel cuore Alceo l'accompagnò a casa. Leda rientrò alle sei del mattino, accompagnata in vespa da un certo Renato. Quello sciagurato di suo fratello l'aveva lasciata sola, a quindici anni.

Renato aveva qualche anno più di Leda. Alceo l'incrociò due giorni dopo sulla porta di casa Lambrovich: usciva mentre lui entrava.

Wanda preferiva che Alceo l'andasse a trovare di mattina, quando Leda era a scuola e loro potevano starsene nel salottino, con la porta chiusa (non a chiave). Ma Alceo faceva di tutto per andare nel pomeriggio. Si mettevano nel soggiorno, ch'era tutt'uno con la zona pranzo.

Leda avrebbe dovuto fare i compiti, ma spesso stava buttata sulla poltrona-letto con in mano un giallo o le parole crociate. Lei, di solito così menefreghista, quando faceva le parole crociate era peggio di un battipalo: «Il fondatore di Troia; tre lettere. Fu imperatore romano, ma avrebbe voluto essere poeta; sette lettere». Da quando aveva scoperto che era forte nei riferimenti classici, Alceo aveva acquistato per lei una qualche importanza. Assumeva posizioni disinvolte. Stando semisdraiata tirava su le ginocchia e la gonna le scopriva le cosce, a volte scabrosamente. Wanda non faceva che riprenderla, ma lei rispondeva: «Che c'è? Non rompere!».

Un giorno che Wanda gli aveva detto che sarebbe andata all'università, Alceo finse di sbagliarsi e andò a trovarla. Il portone in basso, sulla strada, come sempre era aperto. Il cuore gli batteva colpi di maglio mentre saliva le scale. Suonò al portoncino d'ingresso ma nessuno rispose. Suonò ancora. Poi, dopo aver fatto passare, secondo per secondo, cinque minuti sull'orologio, suonò ancora una volta. Intuì, più che sentire, un passo soffice e leggero come quello dei gatti: non poteva essere che Leda.

«Sono Alceo».

Leda non aprì: «Wanda non c'è, è all'Università, non te lo ha detto?».

Il cuore gli andava come un treno nella notte, mentre ridiscendeva. Si appoggiò al muro della casa di fronte. Poi si spostò di lato, in modo da non poter essere visto dalle finestre di casa Lambrovich. Si prese in mano il polso: centocinque battiti. Aspettò mezz'ora, poi un'altra mezz'ora, poi dieci minuti, poi altri dieci minuti, poi ancora cinque. Finalmente si decise ad andarsene. In quel momento vide Renato uscire dal portone.

Tornò l'indomani, alle tre del pomeriggio.

«Wanda è uscita». Leda stava dietro la porta socchiusa con addosso solo una maglietta. Aveva una patina di sonno sul viso.

«Posso aspettarla?».

«Non so quando torna; è andata dal parrucchiere con la mamma».

«Mi leggerò il giornale».

Qualche attimo, un'eternità; poi aprì completamente la porta. Alceo la richiuse senza voltarsi. Leda lo precedeva nel corridoio. Ebbe l'impressione, nella penombra, che la maglietta nel camminare le scoprisse un po' i glutei, come il costume in barca. Ma forse s'era sbagliato. Si sedette nel soggiorno. Sperava – sperava tanto – che venisse a sdraiarsi sulla poltrona-letto. Ma se n'andò in camera sua.

Faceva proprio caldo, nel soggiorno. Ma aprire le porte-finestre sarebbe stato peggio. Il sole batteva contro le imposte socchiuse. Alceo guardava il pulviscolo in sospensione che formava due parallelepipedi di fronte agli spiragli delle imposte. Si accorse, sollevando il giornale, che le righe gli ballavano davanti. Una grossa goccia di sudore gli cadde nell'occhio.

Sentiva di non reggere più. Si alzò e fece qualche passo nel corridoio verso la camera di Leda: «Vuoi che ti aiuti a fare le parole crociate?». La sua voce gli era risuonata all'orecchio innaturale.

Nessuna risposta. Si sentì un intruso, un bavoso.

Ma non poteva fermarsi, a costo d'essere cacciato via a calci nel sedere. La porta della camera era aperta. Alceo si fece avanti sulla soglia.

Leda stava supina sul letto con le gambe flesse e un libro in mano. Tirò giù le gambe, ma non così alla svelta che Alceo non vedesse che aveva le mutande. Leda non spostò gli occhi dal giallo che stava leggendo, ma il viso le s'indurì.

Alceo si sedette sul letto in fondo, vicino ai suoi piedi. Leda continuava a reggere il giallo davanti alla faccia. Teneva le gambe unite. Con una mano aveva tirato giù la maglietta: ma le copriva appena il pube.

Alceo le poggiò una mano poco sopra il ginocchio. Leda non se ne diede per intesa; continuava a leggere il suo giallo. Spostò la mano più su, a mezza coscia, sul culmine della rotondità. La pelle di Leda era come seta; il quadricipite, benché poco marcato, era trofico ed elastico come i muscoli dei felini. Aveva un corpo da diciassettenne, non da quindicenne. Ma il seno, ancora in boccio, ne tradiva l'adolescenzialità.

Alceo diede una sbirciata al volto, seminascosto dal giallo: aveva un'espressione contrariata, scostante. No, non era il caso. Meglio fermarsi lì. Ma non poteva staccare la mano dalla coscia di lei: gli tremava senza che potesse controllarla. Sentiva i muscoli della coscia fluidi e gonfi come se fossero ripieni d'acqua in pressione. La pelle era levigata da capogiro; era fresca, o forse era la sua mano che scottava.

Si alzò senza parlare e attese un momento. Voleva trovare qualcosa da dire ma Leda continuava a ignorarlo.

Stava per aprire la porta d'ingresso quando sentì girare la chiave nella toppa. Pensò in fretta a qualcosa da dire a Wanda e a sua madre. Ma non erano loro. Era quello stronzo di suo fratello Alfredo, Fred per le fans, che lo guardò di traverso. Piaceva alle ragazze perché assomigliava a Gary Cooper e ballava in maniera fantastica. Ma Alceo gli stava antipatico; ed era ricambiato con interessi anatocistici.

A ottobre Alceo divenne assistente ordinario del professor Berrafato, letteratura contemporanea, e lasciò la supplenza che aveva al liceo. Accompagnava qualche volta Wanda. Era ancora quasi buio quando prendevano la nave traghetto per Messina. Se ne salivano sul ponte più alto e se ne stavano lì stretti stretti. Al ritorno lo Stretto era ricoperto da una scaglia dorata: altro che il Corno d'oro! Una lamina vibrante come mica si spandeva con una larga ansa fino a Scilla e oltre. Entrava negli occhi e nell'anima colmandoli, così come una notte aveva avuto l'impressione di entrare e sperdersi nel cielo nero, stellato, mentre se ne stava disteso al buio, sull'Aspromonte. La stessa sensazione dicono si avverta nel deserto. Qualcosa di simile Alceo aveva provato, in fiction, nella proiezione al planetario.

Erano ricominciati anche gli allenamenti allo stadio. Ma Alceo aveva mollato. Stava lavorando a un saggio sulla subliminarietà nella letteratura italiana del dopoguerra e scriveva ogni tanto qualche recensione per «Il Messaggero». Wanda, invece, aveva ripreso regolarmente. Leda, manco a parlarne.

Aveva provato due o tre volte, Alceo, ad andare a casa Lambrovich nei pomeriggi che sapeva essere di allenamento delle ragazze.

Aveva trovato sempre la signora Wilma, la mamma di Wanda e Leda: una donna alta con due occhi d'un azzurro cobalto, così lunghi che senza volere si restava soprappensiero a guardarli. L'aveva invitato gentilmente ad entrare; ma Alceo si era scusato.

C'era tornato quel pomeriggio vergognandosi come un ladro.

Sulle scale incontrò Renato, che scendeva di fretta. Alceo notò ugualmente che aveva un rigonfiamento lì, nei pantaloni.

Come giustificare la sua visita? «Non me ne frega niente», si disse Alceo e proseguì per le scale con la stessa risolutezza di quando, in gara, tirava spalla a spalla con un avversario.

Leda gli aprì la porta senza una parola e l'accompagnò nel salottino. Lei, invece, se n'era andata nel soggiorno. Dopo qualche minuto Alceo la raggiunse di là.

Leda stava sulla poltrona-letto allungata con lo schienale inclinato, e teneva in mano aperto un libro di storia. Aveva i piedi puntati sul sedile e le ginocchia sollevate; la gonna a pieghe le era scivolata un po' giù lungo le cosce.

Alceo si fermò a metà stanza. Leda aveva le gambe un po' allargate, come se non si fosse accorta della sua presenza. Il cuore gli pompò a vuoto: era senza slip!

S'inginocchiò ai suoi piedi e affondò il viso in mezzo alle sue cosce, con la testa semicoperta dalla gonna. Appoggiò le labbra alla boccuccia di Leda e – piano, piano, lentamente, molto lentamente – le schiuse con la punta della lingua le grandi labbra. La vulva ebbe un fremito. Leda gli mise una mano sulla nuca e lo strinse a sé.

Alceo si sforzava di concentrarsi nella sua monografia. Ma un trapano rovente gli arrovellava le tempie. La boccuccia segreta di Leda rassomigliava a quella su tutti i manifesti di Brigitte Bardot. Le piccole labbra formavano un'increspatura turgida che ricordava il labbro superiore di Brigitte, assumendo quell'espressione di piccolo broncio che rendeva indimenticabile la sua bocca.

Il primo problema era stato Wanda, così cara, così dolce, così giusta per lui. Ma poi il problema era stato piuttosto Leda. Si vedevano ormai di nascosto da un anno e mezzo quasi tutti i giorni, di corsa, e quando Leda faceva sega a scuola stavano insieme tutta la mattinata nell'appartamentino di Alceo in via Fata Morgana.

Qualche volta Alceo l'aveva portata, in moto, alla sua casa di campagna *La Sena*[1] ad Altafiumara.

Era una casa smisurata e scombinata al tempo stesso. Costruita sopra e attorno ai resti di un castelletto semidiroccato, era cresciuta disordinatamente. Terrazze e terrazzini da ogni dove, senza alcun criterio architettonico, poggiavano a volte su murature di pietra o mattoni ma più spesso digradavano sul terreno sottostante che poi, intridendosi d'acqua per qualche forte pioggia, si riassestava qua e là provocando lesioni e crepe nel terrazzamento. Trentadue stanze, molte delle quali non collegate direttamente tra loro. Dei radi e casuali corridoi, alcuni – chi sa perché – avevano le pareti di tela anziché in muratura, come le pareti in carta di riso delle case giapponesi. Al di là di quelle pareti-paravento Alceo aveva visto passare come un'ombra cinese lo zio Leandro che rientrava a notte fonda col fucile in spalla reggendo il lume a petrolio. Anzi non propriamente lui, la sua sagoma, o piuttosto *l'idea* platonica del cacciatore. Adesso dei tramezzi in tela restavano solo brandelli fuligginosi pendenti dal telaio in legno che, se si spalancava una finestra, si dissolvevano in polvere come affreschi sotterranei esposti improvvisamente all'aria dopo secoli di tombamento. Alla maggior parte delle trentadue stanze si accedeva non dall'interno ma da due scale e da numerose scalette a chiocciola incassate nei muraglioni, forse preesistenti alla casa e che Alceo conosceva come un gatto. «Trentadue, come i dolori di zia Mena», soleva dire zio Leandro, scapolone che, quando Alceo era bambino, avrebbe dovuto

[1] Denominazione in dialetto calabrese; in italiano, «La Noria».

occuparsi degli estesi vigneti suoi e dei fratelli Filomena ed Elpidio, padre di Alceo, ma che di fatto trascorreva gran parte del suo tempo perdutamente a caccia. Per casa gironzolava una dozzina di cani da caccia: pointer, setter, bracchi e un paio di spinoni. Anche zia Mena girava da una stanza all'altra con una foglia di lattuga bollita dentro la guancia, afflitta dal mal di denti. Si sfogava rifilando ai cani qualche colpo di scopa. I gabinetti di decenza erano stanzini minuscoli costruiti sui terrazzi e terrazzini con l'aria di strutture precarie come i baracchini balneari.

Da ogni parte la vista era sul mare, su quel braccio di mare in cui lo stretto tra Calabria e Sicilia si allarga, lì dove lo Ionio trasmuta nel Tirreno. La spiaggia cominciava dove finiva il giardino, cinto da un muro di robustezza ciclopica che aveva resistito pure alle mareggiate; ma nel corso di decenni la sabbia portata dal vento si era depositata, velo a velo, sul terreno, insabbiandolo inesorabilmente. Uno dopo l'altro gli aranci erano morti; ne restavano alcuni, allo stremo, nella fascia più interna del giardino. Gli alberi di limone, invece, nei grandi vasi e nelle fioriere di pietra sui terrazzi, erano in buona parte sopravvissuti ma avevano le foglie pallide, come estenuate. Leda ne staccava i grossi frutti giallo oro antico che sembravano cedri e li addentava come mele; le piaceva enormemente quella casa abbandonata, con le agavi e i fichi d'India cresciuti spontaneamente sui terrazzi fin dentro i gabinetti dalle porte divelte.

Fu lì, affacciati sul mare, che Alceo accennò a Leda che forse avrebbe dovuto trasferirsi a Roma. Leda non aveva fatto una piega, come se la cosa non la riguardasse. Restarono a lungo appoggiati al parapetto, in silenzio, Alceo nervoso, Leda assorta.

Lì, dove a sud sfocia nello Ionio, il Tirreno non ha più i suoi viola abissali. D'un azzurro cangiante in superficie in un verde-azzurro più asprigno, sciabola subitanee lame di acciaio nei fianchi delle sue onde innervosite dalle correnti. Lo Ionio, invece, arriva più calmo e più riflessivo al connubio: grandi lastroni di cristallo fondente si spandevano, sprofondando lentamente, su un fondale di velluto blu.

Le cose vennero una di seguito all'altra. Il professor Berrafato era passato, per chiamata, alla Sapienza a Roma. Alceo, che l'anno prima aveva preso la libera docenza, ebbe l'incarico annuale di docimologia, in sostituzione di un professore in sabbatico.

Impazziva al pensiero di lasciare Leda a Reggio. Andava ancor più di rado allo stadio, ma era sempre la migliore. Di tanto in tanto faceva una trasferta: aveva vinto anche negli interregionali a Napoli sugli ottanta ostacoli e avrebbe vinto anche nel salto in alto; ma avevano fatto gareggiare la specialista, che era arrivata terza. Andava meno spesso a ballare; ma ci andava, anche perché suo fratello Fred provava non poco sfizio a fare numero con lei. E aveva i ragazzi intorno, come mosche. Quando usciva dal liceo ne aveva un nugolo, da ogni lato. E anche i professori si ringalluzzivano tutti quando l'interrogavano: il che la rendeva più strafottente che mai.

Alceo pensò di rinunziare all'incarico a Roma. Poi un giorno, con la determinazione di un killer, andò a parlare alla mamma di Leda. Sapeva che Wanda non c'era, ma Leda sì. La signora Wilma si mostrò meno sorpresa di quanto Alceo si aspettasse del fatto che fosse venuto a parlarle di Leda anziché di Wanda, ma più sorpresa di quanto Alceo potesse attendersi del fatto che la volesse sposare.

«Ma è una ragazzina!». Chiamò Leda: «Ma tu ti sposeresti davvero? Ti metteresti questo peso sul collo alla tua età?».

Leda non rispose nulla.

Il giorno appresso passarono la mattinata nell'appartamentino di via Fata Morgana. Fecero l'amore cinque volte. O meglio lo fece Alceo perché Leda partecipava svogliatamente.

«Mi vuoi sposare?», Alceo stava per terra, come quella volta accanto alla poltrona-letto.

«Non esiste», rispose Leda.

Quello che sconvolgeva Wanda non era che Leda fosse sua sorella. Era che uno come Alceo potesse preferirle quella ragazzetta, un'infingarda che leggeva solo gialli e che lei aveva sempre tenuto fuori del giro delle sue amiche, anche di quelle dell'atletica leggera. Era caduta in una depressione nera; era rimasta scossa per sempre nella sua fiducia in se stessa e negli altri.

Alceo era partito da solo per Roma. Scriveva a Leda una lettera al giorno. Ricevette risposta due volte soltanto. Aveva intensificato la collaborazione al «Messaggero», di cui un suo zio, Mauceri, era stato direttore; ma tornava a Reggio ogni settimana, cascasse il mondo, viaggiando in treno di notte, e dormendo seduto.

Facevano l'amore, lui e Leda, anche quando aveva le mestruazioni, ma non sempre quando lui arrivava trafelato da Roma lei ne aveva voglia.

Dieci mesi dopo si sposarono; con la dispensa. Leda non aveva ancora diciott'anni; Alceo ne aveva sette di più.

Al matrimonio Wanda era andata solo in chiesa, con un vestito da passeggio.

Capitolo terzo

Erano venuti a abitare a Casalpalocco da qualche mese, dopo otto anni in affitto nel centro di Roma. Il *Pianeta verde* era il quartiere ideale per le famiglie con bambini piccoli. Ma offriva molto anche agli adulti: piscine, campi da tennis, impianti sportivi vari, lunghi viali alberati a forma di ellisse dove si girava in tondo, in bicicletta, senza uscirne mai, volendo. E in bicicletta si poteva arrivare alla pineta di Castelfusano per strade interne, senza immettersi nella Cristoforo Colombo.

Nessun quartiere di Roma, nemmeno i Parioli, aveva una tale concentrazione di belle donne: svedesi, americane, tedesche; e una somala bellissima. Per lo più mogli e compagne di piloti. Ma c'erano anche imprenditori, funzionari, professionisti, un regista, un certo Leone. Il dentista aveva una moglie polacca che – ridacchiavano al circolo – avrebbe ridestato un addormentato dall'anestesia.

Leda era la star del club *Laguna blu*, poi ribattezzato *Bluewater* per la mania americaneggiante del quartiere.

Era stato lo stesso presidente del club, Sacrestani Benincasa – che era anche il presidente dell'Immobiliare Acquasanta – a invitarli a iscriversi mentre gli vendeva la villetta dell'isola XIX, nella quale pittori e falegnami stavano ancora completando le rifiniture.

Valerio Vergotto abitava cinquanta metri più in là, nella stessa isola e nella stessa strada, Zenone di Elea. Non era però lì che s'erano conosciuti, ma in piscina.

Alle soglie dell'estate, un pomeriggio Alceo tornando dall'università era andato al club, in piscina. Era tardi, ma c'erano ancora i corsi di nuoto, che non occupavano però, per fortuna, tutte le corsie.

Alceo s'era tuffato con una certa ripugnanza pensando a tutta la pipì che dovevano aver fatto nella vasca i bambini in acqua e quelli dei turni precedenti. Ecco perché mettevano tanto cloro.

Aveva fatto qualche vasca quando gli era sembrato che una ragazza lo seguisse camminando lungo il bordo; pareva anche che l'indicasse a un uomo ch'era con lei e a due-tre ragazzi. Non ci aveva fatto caso ma, a una virata, l'uomo si era tuffato e l'aveva toccato. «La cuffia!», gli aveva gridato porgendogliene una.

Uscendo dall'acqua Alceo era andato a riportargliela.

«Credevo che osservasse il mio stile e invece era venuta a riprendermi», aveva detto alla ragazza.

«Infatti», gli si rivolse Vergotto, ch'era con lei, «la signorina, ch'è l'istruttrice di nuoto dei bambini, mi stava facendo notare il battito dei piedi. E io lo mostravo ai ragazzi dell'agonistica: è così che si battono, solo con l'articolazione delle caviglie, con le ginocchia morbide, più che flesse».

«Molto efficace, veramente», aveva soggiunto la ragazza, «sembrava il frullio d'ali d'un colibrì».

«Ma tu facevi nuoto, vero?», aveva chiesto Vergotto.

Si erano così riconosciuti, anche se s'erano incontrati poche volte, non gareggiando sulla stessa distanza.

Valerio Vergotto era stato campione laziale e due volte secondo agli assoluti nei cento metri stile libero.

Alceo Rondíni era imbattuto sulla distanza dei 1500; ma non aveva mai fatto gli assoluti. Aveva smesso da sette anni – l'anno dopo il matrimonio con Leda –; e già gli ultimi due anni i risultati erano stati calanti.

I tempi presigli quel pomeriggio da Valerio confermavano il suo declino. Poteva sembrare ovvio, dato che non si allenava certo regolarmente, ma in passato, anche dopo mesi di inattività, sulla distanza più breve riusciva pur sempre a stare sui ventisei secondi. L'età senza dubbio (ormai era sui trentatré); ma la verità inconfessata era che la passione per Leda lo consumava come un cero votivo.

Valerio e Alceo andarono, come di frequente, a fare la doccia insieme, dopo la piscina. Leda non aveva aspettato e se n'era andata con la macchina.

Se ne tornarono a piedi per via Parmenide, procedendo poi per via Aristotele (era mezzo chilometro di strada); Valerio reggeva la bicicletta dal manubrio.

«Perché non invitiamo Valerio una sera per un drink?», propose Alceo a casa.

«E chi lo conosce?», fece Leda.
«Come? A parte che io ci sto sempre insieme in piscina, abita a due passi da noi».
«Sua moglie non mi sta simpatica», disse Leda.
Che strano! Alla moglie di Valerio Alceo non ci aveva mai pensato. Non veniva in piscina. Però l'aveva incontrata più di una volta per strada, e anche al supermercato, con una bambina sui due anni nel passeggino. Era una piccolina, molto carina ma con una testolina che muoveva su e giù in continuazione come una coda di cutrettola, mentre parlava svelta svelta, quasi per dare forza affermativa a quello che andava dicendo sventatamente.
Leda, fin allora, non aveva voluto bambini.

Capitolo quarto

A giugno di quell'anno Leone (non il regista Sergio, un suo amico) aveva sostituito Moro al governo, ponendo termine balnearmente[1] all'esperimento di centrosinistra.

La contestazione studentesca aveva ribaltato i ruoli nella scuola e nelle famiglie e sconcertato la società. Liberati dai bisogni primari grazie all'esuberanza di benessere materiale delle società opulente e affrancatisi dai bisogni secondari per l'acquisita consapevolezza della loro superfluità e inesauribilità indotta, i giovani muovevano alla società una contestazione totalizzante che sembrava fare del sessantotto un nuovo quarantotto.[2]

Ma non minore sconcerto aveva suscitato la rivoluzione che aveva rimescolato la Chiesa già qualche anno prima. La Chiesa non aveva solo depotenziato i suoi anatemi; con Giovanni XXIII era diventata *conciliare* (*conciliante* per i detrattori del papa destabilizzante). In effetti papa Roncalli aveva fatto una rivoluzione copernicana ponendo come centro d'attrazione e d'irradiazione della religione, l'amore: l'amore che nulla chiede e nulla vuole per sé. Era un mistero (un miracolo, per i seguaci del nuovo corso) come il papa buono potesse aver sfondato secolari barriere mentali della Chiesa annichilendo resistenze che apparivano, fino al giorno prima, invalicabili. Solo il ritardo con cui alcuni dei più potenti cardinali tradizionalisti avevano preso le misure all'enormità del messaggio giovanneo, insieme con la persistenza, anche in loro, di subconsci valori evangelici – costantemente predicati, anche se in forma sublimata e quindi non libertaria, e un po' meno praticati – avevano fatto sì che non fosse bloccata all'origine l'avventura del *papa di transizione*; e quando se

[1] Il governo di transizione di Giovanni Leone fu definito balneare perché destinato a cadere con l'arrivo dell'inverno.

[2] Il 1848, l'anno delle rivoluzioni europee.

n'erano accorti, l'ondata aveva già sormontato le vecchie strutture, dilagando.

Morto papa Giovanni, la reazione aveva ripreso forza, all'inizio però in modo appena strisciante e senza riuscire comunque a recuperare le principali posizioni perdute. «Si direbbe che abbiano scambiato Cristo con Orfeo», scappò detto dispettosamente in privato al cardinale Settimiani. Il salotto della principessa del Palladio era il cenacolo della resistenza a oltranza. «Rischiamo di dare ragione agli ebrei che hanno visto nella novella del Figlio non la reinverazione dei precetti del Padre ma un messaggio *contro* la Legge e contro il Padre stesso», aveva sibilato una sera l'ultraortodossa principessa al ricevimento dato per un prelato tradizionalista d'oltralpe.

Il cardinal Montini era stato forse il più conciliare dei grandi uomini di curia. E con tormentata sensibilità e nervosa determinazione aveva proseguito, da papa, sulla strada dell'ecumenismo aperta da papa Giovanni. L'Αγάπη veniva a sostituire la chiusura dogmatica sia nell'acuta attenzione al mondo che cambiava sia nella *caritas* verso i popoli sottosviluppati. Ma nell'estate di quell'anno[3] Paolo VI con l'enciclica *Humanae vitae* diede una sterzata che riportava la Chiesa su una rotta lontana dalla mentalità contemporanea e più che mai dal modo di sentire dei giovani. Sembrava un'assurdità che, condannando la regolazione delle nascite mediante i contraccettivi, la Chiesa precludesse i più efficaci mezzi di prevenzione della sovrappopolazione e quindi (ma questo era un corollario che alla Chiesa appariva provocatorio) degli aborti e della mortalità infantile. Si sarebbe potuto pensare che papa Montini fosse troppo intriso di cultura, teologica e non, per non introiettare un lacerante senso di colpa per la carica di liberazione dalla severità lapidea del Padre che il movimento giovanneo portava in sé. Ma l'opinione critica non teneva conto del valore fondamentale che assume per qualsiasi ordine costituito (e quello della Chiesa è il più consolidato) il tabù che vieta d'indirizzare la sessualità a fini non procreativi. Siamo proprio, qui, alle radici della società civile, della cultura, della legge, della morale. Siamo addirittura alla base della distinzione tra bene e male. Perfino i romani – che pure praticavano, come

[3] Il 25 luglio 1968.

puro gioco, l'omosessualità maschile prepuberale – l'avevano enunciato.[4] Se cade quel tabù ogni devianza e ogni sfrenamento sovvertitore diventa consentito.

Ma questo era proprio quello che i giovani volevano. Non s'accontentavano di aver spazzato via di colpo le sovrastrutture mentali della borghesia. La sessualità procreativa veniva identificata con l'ordine repressivo, con le imposizioni del Padre; e i giovani volevano trasformare il corpo umano da strumento di fatica e di utilità sociale in strumento di piacere. Non era solo Cohn Bendit a interrompere il ministro dell'educazione francese invitandolo a parlare di sesso, era il loro stesso profeta a proclamare che «la lotta per Eros è *la* lotta politica».[5] E non era un caso che la derisione dell'autorità in nome del sesso fosse sbottata in Francia, incubatrice (in cui si era cullato perfino l'individualista Jean-Jacques Rousseau) della cultura della supremazia dello Stato ordinatore. La novità non stava nella contestazione dell'autorità dei genitori che, da che mondo è mondo, segna quel momento di rottura tra vecchia e nuova generazione che coincide con l'assunzione di responsabilità dei giovani nella società costituita;[6] stava nella ricusazione degli stessi principi costitutivi della società, primo fra tutti quello dell'operosità e della cultura. I giovani andavano oltre: destituivano il diritto del tutto sui singoli, la supremazia del pubblico sul privato. Quest'aspetto iconoclasta del movimento giovanile assunse a dignità di teorizzazione[7]. I giovani si erano liberati del super ego, sostituendolo con l'io; ma era un io regredito a livello dell'es[8], guidato dal principio del piacere e ribelle al principio della realtà. La teoria aveva il merito di fornire un'interpretazione profonda e irresistibile del movimento giovanile ma probabilmente, come ogni teorizzazione delle rivoluzioni, andava oltre il segno. E politicizzan-

[4] ...*Fuit haec sapientia quondam / publica privatis secernere, sacra profanis, / concubitu prohibere vago, dare iura maritis, / oppida moliri, leges incidere ligno.* (Fu questa la saggezza dei nostri avi: tener distinte le cose pubbliche dalle private, quelle sacre dalle profane; proibire il libero amore errabondo; legittimare le unioni con regole giuridiche e patti matrimoniali; cingere di fortificazioni le città; scolpire le leggi su tavole durature). (Orazio, *De arte poetica*, 396-399)

[5] Herbert Marcuse, *Eros e civiltà*, Prefazione *politica*, 1966.

[6] Sigmund Freud, *Tre saggi sulla teoria della sessualità*.

[7] Specie ad opera di Herbert Marcuse, in *Eros e civiltà*, cit.

[8] È la nota e fondamentale tripartizione freudiana della struttura psichica: cfr. *Nuove lezioni, L'Io e l'Es* e *Al di là del principio del piacere*, in *Nuovi saggi di psicanalisi*.

dolo a senso unico (un senso sinistrorso) si prestava a strumentalizzare anch'essa – in una forma nuova, revisionistica – quella corrente emotiva che percorreva una generazione che s'affacciava con una sua freschezza alla vita. La società adulta, da parte sua, subiva e assecondava il movimento dei giovani per giovanilismo sessuale e politico, senza capirne le istanze profonde e senza condividerne l'ansia di autenticità che ne era il movente caratteristico e legittimante. E questa era l'altra novità: che gli adulti corressero appresso ai giovani, senza sapere bene perché. Naturalmente non tutti la pensavano così; ma lo pensava la parte della società *politicamente corretta*, come tale vocata a guidare gli altri. Il «Corriere della sera», abbandonando la sua anodina compostezza, si scalmanava senza ritegno per stare sulla cresta dell'onda. E, indubbiamente, la stagionale fioritura dei leaders dell'effimero rivelava quanto diffuse fossero la noia e l'insofferenza per la politica di routine e come serpeggiasse una gran voglia di ricusazione delle rappresentanze politiche tradizionali e di ogni establishment: ce n'era abbastanza per mettere gli sproni ai fianchi ai politici di mestiere, incapaci di intendere la direzione verso cui andavano i giovani ma ben decisi a correre al loro fianco se non alla loro testa. C'era in questa rincorsa imitativa la goffaggine di quegli adulti corpacciuti che nei parchi giochi si lasciano andare giù negli scivoli in gara coi bambini. La parte più conservatrice della società si sottraeva a questa scomposta emulazione, ma non reagiva; un po' per sottovalutazione del movimento, un po' per la superficialità della sua adesione ai valori cui, più o meno ipocritamente, si conformava. Commentatori di lungo corso facevano notare che quello dei giovani non era un movimento *verso*, era un movimento *contro* e perciò non sarebbe sboccato nella conquista stabile di un potere. Da parte loro non pochi giovani trovavano il proprio tornaconto in quel sormontare della condizione giovanile determinato semplicemente dal fattore età e s'accontentavano di aver piallato l'homo religiosus e quello politicus scrostandolo delle sovrapposizioni e appiattendolo inertamente al livello del proprio io quotidiano. Ma c'era in molti altri la voglia impaziente di libertà estreme, una voglia che contagiava, a velocità esponenziale, frange sempre più consistenti della società. Dal rifiuto del superfluo, correnti del movimento erano passate alla richiesta immediata di tutto quello che volevano, e anche di quello che non sapevano di volere. E i politici delle democrazie rappresentative si guardavano bene dal dire loro che non volevano o non sapevano darglielo. Il trascendimento delle angustie mentali della cultura sperimentata consentiva di aggiungere alle cinque equazioni[9] che hanno determinato il modo in cui vediamo la realtà, una sesta che, stabilita l'equivalenza tra frequenza scolastica e istruzione, ne traeva la deduzione che l'iscrizione alla scuola o all'università dava, di per se stessa, il diritto politico a essere promossi. E c'erano, infine, dei giovani più risentiti che non s'appagavano, come i più, che il proprio qualsiasi comportamento personale venisse qualificato, tal quale, politico: erano quelli che avrebbero voluto un'azione più concludente, e la volevano subito, senza curarsi d'intendere – loro, che bruciavano le cartoline precetto e aborrivano il fascismo – che l'imperiosità, il conseguenziarismo portano in definitiva all'azione militare, ch'è la sola risolutrice dell'impazienza; e l'impazienza imperiosa è fascista.

Eppure, malgrado questo e il resto che doveva venire, malgrado tutto, un palpito di fantasia attraversò in quegli anni la società sclerotizzata. Un impulso ancestrale e novello trascorreva per il mondo portando con sé l'anelito alla liberazione dall'Ανάγκη, da quello stato di repressione permanente degli istinti umani che – secondo la rigenerata genesi della nuova *Bibbia*[10] – caratterizza indefettibilmente la formazione della civiltà e la storia evolutiva dell'uomo.

Ma l'evento più eclatante (e più duraturo) di quegli anni era la diffusione della minigonna: strumento ed essa stessa oggetto d'irrefrenabile libido. Arrivava in Italia con qualche anno di ritardo rispetto alla Gran Bretagna, in una versione prima timida poi più ardita ma comunque meno spinta di quella di Mary Quant.

A settembre Alceo e Leda andarono a Londra.

[9] L'equazione di Newton sulla gravitazione universale; quella di Bernoulli sulla pressione idrodinamica; quella di Faraday sull'induzione elettromagnetica; quella sul secondo principio della termodinamica attribuibile a Clausius; quella sulla relatività ristretta di Einstein. A esse qualcuno aggiunge l'equazione di Dirac sull'elettrone, la quale postula l'esistenza dell'antielettrone o positrone.

[10] Quella di Freud.

Il loro matrimonio non aveva conosciuto la crisi del settimo anno, anche se non facevano più l'amore due volte al giorno come i primi tempi. L'amore era, se possibile, cresciuto, ma il rapporto fisico era meno intrigante, coinvolgeva meno la testa. Per fortuna i loro corpi continuavano a piacersi. A volte ad Alceo bastava, la notte, tenere una mano sotto il fianco o sotto l'omero di Leda per sentire passare in sé il tepore di lei. Non era come quando godeva del piacere refluente di Leda; era, tuttavia, un'osmosi che placava la sua ansia di poterla perdere e gli arrecava la pace del sonno. Al risveglio, però, lo riassaliva l'inquietudine per l'indecifrabilità di certe scontentezze.

Alloggiavano al Piccadilly Hotel, vicino a Piccadilly Circus. Era un vecchio e bell'albergo, con la hall rivestita interamente di una splendida boiserie di ciliegio.

Corsero subito a Carnaby Street. Leda provava una minigonna dopo l'altra con un piacere palese di esibizionista che faceva impazzire Alceo. Gli passavano per la testa immagini che gli facevano svaporare il cervello. Andare con Leda a Soho in uno di quei localini dove davano spettacoli di strip tease o film porno. Vedeva Leda entrare nel locale in minigonna, con le sue stupende gambe scoperte. L'avrebbe fatta sedere una fila avanti e lui si sarebbe seduto dietro, facendo finta di non conoscerla. Accanto a Leda si sarebbero seduti via via, da una parte e dall'altra, distinti gentlemen, spostandosi dai loro posti. Piano piano quello di destra avrebbe osato finalmente poggiare una mano sulla coscia di Leda; e lo stesso avrebbe fatto quello di sinistra. Leda avrebbe fatto mostra di non accorgersene. Poi... la mente gli si annebbiava e Alceo non riusciva a andare oltre.

Leda comprò quattro minigonne, due minivestiti e un minisoprabito, delizioso. Ma di indossarli per andare nei localini di Soho non se ne parlava nemmeno. Andarono invece a una rivista in teatro, con strip tease non integrale.

Alceo non si dava pace. Girando per il centro faceva in modo di capitare dalle parti di Soho.

Finalmente un pomeriggio Leda acconsentì ad entrare. Dopo un tunnel losco sbucarono in una saletta oscura. Leda era vestita normale ma molti si girarono a guardarla. Quando gli occhi si abituarono Alceo vide che c'era solo un'altra donna nella sala. Il pubblico era misto. C'era qualche tipo distinto, altri passabili: ma c'erano pure dei trucidi, più o meno attempati.

Leda si era seduta lateralmente, nella prima poltrona accanto al corridoio. Alceo le si era seduto a fianco.

Il film, ovviamente, era una boiata ma due ragazze erano carine. E poi ce n'era una con una delicata peluria rossa sul pube che, in posizione esposta, offriva una vista dalla quale spiaceva staccarsi. «Ti piace?», sussurrò Alceo a Leda.

Ma Leda non era a suo agio. «Vuoi che andiamo?», ridomandò dopo un po'.

Finalmente fecero per alzarsi. Erano già in piedi, fuori delle poltrone, quando un negro, sfoderando una poderosa stanga, girò la rossa di spalle e, sorprendentemente per la grossezza dell'arnese, la prese docilmente da dietro. Leda era rimasta inchiodata a guardare. Qualcuno si alzò dalla fila posteriore e si piazzò in piedi vicino a lei. Fu Alceo a portarsela fuori: aveva avuto l'impressione che quell'uomo volesse strusciarsi a Leda.

Tornando a piedi verso l'albergo Alceo teneva la mano di Leda. Non diceva una parola; la sua mano dentro quella di Alceo era abbandonata, ma morbida e calda.

In una stradina, sulla soglia di un portone c'era una puttana negra con una faccia molto attraente. «È bella, vero?», chiese Alceo.

«Sì, proprio», rispose Leda; aveva la voce un po' roca. Dopo una trentina di passi tornarono indietro. Quando le furono davanti la negra aprì l'impermeabile e sorrise. Era nuda, con solo un microscopico slippino.

«Perché non ci vai?», lo stuzzicò Leda.

«Davvero?», la guardò Alceo.

«Se ti piace...».

«È una bella sventola. Ma non sono mai stato con una negra».

«Su, vacci».

«Non ti dispiace?».

«Ma no; ho piacere che ci vai, se hai voglia. Hai la gommina?».

«Sì. E tu che fai?».

«Me ne vado in albergo; è a quattro passi». Alceo le strinse forte la mano.

«Quindici sterline»: era tanto, ma era bella. Lo precedette

per le scale fino al quinto piano. Alceo la seguiva: aveva già il sesso duro. Entrarono in un ingressino e da lì in una camera abbastanza in ordine. La donna buttò l'impermeabile su una sedia, si sfilò lo slip e si stese nuda sul letto. Mentre si sdraiava Alceo notò che la pianta dei piedi e il palmo delle mani erano bianchi. Gli fece impressione. Si spogliò in fretta. Il cazzo era a mezz'asta. La donna glielo prese in bocca e lui le mise una mano in mezzo alle gambe; ma poi la tolse. Sì, era pronto. Ma il preservativo? Alceo si alzò per prenderlo nella tasca dei pantaloni.

«Tè, metti su questo», gli disse la donna, pigliandone uno dal comodino.

Alceo preferiva il suo. Lei era sul letto a gambe aperte. Ma la voglia di Alceo era in fase calante.

«Che succede?».

«Niente, oggi non mi va». Alceo prese a rivestirsi. Indossò le mutande senza nemmeno togliersi il preservativo; poi i pantaloni e il resto. Ebbe un tuffo allo stomaco: gli mancava il portafoglio. Guardò per terra: niente. Frugò di nuovo in tutte le tasche e lo sentì nella tasca sinistra anziché al solito posto. Infilò i piedi nudi nelle scarpe; le calze se le mise in tasca.

Trovò Leda assopita, a letto, completamente nuda. La porta della camera non era chiusa a chiave. Sul comodino c'era una tazza di brodo vuota.

«Così presto?».

«Ti sei fatta portare la cena in camera?».

«Sì, non m'andava».

«E non mi hai aspettato?».

«Perché, tu non te n'eri andato per tuo conto?».

«E... te la sei fatta servire nuda?».

«Ma dai!».

Non era una risposta; o lo era solo per Leda. I camerieri del servizio in camera erano tutti efebi, uno più carino ed elegante dell'altro.

Alceo s'infilò a letto e cominciò a baciare Leda giù giù per tutto il corpo. Poggiò la guancia e poi la bocca sul suo ciuffettino. Aveva nel pube una peluria estremamente delicata, uguale a quella che aveva sotto le ascelle, così fine e bionda che non c'era bisogno di raderla.

Fecero l'amore fino alle due di notte.

«Domattina ci facciamo portare la colazione in camera», propose Alceo.

Mentre Leda era in bagno telefonò alla reception.

«A chi telefonavi?», chiese Leda.

«Ho chiesto la colazione per le otto. Va bene?».

«Senti», riprese Alceo «perché non fai una cosa? Quando il cameriere entra col vassoio, ti sollevi a sedere scoprendo tutto il busto, con i seni di fuori. Tanto ci sono io accanto».

Leda si girò dall'altra parte. Alceo ci mise un po' a prendere sonno. Pensava ai seni di Leda, eretti come due pere acerbe. La vedeva tirare giù il lenzuolo davanti al cameriere scoprendo il suo petto turgido e anche un po' il ventre. La desiderava terribilmente. Finalmente s'addormentò.

Alle sette e mezza si alzò come per andare al gabinetto e girò la chiave nella toppa.

«Avanti!», fece Alceo appena sentì bussare.

Il cameriere venne avanti. «Poggio qui?».

«No, metta qui sul letto».

Leda fu costretta a tirarsi un po' su. Ma lo fece tenendosi bene addosso lenzuolo e copriletto. Alceo, sollevandosi anche lui, trattenne giù il lenzuolo col gomito. Un seno di Leda balzò fuori come una pera pneumatica. Leda si ricoprì. Il cameriere non sembrava averci fatto caso.

La sera andarono a teatro a vedere *Hair*. Era strapieno, ma Alceo aveva prenotato da Roma con l'agenzia di viaggio e avevano due posti accanto al corridoio centrale, in terza fila. Leda sembrava divertirsi, senza scandalizzarsi minimamente nemmeno quando, a sorpresa, il protagonista scese dal palcoscenico, venne diritto da lei, si tolse i pantaloni e glieli lasciò in grembo, restando nudo.

«Hai visto?», gli disse Leda. «Ha portato a me i pantaloni».

«Sì, si è spogliato per te. Ti ha urtato?».

«E perché?», fece Leda.

Fecero l'amore. Leda ne aveva una gran voglia.

Alceo l'accompagnò in bagno. «Senti», le disse «facciamo un'altra cosa. Domattina quando viene il cameriere tu ti fai trovare in bagno, così come per caso. E mentre lui è nella camera tu esci dal bagno nuda e vieni a fare colazione a letto».

Sentì che Leda poteva starci.

La mattina, quando il cameriere bussò, Alceo sussurrò a Leda di andare in bagno. Leda era assonnata.
«Un momento!», gridò Alceo al cameriere. Finalmente Leda si alzò e Alceo andò ad aprire. Aspettava spasmodicamente che lei uscisse nuda dal bagno. Il cameriere poggiò il vassoio e fece per andarsene. Alceo gli disse che aveva ordinato anche un tè. Il cameriere se n'andò per prenderlo. Quando era già uscito dalla camera Leda venne fuori nuda dal bagno.
Aveva calcolato male il tempo, oppure non le andava. Sedette sul letto con tutto il busto scoperto. Il lenzuolo le copriva appena il pube.
Alceo sperò che restasse così quando sarebbe tornato il cameriere. «Avanti», disse forte nel momento stesso in cui sentì bussare. Leda fece appena in tempo a coprirsi il petto con le braccia. Alceo avrebbe voluto tirare giù il lenzuolo e scoprirle il grembo; ma c'era sopra il vassoio.
No, non era così che s'era raffigurata la scena. Portava impressa a fuoco nel cervello l'immagine di Leda semisdraiata sulla poltrona-letto, impudica.
Quella volta era stata lei a mostrarla spudoratamente. Ora non stava più nella parte. Anche se fosse riuscito a scoprirle il pube davanti al cameriere non sarebbe stata la stessa cosa.
Comunque era ugualmente eccitatissimo. Le finestre non avevano imposte, solo doppie tende. Alceo aprì anche quelle leggere, di lino traforato. Leda girava nuda per la stanza. Era bella da infarto.
«Perché non ti metti una delle minigonne che hai comprato?».
Leda prese la prima che le capitò. Era aderente ma non stretta. Le arrivava poco più di un palmo sotto l'inguine. Sopra indossò il minisoprabito. Era quattro dita più lungo della gonna.
«Perché non fai a meno dello slip?».
«Perché no».
C'era un solicello delizioso. L'aria, a quell'ora della mattina, era frizzante, ma limpidissima. A Hide Park l'erba era di un verde smeraldo. Si stesero sul prato. Alceo si era messo dalla parte dei piedi di Leda che stava poggiata sul fianco, di tre quarti.
Calzava un paio di stivaletti di pelle bianca che le giungevano tre dita sotto il ginocchio. In quella posizione le cosce le re-

stavano abbondantemente scoperte. Non passava nessuno nei paraggi.

«Dai, togliti lo slip», la supplicò Alceo.

«Sta' buono».

Alceo le appoggiò la faccia sugli stinchi. Sentiva la pelle morbida dello stivaletto. Dopo un po' le infilò una mano in mezzo alle cosce e gliela tenne lì.

Trascorse una mezz'ora. A un tratto Leda si sollevò un po' e cominciò a sfilarsi le mutandine. Non era facile perché s'impigliavano negli stivaletti. Alceo l'aiutò col cuore in tumulto.

Si tirò un metro indietro: «Fammela vedere», pregò.

Leda si appoggiò sui gomiti e sollevò le ginocchia.

«Apri un po' le gambe».

Leda le allargò leggermente. Gliela vedeva perfettamente. Vedeva la peluria del pube e lo spacco appena dischiuso.

Scorse da lontano venire nella loro direzione un uomo segaligno, vestito come ci s'immagina che vesta un inglese: giacca a scacchi albicocca e pistacchio, pantaloni color terra di bosco e ombrello per bastone.

«Tira giù, tira giù», mormorò Alceo.

Leda allungò le gambe, tenendole accostate. Il signore passò, non senza dare – malgrado la sua compostezza – una lunga occhiata alle gambe di Leda.

Si avvicinava un altro; era un giovane biondastro, il cui aspetto aitante faceva contrasto con le lenti sottili e l'irreprensibile abbigliamento da dirigente in ascesa.

A sorpresa, quando era vicino, Leda sollevò le ginocchia con le gambe divaricate. Alceo sentì schioppare gli occhi. Come in trance vide quel tipo passare rasente guardando fissamente – così gli parve – Leda in mezzo alle cosce.

«Gliel'ha vista! Gliel'ha vista!», pensava col cuore in gola.

«Sei pazza», le sussurrò e le baciò le ginocchia.

Sentì che mai più avrebbe potuto fare a meno di lei.

Capitolo quinto

«I grandi oggetti bianchi che entrano nelle nostre case – frigoriferi, lavatrici, lavapiatti – cambiano forma continuamente. Queste cose non fanno solo andare avanti la produzione, dominano nell'immaginario collettivo. Giungono alla gente, come deve fare l'arte; non è il popolo che deve andare verso l'arte, è l'arte che deve andare verso il popolo».

Jonás Vulpicio era di casa nel salotto della duchessa verde.

Veramente Vulpicio era rosso, più che verde. Ma i due colori si combinavano bene insieme. «Come nei pomodori», aveva commentato qualcuno al giornale. Alceo aveva incontrato Vulpicio alla facoltà di lettere e l'aveva poi rincontrato al «Messaggero», dove Vulpicio collaborava saltuariamente, ma era amico del proprietario e direttore, Leo Soperchio. Propriamente era amico della duchessa *Ella* dell'Agone, che era la ninfa egeria del direttore e aveva un ruolo non secondario nella rete di relazioni (al centro, con qualche puntata a sinistra – e con qualche riservato, residuale rapporto a destra –) che il direttore coltivava accuratamente e che avevano fatto del «Messaggero» il giornale politicamente e culturalmente più introdotto.

Intellettuale organico del PCI, Vulpicio aveva preso con prudenza le misure dopo l'invasione dell'Ungheria e poi più chiaramente le distanze, proprio in quei mesi, dopo il crudo reinvernamento sovietico della primavera di Praga.

Occupava comunque ancora un posto di rango nell'intellighenzia di sinistra.

Ella dell'Agone si era messa in testa di scrivere un libro autobiografico.

Scrivere... in gergo mondano ha un significato convenzionale suo proprio. Ella aveva due buoni motivi per non scrivere di propria mano il libro. Primo: una nobildonna non esegue lavori manuali, tranne quelli del sesso. Secondo: Ella, che di nascita faceva Oriella Diotallevi, era semianalfabeta. Era peraltro intelligentissima; tutta intuizione, un vero demonio. E con una voglia di vivere spasmodica.

Il direttore aveva chiesto ad Alceo di essere il suo *ghostwriter*.

«Frigoriferi, lavatrici suscitano la fantasia della gente più di un quadro», continuava Vulpicio, sprofondato nel divano e attorniato dal suo gruppetto.

Alceo aveva preso posto in punta al bracciolo del divano solo per stare vicino a Leda che s'era seduta lì. «Veramente», osservò, «gli elettrodomestici sono, al più, le protesi tecnologiche del nostro secolo. Non creano suggestioni più di quanto non le provocassero l'aratro o la ruota. Se c'è una cosa che accende la fantasia della gente non è la lavatrice, ma il televisore. Scatena più curiosità un televisore che dieci frigoriferi e lavapiatti messi in batteria. E soprattutto più desideri». Gli urtava che Leda seguisse con tanta attenzione Vulpicio. Sui quaranta, aveva un bel volto incorniciato da una barba nera che dava risalto agli occhi cangianti dal blu-violetto al nero; ma aveva un fisico miserello.

«La televisione spegne, non accende la fantasia», replicò Vulpicio. «È la superficie bianca, che nasconde un misterioso meccanismo, che la stuzzica. È come nell'arte. La pittura figurativa non ci dice niente. Sono le linee incerte della pittura di Miró che danno la stura alla creatività artistica di chi guarda».

«Ma cosa nasconde lo sportello bianco del frigorifero o della lavatrice? Prosciutto e formaggi o panni e piatti sporchi! E cosa celano i sepolcri mentali degli intellettuali engagés, cosa esprimono le linee di Miró? Una velleità che cerca di posizionarsi nel nulla». Alceo si era scaldato e ormai non solo più per Leda ma per amore dell'arte o piuttosto per odio contro le mistificazioni intellettualistiche imperanti.

Alberto Moravia assisteva alla discussione senza profferire verbo. Habitué di casa dell'Agone, presenziava alla conversazione senza prendervi parte. D'altra parte il papa cosa fa? Non fa mica conversazione il papa; il papa sta.

«L'arte non deve esprimere, deve solo suggerire», riprese Vulpicio. «Per esempio poesia che accettiamo è quella del Gruppo '63: poche parole, quasi insignificanti, che lasciano campo aperto al lettore».

«Ma allora perché snobbate tanto Totò?», replicò Alceo. «È più poeta lui con la sua mimica che tutti i vostri stitici mentali con le loro paroline seminate sul campo come cacchette di capra a futuro germoglio. L'allusione trasferita dalla lingua a tutti i muscoli, dalla parola al linguaggio del corpo. Certo che la poesia è sempre evocatrice! Ma il sarto deve pur cucire o almeno drappeggiare un vestito; altrimenti è tutto un inganno come nella vestizione di re Ciciribé.[1] Non si può fare come i neopentacostali, che parlano una lingua sconosciuta a chi parla e a chi ascolta. O come quel gruppo di pazzi, che ridevano quando sentivano un numero: a ogni numero corrispondeva una barzelletta. Attenzione! Il messaggio della poesia rimane subliminale anche quando le parole sono ordinate in espressione apparentemente compiuta. È povero di capacità percettiva chi si ferma al primo livello di lettura. Il senso della poesia – quand'è tale – sta sempre a un livello più profondo. Un livello che si attinge soltanto alla terza o alla quinta lettura. Ma ciò non vuol dire che la parola poetica possa essere buttata lì, come al gioco dei dadi. La parola poetica è un colpo di scalpello, ha in sé una portanza espressiva, una potenzialità significatrice sua propria e non interamente rimessa allo spontaneismo del lettore; se mai ci sarà un lettore. Altrimenti una lirica di Baudelaire e la pubblicità di un detersivo avrebbero la stessa valenza».

«Infatti è così. I fumetti di Mandrake hanno più presa sul lettore della *Gerusalemme liberata*. E dunque hanno maggiore magia, maggiore valenza artistica».

Alceo l'avrebbe ucciso. «Spesso quello che fa presa sul volgo è volgare. Mandrake! Ma quale magia... È solo fumisteria. E lo stesso è per Balestrini, Porta e gli altri. La poesia non è per tutti, né di tutti. Ma per quelli per cui è, è tutto».

«Sì, per gli autistici».

«Voi siete autistici! Autistici e...» volgari, avrebbe voluto aggiungere Alceo, ma si trattenne.

«Ti confesso, caro Michele, che per me la poesia è come una barzelletta che non fa ridere. E per di più, te la vogliono pure spiegare...».

Ignorando lo scetticismo siculo-agreste di Regalmuto, Alceo

[1] È il racconto di origine spagnola (diffuso in Calabria nella versione popolare originaria) sull'impostura dei vestiti non visibili dagli stupidi che lasciano il re nudo, il cui spunto venne ripreso da Cervantes in uno dei suoi intermezzi e che è stato poi rielaborato da Andersen nella fiaba *Il vestito nuovo dell'Imperatore*.

cercò di non mollare la presa con Vulpicio: «Tra autismo e volgarità c'è una terza via...».

«Sì, come tra socialismo reale e socialdemocrazia...», sogghignò Michele Straziota.

Ma la disputa non intrigava gli altri invitati più che tanto. L'attenzione dirottò verso il gruppo vicino che faceva cerchio attorno alla padrona di casa.

«Aveva ficcato una mano sotto la tovaglia e mi tastava la coscia. Mi avevano messo al suo fianco mercoledì sera, al Quirinale. – *Ma prego Presidente* – faccio io – *la tovaglia le è d'impiccio.* E sollevo l'orlo».

«E lui com'è rimasto?».

«Come un fesso col pennacchio».

Capitolo sesto

Con l'autunno Alceo aveva ripreso il tennis.

Convinto da Valerio, s'era pure iscritto al torneo sociale, ma era stato estromesso al terzo turno. Da quando era a Roma aveva giocato saltuariamente.

Valerio invece giocava tre-quattro volte la settimana. Dopo aver smesso con le gare, aveva fatto un paio d'anni l'istruttore di nuoto. Poi era stato assunto alle poste; aveva così cinque pomeriggi liberi alla settimana.

Casalpalocco era piena di campi da tennis. Il club da solo ne aveva diciotto.

Valerio preferiva giocare su terra. Alceo si trovava meglio sul cemento, che esaltava la sua battuta veloce, e il suo diritto, perentorio e anomalo. Sarebbe stato un giocatore di tutto rispetto, specie per i colpi a sorpresa, se non fosse stato piuttosto falloso, un po' per mancanza di allenamento, un po' per impazienza di carattere. Su terra non riusciva a farcela con Valerio, ch'era un giocatore prevedibilissimo ma di una regolarità esasperante.

Dopo il torneo sociale (nel quale Valerio era arrivato nei quarti) Alceo aveva preso a giocare una volta alla settimana, in genere il sabato. La domenica la riservava a Leda. Lei per la verità giocava abbastanza spesso, per suo conto.

Alceo giocava quasi esclusivamente con Valerio. Frequentava il club solo da qualche mese e non conosceva pressoché nessuno. Inoltre aveva poco tempo: anche quando si ritrovava qualche ora libera era difficile combinare una partita un momento per l'altro.

«Perché non facciamo un doppio misto?».

L'idea era stata di Valerio. Era sdraiato sul ripiano di legno superiore, nella sauna. Alceo era steso su quello più basso. Pensò che Valerio si fosse stufato di giocare sempre con lui. Era un mese e mezzo che Alceo non vinceva una partita.

Capì che non poteva lasciar cadere la proposta. Valerio era incollato a lui come un francobollo. Forse per simpatia, forse per ammirazione, forse perché il suo sogno era di entrare come giornalista sportivo al «Messaggero». Ma il tennis ha la sua legge inesorabile: i giocatori devono essere di pari livello, o meglio di rendimento equivalente. Qualsiasi altro rapporto cede a questo, persino quello tra padre e figlio; e non c'è amicizia che tenga di fronte a quella legge.

«Con Leda?», chiese Alceo.

«Ce-ce-certo, L-le-le-le-da t-ti-ti-ti f-ffa m-m-morire». Qualche volta – ma raramente – Valerio balbettava.

In effetti Leda era un muro di gomma, riprendeva tutto. Ma chiudeva di rado, almeno da fondo campo. E a rete, d'altra parte, scendeva solo per la benedizione.

«E chi potrebbe essere la quarta?», riprese, tanto per complicare la questione, Alceo.

«M-mah... Fiamma, credo».

Fiamma Luperti era una bella ragazzona che giocava gagliardamente e con cui Leda aveva stretto una grande amicizia.

L'idea non gli dispiaceva.

Valerio si alzò per versare qualche cucchiaiata d'acqua sulle pietre arroventate, con la sassola.

Il membro gli pendeva come un grosso würstel. Già altre volte sotto la doccia Alceo aveva notato che a Valerio gli si gonfiava e appesantiva sotto l'acqua calda, come se si imbibisse di liquido. Gli faceva tornare in mente una cena al comando NATO: un marine buttava pugni di gamberi liofilizzati in un pentolone d'acqua bollente. Erano sottili come capelli ma subito nell'acqua si gonfiavano, prendevano forma e colore di gamberi e in bocca li si sentivano turgidi, come appena pescati. Il membro di Valerio era come un grosso randello, consistente ma non rigido; poteva sembrare di gomma, ma più greve. Un grosso, grosso würstel, pesante e pensoso.

Alceo provò acuto il desiderio che Leda glielo vedesse.

Capitolo settimo

L'esordio con la duchessa era stato una gaffe tremenda.

«Signora, le dispiace se...», stava per chiedere Alceo.

La duchessa dell'Agone l'interruppe bruscamente: «Se non riesci a chiamarmi Ella, chiamami duchessa. Signora, mai».

Alceo si sentì un borghesuccio.

«Ma preferisco Ella», riprese la duchessa con un sorriso. E gli diede un bacio veloce sulla bocca.

Alceo restò ugualmente scombussolato.

Era stata bellissima e per molti lo era ancora, a metà strada tra i quaranta e i cinquanta. «Ma», pensava Alceo, «è il ricordo che si sovrappone alla visione presente!». Anche la sua famosa chioma fiammeggiante non lo convinceva fino in fondo. Aveva il sospetto che la colorasse, o almeno la ravvivasse, con l'henné.

Villa Riviera era adagiata sulle pendici dei Parioli e seguiva l'andamento del terreno.

Il sole – il sole stupendo dell'ottobre romano – entrava dalla vetrata a giorno. Una sequenza di pareti vetrate – che potevano essere spacciate per provvisorie – prolungava i tre soggiorni in una fuga di ambienti immersi nel giardino.

Alceo si raschiò la gola: «Posso usare il registratore? Così può andare avanti liberamente, a ruota libera».

«Proprio non ti viene di darmi del tu? Eppure tu devi entrare nella mia storia. Tu e io dobbiamo diventare un tutt'uno».

L'aveva fatto sedere sul divano, anziché sulla poltrona dove lui si era messo. Rovesciò indietro la testa (e fu una cascata rosso fiamma) e tirò su le gambe. Ne allungò una dietro le spalle di Alceo e l'altra gliela poggiò sulle cosce.

Alceo si sentiva un meschino. Non si era mai trovato in un rapporto così squilibrato, con una donna.

La sera, a casa, fece l'amore con Leda. Più con devozione che con passione.

Casa dell'Agone era il salotto politico clou della capitale. Ma la catalizzatrice era lei, la duchessa. Il duca Álvido non c'era quasi mai, tutto preso dalla sua industria nel Veneto. E quando c'era, giocava a carte in un angolo. In ogni caso alle undici si alzava e si ritirava in camera. Sgusciava via senza salutare nessuno. E nessuno lo salutava, per tacita convenzione.

C'erano ministri, esponenti politici di primo e di secondo piano, specie di sinistra, personaggi del mondo finanziario, boiardi, intellettuali, artisti. Veniva ancora abbastanza spesso G. G., circondato dalla considerazione generale. Era ritenuto il vero ministro del tesoro, la mente di via XX Settembre. Anni prima aveva salvato con un finanziamento le industrie dell'Agone. Ma le industrie (come si scherzava nei salotti) erano rimaste... agonizzanti. La famiglia dell'Agone aveva tuttavia un patrimonio terriero più che considerevole: nel Veneto, in Friuli, in Piemonte. E produceva un vino giustamente rinomato. Il cavalierato del lavoro era stato conferito al duca per le sue attività agricole, non per quelle industriali.

Verso le dieci e tre quarti il duca Álvido si staccò dal tavolo da gioco e si accese una sigaretta. Alceo guardò l'orologio. Si stanno avvicinando le undici, pensò. Quando scatterà l'ora, se n'andrà come un automa. Alle undici in punto, quand'anche ci fosse il papa.

Il papa no, ma c'era un prelato (futuro cardinale, si diceva), monsignor Serafino Santonastaso, vescovo di Hamadan e Qom: «Come va, caro duca?», buttò lì, tanto per cortesia, senza aspettarsi risposta, rivolgendosi a quello che avrebbe dovuto essere il padrone di casa. Monsignor Santonastaso aveva intorno un pigia pigia. Attirava i politici come un magnete i chiodi.

«Non si muove foglia che sua Sanità non voglia», si diceva di lui da tempo: per la nomina di un primario ospedaliero, per la registrazione di un farmaco. Ma adesso c'era stato un balzo di livello. L'accordo tra democristiani e socialisti che aveva portato al centro sinistra si era sviluppato sulla rete di contatti e intese che le due parti erano andate tessendo per la spartizione della rispettiva influenza sull'industria farmaceutica. E questo – si sussurrava – non sarebbe potuto avvenire senza la benedizione di sua Sanità.

«Lo Stato non esiste più, eccellenza», rispose il duca Álvido, che dimenticava volentieri i centoventi miliardi di finanziamento bruciati. Era rimasto in piedi; nessuno della cerchia intorno a monsignor Santonastaso si era alzato.

«Eh, eeh», annuì il conte Manin Maniero; anche lui in piedi, sovrastava tutti con la sua imponente figura. Tra i suoi antenati c'era un doge; molto cortese e molto decorativo, aveva una faccia da bambinone, coi capelli inanellati ma completamente bianchi.

«Come dicevi?», chiese Michele Straziota di Patarriti aggiungendosi ai due. Teneva il dente avvelenato col governo e per la verità qualche buona ragione ce l'aveva. Era stato espropriato delle sue terre nella piana di Gioia Tauro. Certo gli era stato riconosciuto l'indennizzo. Ma, a prescindere che ancora non aveva visto una lira, gli ribolliva il sangue per lo scempio. Gli enormi ulivi della piana erano stati scalzati per lasciar campo al quinto centro siderurgico, che intanto era rimasto sulla carta. Alcuni secoli prima, sull'esempio dei Ruffo, gli Straziota avevano convertito le loro terre alla coltura dell'ulivo.

«Alberi secolari, ognuno produceva un mezzo quintale di olive. Opere d'arte della natura, sculture viventi, non ce n'era uno uguale all'altro»; il barone Straziota non si dava pace. Qualcuno però mormorava che era una nemesi storica per l'abbandono in cui gli Straziota – per i loro coloni, Segavigne – avevano fatto deperire le campagne di Patarriti e di Montalpiano, che una volta producevano il miglior vino della costiera ionica.

«Dicevamo che lo Stato non c'è più», ripeté il duca Álvido.

«Non c'è quando ci deve essere; ma c'è quando non dovrebbe. Dopo che m'hanno portato via quello che m'hanno portato via, che m'hanno sradicato le radici della mia famiglia, mi è rimasto uno spezzone di terreno sul Mésima. Io non ho interesse a coltivarlo, ma è terreno buono, un aranceto. Così l'ho messo in vendita. È passato più di un anno e non si è fatto vivo nessuno. Come mai? chiedo al mio fiduciario. È una brava persona, un friulano, mi fido di lui, ma, sai com'è, fatemi andare un po' a vedere, mi son detto. Vado e all'ingresso del fondo trovo un cartello con la scritta: *Chi vende, vende la vita; chi compra, compra la morte*. Telefono al prefetto di Reggio e sai che mi risponde: "*Eh, barone, sono parole; non stia ad attaccarsi alle parole!*". Hai capito lo Stato? In che mani siamo?

Ma allora tanto vale appaltare l'ordine pubblico alla mafia, come si fa per le gabelle. E sta' sicuro che lo saprebbero mantenere l'ordine pubblico, quelli!».

«Non è più il tempo dei campieri», s'intromise Alceo. «Una volta chi sgarrava pagava; c'era un'organizzazione, un establishment, una gerarchia, una carriera, nella mafia, nella 'ndrangheta, nella camorra. Oggi, con la droga, un giovane con la pistola in tasca, se si procura il capitale di partenza...».

Lo degnarono appena di uno sguardo. Una sera si era trovato in un gruppetto con il duca d'Assia. Parlavano di cavalli. Dopo una mezz'ora, credendo che ormai se ne fosse parlato abbastanza, Alceo aveva colto al volo una battuta per cambiare brillantemente argomento. Un gelo aveva accolto la sua spiritosaggine. Poi, dopo una pausa, il duca e i circostanti avevano riattaccato il discorso. Uno degli astanti, che era rimasto in rispettoso silenzio, gli aveva poi spiegato che la regola, tra gentiluomini, è che se si comincia a parlare di cavalli, per quella sera non si cambia più argomento.

«A me è capitato di peggio», si riallacciò il barone Regalmuto di Misilméri. «Ero a Carini e dovevo andare...».

Regalmuto era di Palermo ed era amico del pittore Ruggero Ierace che aveva introdotto nel salotto dell'Agone.

«Stavo andando a Trapani, per la provinciale», proseguì Regalmuto. «Ero invitato a colazione dal prefetto. A un tratto l'autista si blocca. La strada era interrotta. Che succede? domando. "*C'è la corsa*", mi fa l'autista. La corsa? Che corsa? "*La corsa dei cavalli*; *scommettono*". Avete capito? Mi sono fatto riportare indietro e ho telefonato al prefetto: non posso venire a colazione da te perché mi tocca assistere alla corsa di cavalli che si fa sulla provinciale, nella tua provincia».

«E il prefetto che ha risposto?».

«"*Ah già, oggi è sabato, mi sono dimenticato d'avvertirti*". Questo mi ha detto!».

«Ma chi organizza queste corse?».

«Come chi le organizza? La mafia, naturalmente. Sono corse abusive, ma di cui tutti sono informati. Tutti tranne io».

«Alceo!», squillò Ella sopraggiungendo. Gli circondò con un braccio la vita e lo portò via con sé, verso il suo gruppetto.

Il pittore Ierace lo guardò cupo.

Capitolo ottavo

La tribunetta del campo centralino era stracolma di spettatori. Per la prima volta Cristina Hupper Dorè aveva trovato pane per i suoi denti. Già campionessa austriaca, Cristina era di gran lunga la numero uno di Casalpalocco. Anche in Coppa Italia il suo era un punto assicurato. Le tenniste del club facevano la fila per poter giocare una volta con lei.

Fiamma Luperti era un'outsider. Preferiva giocare con gli uomini; e aveva un gioco da uomo.

Le geometrie di Cristina si sviluppavano sul campo con fredda esattezza. E appena Fiamma lasciava scoperto un angolo, lì colpiva Cristina. Ma Fiamma arrivava su tutte le palle. E il suo gioco veemente ricacciava Cristina oltre la riga di fondo.

Leda impazziva per la sua amica. Anche ad Alceo piaceva molto. Gli piacevano le sue gambe possenti ma ben modellate. Gli piacevano i suoi colpi; specialmente il diritto, ch'era un'autentica schioppettata, anche se non troppo preciso. E gli piaceva – ma mica solo a lui – che spesso dimenticasse di indossare sotto il gonnellino il coprimutande, per cui le mutandine, giocando giocando, finivano per ritrarsi in mezzo alle natiche scoprendo i glutei sodi come quelli di una leonessa.

«V-v-v-vveramente in gh-gh-gamba», disse Valerio rivolto a Leda. Stava seduto un gradino più in basso e la guardava come il pastore incantesimato dinanzi alla grotta del Bambino.

Giunsero al terzo set. In molti pensarono che Fiamma ce la potesse fare, con la sua straordinaria efficienza fisica. Ma Cristina ritrovò l'orgoglio della campionessa e giocò con grande determinazione i punti decisivi. Vinse il terzo set sei a quattro. Il marito, un pilota dell'Alitalia, entrò in campo e si pavoneggiò abbracciandola ostentatamente e sollevandola da terra davanti a tutti. Lui era una schiappa tremenda.

Fiamma faceva abbastanza spesso il singolo con Valerio. E

nel doppio formò coppia con lui. Alceo s'accoppiò quindi con Leda.

Poteva essere un buon doppio. Leda rivelò insospettate doti di doppista a rete. Sembrava distratta, ma aveva i riflessi di una mangusta. Il suo gioco e quello di Alceo erano complementari, come lo erano quelli di Fiamma e Valerio. Ma quando stava dietro, Leda mostrava un'abulia incredibile. Si aspettava che Alceo prendesse tutte le palle, anche quelle impossibili. E lei – che se voleva non c'era palla su cui non arrivasse – non si muoveva di un passo.

Tornarono a casa che Alceo era nero. «La prossima volta invertiamo le coppie», disse. «Giochiamo io e Nicchia e tu e Valerio».

«Perché la chiami Nicchia?».

«Perché si chiama così».

«Sì, ma lei ormai si fa chiamare Fiamma», replicò Leda irritata.

In effetti, poco tempo dopo essere venuta a Roma dalla Toscana, Nicchia, vedendo i sorrisetti, aveva adottato quest'altro nome.

«Ma che! Mica ci si può cambiare il nome a capriccio. Mi piacerebbe citarla come testimone per vedere che nome dichiara», insistette Alceo.

«Tanto, guarda che a lei non piaci tu, piace Valerio».

«Che c'entra...», mormorò Alceo.

Capitolo nono

Alceo suonò il campanello e attese dietro le sbarre. Dopo avergli chiesto al citofono chi era, un cameriere venne fino al cancello, lo guardò bene e gli aprì. Il viale si snodava a mezza costa sul declivio di piazza delle Muse. Era un annuvolato pomeriggio di fine ottobre. Le giornate s'erano accorciate bruscamente e nuvoloni neri avevano fatto piombare il fine settimana nell'inverno.

Alceo s'inoltrò nel viale, che una pungente tramontana pigliava d'infilata. Grandi petali di rose volteggiavano nell'aria. Erano rossi come gocce di sangue vivo. Non erano petali di rose; erano foglie che si staccavano dagli alberi del viale: «Prematuramente», pensò Alceo «ecco perché sanguinano». Una foglia color cremisi gli s'incollò sull'impermeabile bianco. «Mi sono macchiato», fu la sua reazione istintiva. Prese tra i polpastrelli il petalo e lo tirò via delicatamente; no, l'impermeabile non s'era macchiato; solo una lieve ombra dove s'era posata la foglia.

«Questa tramontana spazzerà via le nubi», osservò Alceo. Ma intanto si sentiva stringere lo stomaco. Avrebbe voluto essere a casa, a Casalpalocco, da Leda.

«Che alberi sono?», chiese.

«Non so signore. La duchessa viene subito», biascicò il cameriere facendolo accomodare nel primo soggiorno. Ma la duchessa non venne. Tornò invece dopo poco il cameriere: «Prego! La duchessa l'attende nella sala del melograno».

Ella stava in piedi davanti al caminetto acceso. Indossava una gonna svasata rosso ruggine istoriata con foglie rosa antico e calzava stivali in tinta che arrivavano sotto il ginocchio.

«Siediti lì», gli fece, senza spostarsi.

Alceo si sedette.

«Ti sei vestita color melograno», le disse; ma l'accostamento era forzato, tanto per vincere il suo imbarazzo.

«Ssst!», fece la duchessa. E piano piano, come un sipario, tirò su la gonna, su su scoprendo le cosce e il pube.

Alceo fissava il cespuglietto di peluria rossastra in cima alle gambe slanciate. Alceo era alto 1,83; Ella coi tacchi raggiungeva più o meno la stessa altezza «Sì, è bella, è veramente bella», Alceo pensava; «e non ho mai visto una donna con movenze più eleganti e disinvolte al tempo stesso». Si accorse di avere il pennone inalberato.

«Vieni qui».

Alceo s'avvicinò. Ella gli aprì la cerniera, glielo tirò fuori e gli saltò sui fianchi, con un balzo improvviso. Alceo fece appena in tempo a sorreggerla dalle natiche, autosorreggendosi a sua volta con la schiena inarcata, come poteva.

Così, in piedi, con le ginocchia un po' piegate, la penetrò. Pure si sentiva con la testa fredda: più spettatore che attore. Era però orgoglioso della sua prestanza.

«Così, così», sussurrava Ella e cercava di baciarlo sulla bocca, cosa non facile in quella posizione. Alla fine rovesciò indietro le spalle e la testa, muovendo il bacino sapientemente. Il suo utero inguainava il membro di Alceo come un guanto e lei lo faceva entrare fino in fondo e poi quasi uscire del tutto senza però che scappasse fuori. Ella era in una specie di ebbrezza erotica, ma tutta di testa.

«Un'intellettuale del sesso», si trovò a pensare Alceo.

Da una parte non vedeva l'ora che finisse, con quel peso sbilanciato sulle reni; dall'altra era contento di resistere tanto.

«Sei forte, forte, forte», mormorava Ella. «Ah! è stupendo! Ho sempre sognato di farlo così».

Finalmente rallentò i suoi sussulti sino quasi ad acquietarsi. Alceo non era riuscito a sentire se era veramente venuta. Comunque la portò così, abbrancata con le gambe ai suoi fianchi, fino al divano, la rovesciò là sopra lentamente e, stando ben attento a non farlo sgusciare fuori, le venne dentro.

«Che alberi sono?», domandò Alceo.

«Quali?».

«Quelli del viale».

«Aceri, credo. Torno subito. Il bagno è lì in fondo».

«Posso fare un telefonata?», domandò Alceo.

«C'è bisogno di chiederlo? Ma non ti dare pensiero», Ella soggiunse, già oltre la porta; «mogli e mariti aspettano sempre».

«Al lavoro, al lavoro!», esclamò rientrando col registratore in mano. Ma non era in fase. Procedeva disordinatamente, in maniera sfocata.

Di solito, invece, aveva una verve incredibile nel raccontare. «Questa donna è un'artista nata», pensava talvolta Alceo. «Se riuscissi a rendere la sua biografia con la stessa immediatezza del suo racconto, realizzerei davvero un nuovo stile di narrativa. Sarei il Pasolini dei Parioli». Spesso, però, l'inclinazione da teatrante in Ella prendeva il sopravvento, facendo perdere naturalezza al racconto.

«Vieni, andiamo a mangiare qualcosa». Ella balzò in piedi.

Alceo, veramente, sarebbe tornato volentieri a casa, anche se aveva già avvertito Leda che avrebbe fatto tardi.

La cena, per Ella, consisteva in una montagnola di uova sode sopra un vassoio di ruchetta. Ne mangiava tre, quattro, con tanta insalata non condita. Ne prese qualcuno anche Alceo.

Ella notò il suo scarso entusiasmo: «Sai come Mara, una mia amica di Ferrara, ha conquistato il duca di Levonshire? In un ricevimento al castello cominciò ridendo a farsi strappare di bocca, con la lingua, polpettine di pollo. Poi, sempre ridendo, lo prese per mano e lo trascinò nelle scuderie. Si buttò giù sulla paglia e gli disse: "*Vediamo se sei capace di prenderla*" mettendosi una polpettina nel gineceo. Si sposano tra un mese».

«È nobile?», chiese Alceo.

«Aspirante. Di nascita fa Resuttana. Ma lei si fa chiamare Ficulle, che è il cognome del primo marito».

«Ma allora è sposata».

«Lo è stata. Con un cognome così, figurati se la Sacra Rota non le dava l'annullamento del matrimonio. Il fine della procreazione era quanto meno ambiguo...».

A casa Alceo trovò Leda a letto, che dormiva. Si sdraiò accanto a lei di fianco, alle sue spalle, e la circondò con un braccio accostandosi lievemente. Il copriletto era troppo leggero. Un tuono esplose come uno shrapnel. La pioggia prese a venire giù a dirotto. Alceo si strinse di più a Leda. Nel sonno, Leda gli aderì con tutto il dorso.

Capitolo decimo

«Ma lo sapete che la linfa che sale negli a...».

«L'ambiente oggi è come la religione ieri», mormorò il marchese Altieri Langelli.

«...la linfa che sale dalle radici ai rami degli alberi in Italia ha un volume corrispondente a due volte e mezza la massa d'acqua del Po...»: la voce di Fricco Lesto giungeva all'altro capo del salone.

«Ogni aberrazione è giustificata nel suo nome. E chi dissente è messo al bando come eretico, se non come miscredente».

Erano nella sala delle liane, affrescata, come le altre, da Ierace. Una ninfa verde con una nuvola rossiccia per chioma e una nuvoletta dello stesso colore sul pube si slanciava tra i tronchi carnosi, spogli di foglie, aggrappata a una liana. In un'altra parete stava seduta, sempre nuda e verde, sulla forcella di un albero, col sesso semidischiuso.

Gli Altieri Langelli di Sansulpicio formavano la coppia più suggestiva che Alceo avesse mai incontrato. Entrambi alti, sottili, con lineamenti delicati e un po' affilati, lui svettava all'altezza di due metri e due. Da lassù chinava graziosamente il capo verso di lei che sgranava verso di lui i suoi occhioni verde-azzurri. Marchese lui, contessa di Montelera lei, unendo le loro terre erano diventati i più estesi proprietari terrieri d'Italia. Non erano stati toccati dalla riforma agraria: le loro terre erano coltivate, e come erano coltivate! Avevano interi versanti a grano sulle Madonie, fior di aranceti nella piana di Catania, pianori a barbabietole in Basilicata, uliveti in Umbria e Toscana, terreni a soia in Emilia e campi di granturco in Friuli. Producevano inoltre favolose mozzarelle di bufala a Battipaglia. Di un'amabilità naturale e incantevole, avevano nello stampo fisico e nel tratto qualcosa *d'antan*, del tempo delle crociate, qualcosa che nessuna casa regnante dei nostri tempi ha conservato. Ma, mentre Fiorelisa era una creatura sognante, Raimondo era perfettamente inserito nel suo tempo; imprenditore agricolo e agroindustriale moderno e avvedutamente innovatore, era un uomo d'intelligenza aperta, colto, appassionato di astronomia e d'astrofisica.

Li chiamavano gli Azzurri. Forse perché la marchesa indossava sempre qualcosa di azzurro che mettesse in risalto i suoi occhi; poteva essere un collier di zaffiri o semplice bigiotteria (che fabbricava lei stessa) o il vestito o un foulard. E il marchese, per galanteria da antico cavaliere, portava un fazzoletto di seta azzurra nel taschino. Certo è che quell'appellativo si addiceva loro a meraviglia.

«Siamo arrivati a questo, che la moglie del contadino si fa scrupolo di farla in campagna. Una volta pure la nonna paralitica andava a concimare di persona l'orto».

«Dai! Sennò davvero ci dicono feudali...». Straziota riusciva a far raggricciare le carni persino al suo amico gemellare Regalmuto. «Parlando di cose serie: a Porto Empedocle le fogne sono occluse perché non so se la soprintendenza o l'assessorato all'ambiente non consente lo scarico a mare. Hanno costruito un depuratore ma non gli hanno dato il permesso nemmeno di scaricare le acque reflue trattate. Allora hanno interrato il tubo di scarico, lo hanno fatto passare sotto la spiaggia e sotto il fondo del mare fino a sboccare a due chilometri dalla riva. Una spesa di miliardi! Beh, dopo tutto questo gli hanno negato ugualmente lo scarico. E sapete perché? Perché c'è una prateria di posidonie e l'acqua dolce proveniente dal depuratore potrebbe farle avvizzire. E intanto che succede? Gli scarichi destinati alla fogna e al depuratore si spargono sul terreno e i ragazzini ci sguazzano dentro. Così salvaguardano l'ambiente questi neofiti!».

«Una catena umana da Montalto a Caorso»: era inutile; Fricco Lesto teneva banco. Chiamarsi Fricco faceva fico negli ambienti ecologisti e di sinistra. «Una catena umana contro il nucleare!».

«Ma se in Francia, a un tiro di fionda da noi, ne stanno costruendo cinque di centrali nucleari; e ne hanno in programma altre diciotto». Con lo sguardo di falco del vecchio cacciatore (ma era un cacciatore pentito, che aveva creato riserve e oasi naturali nella sua proprietà), Altieri Langelli di Sansulpicio piaceva enormemente ad Alceo. E, a differenza degli altri nobili e nobilastri, il marchese s'intratteneva volentieri con lui.

«Abbiamo costruito la prima centrale nucleare in Europa», intervenne autorevolmente il professor Felice Ippolito, scienziato e già segretario generale del CNEN. Era comunista ma anomalo; e la sua casa di campagna a Cetona era un cenacolo di intellettuali senza marchio. «Con tre centrali funzionanti e una nostra tecnologia, per lo meno applicativa, ci saremmo collocati al secondo posto, subito dopo gli Stati Uniti. Ma ci pensate che commesse ci sarebbero arrivate da tutto il mondo? Dall'India come dalla Germania, dall'Australia, dall'Argentina. L'Italia avrebbe fatto un balzo economico formidabile. Assicurarsi una tale fonte di energia vale come la conquista di un impero: l'impero dell'energia. L'energia è tutto per l'uomo moderno, anzi direi tout court per l'uomo».

«E adesso, invece, presto ne avranno una in Iugoslavia, a un braccio di mare da noi», rincalzò Altieri.

«Quella è la più pericolosa di tutte; più pericolosa di tutte le centrali francesi messe insieme. È primordiale, con un unico sistema di raffreddamento e ha per copertura una semplice soletta anziché un triplice guscio come le centrali francesi e italiane. Può saltare da un momento all'altro come un tappo. Può bastare un errore, un attentato, una bomba».

«E se salta è come se saltasse in Italia. Il mare non è una barriera, il mare congiunge i paesi frontisti, è sempre stato così...».

«Perché non lasciare decisioni a esperti?», chiese con voce stridula Mrs. Doohan.

«Gli esperti, signora, non è che sbaglino meno degli altri, sbagliano per motivi più sofisticati», osservò col suo volto impassibile l'onorevole Teo Asterotte, ministro dell'industria.

«Tra una generazione i nostri figli si saranno assuefatti al nucleare come noi al motore a scoppio. Ma in quali condizioni economico-politiche ci arriveremo? Come credete di rimpiazzare per questi trenta-quarant'anni l'energia nucleare?». Ippolito si rivolgeva a Fricco Lesto: «Rendendoci tributari degli emiri? Ma vi rendete conto che l'Italia rischia di diventare un paese a sovranità economica limitata?».

«L'energia solare può sostituire vantaggiosamente l'energia nucleare!», proclamò Fricco Lesto.

«Sa per che cosa l'energia solare può rimpiazzare vantaggiosamente l'energia nucleare?», intervenne Straziota. «Per farle abbronzare le chiappe!».

«Il giorno della manifestazione io scendo a piazza di Spagna, faccio scivolare a terra il mantello e resto nuda nella barcaccia. Una donna che si espone senza protezione alla minaccia del nucleare», squittì Ella.

«Non sarà un'anteprima assoluta ma è sempre uno spettacolo interessante», bofonchiò Vulpicio.

«Beh, la pelle è un grande ecosistema di superficie che avvolge tutto il corpo, proteggendolo dall'ambiente esterno»: Alceo faceva il lezioso, un po' per galanteria cortigiana, un po' per mettersi in vista con Ella (che poi era la stessa cosa).

«Ma perché protestate tanto contro le centrali, che sono un uso pacifico dell'energia nucleare, e non protestate invece contro gli arsenali di guerra atomici?», riaccese la miccia Ippolito.

«Il problema vero è quello dell'eliminazione delle scorie», osservò il commendator Ferrarotti. Era titolare dell'Impresima, che aveva una commessa per Montalto, ed era uno che sapeva il fatto suo.

«Questo degli scarichi», notò l'ingegner Bronzini-Ferodi «può anche essere un business. Che ne pensa», si rivolse a Ferrarotti, «di questa proposta di legge Merli sull'inquinamento delle acque?».

«Il vero business è il mare», assentì Ferrarotti. «Chi può dire se è stato pulito o no?».

«Tutte cazzate!», proruppe Straziota.

«Eh, eh, bisogna vedere bene. Può nascere una nuova industria...», convenne invece Bronzini.

«Non saranno pochi folli a bloccare l'Italia».

«Dietro pochi folli ci stanno molti interessi», notò sconsolatamente Ippolito. «Per i petrolieri il nucleare sarebbe un colpo ferale. Potete capire quanti soldi sono disposti a muovere...». Ippolito aveva parlato così piano che Alceo, più che sentirle, gli aveva letto sulle labbra le parole.

Anche Vulpicio aveva carpito al volo qualcosa, ma si guardava bene dall'intervenire nel dibattito. «Sai come chiamano gli Altieri Langelli di Sansulpicio?», disse un po' più in là ad Alceo. «I marchesi di Santacquisto. E sai perché? Perché si sono arricchiti con la legge sulla manomorta, coi beni della Chiesa».

«Ma voi siete a favore o contro il nucleare?», gli domandò Alceo. «Il più grande sostenitore, Ippolito, mi pare che fosse il responsabile energetico del PCI. Non mi dire che siete con i petrolieri!».

«Chi è per il Vietnam è contro il nucleare».

«Non vedo il nesso...».

«Noi siamo per la salvaguardia dell'ambiente con e senza il nucleare», si rifugiò in angolo Vulpicio.

«Che anguilla!», pensò Alceo.

«Il rispetto dell'ambiente bisogna inculcarlo a scuola», dichiarò Linda Bacheca. «Dovrebbe formare materia dell'esame di maturità».

«*Quomodo homines avidi naturam corruperint*»,[1] cercò di farsi notare Alceo.

«Quello che non capisco», disse a mezza voce Sansulpicio, dopo che Ippolito si fu allontanato, «è perché la sinistra non abbia fatto del caso Ippolito l'affaire Dreyfus del nostro secolo. La verità è che i partiti di massa – tutti – dicono di seguire l'ideologia ma in realtà seguono la moda. Non indirizzano, sono a rimorchio, mettono la vela come soffia il vento, preoccupati come sono di arraffare voti. Ognuno crede di seguire la corrente ma in realtà regge la coda al suo vicino, il quale segue il suo prossimo, e così girano in tondo...».

«E la Russia? Mi pare che vada avanti nel suo programma nucleare senza remore di sorta», osservò Leo Soperchio. Già liberal e quindi socialista soreliano in ritardo, non era poi andato esente da sotterranei compromessi col regime fascista; dopo il 18 aprile '48 si era avvicinato parecchio ai democristiani ed era molto corteggiato dai più rappresentativi uomini della DC al governo (Moro escluso, cui aveva rivolto il suo sarcasmo, arrivando a definirlo «cultore delle più stucchevoli virtù coniugali»); infine negli ultimissimi tempi aveva ripreso a flirtare coi socialisti nenniani. Sul nucleare stava coperto, ma contro il comunismo andava sicuro; il che non escludeva ammiccamenti con singoli esponenti socialcomunisti e comunisti amendoliani.

[1] «Come l'avidità umana abbia alterato la natura».

Soperchio si era rivolto a Vulpicio, ma gli rispose Valente Bevagna: «Nell'Unione Sovietica il nucleare è responsabilmente accettato dai cittadini. Ed è rispettoso dell'ambiente. D'altra parte lì siamo in presenza di grandi spazi, mentre in Europa abbiamo la sovrappopolazione».

«E come si manifesta il consenso dei cittadini nell'URSS?», s'interpose Regalmuto. «Mediante la votazione per il partito unico?».

«La costituzione dell'Unione Sovietica, che poi è la costituzione di Bucharin...»

«Bucharin!», proruppe Soperchio. «Ma la malanima di Togliatti non lo rinnegò, un attimo prima che cadesse in disgrazia?».

Bevagna non raccolse l'interruzione. «La costituzione dell'URSS è profondamente democratica. E questo non solo nei rapporti con i cittadini ma anche nei rapporti tra le repubbliche associate nell'unione, le quali sono veramente indipendenti».

«Non sta parlando dell'Unione Sovietica», contrappuntò monsignor Santonastaso. «Sta parlando di un luogo dell'anima, sta parlando di Gerusalemme».

«Non è un credente, è un bigotto», sogghignò Straziota.

«La coesione è volontaria ed è data dall'adesione alla stessa idea, alla stessa missione». Figlio di un fascista antemarcia, il primo nome di Bevagna era Orbace.[2] Ma era col secondo nome, Valente, che era andato alla seconda cattedra di storia alla Sapienza e che era stato eletto, poi, deputato del PCI.

«Peccato che il missionario sia un autocrate che ha sterminato da quindici a venti milioni di cittadini... E la fede non è nel paradiso nell'altro mondo ma nell'inferno in questa vita se appena appena uno sgarra», rimarcò Soperchio.

«E tuttavia è più facile che un regime cada per stanchezza, per noia, anziché per l'orrore che ispira», bisbigliò Altieri.

«La fede», riattaccò Bevagna, «se vogliamo chiamarla così, è immanente: è nella creazione, nella rigenerazione di un homo novus, l'homo sovieticus, un cittadino operoso, capace di disinteresse personale e di solidarietà attiva».

«Operoso?», sghignazzò Straziota. «Sapete che cos'è un russo? Un napoletano che si ubriaca».

[2] Nome di un ispido tessuto autarchico, pretenzioso surrogato fascista della lana, usato per le divise dei soldati dell'esercito e per quelle della milizia fascista.

«Il diritto all'ozio è stato propugnato da scuole di pensiero che hanno origini lontane ed epigoni recenti, come Lafargue, che poi era il genero di Marx...», osservò, con pacato scetticismo, Sansulpicio cercando di calmare gli animi, ma ottenendo l'effetto opposto in Bevagna.

«Attivo, solidale, proteso a un obiettivo ideale; è questo il lievito che ha fatto e farà sempre più fermentare il mondo. Ed è questa la differenza con il mondo occidentale, con la sua democrazia solo formale, esteriore, rituale, che lascia campo aperto allo sfrenamento di tutti gli egoismi, al cinismo, alla sopraffazione».

«Voi, voi parlate di sopraffazione», si scaldò Straziota. «Guardate a quale punto può giungere uno storico quand'è accecato non dalla fede, ma dal fanatismo. Voi che avete schiacciato un popolo coi carri armati a Budapest e a Praga! Non mi risulta che il capitale abbia mai mosso i carri armati».

«Li ha mossi, altroché se li ha mossi, innumerevoli volte nella storia», insorse Vulpicio. «E li muoverà ancora, carri armati, aerei, missili, per qualcosa che valga la pena. E sapete cos'è che ne vale la pena? Non certo la libertà di un popolo e infatti per Budapest e Praga non si è mosso. Una volta quel che valeva la pena di una guerra era la conquista territoriale, oggi sono le materie prime, il petrolio. Per il petrolio sta' sicuro che si muoverebbe, e come, l'Occidente, a rischio di provocare la deflagrazione di un conflitto mondiale, a rischio nucleare. Porkmundo!».

«Ma tu da che parte stai?», gli si rivolse Soperchio.

«Né coi disertori né cogli assertori».

«Certo la fede è una grande molla», disse monsignor Santonastaso; «e i mistici ci sono in tutte le religioni, anche le laiche, vorrei dire, se non temessi di apparire blasfemo».

«I più determinati» (nel linguaggio smorzato di Asterotte determinati stava a significare esaltati) «sono quelli con la doppia fede, i cattomunisti».

«La verità è», si reinserì Sansulpicio, «che la fede senza la carità è un'astrazione arbitraria che può portare all'odio dell'uomo contro l'uomo. I peggiori massacri sono quelli fatti per motivazioni *religiose*. È solo la carità che è dono esigente di sé, esperienza personale di Dio...».

«Non si sta riferendo, mi auguro, all'esperienza delle dame di San Vincenzo», rilevò sarcasticamente Vulpicio.

«Mi sto riferendo all'insegnamento, alla testimonianza di vita di Paolo, che ha rifondato il cristianesimo e che sta ridando linfa alla chiesa dei nostri giorni grazie alla rivalorizzazione di papa Giovanni. Il cristianesimo si stava suddividendo in sette, che, richiamandosi ai singoli apostoli, si contrapponevano l'una all'altra...».

«Ma ancora non ci ha detto, professor Bevagna», riprese Asterotte «com'è che si esprime il consenso nell'Unione Sovietica. E, ancor di più, come si potrebbe manifestare il dissenso e quali conseguenze avrebbe una tale manifestazione...».

«Il consenso si manifesta deponendo obbedientemente una scheda nell'urna», s'intromise Straziota.

«Specie se la lista è bloccata», aggiunse Regalmuto.

«Il consenso si trasfonde nel lavoro...»

«forzato...», ridacchiò Straziota.

Bevagna non gli diede retta. Era come quei giocatori che, avendo corso molto e concluso poco, fallendo anche qualche occasione importante, dopo la fine della partita continuano a correre per scaricarsi. «Il consenso si trasfonde nell'azione, nella vita di un popolo, di tutti i popoli, per la valorizzazione di ogni risorsa umana e materiale per il benessere di tutti; il consenso è osmosi di intenti, è il lievito...».

«Quest'immagine del lievito non mi dispiace», sorrise con le labbra sottili l'onorevole Asterotte. «L'importante alla fine è che il pane non manchi, quale che sia il lievito che l'ha fermentato».

Una risatina generale alleggerì l'atmosfera. «Vede, caro professore», riprese con tono più serio Asterotte, «io capisco che se un uomo non ha una religione deve avere almeno un'ideologia. Altrimenti si colloca fuori della società. Una volta si diceva: *È un uomo senza religione!* Così come sono convinto che i due mondi si sorreggano reciprocamente. *Simul stabunt, simul cadent*». Alceo ebbe l'impressione che Asterotte si rivolgesse dalla sua parte. «E sono anche disposto ad ammettere che il muro di Berlino ha chiuso sì in un ghetto la Germania Orientale ma al tempo stesso ha tenuto l'Occidente al riparo da qualche problema...».

«Ma che funzione può oggi avere un muro», interloquì arditamente Alceo, «quando la radio supera ogni cortina? Durante la guerra in Italia si prestava più fede a radio Londra che all'EIAR; e nei paesi dell'Unione Sovietica arriva regolarmente la *Voce dell'America*».

«Non è la propaganda che può cambiare le convinzioni vissute di un popolo. E poi la radio è superata. In Russia il settanta per cento della popolazione guarda la televisione per una media di un'ora e mezza al giorno», ribatté Bevagna.

«La televisione», affermò Soperchio, «è una lente deformante».

«Eppure», osservò Alceo, «la televisione è una sorta di finestra extracorporea che ci consente di affacciarci su qualsiasi angolo del pianeta e di assistere all'evento che là si svolge come se fossimo...».

«Apparentemente», controbatté Soperchio, «solo apparentemente. Noi non vediamo di quell'evento quello che vorremmo vedere, bensì quello che il telecronista decide di farci vedere. La televisione, a ben guardare, non allarga il nostro orizzonte, c'impone, introduce in casa nostra la visione ch'essa ha scelto per noi, sostituisce la tessera di un mosaico a un panorama, enfatizza...».

«Sì, direttore, ma il fatto di cui bisogna rendersi conto è che la televisione non è tanto una rappresentazione della realtà quanto una realtà in sé...».

«La nostra televisione è provinciale, rionale. Non è mica la BBC, ha preso il posto dei cinema parrocchiali. È la nuova superstizione di massa».

«Con la televisione i contadini non lavorano più», borbottò Straziota. «Una volta la sera alle otto erano già a letto per alzarsi alle quattro del mattino».

«E i giovani, allora?», si sovrappose Regalmuto. «I giovani ti fanno cadere le braccia. Non vogliono né studiare né lavorare».

«Hanno trovato la mangiatoia bassa, questo è il fatto. Proviamo ad alzargliela e vedrai...»: Straziota aveva il rimedio pronto.

«La televisione ci traspone fuori della realtà, questo è il fatto!», insistette Soperchio.

«Se è per questo», lo marcò stretto Straziota, «la politica è anche peggio. La politica è la caricatura della verità perché pretende di vedere tutto sotto *la prospettiva politica*».

«Sul frontone della Dieta di Ratisbona era inciso: *veritas filia temporis*»[3]. Le radici di Sansulpicio affondavano sempre in un humus più profondo.

«Non buttiamo tutto in politica», reagì Soperchio. «Volevo semplicemente dire che quando noi eravamo bambini conoscevamo gli animali: quelli domestici, quelli usati nell'agricoltura e nella pastorizia, quelli che servivano da mezzo di locomozione, quelli selvatici. Li conoscevamo nel loro habitat, avevamo un rapporto interattivo con loro, sapevamo imitarne il verso, spiavamo le loro abitudini e la loro indole. E questo non solo quelli di noi che erano figli di grandi o piccoli proprietari terrieri. Chiunque aveva un cugino di campagna, contadino o cacciatore, chiunque aveva munto una capra, cavalcato un mulo o un asino... Oggi abbiamo la giostrina di Carosello...».

«Che gli sottrae la pubblicità...», soffiò Vulpicio.

«E pensi cosa accadrà con la televisione a colori... Meno male che c'è La Malfa...».

«Quel che bisogna evitare», rialzò la testa Bevagna, «è che la televisione venga asservita al capitale, diventi lo strumento della prevaricazione capitalista, americana. E l'America è un paese immaturo, una potenza aliena, imperiale e sottoculturale...».

«Solo che», socchiuse gli occhi l'onorevole Asterotte, e gli altri si zittirono, «solo che personalmente avrei preferito che questa trasformazione della società, questa pretesa palingenesi, reale o sognata, fosse stata tentata in maniera più graduale, meno traumatica, se mi consente...».

«Ah no, onorevole», obiettò Soperchio, «in questo io sono d'accordo con lo storico di sinistra. O si faceva un taglio netto, tranchant, o le forze conservatrici illuminate avrebbero ripreso il sopravvento. Hanno dovuto fare il salto, e il salto sotto la frusta di un domatore, anche se era un salto nel buio».

«Chi le ha detto che io la penso così?», insorse Bevagna. «È troppo comodo attribuire all'interlocutore un'opinione per schernirla».

«Ma quale scherno! Io la penso veramente in questo modo. Siete voi che non siete coerenti. A chi credete di raccontarla la storia del consenso...».

[3] «La verità è figlia del suo tempo».

Sansulpicio scosse la testa: «Ogni rivoluzione è utopistica, tende a qualcosa di irrealizzabile. E prima o poi trova un autocrate che la riporta nel quadro della realtà. Solo così può vincere. È per questo che ogni rivoluzione riuscita è anche...».

«Il consenso è la linfa...».

«Ogni rivoluzione riuscita è una rivoluzione tradita».

«Il consenso è la linfa che alimenta tutte le fibre del corpo sociale», enunciò, inconcusso, Bevagna.

«Beh...», osservò Asterotte, «non mi sembra che il partito comunista sia l'esercito della salvezza e vada in giro con tromboni e grancasse a convertire gli erranti».

«E dagli con questa linfa!», brontolò Straziota. «Purché sia linfa, e non sangue. Tutto sta a intendersi. Anche la Santa Inquisizione chiamava tempra dell'anima la tortura...».

«Ha parlato Bokassa!».

La cerchia di ascolto si era ormai spezzettata.

«Il socialismo dal volto umano non esiste», proseguiva per suo conto Straziota. «L'impronta del socialismo reale è quella lasciata dai cingoli dei carri armati sulle strade e sui campi dell'Ungheria e della Cecoslovacchia».

«Una cosa è il comunismo altra è lo stalinismo», ci tenne a precisare Vulpicio. «Anche la Chiesa ha avuto qualche papa che non è che si sia proprio attenuto ai dettami del vangelo... Nell'arco dei secoli gli eccessi di uno Stalin non peseranno sul marxismo-leninismo più di quanto non abbiano inciso sul cattolicesimo un Bonifacio VIII o un Alessandro VI o un Paolo III».

«In realtà Bonifacio VIII fu un grande papa», obiettò Asterotte.

«Il sacrificio per il sacrificio», sussurrò a fior di labbra Altieri. «È questo che si chiede al perfetto comunista. Il sacrificio, in isolati individui, dà per se stesso un suo appagamento. Pensiamo agli asceti, agli stiliti. Ma in un intero popolo quanto può durare?».

«Io vi dico una cosa», rincalzò Bevagna, tracimando senza ritegno. «Io vi dico che il marxismo-leninismo è la sola ideologia che può dare al popolo il benessere mediamente più alto e l'unica che possa ottenerne l'adesione non coatta».

«Una società civile dovrebbe poter vivere senza bisogno di un'utopia rigeneratrice».

«L'utopia è quella di Marcuse: una società senza regole...».

«Senza imposizioni, senza repressione addizionale, non senza regole», Vulpicio corresse Bevagna. «E questa *utopia* sta già portando alla liberazione delle donne, al rinnovamento della società».

«Ha portato al femminismo e ai movimenti gay», rilevò sarcasticamente Straziota.

«Secondo me, del femminismo si avvantaggeranno le donne accasate», lo corresse assennatamente Sansulpicio.

Ma Bevagna non sentiva ragione: «Ma quale utopia! È l'inverarsi della storia, la sua dialettica. Sentite: io sono sicuro che entro due, tre decenni assisteremo al crollo finale dell'imperialismo. Già ha perso l'Asia, l'Africa e parte delle Americhe e dell'Europa. Ma se mai un giorno i regimi marxisti – tra due o trecento anni – dovessero declinare...».

«La Chiesa dura da duemila anni», interruppe Sansulpicio.

«E sa perché?», rimarcò maliziosamente Vulpicio. «Perché non ammette la successione ereditaria, come non l'ammettono gli Stati socialisti».

«Io vi dico che se mai, tra duecento o duemila anni che sia, il consenso del popolo dovesse venir meno – se mai quel giorno verrà – la classe dirigente comunista si tirerà da parte senza sparare una fucilata».

«Beh, questo è un po' troppo», osservò Asterotte. «Una rivoluzione senza spargimento di sangue sarebbe una *contradictio in adiecto*. E come avverrebbe, così dalla sera al mattino, per uno spruzzo di aspersorio? Suonerebbe la tromba di Gerico e crollerebbe il muro? Ma allora sarebbe un miracolo... Oppure metterebbero un avviso in bacheca?».

«Se è stato abbattuto il muro tra Gerusalemme est e Gerusalemme ovest», fece rilevare garbatamente Sansulpicio, «io non escluderei che un giorno possa essere eliminato anche il muro tra le due Berlino. In fondo sempre di tedeschi si tratta, mentre lì il muro separava gli arabi dagli ebrei, due razze che non potranno mai convivere...».

Era la seconda volta che veniva evocata Gerusalemme: Vulpicio s'irrigidì.

«Nessun impero è mai crollato così», enunciò Soperchio.

«Sì, perché questo è un impero del popolo...», cercò di proseguire Bevagna.

«Vi siete fumati il cervello!».

«Caro Regalmuto», tentò di calmarlo Sansulpicio, «il fatto è che la fumosità si addice all'ideologia perché – come notava Montesquieu – *quando si dicono le cose veramente chiare, è allora che si persuade di meno*».

«Gli storici non si distinguono in genere per capacità predittiva», ribattè ancora il chiodo Soperchio.

«E gli intellettuali sono sempre gli ultimi a capire», chiuse il discorso Regalmuto.

Ma tutti si stavano ormai scostando.

Mrs. Doohan colse l'opportunità per tornare alla carica con Asterotte, ch'era l'unico che le interessasse. «Io penso qualcuno avere fatto statistiche. Quanti incidenti fino questo anno causa centrali nucleari? Statistiche servire per questo».

«Lo statistico, signora», la freddò Asterotte «è uno che annegò in un fiume mediamente alto sessanta centimetri».

Monsignor Santonastaso si era defilato da un pezzo. Adesso stava in un gruppetto di signore. «Ero in questo viaggio organizzato in Kenia», stava raccontando. «Naturalmente ero in borghese, in sahariana. In un safari ci aggregano a un altro gruppo. Come mi vede, questo buonuomo si precipita, mi prende la mano, cerca di baciarmi l'anello (che non avevo), fa: *Monsignore, quale piacere vederla qui!* Insomma, fessacchione, Minchiarone di nome e di fatto, vedi che sono in sahariana, in compagnia, che non ti saluto, e invece di tirar via ti prosterni? E dire che è un palazzinaro! È più svelto il mio sagrestano».

Le signore erano in sollucchero.

«E chi c'era, chi c'era con lei, eccellenza?», chiese la Scovacricchi.

«Si dice il peccato, non la peccatrice», interloquì un'altra.

Monsignor Serafino Santonastaso era un bellissimo uomo, elegante in clergyman come in tonaca, con gemelli di brillanti ai polsini.

«Anche perché potrebbe essere una di noi», gorgogliò Ersilia Corpetti: graziosissima colonnello della Croce rossa, indossava un abito severo davanti, ma aperto dietro con una lunga scollatura che si allargava in fondo sulla sommità rotonda del sedere.

Capitolo undicesimo

Alceo tornò a casa con un quadro di Ierace sotto il braccio. Era il terzo che Ella gli regalava.

«Perché ti fa tutti questi regali?», gli chiese Leda.

«Mah, così, perché non dovrebbe farmeli? Lei è piena di Ierace, ce n'ha perfino accatastati».

«Io ho sentito dire che valgono».

«Certo che valgono. Che credi, lei è una generosa».

«Ma certo, si svena.! E quanto ti darà per questo libro che le stai scrivendo?».

«Mah, veramente non ne abbiamo mai parlato. Non sarebbe fine».

«Ah, è fine lei, la signora. Sai che m'hanno raccontato? Hai presente quel rubino che porta al dito? Quel sangue di piccione grosso come una mora? Un giorno torna a casa con l'anello al dito. Lo sventola sotto il naso del marito. Niente. Il giorno dopo, lo stesso. Finalmente una sera il duca se n'accorge e le domanda: "*Che è questo anello?*" "*Ti piace?*" gli fa lei. "*Me lo ha proposto Gianni Bulgari; è una pietra eccezionale*". "*E quanto l'hai pagato?*". "*Non l'ho pagato, l'ho portato a casa per fartelo vedere. Se ti piace lo prendo*". "*Quanto costa?*". "*Hai visto che pietra? Che luce ha? Ce ne sono poche come questa. Mi farebbe settecento milioni*". Così il conte tira fuori il libretto degli assegni e le sgancia settecento milioni».

«Embè? Si vede che se lo poteva permettere».

«Permettere? Ma che cavolo dici? È la signora che si permette... Ma se lo sanno tutti che gliel'ha regalato il suo amante!».

«Quale amante?».

«Il banchiere, il finanziere».

«G.G.? Ma se è un vecchio...».

«Perché lei è una pupa! Ma quanto siete scemi. Hai capito? Si tiene l'anello dell'amante e si fa dare l'assegno dal marito».

«Chi ti ha raccontato questa storia?».
«Me l'hanno raccontata».
«Beh, sai come fa lei? Toglie ai ricchi per dare ai poveri...».
«Quali poveri? Se li è messi in tasca lei i settecento milioni...».
«Eh... ma sai come si definisce lei? Una povera ricca...».
«Ma fammi il piacere! La Robin Hood dei Parioli. Si vende pure i quadri di Ierace. Lui glieli regala e lei li vende».
«Li venderà per conto di lui...».
«Per conto di chi? Hiii!cuccurucù! Ma sei proprio fatto! Per conto della duchessa li vende...».
«A me veramente li ha regalati».
«E si è sprecata, la signora. Perché non ti ha regalato l'anello, visto che sei il suo favorito, il suo *pet*?».
«Ma chi ti dice queste cose?».
Quei termini «favorito», «*pet*» non erano di Leda. A un tratto ad Alceo si accese in testa una lampadina: «Vulpicio!», esclamò. «È lui che ti viene raccontando queste panzane!».
«Alceo, a chi credi di raccontarla, tu? Ma se siete tutti cagnolini ai piedi di lei, la strafica!».
«Vulpicio, quel viscido! Come fai a dargli confidenza?».
«Viscido! Guarda chi si strappa le vesti! Siete tutti uguali. Strisciate tutti come schiavetti. E poi con qualcuno devo pur parlare... Ha begli occhi...», soggiunse dopo un momento provocatoriamente.
«Maledetto», pensò Alceo, ma lasciò cadere il discorso.
Amava Leda più che mai, ma il loro legame sessuale sembrava essersi allentato. La settimana prima era diventato il responsabile della pagina culturale del «Messaggero», subentrando a Pietro Cimatti, ch'era un drago ma si era perduto da un certo tempo in qua appresso a pratiche misteriche, spiritiche, esoteriche. All'università aveva adesso l'incarico di sociolinguistica dopo aver tenuto quello di sociologia dei processi culturali, che aveva avuto alla chetichella, in pieno mese d'agosto, ma che detestava. Tra l'incarico all'università, la pagina culturale, il libro di Ella e quello su Campana che stava scrivendo non gli restava un attimo di tempo. Arrivava a sera spompato. Certo non giungeva a casa col sangue in subbuglio, come un tempo. Ma il cuore gli traboccava di tenerezza per Leda... E di desiderio, anche, ma non specificamente

sessuale. Desiderio di starle accanto, di guardarla, di sentire il suo tepore, respirare il suo alito, guardarla, guardarla, guardarla... Il guaio era che Leda aveva sempre detestato le sdolcinatezze, le moine, le coccole. Non gradiva nemmeno granché i preliminari, a differenza delle altre... Le piaceva essere assaltata; o assaltare lei. Più improvviso era il desiderio, più si accendeva. Se si fosse stretta a lui, se si fosse fatta accarezzare...

Andando da Ella, Alceo non pensava mai al sesso. Ma Ella era un'incantatrice di serpenti. Gli dettava semisdraiata sul divano, tenendolo agganciato con le gambe a forbice. Lui cercava di orientare e raddrizzare in qualche modo il suo racconto alluvionale. Andavano avanti così per un bel po'. Poi lei gli prendeva la mano e gliela metteva in mezzo alle gambe. Alceo dapprima la lasciava là, mentre lei continuava a raccontare. Piano piano, un palmo dopo l'altro, la spostava più su, più su, ancora più su fino al sesso. Ella non smetteva di parlare, come se non se n'accorgesse. Lui la toccava lievemente, prima con indugi poi con determinazione. Poco a poco la voce di Ella s'incrinava, s'ingorgava e a un tratto lei gli piantava le unghie nel petto, nell'omero, nella spalla e veniva, con contrazioni brevi e forti.

Altre volte, dopo un po' che stavano seduti insieme, lei tirava su la gonna, si scopriva il pube e si rovesciava indietro sul divano attirandolo a sé.

Il fatto che non portasse slip intrigava Alceo enormemente.

Quel pomeriggio stava semidistesa sul divano, di fianco, poggiata su un gomito.

«Sembri una di quelle statue femminili di Tarquinia sui coperchi dei sarcofagi», osservò Alceo.

«Che vuoi dire, che sono un pezzo d'antiquariato?», si risentì Ella.

«Ma vai! Pure Paolina Borghese sta nella stessa posa. Mi è venuto in mente perché anche le etrusche erano donne molto libere, dominatrici. Sai che differenza c'è tra il patriarcato e il matriarcato? Che nel patriarcato gli uomini fottono le donne, mentre nel matriarcato sono le donne a fottere gli uomini».

«E non è la stessa cosa?».

«Eh, no. La differenza c'è. E con te si vede, eccome!».

«Vedi la differenza?», fece finta di fraintendere Ella, scoprendosi il bacino. Stava, sempre sul fianco, con una gamba poggiata sul collo di Alceo; aveva ripiegato l'altra, che prima era a compasso, sul divano.

«Io non sono una matriarca, sono una femminista».

«A parte il matriarcato, che è stato un regime che è durato per secoli e che è stato estremamente benefico, le più grandi femministe sono state nell'antichità. Altro che l'Adele Faccio che fa seat-in sotto il Ministero della sanità con sul berrettino il numero degli aborti... Sai come Teodora conquistò Giustiniano? Teodora, con tre sue amiche, Antonina, Indaro e Crisomallo, aveva messo su, nel centro di Bisanzio, una casa di appuntamenti, ch'era un punto d'incontro elegante. Notò questo giovane serioso, imbarazzato, introverso, che se ne stava lì senza osare buttarsi. Allora anche lei prese a sedersi in un angolo. Stava lì, vestita compuntamente di lanetta fino ai piedi, per un po' e poi si ritirava in una stanzetta dove filava la lana cantando. Incuriosito, Giustiniano chiese di lei alle sue amiche. "*È una nostra collega*", gli dissero quelle, ammaestrate da Teodora, "*che si è infervorata per la religione e adesso fa vita da penitente, lavorando e pregando. Eppure era la più sfrenata di noi quattro...*". Giustiniano si accostò a quella fanciulla, prima nella sala comune, poi prese a seguirla nella sua stanzetta. Teodora intrecciò con lui dibattiti approfonditi sull'incarnazione di Cristo e sulla natura sua e della Santissima Trinità. Tra gli stessi seguaci della doppia natura c'era una spaccatura profonda: *omousía*, cioè della stessa sostanza, od *omoiusía*, cioè di sostanza solo simile al Padre. Per uno iota in più o in meno si scannavano tra niceani ortodossi e ariani. Teodora era ferratissima in materia. Ma una sera Giustiniano con gli occhi bassi le confessò di essere tormentato da pensieri impuri, come se un demonio si accanisse con lui. "*Sono solo pensieri o anche atti impuri?*", gli chiese Teodora. Giustiniano, vergognoso, confessò che si toccava. "*Come, così?*", fece Teodora; lo manipolò brevemente ma sapientemente e poi lo lasciò. "*Sai che anche a me fai venire pensieri impuri?*", gli disse. "*È meglio che non ci vediamo più*", e lo accompagnò alla porta. L'indomani sera Giustiniano era lì. "*No, non voglio ricadere*", gli disse Teodora. "*Tu non sai a quale punto m'avesse portato il demonio quando ero sotto il suo dominio. Oh, tu non sai quanto lui sia insaziabile! Aveva preso possesso di me e non mi lasciava mai. Erano tre demonietti, uno per ogni orifizio; se penso a quello che mi hanno fat-*

to fare..." Il giorno appresso Giustiniano era letteralmente sconvolto. "*Sai*", le disse "*anche tu devi sfogarti con me. Solo così potrai liberarti dei tuoi ricordi peccaminosi e trovare la pace. Mi devi raccontare tutto quello che ti hanno fatto fare i tre demoni*". E Teodora prese a narrargli le storie più oscene che avesse vissuto. E le aveva vissute veramente! Giustiniano scoppiava e la supplicò di fargli spegnere in lei il suo desiderio come lo spegnitoio spegne la candela. Ma Teodora si rifiutava. "*Ho fatto voto di cambiare vita e non voglio, non debbo più ricadere nel peccato*". "*Ma sei giovane, sei intelligente, sei... sei irresistibile, non puoi rinunciare così alla vita!*". "*Credi che non mi costi? Credi che la mia carne non sia tormentata dal desiderio? È il tuo stesso desiderio che mi accende, che mi contagia. Ma se cedessi una volta, una volta sola, sarebbe finita. Ah no! Lotterò contro il peccato anche a costo di rivoltarmi tutta la notte nel letto senza sosta. Se poi un giorno il Signore vorrà... troverò nel matrimonio, solo nel matrimonio, il mio remedium concupiscentiae*". "*Sposami!*", le chiese Giustiniano. "*Che dici! Sai bene che la legge vieta a un nobile di sposare un'ex attrice*". "*Chiederò all'Imperatore di cambiare quella legge! Lo pregherò, lo supplicherò, non gli darò tregua finché non me lo concederà!*", giurò Giustiniano».

Mentre parlava, Alceo le tastava la vulva chiusa con i polpastrelli uniti. Ella era tutta presa dal racconto; pure spingeva col pube contro le dita. Quando Alceo terminò, scoppiò a ridere come una pazza scalciando. Alceo le passò lentamente il medio sull'orlo delle labbra, proprio come avrebbe fatto sulla bocca. Poi ricercò delicatamente un trasalimento più profondo...

«È strano», pensava Alceo «c'è più tenerezza carnale con Ella che con Leda. Eppure, in fondo, non la reggo. Tutto in lei è egocentrismo, prevaricazione, appropriazione».

«Ma tu che cerchi nella tua Teodora?», chiese Ella poggiando la nuca sul divano e aprendo le gambe.

«Cerco il tuo tantra», disse Alceo.

«E che cos'è?».

«È l'essenza della personalità, è l'energia assimilatrice, è la ricerca della conoscenza non mediante l'intelligenza ma con la psiche profonda».

«E lo cerchi lì?», domandò Ella allargando ancora di più le cosce.

«Vedi, a differenza della cultura occidentale logocentrica che tende all'intellettualismo e che finisce per imbozzolarsi nel suo cerebralismo, la cultura orientale è immedesimata con ogni realtà vivente, somatizzata in tutto il corpo. Mentre l'occidente collocava la sede dell'anima nella ghiandola pineale, quindi nell'encefalo, l'induismo giunge all'identificazione di personalità e di sessualità e così colloca il tantra nella parte del corpo più aperta all'immedesimazione dell'altro in sé e quindi, specie nel tuo caso, nel sesso».

Mentre parlava le guardava appunto il sesso, spalancato. Vedeva bene, oltre l'inguine, l'attaccatura delle cosce alle natiche.

«Ha le cosce poco toniche», notò Alceo. «Le è rimasto il fisico tipico da indossatrice, elegante ma poco atletico. Leda, invece, è un prodigio della natura. Uscita perfetta dallo stampo. Una gatta sorniona capace di qualsiasi prodezza atletica con la facilità che si ha solo in sogno...».

Sentiva la testa fredda; e pure il membro, malgrado la provocazione spudorata di Ella, non era propriamente sintonizzato con la situazione. Anche la tenerezza era quasi svanita.

«Non mi vanno queste astruserie», disse Ella. Era una sensitiva straordinaria e avvertiva il raffreddamento di Alceo. «Ti rifarò la domanda: che cerchi dentro di me?».

«Cerco l'anima», rispose Alceo, compiacendosi mentalmente, con vergogna, della battutaccia.

Era andato a segno. Ella si sollevò e poggiò la guancia sulle gambe di Alceo. Gli aprì la zip e glielo tirò fuori. Glielo prese in bocca. I capelli le cascavano giù in un velario rosseggiante formando una specie di tenda.

La lingua di Ella sapeva dare delizie quali Alceo non aveva mai provato, nemmeno nelle case di appuntamento di Genova e di Bologna, quando ci andava per le gare di nuoto. In quell'atteggiamento non c'era più traccia di arroganza in lei. S'era impadronita, con l'organo maschile, di ogni capacità di percezione e di volere del maschio e ne assaporava profondamente la voluttà come l'ape succhia il polline dal pistillo. Certo in quel momento il suo dominio era ancora più assoluto; ma forse proprio questo la rendeva più dolce, quasi servente.

Alceo sentì un fiotto caldo nelle reni; fece appena in tempo a estrarre il membro dalla bocca di Ella e ad appoggiarglielo spasimante alla guancia.

Capitolo dodicesimo

Era un po' di tempo che non andavano in pineta. Ma quella mattina era assolutamente radiosa. Il cielo, d'un azzurro intenso, dava, a guardarlo fisso, le vertigini. Un pulviscolo d'oro zecchino, come nei quadri del Beato Angelico, formava un fondale vibrante dietro le chiome a corolla dei pini.

L'aria era limpidissima ma come percorsa da un'invisibile tensione, gravida di imprevedibilità.

«È strano», pensava Alceo «come il prato, il tappeto erboso, sia espresso nelle varie lingue con sillabe sibilanti: gazon in francese, grass in inglese». E questo pensiero gli sembrava disvelatore di chi sa quale ultrarealtà.

Quella zona del bosco si apriva in una raduna erbosa di un verde smeraldo. Camminavano su un tappeto, o meglio su un materasso, morbido ed elastico. Un ruscello s'allargava lì in un laghetto, al di là del quale c'era un'isola fitta di pini e di cedri.

Alceo non aveva mai pensato si potesse arrivare al di là se non a guado. S'accorse invece che c'era un tronco d'albero, fasciato di un tenerissimo muschio verde-velluto, che faceva da ponticello. Nell'ultimo tratto, dove si attestava all'isola Ogigia, un salice scioglieva a cavallo del tronco muschiato la sua chioma sovrabbondante. Si passava dentro la sua capigliatura come sotto una tenda vegetale mossa da un lieve fremito, una nicchia ecologica-medicinale dove filtrava, sotto la mantiglia, una luce verde-stanca. «Qui dentro i sostantivi sono tutti al femminile», – riconobbe Alceo – «perché Ella, ch'è una femminista, impone il suo lessico sessista, da matriarca». Prese per mano Leda e camminando avanti a lei passarono nell'isoletta. La luce filtrava attraverso le fronde e restava sospesa come il pulviscolo in una stanza nella quale sia stata socchiusa al sole un'imposta. Una sensazione di gioia profonda invadeva l'anima. Sentivano di essere giunti in una zona a loro riservata, dalla quale chiunque altro era escluso. Si abbracciarono in un tripudio di luce, con un trasporto d'amore e di felicità assoluti, come se avessero realizzato lo scopo segreto della loro vita.

Leda s'attaccò a un ramo e fece un volteggio, con leggerezza suprema. Alceo poggiò le mani sui fianchi e agitando svelti svelti i gomiti («come il frullio d'ali d'un colibrì») cercò di levarsi in volo. Non ce la faceva. Allora s'arrampicò su un pino e da lì, dalla forcella più alta, si lanciò giù come uno pterodattilo. All'inizio perse subito quota, ma, agitando freneticamente i gomiti, riuscì a risollevarsi un po' quando già sfiorava terra e a proseguire così a volo radente, superando il laghetto, nella radura.

Non era la prima volta che faceva quell'esperienza; l'aveva fatta altre volte in sogno; ma quella volta riusciva davvero a sostentarsi in volo per un buon tratto. La cosa era inspiegabile secondo l'aerodinamica accademica che, non avendo mai avuto esperienze alate, ne negava la praticabilità. Invece, agitando velocemente i gomiti come alucce, si provocavano dei vortici d'aria che determinavano una zona di bassa pressione proprio al di sopra delle braccia. Ciò ingenerava una spinta ascensionale dovuta alla maggiore pressione al di sotto dei gomiti sbattenti, che evidentemente forniva quella spinta supplementare che contraddiceva le leggi canoniche dell'aerodinamica.

«Ecco perché mi chiamo alceo-alcione di nome e róndini di cognome», capì Alceo, pronunziando Rondíni con l'accento sdrucciolo.

Era però un volo faticoso; ogni tanto Alceo non ce la faceva a sostentare il volo col battito dei gomiti e toccava terra con la punta d'un piede, ma subito rimbalzava su come da un telone dei pompieri o dalla rete di sicurezza degli acrobati. Alla fine il volo perse slancio ma seguitò ancora oltre la pineta, a grandi balzi. Era ormai sulla spiaggia di Capocotta; ogni balzo era di una decina di metri; sentiva sotto i piedi la sabbia soffice ma compatta. «È stata compattata con colla di pesce», osservò balzando da una duna all'altra. «Gelatina di pesci infradiciatisi sulla spiaggia». Le ondulazioni della sabbia non finivano mai: in quel momento si accorse di aver perduto Leda.

Faceva grandi sforzi per aprire gli occhi, ma sentiva le palpebre incollate. «Sono incollati con colla di pesce», pensò. Poi si ricordò come si rinviene dall'anestesia: fece un grosso respiro e aprì prima un occhio poi l'altro. Le stecche dell'avvolgibile non erano serrate. Un sole realmente sfolgorante filtrava nella camera. Alceo balzò su; si era dimenticato di mettere la sveglia.

Leda dormiva con un abbandono totale del suo corpo perfetto. Alceo sollevò un po' il lenzuolo: il baby-doll la lasciava scoperta dalla vita in giù.

«Domenica potremmo andare nella pineta di Castelfusano».

«Uhm», fece Leda nel sonno.

Il sabato pomeriggio in genere giocavano il doppio misto. Alceo adesso faceva coppia con Fiamma e Leda con Valerio.

Ella insisteva per avere Alceo anche il sabato. Proprio il fatto ch'egli quel giorno non fosse disponibile – e forse il sospetto che non fosse disponibile a causa di Leda – la faceva accanire più che mai. Ma, almeno in questo, Alceo non aveva mollato.

Adesso le partite andavano benino. Nonostante Alceo fosse sottoallenato rispetto agli altri, la fantasia dei suoi colpi e la battuta velocissima (cui peraltro Leda rispondeva immancabilmente), insieme con le staffilate di Fiamma e un po' di gioco al volo, pareggiavano le sorti in campo.

«Sei nuovo?», domandarono ad Alceo negli spogliatoi mentre si svestivano.

«No, ma frequento il tennis di sfuggita», rispose Alceo.

«*Di sfuggita*?». Ogni espressione un po' inusuale si stampava indelebilmente nelle menti dei frequentatori degli spogliatoi come su una matrice vergine.

«Saluti a tutti, compreso Cupone», fece un altro entrando.

Alceo si stava allacciando le scarpe da tennis. Sbirciò, piegato com'era, verso il lato dove stava Cupone. Cupone, detto Scufecchia o anche il verme solitario, era un ex piccolo imprenditore edile, abbandonato dalla moglie, dalla figlia e dalla cameriera. Si trascinava dietro, al guinzaglio, senza liberarlo mai, un cagnetto di razza incerta afflitto dalle emorroidi, che ogni pochi passi puntava i piedi cercando disperatamente di defecare.

Pur essendo proprietario di una villetta e di un appartamento, Cupone viveva in una roulotte. La teneva parcheggiata, ignorando ricorrenti proteste, nel piazzale antistante il club Laguna blu. Questo gli dava il vantaggio di essere il primo, alle sei della domenica mattina, per la prenotazione dei campi da tennis sul tabellone. Ne approfittavano alcuni che si facevano riservare i campi da Cupone a proprio nome quando ancora non c'era nessuno presente. Valerio Vergotto era uno di questi.

Alceo beneficiava indirettamente di tale sistema per il doppio misto. Temeva quindi che Cupone potesse offendersi con lui e, di conseguenza, con Valerio. Era stato infatti Alceo a introdurre quella forma di saluto, il cui significato, ovviamente, era che Cupone, salvo che non fosse espressamente menzionato, era tacitamente escluso dalla cerchia dei presenti cui era indirizzato il saluto. Ma il suo timore era infondato. L'espressione era entrata nel limitato repertorio di frasi dei tennisti senza che ne venisse registrato l'autore, come per i cori allo stadio.

Interruppero la partita al terzo set, dopo due ore di gioco, sull'uno pari e tre a due per Alceo e Fiamma al terzo.

Le saune del tennis erano spente e così Alceo e Valerio andarono in quella della piscina, che a quell'ora di sabato non era frequentata.

S'erano sdraiati da poco quando la porta si aprì e fece capolino Lalla mentre Fiamma restava più indietro. Valerio e Alceo si sollevarono cercando di coprirsi in fretta con l'asciugamano.

«Vediamo, vediamo!», uggiolò Lalla tirando per un lembo l'asciugamano di Valerio. Fiamma sbirciava ridendo dalla porta aperta.

Si allacciarono gli asciugamani ai fianchi per fare la sauna insieme con le signore. Loro avevano tenuto mutandine e reggiseno.

Alceo rimase sconcertato. Aveva sempre creduto che il marito di Fiamma, Orlando, fosse geloso ingiustificatamente. Lo chiamava, scherzando, l'Orlando furioso. Fiamma, infatti, con lui si era sempre comportata irreprensibilmente. Non avrebbe mai immaginato che fosse capace di un gesto audace, come quell'incursione nella sauna. E la circostanza che la sauna delle donne fosse spenta non era certo una spiegazione appagante... Ma era soprattutto quell'accoppiata con Lalla che lo lasciava perplesso.

Lalla era schivata dalle donne quasi quanto Cupone veniva schifato dal genere umano. Era proprio una bambola: aveva due grosse trecce bionde e una faccina e un corpo alla Carroll Baker; stava sempre a scherzare con questo e con quello. Alceo non ci vedeva un granché di male. «Avrà le sue storie, come tutte», aveva osservato, quando Valerio gliel'aveva mostrata la prima volta.

«Beh, un po' di più, forse», aveva replicato Valerio, ma senza malevolenza.

Le donne però raccontavano di lei non si sa cosa. Dicevano che faceva l'amore con un uomo appresso all'altro e anche con più uomini alla volta, a sandwich, come Palma Montechiaro. Secondo loro, addirittura, i giovani venivano a trovarla in comitiva, partendo da Sora (chi sa poi perché da Sora...) in gruppi organizzati di quattro – cinque in una stessa macchina per dividere la spesa della benzina.

Alceo aveva sempre considerato queste chiacchiere delle cavolate, ma certo la reputazione era quella che era.

Il marito di Lalla aveva un nome stranissimo: Quibusquondam, che i frequentatori del tennis, in genere non molto versati in latino, avevano contratto in Condom. Era un tipo particolare, che trascorreva intere mezz'ore nello spogliatoio del tennis ad allisciarsi e acconciarsi i capelli col föhn e con la spazzola, coprendosi e scoprendosi con l'accappatoio mentre si guardava allo specchio.

Alceo non aveva mai sospettato che ci fosse amicizia, e in certo senso complicità, tra Lalla e Fiamma. Il risvolto che più lo turbava era che Fiamma e Leda erano amiche per la pelle. Stavano spesso a parlare fitto fitto: e s'interrompevano se arrivava lui. Ora, Alceo aveva colto la golosità dell'occhiata con cui Fiamma aveva guardato di sfuggita Valerio, prima che lui riuscisse a ricoprirsi.

E se Fiamma era così, Leda? Un altro pensiero venne improvvisamente in mente ad Alceo. Chi aveva detto a Lalla che Valerio era superdotato? E se lo avesse saputo proprio da Fiamma? In questo caso non poteva essere che Leda ad averglielo riferito. Ricordava bene quando gliene aveva parlato, per eccitarla. Leda era sembrata non farci caso... Ma se invece?

L'indomani mattina, domenica, andarono a Castelfusano. Era una giornata solare in tutto degna dell'estate di san Martino. Andavano per la pineta in bicicletta, dopo esservi giunti per strade di campagna.

All'inizio Alceo non si raccapezzò. Eppure ricordava di aver intravisto la radura; o l'aveva vista solo in sogno?

«Proviamo dall'altra parte della Colombo», disse.

Attraversarono rischiosamente la Cristoforo Colombo e s'addentrarono nel lato di sinistra della pineta. Folto vicino alla strada, il bosco da quel lato si diradava un po'. In uno spiazzo ragazzi giocavano a pallone. Presero per un sentiero che si restringeva sempre più. Alceo aveva l'impressione di esserci già stato. Proseguirono portando le biciclette dal manubrio. Poi dovettero abbandonarle e Alceo, poco più oltre, ebbe cura di contrassegnare con due rami e un masso il punto dove il sentiero scompariva nell'erba. Per orientarsi avevano soltanto il sole. Alceo era uomo di mare ed era abituato a regolarsi un po' col sole. Ma nel bosco faceva presto a smarrire l'orientamento. Leda, invece, aveva un istinto della direzione infallibile. In montagna era lei a fare da guida nelle loro scarpinate di sei-sette ore. Del resto non era nel carattere di Leda trasmettere agli altri le informazioni in suo corredo, non si sa se per ereditarietà d'istinto o per apprendimento. Così, solo casualmente e a mezza bocca Alceo le aveva carpito una volta che nelle conifere il lato a sud ha una colorazione più accesa nel tronco: una bussola vegetale per creature silvane.

«Togliti i pantaloni», propose Alceo.

«Ma no, mi spino», rifiutò Leda.

Camminava davanti a lui evitando le insidie del sottobosco. I pini a ombrello erano mischiati adesso con lecci, pinastri a cespuglio, ginepri, rododendri; in una radura sassosa erano cresciuti dei pini cembriformi.

Leda avanzava lenta ma sicura, come se fosse guidata da una bussola interiore.

Alceo teneva lo sguardo fisso sul suo culetto; i glutei andavano su e giù elasticamente in un movimento alternato.

«Togliti i pantaloni», pregò di nuovo.

All'improvviso si aprì davanti a loro uno slargo: la loro isola era là; esattamente dove doveva essere e dove istintivamente la cercava. C'era, c'era dunque!

Certo la radura non era verde-smagliante e non era rasata come nel sogno. Era piuttosto di colore grigio-verde; tuttavia era, effettivamente, soffice in maniera incredibile, spugnosa come i licheni. Alceo la provò col piede: si sprofondava fino al polpaccio. «Che erba sarà?», pensava. Si rammentava d'aver visto qualcosa di simile in una villa a Casalpalocco. Cercò di farsi venire in mente il nome: qualcosa come Angola, no come Ruanda...

«Guarda!», lo scosse Leda. Al margine opposto della radura c'era dell'acqua stagnante accanto a un ruscello.

Si presero per mano e corsero in quella direzione. Il terreno era intriso d'acqua. Si sprofondava nel fango fin quasi al ginocchio.

«Di qua», disse Leda. Sopra il terreno correva un grosso tubo, qua e là macchiato di muschio verde-ruggine.

«Vieni, vieni appresso!», Leda camminava sul tubo con la stessa facilità con cui da ragazza faceva gli esercizi sulla trave di equilibrio. Alceo la seguiva goffamente, pencolando da una parte e dall'altra. Nell'ultimo tratto, quello che scavalcava il ruscello, si mise in ginocchio e procedette carponi, in posizione quadrupedica.

Leda era già al di là. Pochi passi e sparì alla vista; l'intrico della vegetazione selvaggia era fittissimo.

In quel momento, quando non ci pensava più, ad Alceo venne in mente come si chiamava l'erba alta e fitta della radura: Uganda!

Ma aveva la testa a tutt'altro. Non si vedeva traccia di Leda.

«Leda!», chiamò. Brancolava tra i rami e i cespugli e si graffiava nei rovi. «Leda!». Era scomparsa.

Alceo sentì accelerare i battiti del cuore, come nel sogno. «Ma dove ti sei ficcata?». Gli sembrò di sentire muovere delle frasche; s'inoltrò in quella direzione ma non la trovò; le frasche tuttavia si muovevano ancora. Ne ruppe una e l'annusò: odorava di mirto.

Continuò a procedere ma facendo dei semicerchi. A un tratto gli sembrò di vedere che l'erba era calpestata: andò avanti da quella parte. Poco dopo, però, il terreno era duro e non c'era traccia di impronte. Stava per tornare indietro quando sentì un rumore. Si avvicinò tenendo un ramo in mano. In mezzo a due cespugli la vide: era accoccolata per terra, nuda.

Buttò via il ramo e l'abbracciò alle spalle. Leda si liberò e corse via come una giumenta, con la chioma bionda ondeggiante sulle spalle, splendidamente nuda.

La rincorse affannosamente; un ramo gli strappò la manica del maglione. La raggiunse finalmente e la strinse a sé: al sole di novembre era tiepida come una gazzella presa in corsa.

Fecero l'amore come se fosse la prima volta.

Capitolo tredicesimo

Il salotto dell'Agone a fine dicembre si trasferiva a Cortina, come la corte francese si spostava da Parigi a Plombières.

Non proprio tutti, ma certamente i più, facevano di tutto per essere tra i partecipanti alla festa di capodanno di Ella.

A Cortina si trasferiva anche, al seguito di Ella, Linda Bacheca che era la cronista, per i giornali, della vita mondana della duchessa dell'Agone, ma faceva pure interviste non male ad altri personaggi à la page. Giornalista di un qualche successo e ceramista per nevrosi e per bisogno, Linda Bacheca aveva l'aspetto di una mezza meticcia. Abitava nel giardino dei dell'Agone, a Villa Riviera, in un capanno ristrutturato che una volta doveva essere stato un ricovero per gli attrezzi. A Cortina aveva una stanza negli appartamenti della servitù.

Ad Alceo invece, quell'anno, Ella aveva riservato una dépendance di tre camere e cucina della villa di Cortina. Alceo aveva portato con sé Leda. La cosa non aveva certo entusiasmato Ella, la quale però era troppo vissuta per non capire che non poteva essere diversamente.

Già la mattina stessa del giorno in cui era arrivato volle che Alceo andasse da lei, alle nove del mattino. Lo ricevette in camera da letto. La camera era in penombra e Alceo, introdotto dalla cameriera che si era subito ritirata, stava vicino alla porta senza sapere che fare. La duchessa era stesa bocconi sul letto. Sembrava dormisse, ma di colpo tirò giù il piumino scoprendosi nuda. Scoprendo il culo, Ella sapeva quel che scopriva. Il suo didietro – anche se non c'era stato un riconoscimento ufficiale – era ritenuto il più bello d'Italia. Era il suo colpo da knock out.

Ma Alceo era poco in vena. Era giunto alle due di notte, dopo tutta una tirata da Roma, aveva trovato già giù a Pieve di Cadore una bufera di neve e s'era sporcato per montare, al buio, le catene. Ma poi, del resto, era abbastanza refrattario ai colpi di teatro della duchessa. Non saltò su di lei con un balzo, come forse si aspettava Ella; tuttavia si tolse gli scarponi e si stese, vestito, sopra di lei, nuda, da tergo...

La sera del primo dell'anno la folla degli invitati si accalcava nella sala d'ingresso dei dell'Agone in un pigia-pigia indescrivibile. La sala, esagonale, interamente rivestita di rovere, era non grande, con il soffitto a cuspide ma basso tanto che in un angolo il marchese di Sansulpicio quasi lo sfiorava con la testa. La ressa era accresciuta dal fatto che le signore, nonché qualche uomo, erano in pelliccia e alcune, che non si erano cambiate le scarpe in macchina nell'ampio piazzale ghiacciato, portavano in mano un sacchetto con le scarpe coi tacchi, avendo ancora ai piedi i dopo-sci.

Per giungere dalla dépendance alla villa anche Alceo e Leda avevano dovuto attraversare il piazzale ghiacciato. Leda non aveva voluto calzare i dopo-sci e aveva ai piedi le scarpe col tacco. Indossava un lungo cappotto grigio – azzurro di taglio militare. Faceva sedici gradi sotto zero; eppure Leda non si era voluta guastare la pettinatura e avanzava a capo scoperto. Si rischiava di finire a gambe per aria ad ogni passo, ma lei sembrava che pattinasse. A vederla così eretta, di schiena, col suo cappottone prussiano con la martingala, Alceo restò colpito da un certo che di androgino nella sua figura che non aveva mai notato. Non che fosse meno bella, ma era una bellezza diversa, in cui la cascata bionda della chioma faceva contrasto con la figura atletica, da vichinga. Certo Leda aveva un'efficienza muscolare fuori del comune, ma tutto in lei era morbido, fluido. In quel momento invece manifestava un'energia, una volitività che Alceo non le conosceva. «Sembra uno dei cavalieri teutonici che scorrono dominatori come guerrieri fantasma sulla laguna ghiacciata nel film *Aleksandr Nevskij*», gli venne in mente.

Ora però soffriva un po' a vedere che Leda e Linda Bacheca erano le uniche a non essere in pelliccia. Per l'esattezza erano le uniche che non potessero permettersela, non le sole a non indossarla. Non la portava, infatti, per voto, Diotima Ferruzzi, coniugata Fattinnanzi. Neanche Priprì (Priscilla) Leccadoni indossava la pelliccia; con un marito più vecchio di lei di trent'anni e con un fidanzato più giovane di ventiquattro, Priprì era arrivata con un giubbotto di pelle nera foderato, cui affidava la funzione di sopprimere la differenza d'età col suo ragazzo, Walter Veniero, un giovanissimo critico d'arte dagli occhiali lampeggianti d'intelligenza, che teneva conferenze con l'entusiasmo di un dilettante e con la professionalità di un vero esperto. Veniero era osteggiato dai critici dell'establishment perché nel suo scalpitare non rispettava, per progredire in carriera, i passaggi obbligati di sottomissione alla gerarchia consolidata; e alla gerarchia erano collegate le quotazioni!

Ella non si vedeva e la porta di passaggio ai saloni restava chiusa. Era questa una tattica che Ella usava, non so perché, a Cortina. Comprimere gli invitati, anche i più illustri, in un ambiente ristretto e poi decomprimere di colpo la situazione quand'era divenuta insostenibile.

Finalmente la porta si aprì ed Ella apparve sulla soglia. «Avanti il governo!», gridò, cercando di far passare avanti il ministro Forlani e l'onorevole Asterotte e con loro un tipo massiccio che Alceo non conosceva. Ma la ressa era tale che una fiumana disordinata imboccò la porta. Ella dovette tirarsi da parte per non essere travolta.

Anche i saloni erano interamente rivestiti in legno, di noce anziché di rovere. Il noce antico, schiarito dal tempo, aveva preso una tinta calda come quello del convento di San Domenico a Taormina. Nel primo salone, ch'era il più grande, lungo tre pareti correva un ripiano a sbalzo ch'era tutto una fioriera. E ogni anno il tipo di fiori era diverso. In mezzo c'era un lunghissimo tavolo rettangolare, anch'esso in noce, con gli angoli arrotondati, che faceva da buffet.

Il secondo salone, meno grande ma non per questo piccolo, aveva un soffitto a cassettoni, in parte istoriato, ch'era una meraviglia. Era stato tratto da un'antica chiesa del Cadore e il duca l'aveva pagato una cifra. Qualcuno però diceva ch'era falso e che l'artigiano gli aveva dato una bella sola.[1]

Tutto intorno divani coperti da pelli di cervo, di daino, di lama, d'orso bianco, buttate sopra in apparente disordine.

Le signore andarono negli spogliatoi a lasciare le pellicce e a cambiarsi le scarpe. Gli spogliatoi, come pure i bagni, avevano le pareti rivestite di pelle scamosciata azzurro-cenere; in

[1] Termine romanesco: «fregatura».

quelle di uno dei bagni c'erano delle piccole bruciature rotonde fatte con la sigaretta, probabilmente da qualche ospite canaglia.

Leda si tolse il cappotto. Diede una scrollata alla nuca e la criniera bionda le passò da un omero all'altro. Alceo sentì una beatitudine profonda invadergli il cuore.

In mezzo a tante toilettes e tra parures favolose Leda brillava come una stella azzurra. Aveva un vestito di seta lavata, d'un azzurro spento che addosso a chiunque altra sarebbe risultato smorto. In lei, invece, dava risalto alla massa d'oro pesante dei capelli e lasciava scoperte fino alla vita le spalle e la schiena da arcangelo. Lungo fino ai piedi, faceva sembrare le gambe, benché coperte, ancora più slanciate e ne modellava la forma a ogni movimento. Non portava alcun gioiello, ma nessun uomo se n'accorgeva.

«Chi è quella creatura celeste?», stava chiedendo a Ella Ghino della Gherardesca.

«Ti piace? È una bella montanara, una bella possibile. È terreno di caccia...», ridacchiò Ella.

Ma il principe di Windischgraetz le si rivolse in tedesco. Qualcuno gli aveva detto che Leda era un'attrice tedesca. I Windischgraetz (il cui primo nome veniva fatto derivare dal campo legionario romano di Vindonissa e che avevano titolo all'appellativo di Altezza Serenissima) erano stati un tempo signori di una fascia di territorio che andava da Graz a Trieste. In Italia un equivalente si poteva trovare solo nel feudo del barone Barracco, i cui possedimenti si estendevano da Crotone al Pollino.

«È così attaccata ai suoi animali che ci si siede sopra», bisbigliò Vulpicio ad Alceo additando i divani. Ad Alceo attraversò la mente il sospetto che fosse stato lui a fare le bruciature con la sigaretta nel bagno.

«Dove si trova questa Reggio della Calabria?», domandò la signora Cadorin ad Alceo.

«Eh, per trovarla bisogna puntare a sud», rispose Alceo. «Molto a sud. Proprio alla punta dello stivale, la punta dell'alluce per intenderci».

S'interpose Michele Straziota che, dopo l'agnizione spirituale da parte di Altieri, simpatizzava ormai col suo corregionale borghese, salvo a rivalersi con qualcun altro alla prima occasione. Si rivolse alla Cadorin: «Ha presente l'estremo Sud? Bene, adesso immagini un punto ancora più a sud. Sì, più a sud dell'estremo sud. Ha immaginato? Ecco, più a sud di dove ha immaginato, si trova Reggio Calabria. In realtà, però, non è propriamente lì; resta ancora un pochino più a sud...».

Sansulpicio sorrideva divertito appena. «Gradite?», chiese ad Alceo e a Straziota porgendo il tubetto delle caramelle. Alceo ne prese una per compiacenza ma Straziota rifiutò. Da quando aveva smesso di fumare, Altieri metteva in bocca delle infami caramelle al rabarbaro.

La signora Ildefonsa Cadorin era vicina di casa dei dell'Agone a Cortina ed era stata lei che gli aveva indicato l'ebanista per i rivestimenti in legno e per il soffitto istoriato.

«*Puru 'a rrigina avi bbisognu d'a vicina*»,[2] ridacchiò ancora Straziota, sprezzantemente.

«Come ha detto?», chiese la Cadorin.

«Al Sud, signora», s'intromise garbatamente Sansulpicio, «tutto è eccessivo. Lo so io che devo trascorrerci alcuni mesi all'anno: il sole fonde il cervello, i dolci sono troppo dolci, il piccante è troppo piccante, gli uomini sono troppo intelligenti, di un'intelligenza distruttiva...».

La Cadorin restò ancor più disorientata.

Alceo vide l'onorevole Lucio Sofo parlare a Leda standole accosto accosto. Di solito Sofo con le donne appariva impegnato più che altro a sbattere le palpebre sui propri occhioni verdi.

Esponente erratico della sinistra viscerale e al tempo stesso dégagé, era uno dei fondatori del PSIUP, ch'era una delle correnti-partito in cui si era frammentato il PSI dopo la «convergenza parallela» (un ossimòro, s'intende) di Nenni con Moro, ma che di fatto si collocava a sinistra dello stesso PCI. Questo non impediva a Lucio Sofo di dedicare il massimo studio all'abbigliamento, ricercato quanto il suo eloquio, cui la erre moscia conferiva, anche nei dibattiti più accesi, un tocco di nonchalance che suscitava fantasie sessuali in più di una signora e fiducia, in più di un imprenditore, in sotterranee intelligenze con Giovanni Agnelli. Era, così, molto gettonato nei dibattiti alla radio e al *Convegno dei cinque* e ancor più ri-

[2] In dialetto calabrese: «Anche la regina ha bisogno della vicina».

chiesto nei salotti radical-chic. Gli occhi, Lucio Sofo, li usava come specchietti per le allodole; dicevano con buon successo. E correva voce che anche Ella non fosse rimasta insensibile a quel richiamo. Questa volta, però, anziché essere occupato di sé, Sofo appariva in stato di fascinazione, risucchiato irresistibilmente dal blu-Maratea degli occhi di Leda.

Fu quindi con sollievo che Alceo vide Ierace dirigersi verso di loro. Ma un attimo dopo notò con disappunto che Vulpicio seguiva Ierace come la faina segue il fagiano.

«Ha degli occhi che dipingono il cielo», disse Ierace a Leda, ignorando Sofo.

Alceo si riaccostò al gruppo di Sansulpicio.

«Quest'anno Gabriella di Savoia potrebbe diventare imperatrice», disse la contessa della Gherardesca. «Lo scià è pazzo di lei».

«Ma non è sposato?», chiese la marchesa Tolomei.

«Che vuol dire? Può sposare quante donne vuole».

«Beh, non so se a Gabriella farebbe piacere entrare in un harem...».

«Ma quale harem!», intervenne Altieri con tono secco, lui così amabile. «Lo scià è uomo di assoluta modernità. Se vorrà risposarsi, prima divorzierà. Dal resto come farebbe altrimenti Gabriella a diventare imperatrice...».

«Non si dice sciaessa?», domandò la Tolomei.

«L'anno scorso lo scià ha cinto la corona imperiale, dopo ventisei anni dall'ascesa al trono», precisò Sansulpicio.

«Parlate ancora di imperi e imperatori, alle soglie del duemila e dopo due guerre mondiali», osservò Bevagna, avvicinandosi in quel momento.

«Guerre mondiali?», sbottò S.A.S Windischgraetz. «Guerre civili, guerre civili europee, sono state. Assurde ed esiziali come tutte le guerre civili».

«Guardi», Soperchio rimbeccò Bevagna, «che anche l'Unione Sovietica...».

«Che ne volete sapere voi! Quando il popolo...».

«L'URSS è un impero basato su un sistema di signorie feudali, come tutti gli imperi nati per conquista».

«L'Unione Sovietica non è nata per conquista...».

«Cosa? Tutti i rivolgimenti vengono provocati da pochi esaltati; il popolo segue. I leninisti erano quattro gatti come quattro gatti furono per decenni i seguaci di Mao. Il successo è venuto dall'organizzazione militare...».

«Anche l'unità d'Italia è nata da un pugno di idealisti e avventurieri».

«Appunto, per colpo di mano o per annessione, come la vuol chiamare. E i capi degli pseudo-Stati dell'URSS sono dei signori feudali, il cui potere poggia su un onnipotente apparato poliziesco e militare».

«Lo scià, lo scià è un uomo del Medioevo. Con il colpo di stato contro Mossadeq e il Tudè ha rinunciato a fare della Persia uno Stato moderno».

«Lo scià un uomo del Medioevo?», inorridì Sansulpicio. «Ma se nemmeno Atatürk ha introdotto nel suo Paese un processo di modernizzazione come quello dello scià! Io vi dico che entro quindici anni la Persia sarà il più grande Stato industriale dell'Oriente».

«Lo scià si è circondato di inetti e di corrotti...».

«Corrotti!». Sansulpicio aveva le vene gonfie nel collo; per la prima volta Alceo lo vide palesemente alterato. Certo Altieri era uomo di radicate convinzioni e sosteneva a fondo le proprie tesi. Sempre però con tono pacato e con quella punta di scetticismo nella ragione, propria del gran signore. Una sua frase era che perfino un orologio guasto ci azzecca due volte al giorno. Ma il fatto era che quell'uomo sereno ed equilibrato stravedeva per Mohammed Reza Pahlevi, il quale l'onorava della sua amicizia ed era stato anche suo ospite nel breve periodo in cui si era rifugiato in Italia. «Nessuno», proclamò, «dico nessuno, compreso il papa, è disinteressato come lo scià. Ha distribuito al popolo tutte le sue terre. Ha donato persino i gioielli della corona! È lui il vero mahatma!».

Monsignor Santonastaso tossicchiò. Sansulpicio stava infrangendo una convenzione tacita ma non per questo meno inviolabile: il papa (o almeno il papa in carica) doveva restare sempre fuori da qualsiasi polemica e da qualsiasi confronto.

Altieri s'accorse d'essersi lasciato andare e non poco. Girò la faccia e stirò le labbra penosamente.

«Faruk, lo scià...», bisbigliò monsignor Santonastaso (*Vademecum* per i vaticanisti più maliziosi). Era, inusitatamente, in abito talare, con la fascia rossa in vita, forse per la prossimità delle feste natalizie.

«*Et quod vides perisse, perditum ducas*»,[3] sentenziò Asterotte.

Alceo rimase stupito. Non credeva che Catullo potesse trovare posto nella biblioteca vaticana, che era il luogo di formazione dell'Imperturbabile. In realtà Asterotte teneva in un quadernetto una lista di frasi sentenziose cui attingeva di tanto in tanto.

«Quel che manca allo scià», riprese, «è l'appoggio di una religione; di una qualsiasi. Non sa lui, lo scià, quello che sapevano i sovrani e i capi-popolo fin dai tempi dei Faraoni e di Mosè, che sapevano, fin dall'epoca preistorica, i capi-clan: che senza un dio, o almeno uno spirito domestico, non c'è unione di popolo. E questo vale pure per Gandhi».

«Non c'è vera religione senza pentecoste», integrò monsignor Santonastaso.

«E Maometto, e Lutero e Marxengels? Hanno avuto o no la loro illuminazione pentecostale?», provocò Bevagna, che era stato giovane dell'Azione cattolica.

«Quella creatura in azzurro è una vera teofania», osservò soavemante Vademecum, cambiando discorso.

Salsulpicio stava in mezzo tra lei e Alceo. A sorpresa sorrise: e balenò sul suo volto, di profilo, quel lampo ferino che hanno a volte le dentiere.

Il consigliere di Stato F. F. avrebbe dovuto far parte del gruppo degli uomini politici e di governo e degli intellettuali circostanti. Alceo s'era meravigliato nel vedere Ella che s'affannava per farlo passare avanti a Bisaglia e Malfatti. «Ma i sottosegretari non sono più importanti?», aveva domandato a Leo Soperchio.

«Qualche giornalista fuori del giro li chiama addirittura vice ministri, ma in genere contano come il due di coppe a briscola», chiarì Soperchio. «Questi due sono abbastanza influenti perché sono ben posizionati in seno alla rispettiva corrente. Comunque niente di paragonabile a F. F.».

«Ma chi sono questi consiglieri di Stato?».

«Sono un'élite cui si accede per cooptazione o mediante il concorso più selettivo che ci sia in Italia. Sono di un livello più su; su questa piattaforma comune più elevata, alcuni sin-

[3] «E quel che vedi precipitare in rovina, consideralo perduto», Catullo, *Carmi*, VIII, 2.

goli ergono poi il proprio piedistallo personale. F.F. ne è un esempio tipico. È l'uomo di governo delle correnti dorotea e fanfaniana, l'uomo di riferimento nell'attuale compagine governativa».

F. F. era perfettamente consapevole del suo ruolo. Nei salotti però si trovava meno a suo agio che negli ambienti dei ministeri o di palazzo Spada[4] e, o perché non aveva preso bene le misure a quella fauna sconosciuta o forse per mascherare un certo imbarazzo, amava atteggiarsi a uomo leggero. In quel momento stava raccontando una barzelletta di ambientazione ampezzana a un gruppetto di signore e di aristocratici.

"*E tua moglie com'è?*", domanda un valligiano a un altro davanti a un bicchiere di vino. "*Ah, è eccezionale. Manda avanti il negozio e bada alla casa meglio di una tedesca*". "*E per la cucina?*". "*Ah, non ti dico... L'altra sera ho invitato gli amici. Ci ha fatto dei casunziei*[5] *che si leccavano i baffi*". "*E a letto, a letto, com'è?*". "*Su questo veramente ho sentito giudizi diversi... C'è chi ne dice un gran bene e c'è chi ne parla così e così...*".

La barzelletta era finita ma nessuno rise. Era una storiella che girava in quei mesi nei salotti borghesi di Cortina, dove riscuoteva un buon successo. Ma negli ambienti nobiliari non erano poi tante le coppie nelle quali il marito facesse l'amore con la propria moglie; e viceversa. E questo era uno stile di vita. Niente di più plebeo che farci sopra dello spirito.

Nel freddo ch'era seguito, fu Soperchio, che teneva moltissimo a F.F., a rilanciare la conversazione. «Sapete cosa disse la duchessa Flavigny di Rocheblanche al duca suo marito che l'aveva sorpresa a letto col visconte Dégainant? "*Signore, vedo che non m'amate più perché credete più ai vostri occhi che alle mie parole!*"».

«Eh sì», assentì il conte della Gherardesca, «come diceva Oscar Wilde, non c'è niente al mondo che valga più dell'amore di una donna sposata: è una cosa di cui nessun marito può rendersi conto».

«Sentiamo il giudizio di monsignore!», si fiondò Ella. «Lei la assolverebbe una bella adultera, monsignore?».

«Duchessa, lei ha aggiunto un'aggettivazione che dà un tono

[4] Sede del Consiglio di Stato.
[5] Tipica pasta ampezzana, «ravioli».

retorico alla sua domanda», si schermì Santonastaso. «D'altra parte io non posso che far mio l'insegnamento evangelico: chi è senza peccato...».

«Mi piace quest'applicazione totalizzante del vangelo», sorrise Sansulpicio.

Non gli si conoscevano storie e, benché non fossero certo pischelli, s'intuiva che aveva ancora un valido rapporto fisico con la moglie. La quale era stata una gran bella donna. Per lei Altieri aveva persino avuto un fiotto di poesia, quando le faceva la corte. Alzando il calice e levandosi in tutta la sua statura, aveva scandito: «È così bella che non sembra vera / la donna del castel di Montelera». Fiorelisa era ancora piacente. E tuttavia, nella mente della gente, all'immagine del suo aspetto fisico, per attraente ed elegante che fosse, si sovrapponeva il ricordo balzante del fatto che aveva portato in dote un patrimonio di due-tremila miliardi.

Alceo saltò nel discorso rivolgendosi principalmente a F. F.: «Nei confronti delle donne la precettistica morale romana ha a volte toni di grande tolleranza. *Vitium uxoris* – esortava Varrone – *aut tollendum aut ferendum est; qui tollit vitium, uxorem commodiorem praestat; qui fert, sese meliorem facit*».[6] Se avesse parlato baluba[7] gli avrebbero prestato più orecchio.

«Per quanto riguarda i classici», Alceo si sfogò poco più tardi con Vulpicio, «non c'è una grande differenza di livello tra i salotti nobiliari e gli spogliatoi del tennis. Certo quelli seguono più la moda, anche culturale, ma in compenso è incredibile il senso di inutilità che pervade i nobili. Quelli del tennis almeno sono convinti di fare l'unica cosa per la quale valga la pena di vivere...».

«La discrezione del vivere senza ambizioni; quando non la stessa ambizione di vivere nella discrezione: è questa la connotazione genetica degli aristocratici», concordò Vulpicio. «Sono dei microcitemici. La misura per loro *suprema lex esto*. Sono caratterialmente incapaci di spingere a fondo il loro appoggio a una qualsiasi causa e anche il loro sdegno. E questo li rende incapaci di reagire, col necessario sovrappiù di energia, agli eccessi. Ecco perché quando i loro figli s'attaccano

[6] «I difetti della moglie bisogna o emendarli o sopportarli. Chi li corregge, rende la moglie più gradevole; chi li sopporta migliora se stesso».

[7] Dialetto di popolazione tribale del Congo.

l'orecchino e vanno a dormire sotto i portici del palazzo nobiliare insieme ai barboni, li guardano inebetiti e non sanno cosa fare. E se irrompe nel loro ambiente un elemento d'altra estrazione, sanguigno come Ella, gli mette i piedi in testa e li sputtana come vuole. Ella è il loro opposto: è un'esibizionista sfrenata che farebbe di tutto per stare sempre alla ribalta. Ha messo su una specie di circo e come Buffalo Bill trapianta le sue tende da Roma a Cortina, ad Anacapri».

«La differenza col circo», rilevò Alceo, «è che lì ognuno sa fare qualcosa; mentre qui solo Linda Bacheca, con le sue ceramiche, ha un'arte in mano».

«Se vuoi mettere in crisi un aristocratico basta che gli chiedi: "*Lei cosa fa, propriamente?*". Perché in fondo loro lo sanno, lo sentono, che sono fuori della vera vita, della realtà; la subiscono senza cercare di modificarla, perché per loro la discendenza è tutto: come nasci così muori».

«Beh, questo non vale certo per Sansulpicio che fa – ed egregiamente – il lavoro di sette imprenditori».

«Raimondo Altieri Langelli di Santacquisto, uomo dal raro coito...».

«Dal raro coito! Ma tu che ne sai! Sei proprio un aspide...».

«Sì, sì, sta a titillare la duchessa tu...».

Alceo non replicò. Era contento che Vulpicio si fosse staccato da Leda. Si rivolse a Sansulpicio che gli si era avvicinato; aveva chiaramente una predilezione per Alceo: «Fa un po' senso il cinismo serafico di certi monsignori...».

«Sì, capisco», ammise Altieri, «ma lo preferisco all'intolleranza. Guardi che sta succedendo nella Cina di Mao: siamo all'iconoclastia. Guardi come si scannano in Medio-Oriente. Se gli Stati Uniti non capiscono che è lì il momento e il luogo per fare argine, l'ondata arriverà fino a noi e ci sommergerà».

«Ma non travolgerà prima la Persia?», domandò Alceo.

«Per la Persia non vedo rischi di destabilizzazione. Non sono un pericolo innanzi tutto i comunisti del Tudè. Io credo che fuori dell'Unione Sovietica e della Cina il comunismo... lì ha trovato il popolo sottomesso... Il comunismo ha ormai perso il suo afflato religioso e quando una religione, deista o laica che sia, perde il suo fideismo, perde pure la sua spinta espansiva. Non è più un movimento dello spirito, è una chiesa gerarchizzata. Può perdurare, anche per secoli, ma non può più fare conquiste. Nei territori in cui è insediata, i sacerdoti sopravvivono al loro dio estinto e continuano a esercitarne il culto, a gestire le anime in suo nome. Ma intanto si danno magari, come i parroci in Romagna, alla cucina grassa e alle contadine bene in carne. La Persia, comunque, non è un paese comunista».

«E l'islamismo? Questo rigurgito d'integralismo?».

«Lì non ha sbocco. L'estremismo islamico può attecchire dove la popolazione vive nell'abiezione della miseria. In Persia c'è una crescita economica e sociale vertiginosa. Tornare al *Corano* lì significherebbe tornare al Medioevo. E non si torna al Medioevo quando si è appena giunti, d'un balzo, nel ventesimo secolo».

Bevagna aveva captato qualcosa e non era certo il tipo da trattenere la lingua. «Lo scià ha imposto il suo neocolonialismo al popolo, un popolo che era andato esente dal colonialismo».

Alceo temette che Sansulpicio esplodesse di nuovo. Ma Altieri aveva ripreso il controllo di sé e non si lasciò andare. «Suppongo che lei si compiaccia di scherzare. Fuori di scherzo lei m'insegna che la Persia è riuscita dove l'Unione Sovietica è fallita. La Persia *è già* un paese moderno, industrializzato, più di tanti paesi occidentali».

«L'industrializzazione della Persia è contro natura...».

«Vuol farmi credere che naturale lì è solo la miseria? Abbiamo dimenticato che la Persia è stata la culla della civiltà?».

«Sì, però sa che penso?», osservò sommessamente Alceo. «Che nei regimi autoritari sono i capi a conformare il loro atteggiamento ai dettami del loro super ego; nei movimenti integralisti è la base...».

«Ma che vogliono questi basisti?», chiese il marchese Tolomei a F. F.

«Si propongono come rinnovatori, fedeli alle origini cristiane del partito, alla Dossetti, ma hanno un pragmatismo che li porta ad abbinare la politica sociale all'occupazione sistematica delle posizioni di potere. Contestano le altre correnti, e in particolare i dorotei che accusano di scendere a compromessi per interesse, ma possono atteggiarsi a duri e puri perché hanno avuto Mattei e hanno Cefis a provvedere alla corrente; altrimenti dovrebbero stare appresso agli imprenditori come tutti». Il risentimento di F. F. nei confronti della corrente emergente era tale che gli era sfuggito molto di più di quanto non avrebbe voluto dire. Di solito ci teneva ad atteggiarsi a uomo delle istituzioni, estraneo e superiore alle correnti, se non proprio al partito. «È vero che qui le parole si perdono...», si consolò. Coi nobili ci si poteva pure lasciare andare. Cercò comunque di sviare il discorso, buttando la cosa sul giocoso. «Anche da noi al Consiglio di Stato c'è un gruppo di duri e puri», riprese. «I giovani hanno formato un gruppo ed hanno elaborato un codice di comportamento che vorrebbero imporre a tutti, pure a quelli che li hanno tenuti a battesimo. Hanno avuto l'amabilità di inviarlo anche agli anziani, per eventuali osservazioni. È un codice morale, scritto in stile calvinista, che contiene proposizioni del genere: *Il consigliere di Stato, nella convinzione che l'essenza della sua funzione è servizio, tiene, nello stile di vita, un comportamento discreto e riservato, evitando di ostentare preparazione professionale e cultura, mantenendo il minimo di rapporti sociali e frequentando comunque, con rigorosi canoni di decoro, solo persone di condotta irreprensibile.* Su questo punto, riguardo al comportamento in pubblico nei confronti delle donne, io ho proposto il seguente emendamento integrativo: *Il consigliere di Stato, se incrocia in pubblico lo sguardo di una donna, abbassa gli occhi. Se quando li rialza ne incontra nuovamente lo sguardo, atteggia il volto a modestia*».

Questa volta fu una cascata di risatine. Piaceva alle signore quell'immagine di magistrato, di uomo di potere, bloccato dalla timidezza nei loro confronti.

«E questo Craxi com'è?», chiesero a F. F.

«Benedetto Craxi, detto Bettino (non Benito), è il leader dei giovani socialisti. Un contestatore, uno che non si è laureato. Non si capisce perché Nenni lo tenga in considerazione. È uno che si atteggia. Quando Nenni era vice-presidente del Consiglio veniva a Palazzo Chigi in jeans; e meno male che non ci veniva con l'uniforme di Mao. Molto più serio è Pietro Longo. Oltre tutto è molto irrelato nel mondo romano, in quello statale soprattutto, ma anche in quello parastatale e dei grandi enti finanziari. Viene dal mondo dell'ISVEIMER e del Banco di Napoli...».

Pietro Longo: Alceo ricordò d'averlo visto al Piper, una delle prime sere in cui si esibiva una cantante da sballo, dal nome strappacervello: Patty Pravo. Se lo ricordava perché stava seduto vicino a Luchino Visconti. Erano montati tutti sui tavolini (Longo no, era troppo pesante e poco agile) a incitarla, ad applaudirla, mentre lei li indicava per dito uno a uno, come se li conoscesse, suscitando il delirio. Non c'erano solo ragazzi sui tavolini: anche Leda era balzata su, in minigonna e stivaletti bianchi, e anche lei Patty Pravo aveva indicato a braccio teso più volte, e intanto intorno si scatenava il putiferio. Era stata un'impresa tirar giù Leda mentre tutti allungavano le mani, in apparenza per aiutarla ma in realtà per toccarle le cosce, e portarsela poi via aprendosi un varco nella calca.

Leda, dov'era? Alceo piantò il gruppo del consigliere di Stato e si mise a cercarla. Non la vedeva. Finalmente scorse una nuca bionda (non più di due dita) ed ebbe subito la certezza ch'era lei. Stava seduta in un divano dalla spalliera alta, rivolto verso la parete, in mezzo a Vulpicio e a Lucio Sofo. Sofo teneva una gamba ripiegata sul divano e, come per caso, col ginocchio spingeva contro la coscia di Leda. Vulpicio, che non s'era accorto di Alceo, fece un gesto incredibile: levò su la mano tesa orizzontalmente col gomito piegato come se reggesse un piatto e sollevò il seno di Leda che schizzò fuori della scollatura. Leda s'affrettò a ricacciarlo dentro il vestito, ma non sembrava offesa né turbata.

«Andiamo!», soffiò Alceo, stravolto.

S'avviarono verso gli spogliatoi. Vulpicio e Sofo li seguirono ma si trattennero fuori, nel corridoio. «È stata una trasfigurazione», Alceo sentì da dentro che Vulpicio diceva a Sofo, «quando si è tolta il cappottone militare ed è sgusciata fuori come una sirena. Voglio vedere se si verifica il miracolo inverso...».

Alceo gli passò vicino senza degnarlo di un sguardo. Prese Leda dal gomito, ma Leda si scostò.

Il grande piazzale ghiacciato mandava riflessi bluastri. La luna, ch'era di tre quarti, era declinata e, bassa sulle Tofane, allagava qua e là lo spiazzo di bagliori giallastri, lasciando in ombra le zone dove si proiettava la sagoma degli edifici e degli alberi. Alceo prese di nuovo, lievemente, il gomito di Leda, come per sorreggerla. Ma Leda se ne liberò. D'altra parte, semmai, era lui ad aver bisogno di essere sorretto, non certo lei che sfiorava appena il suolo stando perfettamente dritta. Il freddo doveva essere intenso (e infatti il giorno dopo si seppe che Madamotto, il re del precotto, si era preso una paresi facciale nel fare i cinquanta passi che lo separavano dalla sua macchina), ma non si sentiva. Nella dépendance, il saloncino era un forno. Impressionato dai meno sedici gradi che aveva letto nel termometro, Alceo prima di uscire aveva acceso anche la stufa maiolicata e ora sembrava di stare in una sauna.

«Perché non ti scostavi da Sofo?», chiese a Leda, pigliandola alla lontana e voltandole le spalle. «Non ti accorgevi che aveva il ginocchio contro la tua coscia?».

«Non sapevo che il ginocchio fosse un organo sessuale», scherzò Leda. «Ecco perché era così duro e puntuto».

«Non è questo», riprese Alceo. «È che lusinga molto la loro vanità ostentare davanti a tutti che hanno confidenza carnale con te».

«Confidenza carnale? Ma di cosa parli?».

Alceo si vide allo specchio le vene gonfie nelle tempie e nel collo. Si girò di scatto: «Di cosa parlo? Come hai potuto permettere a Vulpicio di tastarti il seno?».

«Non me lo ha tastato. Me lo ha sollevato perché sosteneva che non poteva essere che stessero così eretti senza reggiseno. E invece veramente non ce l'avevo...».

«O santa ingenuità! *Omnia munda mundis*! Come mai non ha pensato a sollevarti la gonna per vedere se non avevi le mutandine?».

«Smettila, non fare il possessivo. Di Vulpicio mi piacciono solo gli occhi».

«Gli occhi, quegli occhi serpigni?».

«Ce l'ha liquidi, del colore degli acini d'uva nera della Calabria, come i capistazione del Sud...».

«I capistazione? E che ci hai a che fare tu con i capistazione?».

«I capistazione hanno degli occhi incredibili. Arrivo per la prima volta in Calabria, mi alzo mezza assonnata dalla cuccetta e mi affaccio al finestrino a Villa San Giovanni per vedere che succede. Era l'alba e il treno faceva manovra avanti e indietro. Un capostazione mi guardava con gli occhi neri che gli uscivano dalle orbite. Camminava avanti e indietro sul marciapiedi senza staccare lo sguardo dal mio viso; sembrava in trance. Ero appena una ragazzina e nessuno prima d'allora m'aveva mai guardato così...».

«Ah, glielo devo dire a Vulpicio che ha gli occhi da capostazione».

«E poi mi piace la barba».

«La barba? Quella barba da marrano con quei denti bianchi che sogghignano sempre, fa senso. E poi, con quel fisico così sparuto! Un giorno di questi gli mollo una sventola e gli faccio fare tre giri su se stesso».

«Ti ricordi a Londra, quell'attore di *Hair*? Tra tutto il pubblico venne dritto da me, si tolse i pantaloni e me li mise in braccio. Anche lui aveva la barba».

Alceo ricordava bene quell'episodio. Ma non ne era rimasto particolarmente erotizzato. Sì, l'attore era rimasto nudo col sesso all'altezza della faccia di Leda, ma aveva il membro moscio e a Leda se non era in erezione non faceva alcun effetto. Invece, evidentemente, il fatto di essere stata prescelta e che la scena si fosse svolta in teatro l'aveva stuzzicata...

Si avvicinò a Leda e l'abbracciò da dietro. Con due dita fece cadere le spalline a laccetto e le fece scivolare giù il vestito. La seta, sotto i polpastrelli, dava brividi come la pelle.

Leda rimase come un Venere del Novecento, con solo uno slip azzurro. Glielo aveva comprato Alceo lì a Cortina. Di dietro era di una retina di pizzo trasparentissima; davanti era di pizzo lavorato: ma nel centro, a partire dall'ombelico, si apriva una scollatura a V che scendeva fino all'inguine ed era tenuta insieme da laccetti che lasciavano scoperto un triangolo di carne con tutto il ciuffetto del pube.

La rovesciò sul tappeto e glielo infilò senza toglierle le mutandine; gliele abbassò soltanto un po' per far scendere il varco a V fino all'apertura della vagina.

Leda era già a letto mentre Alceo stava rientrando in camera dopo aver aperto una finestra nel saloncino.

«Che vuol dire che fare l'amore col marito è come masturbarsi?», gli chiese Leda.

«Chi ti ha detto questa cosa?».

«Che importanza ha? L'ho sentita».

«No, l'hanno detto a te; e chi te l'ha detto aveva una precisa intenzione».

«L'ha detto uno che non conosco».

«Uno che non conosci? Uno sconosciuto ti si avvicina e ti fa: "*Sa, signora, le devo dare un'informazione di prima mano, anzi di mano sinistra. Fare l'amore con suo marito è come masturbarsi. Arrivederci e mi saluti il consorte!*"».

«Oh, senti, non riattaccare perché mi hai proprio scocciata!».

«È stato Vulpicio! Perché non lo dici apertamente. È stato quel grandissimo stronzo di Vulpicio».

«Basta, m'hai rotto, sai. E qui si muore di caldo», urlò buttando via il piumone.

Alceo andò a stendersi sul divano nel soggiorno. Era corto e stretto e doveva stare rattrappito, con le gambe flesse. «È stato Vulpicio», pensava. «Le sta facendo una corte pressante».

Si alzò e andò a chiudere la finestra. Certo era stato Vulpicio. Ma, obiettivamente – doveva riconoscerlo – in quell'ambiente poteva essere stato chiunque.

Capitolo quattordicesimo

«Cinque caffè, dei quali uno buono!», esclamò Alceo ad alta voce entrando nel bar del club.

«Sì, signore», rispose Jalal ridacchiando.

Jalal era il barista del club. Pilota dell'aviazione di Nasser, si era buttato giù, atterrando disastrosamente nel deserto, per sottrarsi agli aerei israeliani nella guerra dei sei giorni. Era poi scappato dall'Egitto, riuscendo a venire a Roma. Aveva trovato un posto di barista a Casalpalocco (che ormai i residenti, sulla scia dei piloti stranieri che vi abitavano, chiamavano Green Planet) e ne assolveva le mansioni con compostezza. Non era l'unico egiziano a Casalpalocco; l'altro era Alì, che faceva saltuariamente l'aiutante del giornalaio e del fornaio e che il sabato sera si ubriacava. Alì era la persona che Jalal maggiormente aborriva; temeva di essere accomunato a lui, malgrado la sua diversa estrazione sociale e il fatto ch'egli fosse ingegnere aeronautico e parlasse quattro lingue. E poiché Alì era laziale, Jalal s'era fatto la convinzione che le persone decorose non potessero che essere romaniste.

«Mi raccomando, in tazza, non in bicchiere», precisò Alceo.

«Certamente, signore», annuì Jalal. «Noi il caffè al vetro lo diamo soltanto *ai* spazzini, ai lavavetro e ai laziali», soggiunse guardando dalla parte di Cupone che stava, solo, in piedi in un angolo del bar.

Cupone sogghignò, abbozzando.

In quei giorni era più che mai esposto ai lazzi della comunità casalpalocchina. Era accaduto che il cagnetto di Cupone, che era risultato essere una cagnetta, era stato montato da un bastardino, che se n'andava in giro libero e impunito. Cupone, vedendoli accoppiarsi, s'era avventato tirando per la coda il cagnetto ingroppante, che s'era rivoltato mordendolo. Con la mano gonfia, Cupone era andato all'ufficio di igiene e profilassi di Ostia per gli interventi di competenza. Qui le versioni si differenziavano. Secondo la versione accreditata negli spogliatoi del tennis, all'ufficio d'igiene, quando Cupone aveva riferito le modalità e le circostanze con cui il fatto s'era svolto, era stato afferrato e rinchiuso, in osservazione, in una gabbia per tre giorni. Cupone, invece, la raccontava diversamente, riferendo che all'ufficio di igiene gli avevano detto che avrebbe potuto evitare la cura antirabbica solo se avesse portato lì il cagnetto mordace, da tenere in osservazione.

Di chi fosse il cagnetto lo sapevano tutti; ma catturarlo era un altro discorso. Scorrazzava per Casalpalocco a piacer suo, tornando a casa, quando tornava, solo per mangiare e sempre che non avesse ancora qualche cagna da montare. Era di una abilità unica a saltare recinzioni o a passarvi sotto, scavando. Non montava solo cagnette della sua taglia, ci provava con tutte, anche con cagne di taglia gigante... Una volta era stato visto, intorcinato con un'altissima alana, penzolare a testa in giù. Da allora era noto come il fregno montatore.

Cupone si recò alla villetta della padrona del fregno, nell'isola XXIX, per reclamarne la consegna. Antonella Andó dapprima cercò di negare, poi, di fronte alle insistenze di Cupone, gli chiuse il cancello in faccia. E siccome Cupone si era trattenuto lì fuori borbottando ed era poi tornato il giorno dopo, Antonella avvertì i carabinieri asserendo che Cupone si era presentato con una baionetta con la quale voleva tagliare la testa al cane.

Antonella era un'ammaliante giovane signora dai capelli rossi; andava a cavallo ed aveva sposato un giornalista socialista sulla cresta dell'onda. Nonostante il suo cane fosse il flagello del quartiere, Antonella era simpatica a tutti. I carabinieri interrogarono Cupone, dopo aver perquisito la sua roulotte. Cupone sosteneva che s'era recato all'abitazione degli Andó con un ombrello pieghevole, che mostrò ai carabinieri. Era credibile anche perché la giornata era piovigginosa e perché nella perquisizione non era saltata fuori nessuna baionetta. I carabinieri, comunque, l'avevano denunciato a piede libero.

Se Cupone era (e non poteva che essere, secondo Jalal) laziale, non era tuttavia l'unico laziale del club. Anche due dei tennisti cui Alceo aveva offerto il caffè tifavano per la Lazio e loro non abbozzarono.

«Lei è barista e faccia il barista», sparò in faccia a Jalal uno dei due.

«E per me zucchero di canna», rincalzò l'altro, scostando la zuccheriera.

Jalal sul momento non replicò. Quando però, dopo aver preso il caffè, erano già sulla soglia del bar, Jalal li richiamò: «Signori», dichiarò, «meglio barista che laziale!».

Alceo se li dovette portar via.

Il pomeriggio era freddo. Dopo la partita Alceo e Valerio andarono a fare la sauna. Negli spogliatoi c'erano due ragazzi sui diciott'anni e un ragazzino sui tredici-quattordici: era morbido, liscio, completamente glabro tranne una tenue peluria nel pube. I due giovinastri se lo lanciavano dall'uno all'altro e uno dei due, ch'era uno spilungone, si strofinava ogni volta sul suo culetto di butirro.

Alceo intervenne a muso duro. «Queste cose andate a farle tra di voi a casa vostra», disse ai due. «E tu», si rivolse al ragazzino, «rivestiti e vattene a casa tua».

«Ma devo farmi la doccia», piagnucolò il ragazzetto.

«Te la fai a casa, hai capito?», ribatté Alceo.

Il ragazzino fece mossa di iniziare a rivestirsi e i due giovinastri andarono sotto la doccia.

Alceo e Valerio entrarono nella sauna. Quando, dopo un quarto d'ora, uscirono, i tre erano ancora nello spogliatoio. Lo spilungone era incollato da dietro al ragazzino che poggiava le mani sul sedile.

«Ancora qui, voi!», inveì Alceo. «Ora vi caccio a calci».

Lo spilungone, benché fisicamente intimorito dalla prestanza di Alceo e Valerio, si ritrasse di malavoglia, mandandoli a mezza voce a fare in culo. Il ragazzino, da parte sua, non faceva che guardare il membro di Valerio che nella sauna si era rigonfiato.

Valerio se n'accorse e «noi siamo leoni», disse.

«Ma sta zitto!», gli diede di gomito Alceo.

A casa, dopo cena, raccontò l'episodio a Leda. Era urtato, non erotizzato.

La reazione di Leda fu imprevedibile: «Mettimelo, mettimelo. Su, infilamelo, qui, subito!».

Aveva la voce scura. Non gli lasciò tempo né modo per un meno impervio approccio. Entrando in lei con strana facilità, Alceo trovò il suo culetto ad accoglierlo palpitante.

Con un tremito dentro, Alceo la sentì venire con un duplice orgasmo, di dietro e davanti, contro la sua mano stretta nell'inguine. Ancora e ancora sentì il corpo di Leda riaccendersi al suo ansito soffocato sulla nuca; un fremito sottile le trascorreva il dorso, giù per le spalle, lungo la schiena e le natiche fino al lato posteriore delle cosce.

«Chi sa», si chiedeva Alceo «se era così subitanea la voglia delle ragazze spartane quando praticavano gli esercizi ginnici, la corsa, la lotta, insieme con i maschi loro coetanei, e questi le abbrancavano nude da tergo alla maniera dei ragazzi...».

Avevano composto il tabellone in modo che Fiamma e Cristina Dorè non s'incontrassero prima della finale.

A Leda non avevano fatto caso. Così, in semifinale, contro Cristina era capitata Leda.

La tribunetta del campo n. 3 era del tutto incapiente. La gente si accalcava da ogni lato del campo. Certo Cristina attirava sempre, ma evidentemente solo gli organizzatori del torneo ignoravano di quale richiamo fosse Leda. Dovettero scambiare il campo con il torneo maschile e fare la semifinale femminile nel campo centrale, che aveva le tribunette doppie. Malgrado questo non c'era un posto a sedere.

Intanto che il pubblico si trasferiva nel nuovo campo, Leda e Fiamma chiacchieravano fitto fitto, accostate alla ringhiera, una dal lato interno e l'altra da quello esterno.

La Doré arrivò in tuta e quando il trambusto cominciò a quietarsi, si accinse a palleggiare, per scaldarsi un po' prima di levarsela. Leda era già in gonnellino, ma sembrava più interessata a quello che le raccontava Fiamma che alla partita che l'attendeva.

Il maestro Meneschínchero andò a invitarla a iniziare il palleggio con la Dorè. Ma Leda non se ne diede per intesa. Era noto che non amava il palleggio; quando prendeva posizione in campo era per iniziare d'emblée la partita. In quel caso, però, il suo modo di fare appariva poco corretto e poco cortese, per non dire strafottente. Ad Alceo sembrò che ci fosse della malizia nel comportamento di Fiamma. Certo rischiava – forse volutamente – di mandare fuori dei gangheri la Dorè; ma non rendeva un buon servizio nemmeno a Leda.

«È anche un modo», pensò Alceo «per attirare l'attenzione su di sé in un giorno che non è il suo».

Il pubblico, intanto, sollecitava; sibilava, qua e là, qualche fischio.

La Dorè era furiosa per l'oltraggio. Pretendeva che scendesse in campo a palleggiare con lei il maestro Borioni. Ma non lo trovarono; e forse, se pure l'avessero trovato, non si sarebbe prestato. Il maestro Borioni era rinomato non solo per l'alto prezzo delle sue lezioni ma anche perché rifiutava i poco dotati. Benché la Dorè fosse un'ex campionessa nazionale, probabilmente egli non si sarebbe piegato a farle da palleggiatore al bisogno. Anche perché questo sarebbe stato per lui come parteggiare per lei in un torneo in cui, viceversa, egli ci teneva a restare sacralmente super partes.

Si offrì, allora, l'ingegnere Néstor Shandijó Larraya, che era già in tenuta da tennis nei pressi del campo. Era il più gran gentiluomo che avesse mai calcato i campi in terra rossa. Campione dell'Africa orientale italiana prima della guerra e della susseguente sua lunga prigionia, aveva uno stile un po' vecchia maniera ma molto pulito e ancora valido. Certo non aveva più lo scatto, ma suppliva con un eccezionale intuito: fin da quando colpiva la palla intuiva come l'avversario l'avrebbe ribattuta e la zona del campo dove l'avrebbe rimandata. Si muoveva così in anticipo e otto volte su dieci indovinava; le altre due l'avversario era costretto a cambiare proposito all'ultimo momento e con un movimento così innaturale che, se proprio non era un giocatore di classe, finiva per sbagliare. L'anno precedente si era classificato nono nel torneo sociale; ed era per lui un risultato negativo perché di solito si piazzava nei primi sei. Al tredicesimo posto si era classificato un nuovo socio arrembante, Lagonía, un giovane medico proveniente da altro circolo. Scorrendo la classifica, s'era appuntato su quel nono posto occupato da una persona così anziana e l'aveva sfidata, contando di scavalcare quattro posti, ch'era il massimo balzo consentito. Aveva chiesto di giocare la mattina presto di un giorno feriale per gli impegni – aveva detto – della sua professione. E l'ingegner Shandijó, ch'era in pensione, aveva signorilmente acconsentito, nonostante la stagione fredda. Mentre si avviava ai campi Lagonía incontrò Cragnotto, il custode, che gli chiese: «Ma davvero ha sfidato Shandijó?».

«Certo», rispose piccato Lagonía «perché è vietato?».

«Non so se si è tirato bene i conti...», commentò il custode.

«Ma mi faccia il piacere!», replicò Lagonía. «Se perdo con quello lì attacco la racchetta al chiodo».

Lagonía vinse il primo game, ma fu l'unico in tutto il set. Quando, dopo quaranta minuti, il set finì sei a uno per Shandijó, Cragnotto si presentò ai bordi del campo con un martello e un grosso chiodo. Il secondo set durò dodici minuti.

Shandijó tuttavia aveva pur sempre settantanove anni. Quando il pubblico – che non era composto tutto da competenti – vide questo vetusto signore, con le gambe malferme, che si apprestava a palleggiare con la Dorè cominciò a rumoreggiare e a fare delle risatine. Il che urtò ancora di più Cristina, che non ne volle sapere e minacciò di abbandonare il torneo.

Prese allora la racchetta il maestro Meneschínchero, dopo aver lanciato a Leda un'ultima occhiataccia.

Avrebbe fatto meglio a palleggiare con Shandijó, Cristina. Meneschínchero, nome di copertura «Lourdes» o «Quattrotrucchi», non era solo disponibile ed economico ma riusciva altresì a far giocare, in qualche maniera, pure i più negati. Era stato un diavolaccio, sgusciante e opportunista, quando giocava playmaker a pallacanestro e aveva vent'anni e diciotto litri di meno. Insegnava un tennis perverso, tutto trucchi e giochi di polso. Era una cosa più forte di lui: dopo un paio di scambi lineari doveva fare una smorzata o una palla ad effetto. Bisognava colpire le sue palle appena toccavano il suolo, perché, come si alzavano, improvvisamente svirgolavano e si torcevano a destra o a manca, fuori della verticale, cosicché ce le si trovava sul manico anziché sul piatto della racchetta o mezzo metro più in là. Cristina invece aveva bisogno di colpi tesi e regolari per entrare bene in palla.

Finito in qualche modo il palleggio con Cristina sempre più irritata, Meneschínchero si rivolse a Leda: «Cristina è pronta», disse.

«Sei pronta?», ripeté Leda. Nella sua voce qualcuno avrebbe potuto cogliere un'inflessione canzonatoria. Ma non era questa la sua intenzione. Il fatto è che Leda detestava ogni imposizione, ogni vincolo. Per la verità sia Cristina che Fiamma, cioè proprio le migliori, non erano possedute da quella visione maniacale della vita che porta molte tenniste (forse ancor più dei tennisti) a regolare ossessivamente la loro giornata sul tennis. Era fuor di dubbio, però, che lo prendevano molto sul serio. La Dorè, poi, era inevitabilmente la sacerdotessa officiante di quel rito.

Per Leda, invece, il tennis era puro gioco, il *loisir* era tutto. Dello sport non sopportava la ritualità, gli schemi, gli appuntamenti ineludibili, la tensione che accompagnava le gare. Meno che mai poteva soffrire l'apparato del torneo, con i vari Borioni intronizzati sulle sedie di giudice-arbitro come sul soglio pontificio, a presenziare solennemente alle cerimonie del nulla. Non avrebbe voluto iscriversi al torneo, ma, indotta dalle amiche (e dagli ammiratori), vi partecipava alla sua maniera.

Cristina, però, questo non lo sapeva; e se pure l'avesse saputo non avrebbe attenuato il suo sdegno. Alta, longilinea pura, aveva una testina da ghepardo in cima al lungo collo. L'unica cosa che l'aveva trattenuta in campo era la determinazione di dare una lezione come si deve a quella zotica e di rimandarla a casa spernacchiata coi controfiocchi.

Cristina scelse, ovviamente, il servizio. Aveva una gran bella battuta, a livello internazionale. Ma Leda non si scomponeva più che tanto. Era una regolarista formidabile. Cristina la faceva andare, come un metronomo, da un angolo all'altro del campo. Ma Leda arrivava sulla palla con facilità animalesca, come un'antilope che non altera l'armonia dei movimenti per quanto acceleri la corsa; e sembra sempre che potrebbe correre ancora più veloce, se volesse e se fosse necessario. Per quanto angolata e veloce fosse la palla, Leda giungeva a colpirla in perfetta coordinazione dei movimenti. Era come se un'onda le scorresse internamente dal collo all'omero al braccio al fianco al ginocchio alla punta del piede, dando fluidità a tutto il suo corpo. I suoi muscoli a fibra sottile non si ripartivano vistosamente nello sforzo, non si scolpivano negli arresti improvvisi. Si delineavano appena, nel quadricipite, guizzando come pesci, con la levigatezza della seta percorsa da un brivido mentre vi si fa scorrere dentro il braccio. Le sue gambe lunghe e affusolate avevano la resistenza dei longilinei e lo scatto dei normotipi, se non dei brevilinei. Era un piacere per gli occhi vederla.

Indubbiamente, sotto il profilo strettamente tecnico, il suo gioco non valeva quello di Cristina. Il suo servizio era poco più che una messa in gioco, le sue volées non erano mai perentorie, il suo smash ricordava il gesto aereo e leggero di una giocatrice di volley.

Alla fine, Cristina riuscì ad aggiudicarsi il primo game, con un ace sporco, dopo cinque vantaggi alterni sul quaranta pari. Ma, dopo il cambio di campo, il secondo game lo vinse Leda, quaranta a quindici. Tornando alla battuta nel game successivo, Cristina era, se possibile, ancora più tesa. Non che credesse di poter perdere, ma capiva di non aver ancora trovato la tattica di gioco vincente. Pensò di variare i colpi, per spezzare il ritmo. Cominciò così ad alternare colpi lunghi e forti ad improvvise smorzate. Non si rivelò una tattica indovinata: Leda arrivava felicemente sulle palle veloci e lunghe con un attimo di anticipo, per un curioso amalgama di intuizione e riflessi. Raggiungeva le palle corte con poche, morbide falcate e faceva a sua volta una controsmorzata. Cristina doveva impegnarsi alla morte per riprendere la palla: nelle sue magre gambe di nobile longilinea l'adduttore interno s'incuneava nella coscia fino all'inguine come una corda tesa allo spasimo.

Tutto sommato, il riscaldamento col maestro Meneschínchero si rivelava più appropriato di quanto non si fosse creduto. All'improvviso Leda manifestava una propensione che non le si conosceva per il gioco irregolare. Le sue palle, infatti, a volte erano cortissime, a volte inaspettatamente profonde. La Doré, che s'era piazzata un metro dentro la linea di fondo, era costretta a fare retromarcia; e c'era un che di legnoso nei suoi movimenti a ritroso.

«Ha il polso di velluto», osservò qualcuno a proposito di Leda.

«Ha la fica di velluto», contrappuntò un altro.

Sulle palle senza peso di Leda era facile sbagliare la misura. E la rabbia con cui Cristina ci s'avventava sopra non giovava certo a dosare il colpo. Parecchi dei suoi attacchi dal fondo finivano così lunghi.

Il set s'inerpicò tre a uno a suo svantaggio. Cristina capì che doveva avere la pazienza di aspettare e attaccare solo quando Leda rimetteva imperfettamente a metà campo. Giocando giudiziosamente recuperò i due games di svantaggio.

«Lo vedi, Leda non è capace di chiudere un solo punto di forza»: il pubblico era tornato dalla parte di Cristina.

«T-t-ti s-sb-sba-gli», rintuzzò Valerio.
Alceo, ch'era seduto accanto, notò che Valerio balbettava solo quando si parlava di Leda.
Fu come se Leda l'avesse sentito. A sorpresa sfoderò un rovescio schioccante come una scudisciata. Erano altrettante frustate per i nervi, oltre che per i muscoli della Dorè. Col diritto, intanto, pur senza sparare i colpi, Leda continuava a fare quello che voleva, esasperando il gioco: le smorzate andavano ad arricciarsi nella terra rossa a ridosso della rete e lo stesso le volées. Cristina aveva i capellucci sudati, dritti a ciocche a lato della testina aristocratica, col mento sul collo e il platisma e lo sternocleidomastoideo penosamente stirati. Leda spostava il gioco a suo piacere e Cristina arrancava, con i muscoli che le facevano groppo nelle bianchissime cosce come in una statua di gesso del Laocoonte. Le sembrava impossibile che la palla non fosse alla sua portata ma più puntava i piedi più si sentiva frenata come quando in sogno si cerca di correre e le gambe inspiegabilmente non rispondono al comando della testa.
«Cristina, togli il freno a mano!», gridò qualcuno.
Ma i più, ormai, erano per Leda; alcuni, anche trucidamente.
«Ti strappa i pantaloni!», gongolava Pricozzo, per gli amici Chiavagatti, un fregnetto che non arrivava a 1,60.
«In che senso?».
«Ti fa proprio saltare la cerniera».
«Ha parlato il fregno saltatore», fu il commento.
L'ingegner Shandijó era disgustato. Era dispiaciuto per la mortificazione della Dorè, anche se era stato il primo e più convinto ammiratore di Leda. Aveva sempre considerato il tennis – fin da giovane – come uno sport per gentiluomini; e la volgarità dei suoi frequentatori, pur senza riuscire a fargli cambiare opinione, lo avviliva profondamente. Era rincresciuto, anche, che quelle frasi da angiporto potessero giungere all'orecchio di Alceo: Shandijó, infatti, era uno dei pochi a sapere che era il marito di Leda.
Il set terminò sei a tre per Leda. Il secondo non ebbe storia. Fin dal primo game Leda si rivelò un'incontrista quale pochi o nessuno si sarebbero aspettati. Cristina sparava le sue ultime cartucce con la battuta. Ma proprio sulla sua battuta Leda l'attaccava: le aveva giovato molto giocare contro Alceo e Fiam-

ma. E il diritto, ch'era il colpo d'imperio di Cristina, non faceva il danno di altre volte e restava spesso inesploso, come se la rabbia che si portava dentro si fermasse al cervello. Cristina sentì spegnersi dentro l'ultima chance. Sul quattro a uno per Leda qualcuno cercò di aggregare altri in un coretto d'incitamento per la Dorè. Ma fu soverchiato da un coro più nutrito che scandiva «Le-da-Le-da». Quando stava spegnendosi, e mentre già le due giocatrici stavano tornando in campo, Pricozzo con altri due o tre squallidi come lui, intonò: «Le-da-ladà-Le-da-la-dà».

Shandijó li fulminò con lo sguardo. Tutto il suo fiero corpo di hidalgo fremeva di sdegno. Ma anche altri reagirono e uno spintonò ripetutamente Pricozzo, che s'allontanò dalla tribuna.

Shandijó rimase seduto una fila sotto Alceo. Per la prima volta gli apparve come oppresso dagli anni. Era stato un pomeriggio infelice, per lui: la derisione, o almeno la sfiducia, con cui il pubblico aveva accolto la sua offerta di palleggiare con la Dorè, gli avevano lasciato il segno. E nonostante il godimento estetico offerto dalla partita, i rigurgiti di bestialità di alcuni spettatori l'avevano ulteriormente depresso. Alceo notò che aveva gli omeri stanchi e le orecchie tristi come un vecchio purosangue che torna, sconfitto, alle scuderie dopo l'ultima corsa. Gli venne in mente ch'egli doveva sentire a volte la morte fiatargli sul collo e si sentì stringere il cuore. Era l'unica persona del club che stimasse veramente; pure, mentre volontaristicamente pensava questo, gli affiorò suo malgrado sulle labbra un epitaffio:

Grande, grande è Shandijó,
che più grande non si può;
mai nessuno fu più grande,
in maglietta ed in mutande.

Ma se Shandijó era abbattuto, Marisa Bonsanti era assolutamente costernata. La Dorè, per lei, non era soltanto una sacerdotessa del tennis; era l'incarnazione di una dea di un'unica e intollerante religione. Sul tennis, Marisa Bonsanti, più nota come Bonsai, non modulava semplicemente ogni momento della sua giornata; su esso aveva impostato ogni scelta di vita. Per anni aveva trascorso ore e ore ai bordi del campo a guardare in adorazione la Dorè che giocava il singolo, che giocava il doppio femminile, che giocava il misto, che palleggiava. Alta poco più di un metro e cinquanta, era però una forzuta: aveva grossi bicipiti, grossi quadricipiti, grossi polpacci; il giro vita, tuttavia, l'aveva sorprendentemente sottile. Compulsava il tabellone delle prenotazioni per sapere quando la Dorè avrebbe giocato; ma non fidandosi – sia che il nome fosse segnato sia no – cercava di acquisire informazioni chiedendo a questo e a quello. Più d'uno l'aveva fuorviata, o forse beffata. Allora si era accordata col custode Cragnotto, che nelle ore libere le curava il giardino. Cragnotto sì che le dava la dritta senza fregature. Ne era stata così soddisfatta che gli aveva aumentato il mensile.

Aspettava, appostata, la Dorè all'ingresso dei campi e l'accompagnava offrendosi di portarle la borsa del tennis. Era uno spettacolo vederla camminarle a fianco con la borsa quasi radente il terreno. Eppure c'era un che di rispettabile, di processionale, nel modo in cui Bonsai procedeva dietro la sua diva. Portava la borsa come il chierichetto porta il turibolo al seguito dell'officiante. Nel frattempo aveva tentato la scalata tennistica scopando, o cercando di scopare, i tennisti maschi dal ventesimo posto in classifica in su. Quando riuscì a farsi l'ottavo in graduatoria, saltando sette posti, la Lagopensile, parlandone con la Pomponi, la Parascandalo e la Scatafassi, detta la Sgarrupata, l'aveva definita *l'arrampicatrice sessuale*. Aveva riscosso piena solidarietà. Erano, con la Petula e la Natinguerra, un gruppetto di assidue del club, sistematicamente battute dalla Bonsai, che abitavano nei villini a schiera delle isole XXVII e XXVIII, con duecentodieci metri quadrati di giardino a testa, mentre Marisa era una dei diciotto proprietari di maxiville di cinquemila metri quadrati. Non si era associata, invece, la Cessalto, che vivendo, sia pure in affitto, in una villa con duemila metri quadrati di prato, si reputava più vicina alla Bonsanti e si sentiva in grado di ricambiare, se fosse stata invitata a una delle sue cene all'aperto.

Scansata dalla Dorè e da Fiamma, la Bonsai preferiva giocare con gli uomini. Grazie alle sue relazioni sessuali e a qualche cena estiva nel giardino, riusciva abbastanza spesso a palleggiare con qualcuno dell'alta gerarchia e anche a giocarci qualche partitella quando mancava il compagno.

Con le donne, in gara, andava forte perché aveva tiri tesi e regolari, e ancor più per la sua irriducibilità, tanto che per alcuni anni si era assestata tra le prime sei in classifica, malgrado la statura che faceva sì che schiacciasse degli smashes dove altri avrebbero eseguito una vòlée. Alla fine era sembrata realizzare il suo sogno: giocare qualche partita amichevole con la Dorè. Ma era stata assalita dalla tremarella e col braccetto piegato sì e no riusciva a rimandare di là la palla; e la Dorè non l'aveva più invitata.

Cacciata di chiesa, anche la sua fede, che pareva incrollabile, aveva vacillato. Senonché recentemente, per i misteriosi sentieri del destino, aveva avuto una rivelazione che le aveva cambiato la vita. Durante un viaggio a Bangkok col marito, aveva scoperto il piacere di un corpo femminile che si strofina sul tuo. Da allora andava in giro per Casalpalocco mano nella mano con Titti (Sebastiana), una fruttivendola di Acilia che si tirava indietro un po' restia ma che ancor più era lusingata che una tale signora con una signora villa la portasse dappertutto con sé. Marisa, da parte sua, ostentava la sua rivelazione con l'invasamento della neofita e con un tale candore che persino agli sfottò era stata, dopo un po', messa la sordina.

Da energumena Bonsai si era tramutata in tenerona.

Ma ora era ripresa interamente dalla suggestione della sua prima e mai abiurata religione e, nell'assistere al sacrilegio (tanto più oltraggioso quanto più incosciente) perpetrato da quell'aliena, stando col cosciotto lussurioso nervosamente accavallato, stringeva convulsamente la mano di Titti Rognetta fino a illividirgliela.

Capitolo quindicesimo

«Di che stavate a ciacolare?», chiese Alceo.

«Di niente», lasciò cadere Leda.

«Ma come, eravate così infervorate che a momenti bisognava ritardare la partita...».

«Chiacchiere», tirò via Leda.

«Non è stata una cosa carina. È sembrata un'ostentazione, o almeno una sovraesposizione, il che non è nel tuo carattere».

«Stai sempre a sfottere quelli del tennis e adesso sono diventati così importanti per te?».

«Ma che per me! Per il pubblico, per voi stesse. Che c'entra il tennis? Se l'aveste fatto a teatro o rallentando la salita sull'aereo sarebbe stata la stessa cosa. È una questione di rispetto degli altri, di stare nella situazione».

«Come stai tu con Ella? In quella situazione avete molto riguardo per gli altri, vero?».

«Appena finisco il libro, chiudo. È tutta una situazione falsa».

«Vuoi dire ch'è falso che ci vai a letto?».

«Ma chi ti racconta queste storie?».

«Non ho capito. Tu le fai e poi vorresti che nessuno le riferisse!».

«Dai, dimmi di cosa parlavi con Fiamma. Non escludermi», riprese Alceo.

«Niente, parlavamo di quello là, di Condom».

«Di Condom? E a voi che ve ne frega?».

«È scappato con l'amico di Lalla. Non te l'ha detto Valerio?».

«Chi è scappato, Lalla?».

«No, lui».

«Ma allora con l'amica? Avevo sentito con l'amico».

«Con l'amico, con l'amico. Con l'amico di lei».

«Non ci ho capito niente. Chi se n'è andato, lui o lei?».

«Lui, con l'amico di lei».
«Mi sembrava un tipo un poco strano... Ma perché se n'è scappato, come dici tu?».
«Hanno fatto una vacanza insieme alle Seychelles e al ritorno si sono messi a vivere insieme, piantando tutti e due Lalla».
«Eppure lei è molto carina. Rassomiglia a *Baby doll*, quella lì, come si chiama... a parte le trecce».
«Troverà anche lei l'amatore, prima o poi, come ognuna di noi».
«Tu l'hai già trovato».
«Credevo, ma non so. Bisogna che mi guardi intorno».
«Chi ti mette queste pulci nell'orecchio, Fiamma?».
«A lei piace Valerio».
«E a te?».
«Non è il mio tipo. A me piacciono gli intellettuali».
«Ma se sono tutti rachitici...».
«Eh, non li sottovalutare...».
Alceo tacque. Gli s'era ammorsato il cuore.

Per la finale tra Leda e Fiamma nel campo centrale c'era un pienone. Non solo erano stracolme le tribunette, ma molta gente era stipata ai bordi del campo. Certo, c'erano i delusi di non vedere il tennis da grande Slam della Dorè. Ma, a parte che una finale è sempre una finale, c'era molta curiosità per il gioco emergente di Leda e per le doti atletiche delle due finaliste. Indubbiamente, sotto il profilo stilistico ce n'erano molte migliori di loro nei grandi circuiti tennistici. Ma sarebbe stato davvero difficile vedere insieme due tenniste così belle.
Quando Fiamma si sfilò i pantaloni della tuta Alceo si sorprese a chiedersi, ancora una volta, come gambe così possenti potessero al tempo stesso essere così attraenti. «Almeno per me», pensò. «Chissà se è così pure per gli altri».
Vero, quella di Fiamma era una bellezza un po' démodée, tipo anni Cinquanta, per intenderci, alla Silvana Pampanini o alla Silvana Mangano (la Mangano di *Riso amaro*, non quella di *Edipo re* o di *Teorema*). Una bellezza procace, ma con ben altra saldezza muscolare. Il busto sbocciava prepotente dalla vita stretta e faceva dimenticare le braccia, un po' troppo muscolose.

Leda accanto a lei appariva meno prorompente, quasi androgina, col suo culetto appollaiato in alto in alto sulle inverosimili gambe da finlandese. C'era qualcosa di non del tutto maturo, qualcosa di postpuberale, nella sua bellezza. Ad ogni modo bastava che scuotesse la testa per portarsi dietro gli occhi di tutti. Non aveva voluto legarsi la chioma; aveva solo cinto la fronte con una fascia azzurra di spugna.

Al centro della tribunetta sedeva il presidente del club Sacrestani Benincasa; alla sua destra Nicola Pietrangeli, che abitava all'isola XXX, alla sinistra Claudio Villa, proprietario di una maxivilla all'isola I. Ma guardando alla fila immediatamente sotto Alceo credette di trasecolare: in mezzo ai due vicepresidenti Scaricabarozzi e Trippanera s'era installato Cupone. Proprio lui, Scufecchia, il verme solitario. E la cosa più sorprendente era che al pubblico tutto questo sembrasse naturale.

Il fatto aveva del meraviglioso, del favoloso. Ma non meno straordinario, soprannaturale, era quello che era capitato a Cupone.

L'evento si era verificato due settimane prima. Ma all'inizio era sembrato un fatto insignificante.

Tra l'una e cinquanta e l'una e cinquantacinque – come aveva con estrema esattezza precisato Cupone tra l'ilarità generale – un qualcosa aveva sfondato il tetto e il pavimento della sua roulotte. Cupone, svegliato nel sonno, si era spropositatamente spaventato ed era corso fuori lasciando la porta aperta. Ne aveva approfittato la cagnetta per scappare via, sparendo nel buio.

Cupone aveva atteso le cinque e mezza (qualcuno diceva con la baionetta in pugno) per andare a svegliare il custode. Insieme avevano fatto un sopralluogo, trovando un grosso sasso conficcato nel pavimento d'asfalto del piazzale, sotto la roulotte. Due giorni dopo Cupone si era recato dai carabinieri.

L'opinione generalmente accolta era che qualche teppista gli avesse scagliato il sasso. Quantunque relativamente benestante, Cupone era considerato, nel quartiere, un reietto. Niente di più facile che qualche gruppetto di fascistelli (che a Casalpalocco imperavano), tornando a casa dopo aver mangiato la pizza, avesse voluto fare un gesto dimostrativo contro un diverso.

Ma c'era qualcosa che non quagliava. Sarebbe stato più facile dar fuoco alla roulotte. Inoltre Cupone, che asseriva di essersi proiettato subito fuori dalla roulotte, non aveva visto nessuno, non aveva sentito passi in fuga. E, poi, come avevano fatto a lanciare così in alto il sasso da farlo ricadere con tanta forza sul tetto? Intorno il piazzale era tutto piatto. Non c'erano cumuli, rialzi da dove scagliarlo verso il basso. Qualcuno cominciava a insinuare che avesse fatto tutto Cupone, da solo, per attirare l'attenzione. Ma certo era strano. Il sasso era grosso e pesante, più di dieci chili. E la violenza dell'impatto era inspiegabile.

Cupone, al club, non parlava d'altro. E puoi capire! Non gli sembrava vero di avere un argomento sul quale intrattenere la gente.

Chiacchiera dopo chiacchiera, la cosa giunse all'orecchio dell'ingegner Titallo. Era un caso che Titallo fosse passato dal club. Passabile giocatore, ne era stato uno dei frequentatori domenicali fino a due anni prima. Poi era scomparso. Non era raro a Casalpalocco che qualcuno scomparisse all'improvviso dal pianeta verde, così come era apparso; ma questo accadeva in genere agli stranieri, a quelli che lasciavano la moglie e in particolare ai funzionari della FAO. Il caso dell'ingegner Titallo era diverso. Aveva lavorato per ventott'anni nell'Ente metalli italiani a Pomezia. Era un tecnico di valore e un dirigente apprezzato; quando si rese libero il posto di vice direttore generale, tutti dicevano che sarebbe toccato a lui. Venne nominato invece un ingegnere della FINSIDER ch'era arrivato solo due anni prima. A questo punto Titallo, dalla sera al mattino, si dimise. Certo fu determinante per la sua decisione lo schiaffo bruciante subìto: non avrebbe più potuto guardare i suoi colleghi in faccia. Ma quella di andare in pensione era un'ideuzza che da tempo gli frullava nella testa. C'era un sogno in cui si cullava da anni: fare l'apicoltore. Andando a Pomezia, nei mattini dorati di maggio, attraversava campi inondati di margherite, di viole, di papaveri, di ginestre e si portava in ufficio un ronzio che l'accompagnava tutto il giorno. La sera, rientrando, i profumi erano ancora più intensi. Una sera di giugno, passando in un campo di gelsomini, ne era rimasto come stordito. In pensione da un giorno per l'altro, si poté dedicare al suo sogno.

Uomo estremamente parsimonioso e consapevole dei suoi diritti di dirigente, Titallo in ventott'anni non si era mai deciso a comprare un temperamatite, pretendendo che glielo fornisse l'ente. Così, quando le punte delle sue otto matite erano consumate, chiedeva in prestito il temperalapis all'ingegnere della stanza accanto e, dopo averlo usato, glielo restituiva. Non aveva peraltro esitato a investire l'intera liquidazione nell'acquisto di un terreno di cinque ettari vicino Nepi, dove impiantò una coltivazione di fiori a rotazione, in modo che ci fosse una fioritura in qualsiasi mese dell'anno. Poi installò ventotto alveari. Ma ebbe una sfortuna nera; un'epidemia di pidocchi aveva infestato tutto il Lazio e in particolare la zona di Nepi. Ogni mattina Titallo raccoglieva negli alveari le sue api morte. La notizia giunse a Casalpalocco dove ogni tanto faceva una capatina; si raccontava al club che gli fosse rimasta una sola ape e che Titallo se l'allisciasse e riscaldasse col fiato come il bue Gesù bambino nella mangiatoia, concentrando in lei tutte le sue cure, i suoi affetti, le sue speranze. Intanto, poiché aveva contratto debiti, si era trovato costretto a mettere in vendita la villa di Casalpalocco. Era per questo ch'era tornato.

Benché preso dai suoi pensieri, Titallo era rimasto colpito dalla storia, apparentemente inspiegabile, di Cupone. Volle vedere il sasso.

Era una pietra di forma ovoidale, terminante a punta lanceolata, di colore bruno-metallo. Titallo la pesò e la misurò. Pesava 12 chili e settecentoquaranta grammi. Le misure erano: 26 × 19 × 17.

Ricorrendo alle sue conoscenze, Titallo telefonò all'Ufficio geologico e all'Istituto astrofisico spaziale di Frascati. E qualche giorno dopo un geologo e un fisico vennero a esaminare il sasso misterioso. Pensavano di portarselo via, per analizzarlo in laboratorio, ma Cupone si rifiutò. L'avrebbe portato lui stesso a avrebbe assistito alle analisi; aveva timore che glielo cambiassero. Tuttavia, dopo i primi sommari esami, apparve indispensabile inviarlo al laboratorio del Politecnico di Zurigo: l'affare diventava internazionale. Per convincere Cupone, riluttante come un camallo,[1] gli dissero che quello era l'Istituto dove aveva studiato Einstein. Dovettero comunque rilasciargli un certificato di deposito.

Dopo sette giorni giunse la risposta: era un meteorite! Il secondo in ordine di peso e il terzo in ordine di dimensione che

[1] Scaricatori portuali di Genova, fortemente sindacalizzati e a volte ostruzionisti.

fosse caduto nel nostro paese nel corso di questo secolo. Venne classificato come una *condrite H 3-5*, cioè un meteorite pietro-ferroso con al suo interno condruli di minerali fusi. I condruli erano l'impronta degli eventi che hanno caratterizzato, oltre 4,5 miliardi di anni fa, la nascita del nostro sistema solare; impronte non alterate da successivi eventi, come nei pianeti. Nel meteorite vennero identificati gli isotopi sodio 22 e titanio 44 che hanno registrato, rispettivamente, le variazioni undecennali e secolari della nostra stella.

Gli scienziati chiesero a Cupone a al custode Cragnotto se non avessero sentito un forte sibilo. Ma tutti dormivano, a quell'ora. Forse solo la cagnetta di Cupone aveva sentito.

Comunque non c'era dubbio: un meteorite aveva colpito la roulotte di Cupone. Dalle profondità siderali, da milioni di chilometri di distanza, un corpo astrale si era indirizzato verso il nostro pianeta e nel nostro pianeta verso l'Italia e in Italia verso Casalpalocco e in Casalpalocco verso la roulotte di Cupone parcheggiata nel piazzale del club. L'aveva centrata in pieno sfiorando il verme solitario che lì giaceva in solitudine come un baco nel bozzolo. Non l'aveva proprio beccato nella capoccia, ma poco c'era mancato. Era un segno, una scelta: era *l'evento*.

Vennero giornalisti, anche della radio e del cinegiornale, e si diceva che sarebbe venuta la televisione. Furono fotografati e filmati lo squarcio nel tetto e nel pavimento della roulotte e l'avvallamento nell'asfalto sottostante. Il nome di Cupone apparve sui giornali e fu pronunciato alla radio.

La partita tra Fiamma e Leda si presentava obiettivamente incerta. Dopo la preponderanza di Fiamma nei primi tempi, le due in amichevole vincevano, mediamente, una volta per una.

Ma, tranne che nella battuta, Leda appariva trasformata, enormemente cresciuta sul piano tecnico. Non era più soltanto una grande atleta prestata al tennis, era divenuta una giocatrice completa, o che perlomeno compensava alcune carenze con alcuni colpi sopra la norma. Fiamma si avventava con tutta la possanza del suo fisico sulle palle di poco peso di Leda e le energizzava al massimo. Ma proprio su quelle palle violente si dispiegava il meglio dell'attitudine tennistica di Leda: il suo corpo si tendeva come un arco e restituiva al campo avversario la palla, a un palmo dalle righe, con veemenza accresciuta. Di rovescio, specialmente, le sue risposte erano brucianti come un elastico che risbatta indietro sulla mano.

Al primo cambio di campo entrambe rimasero in piedi. Alceo notò che Fiamma aveva le natiche semiscoperte: evidentemente aveva indossato uno slip o un po' piccolo o un po' lento che, col movimento, le era scivolato in mezzo. In quel momento si accorse che anche Leda aveva i glutei un po' di fuori e nello stesso istante ne realizzò la causa: né l'una né l'altra avevano indossato il coprimutande. «Si saranno messe d'accordo?», si chiese.

«Ha la fica vogliosa come una mula», sentì dalla sua destra. Pricozzo non aveva fatto in tempo a finire la sua frase che uno schiaffo echeggiò sonoro come un palloncino che scoppia. Si vide Pricozzo indietreggiare di qualche passo e poi avventarsi verso la tribuna, slittando coi piedi che raspavano il prato, come un botolo ringhioso. Una scarpa gli si stampò sulla faccia; e per sua fortuna ch'era una scarpa da tennis. Cieco di furore e mezzo stordito, Pricozzo cercò di rialzarsi per scagliarsi ancora in avanti; nella sua rabbia aveva strappato dal prato un ciuffo d'erba. Valerio lo aspettava come un orso. Ma si intromisero alcuni spettatori che afferrarono Chiavagatti dalle spalle e se lo trascinarono via sottobraccio.

«Perché a Leda?», si interrogava Alceo. Certo Leda avrebbe potuto coprirsi di più; ma Fiamma aveva il culo che le scappava fuori dalle mutande. Perché quello schifoso di Pricozzo si era riferito a Leda? Alceo sentiva dentro di sé che era così: era a Leda ch'era rivolto il suo volgarissimo apprezzamento. La reazione di Valerio gli era sembrata naturale, per niente eccessiva. Ma sarebbe stata la stessa se il commento fosse stato indirizzato a Fiamma anziché a Leda?

Lo sgradevole episodio non aveva avuto interferenze nel gioco e nemmeno sull'attenzione del pubblico. Si era esaurito subito, al margine della tribuna, come un foruncolo schiacciato che sprizza una goccia di pus.

Il gioco e il punteggio scorrevano veloci. La partita aveva imboccato un senso unico. Non c'era il pathos della semifinale con la Dorè; e anche il gioco era meno vario. Di tanto in tanto, tuttavia, quando Fiamma accorciava la palla, Leda incuneava il suo attacco negli angoli di fondo e quando Fiamma recuperava in qualche modo la palla, sfoderava certe volées radenti come rasoiate che davano la misura dell'autorevolezza che aveva assunto il suo gioco. Fiamma cercò di difendersi alzando pallonetti. Di solito era Leda a ricorrervi: riusciva a farne una quantità esasperante senza mandarne uno oltre la linea di fondo. Fiamma era meno abituata e meno propensa al gioco di difesa e ne sbagliava qualcuno di troppo. All'improvviso, su un lob non abbastanza lungo ma nemmeno tanto corto, Leda fece un numero che strappò alla gente un urlo sul petto: quando sembrava ormai inesorabilmente scavalcata, si alzò dal terreno con un'elevazione da pallavolista e schiacciò uno smash che rimbalzò aereo come il suo salto.

«La signora Leda ha la nitroglicerina nei garretti!», esclamò Shandijó, rapito.

Gli applausi scrosciarono per quasi un minuto.

La fine della partita era prossima.

Capitolo sedicesimo

Il libro era praticamente finito.

Bisognava affrettarsi a consegnarlo all'editore: era infatti fondamentale che venisse pubblicato entro marzo.

La mattina alle nove Alceo si era presentato, come d'intesa, a casa dell'Agone, per l'*imprimatur*.

Ella arrivò quasi subito. Aveva una lunga vestaglia di seta verde aperta che mentre camminava le lasciava scoperte le gambe e anche più su. Diede un bacio ad Alceo sulla bocca e gli porse il pube per un bacetto; era appena uscita dalla doccia.

«Mi vesto e vengo».

«Andiamo», fece tutta gioiosa tornando poco dopo. E prese Alceo per mano.

Alceo aveva con sé il dattiloscritto. La guardò perplesso.

«Dove?», chiese. Pensava di dover passare la mattinata in casa, lì a Villa Riviera.

«Andiamo al Circeo».

Nella lunga Mercedes, appena imboccata la Pontina, Ella prese la mano di Alceo e se la mise in mezzo alle cosce, sotto la gonna scozzese.

Alceo diede un'occhiata verso l'autista. Al di là del vetro di separazione, come se fosse in un'altra macchina, guidava guardando avanti. Eppure la continua intraprendenza di Ella gli dava fastidio.

Il nastro d'asfalto si apriva, lucido, la sua strada attraverso una distesa di ovatta. Ogni tanto un lembo di nebbia si spingeva fin sulla carreggiata e per un attimo si smarriva la cognizione di dove si fosse. Poi i cartelli stradali e la progressione chilometrica restituivano un senso alla loro corsa.

La nebbia ristagnava bassa. Pure, verso Pomezia, malgrado la campagna si fosse allargata, il manto spumoso cominciava a evaporare scoprendo qua e là, attraverso il velario, la terra giallastra e fumante.

Lasciando a destra Sabaudia, la Mercedes s'inerpicò su per il Circeo girando sui fianchi del monte verso Punta Rossa.

La villa di Ella s'affacciava dall'alto verso il mare su una serie di terrazzamenti, che in qualche punto erano franati. Salirono su a piedi per un vialetto serpeggiante tra gli alberi. Ella portò Alceo per mano fino alla spianata sotto il corpo principale della villa. Incassata nel terreno c'era la piscina, a forma di cuore.

«Vieni qui, accosciati», gli disse accoccolandosi sul bordo.

«Guarda. Altro che la tua *Laguna blu*! Se fossimo immersi nella piscina ti sembrerebbe che l'acqua della vasca si congiunga col mare».

Alceo balzò su e fece per tuffarsi.

Ella cacciò un urlo: «È vuota!».

Alceo drizzandosi dal tuffo di testa saltò giù nella vasca sulla punta dei piedi. Aveva visto benissimo che non c'era l'acqua ma aveva notato che vicino al bordo la piscina era profonda poco più di un metro e aveva fatto finta di tuffarsi a pesce recuperando subito con un colpo di reni.

Aveva ragione Ella. Il mare si adagiava sullo stesso piano d'orizzonte della superficie virtuale della piscina. L'architetto aveva avuto occhio.

Alzò il volto: il cielo era d'un azzurro patetico.

«Guarda, le isole!», esclamò Ella.

Galleggiando su una striscia sottilissima di foschia, che le congiungeva come un tratto di pennarello grigio, le Pontine emergevano appena sulla distesa marina.

«Sono due. Ponza e Palmarola, vero?».

«No, sono quattro. Quella a destra è Zannone. Palmarola è dietro; riesci a vederla?».

«Ce n'è una anche a sinistra?».

«Beh, non so se riesci a scorgerla. È Ventotene».

«Quella vicina alla costa?».

«No, quella è Ischia. Ma davvero la vedi?».

Alceo guardò fisso. Non la vedeva più. Forse l'aveva solo intravista. O forse solo immaginata.

«E questo che cos'è? Un cedro?».

«Non è stupendo?».

Un cedro maestoso si ergeva, alcune terrazze più in basso, dal parco. Otto fusti si elevavano al cielo come braccia di un colossale candelabro. Il tronco centrale appariva come mozzato.

«Ma è unico. È un monumento nazionale. Un monumento vivente! Quant'è alto?».

«È più di venti metri. Arrivava a oltre trenta col tronco principale».

«Chi l'ha troncato, un fulmine?».

«L'ho fatto tagliare io».

«E perché?».

«Mi copriva la vista della piscina. Toglieva l'effetto mare».

«Però, la duchessa verde...», commentò dentro di sé Alceo.

«Vieni; una sorpresa!». Ella lo riprese per mano. «Facciamo il bagno».

«Con questo freddo?».

«Andiamo».

Lo fece entrare in una specie di padiglione, di fianco alla villa, nel parco. Le pareti e la porta erano vetrate, con listelli bianchi di legno che le ripartivano in quadrotti. Il tetto basso, a cuspide, ricordava ad Alceo qualcosa. Nel centro del padiglione c'era una vasca rotonda; «avrà un diametro di quattro metri», calcolò Alceo mentalmente.

«È la mia piscina d'inverno. *Jardin d'hiver, palais d'été*». Mentre parlava, Ella aveva premuto alcuni pulsanti e fatto volar via i vestiti: era già nuda, dritta in piedi col ciuffo del pube orgogliosamente in mostra.

«Che aspetti a spogliarti?».

L'acqua fumante gorgogliava nella vasca. Alceo vi saltò dentro; Ella restò seduta sul bordo.

«È una vasca come quelle di Ischia. È questa la sorpresa?».

«Aspetta»; Ella premette un altro pulsante e lo fece ruotare. «Prendimi!», disse.

La corrente trascinò Alceo a ritroso. Mosse le gambe a rana, riguadagnando il centro della vasca. Ella premette ancora il pulsante e Alceo fu ricacciato indietro. Nuotò anche con le braccia e si riportò al centro.

«Prendimi!», fece Ella, aprendo le gambe e premendo nello stesso tempo ancora sul pulsante; la corrente aumentò un altro po', ma di più non poteva andare. Alceo si mise a nuotare a crawl. Si rese conto che forzando le frequenze sarebbe giunto in poche bracciate al bordo: ma volle stare al gioco.

«Prendimi!», rise Ella. Inarcando le reni, col palmo delle mani poggiato sul bordo e il sedere un po' sollevato, fece partire uno zampillo che s'inarcò come il getto sottile di una pompetta. Alceo si rovesciò indietro per non riceverlo in bocca.

«Salta», disse a Ella. «Vieni giù!».

In poche bracciate la raggiunse e fece per prenderla dalle caviglie. «Aspetta», fece lei un tantino spaventata e si sollevò un po' per saltare nella vasca. Il balzo fu maldestro e un fianco urtò contro il bordo. Una smorfia le apparve in faccia.

«Leda sarebbe saltata giù col balzo soffice di una pantera dall'albero», non poté fare a meno di pensare Alceo. Acchiappò Ella aggrappata al bordo opposto dove la schiacciava la corrente e trascinandosela dietro fece tondo tondo il giro della piscina reggendosi dalla sponda fino a giungere al pulsante, che fermò. Ella si rivoltò supina e lo inforbiciò con le gambe.

«Ti prendo», sussurrò, col volto serio. Il sesso di Alceo stentava a reagire, malgrado l'acqua calda. Ella adesso gli allacciava forte con le gambe il collo, tenendosi con le mani dal muretto, il corpo inarcato all'indietro. Alceo si ritrovò le sue labbra pubiche premute sulle proprie labbra.

Uscendo dalla piscina sentirono l'ambiente riscaldato. Alceo si rammentò a cosa assomigliava il tetto del padiglione: aveva la stessa sagomatura a cuspide dell'antisala della villa di Cortina. Solo che era a losanghe di vetro anziché di legno. Scorse attraverso i vetri appannati una camerierina che, passando con un cesto di biancheria in braccio, sbirciava dentro; l'ambiente era annebbiato di vapori. C'erano, sparsi, dei meravigliosi asciugamani a spugna e degli accappatoi in tinta. Alceo ne indossò uno più grande (che gli veniva comunque stretto di spalle) e si stese su un lettino. Ella si accosciò di lato e gli aprì l'accappatoio. Con la punta della lingua gli ripassò attentamente la linea dei pettorali, facendogli uno svolazzo sui capezzoli. Poi scese agli addominali e li palpeggiò con la lingua uno ad uno come se spennellasse una scultura. «Sembri uscito dallo scalpello di Michelangelo», gli alitò sul *pet*.

Il membro di Alceo scattò come la lama di un coltello a molla. Ella non aspettava altro per affondarselo in grembo.

Fecero, come al solito, colazione alla svelta; ma questa volta, al posto delle abituali uova sode di Villa Riviera, c'erano delle squisite mozzarelle di bufala della zona.

Dopo pranzo Alceo cercò di intrattenere Ella su alcuni passi del libro che bisognava ormai licenziare. Ella scorreva le pagine segnalate con occhio distratto. A un tratto Alceo capì: ecco cos'era! Ella non era semianalfabeta, come aveva creduto agli inizi, era dislessica! Questa donna che in un dialogo captava, solo guardandoti in faccia, anche il senso più riposto – e perfino quello freudiano – di un'espressione, non riusciva a cogliere il senso di una frase scritta, pur intendendo quello delle singole parole.

Le prese il libro dalle mani e le lesse, o meglio le recitò, alcuni brani.

«È troppo costruito», fu il giudizio di Ella.

«Un romanzo deve avere per forza un'architettura. C'è, innegabilmente, un nucleo centrale che fa da catalizzatore e che è così irrecusabile come il carattere che ci contraddistingue e attorno al quale ruota la vita di ciascuno di noi, e più che mai la tua. Ma intorno c'è tutto un racconto da sviluppare ordinatamente, come una costruzione. La poesia, soltanto la poesia – checché ne dica Nietzsche – può abbandonarsi interamente al soffio platonico: "*Dove il discorso come un vento ci porta, là intendo andare*"».[1]

«Tu preferisci scrivere poesie, è vero?».

«Soprattutto preferisco leggerle. In Italia sono più quelli che scrivono poesie di quelli che le leggono. E sai com'è? Perché alcuni non leggono nemmeno le poesie che hanno scritto».

«Cos'è che ti spinge a fare poesie?».

«Sai come rispose Isadora Duncan a Sergej Esenin? "*Se sapessi cos'è che mi spinge a danzare, smetterei subito*". E quando capì perché l'aveva sposato, lo lasciò all'istante».

«E te, cosa ti spinge a cercarmi?».

«Se lo sapessi non ti cercherei».

«Uhm, battuta scontata. Puoi fare meglio».

«Vuoi che sia romanzesco? Sei bella; e sei intrigante».

«Ma non fino al punto di farti uscire dalla testa quella sempliciotta di Leda, eh?».

Alceo non rispose.

[1] Platone, *Repubblica*, III, 394 d 8-9.

«Comunque nel libro c'è poco sesso».
«Ma Ella! Tu sei la signora del primo salotto di Roma», osservò Alceo. Subito si morse le labbra: aveva usato di nuovo il termine *signora* come quella prima volta. Ma stavolta Ella non s'offese. Altro è essere definita *la prima signora*, altro è essere chiamata signora da uno che ti si rivolge in casa o per strada.
«E che significa?», replicò Ella. «Il sesso dà un potere che non danno nemmeno i soldi o il comando di un esercito. La differenza – quello che fa la differenza – è che nel sesso il succube adora il dominio che l'altro – come si dice, l'incubo, l'incube, eh, l'incube – esercita su di lui, mentre il potere del denaro, del capo, del giudice provoca nel nostro intimo un'insofferenza profonda, tanto più incoercibile quanto più la reprimiamo».
«Non stai parlando dell'amore?», chiese Alceo.
«Noi non parliamo mai dell'amore. Noi lo facciamo e basta», rispose Ella asciutta e voltò la faccia da un'altra parte.
«Recita o sente davvero?», si chiese Alceo. Il pensiero gli andò a Ierace. Si diceva che l'avesse amata tanto da farne la malattia della sua vita. E lei? Possibile che avesse vissuto una passione durata sedici anni come si vive un'avventura o una relazione mondana? Forse, spudorata nel corpo, era estremamente schiva nell'anima. O forse era soltanto una così brava attrice da immedesimarsi volta a volta, senza residui, nella parte che recitava.
«Non vedi? Tutto è un gioco nella vita: il ruolo sociale, la carica ricoperta, la professione... È come quando da bambini uno giocava a fare il dottore, una la maestra, uno il carabiniere, una l'infermiera. È tutta una mascherata; e infatti nessuno è medico, giudice, prete, senza vestiti. Nudo, l'uomo non ha professione. Può solo nascere, morire, fare l'amore...».
«Non è quanto si parla del sesso, che conta in un libro, ma come se ne parla...», cercò di replicare Alceo.
«Ma, del resto», riprese Ella, «a me piace più fare il sesso che parlarne. Lo trovo più vero... Questo libro probabilmente è stato un errore».
«Vuoi che non lo pubblichiamo?».
«Ma no. Ormai il ricevimento è annunciato e si dia inizio alle danze!», ridacchiò storto Ella. «E poi la mia vita è tutta cosparsa di errori. È ad essi che devo il mio successo...».

Capitolo diciassettesimo

Il titolo l'aveva imposto l'editore: *La duchessa verde*. Ella ne avrebbe preferito un altro: *Corpo a corpo*.

Sarebbe uscito in due edizioni: una di lusso e una economica. Entrambe furono stampate con la data del 31 marzo 1969. Ma in realtà furono pubblicate la prima nella seconda settimana e l'altra negli ultimi giorni di aprile.

Il ventidue aprile ci fu il vernissage a casa dell'Agone. C'era tout le monde.

Ella fece il suo ingresso dando il braccio destro a monsignor Santonastaso e il sinistro al finanziere G. G. Avrebbe dovuto esserci Moravia, al suo fianco. Ma aveva declinato, preferendo entrare alla spicciolata; alcuni pensavano che l'avesse fatto per il disagio della sua andatura un po' claudicante; altri perché non accettava che a fianco di Ella ci fosse altri, e tanto meno un prelato. D'altra parte non c'era dubbio che, secondo l'etichetta, a un quasi principe della Chiesa spettasse *la destra*.

Dietro Ella, Ambra Cipro, con un vestito a palloncino, sgomitava per essere inquadrata dai flashes. Era la diva del momento; la star del partito dell'avvenire. Pietro Nenni, che pur stravedeva per Moro, aveva minacciato di brutto una crisi di governo se non fosse stata fatta subito una riforma del diritto di famiglia per consentire ad Ambra di riconoscere il figlio avuto, non dal marito ma da De Ceteris. Si diceva che l'avesse concepito in roulotte in un pomeriggio di passione incontenibile mentre l'aspettavano inutilmente sul set. E si vociferava che Fellini avesse perso la testa per lei al tempo di *Giulietta degli spiriti*. Il suo sedere aveva preso nell'immaginario collettivo il posto occupato dal culo di Ella nel giro più *in*.

Alceo, veramente, pensava che il ricevimento sarebbe stato rinviato, a seguito del lutto che aveva colpito Ella. Ma non era stato così. «Il circo non interrompe mai lo spettacolo», aveva detto Vulpicio.

«Guardate che a Parigi Ierace non era nessuno!», concionava adesso in mezzo a un gruppo composto prevalentemente da signore. «Ed è Parigi che fa la valutazione di un pittore, come di uno scrittore».

«La grande stagione di Parigi è stata nell'Ottocento; specie con l'impressionismo», s'infervorò, più di quanto non avesse voluto, Alceo. «Come in Italia al Rinascimento seguì il Manierismo, così in Francia, passata quella stagione, nella pittura, nel romanzo e nella musica, Parigi è dominata dal cerebralismo, con l'eccezione di Proust. È sopraggiunta l'epoca della glaciazione nella cultura, come va dicendo inascoltato Jean Paul Aron».

«La quotazione dei quadri la fa Parigi», ribatté Vulpicio.

«Non più di quanto la faccia Londra con Sotheby o Ginevra o New York e senza maggior connessione con l'arte. Da quando in qua il mercato s'identifica con il valore artistico? Può anche imporre le cartonate di Andy Warhol ma non potrà mai far diventare opera d'arte un prodotto che è solo alla moda».

«Hai detto niente...», osservò, spalancando gli occhi, una signora in abito delle sorelle Fontana.

«Lasciamo la moda ai sarti, come ha detto Einstein»:[1] Alceo non mollava la presa.

«Chi stabilisce se qualcosa è un'opera d'arte?».

Due o tre critici si erano avvicinati al gruppo insieme al professor Romeo.

Il ricevimento era più affollato del solito. Oltre a buona parte degli habitués, Ella aveva invitato un'ottantina di amici della domenica del premio Strega.

«Parlare d'arte, di poesia, ai letterati incalliti», si rodeva Alceo, «è come parlare di religione a certi preti stanchi. Ne sanno sempre più di te; ogni motivazione del tuo entusiasmo è stata déjà vue, déjà vecue; col risultato di farti venir meno anche la voglia di credere».

«In fondo», osservò Rosario Romeo, «il razionalismo francese, erede dell'Illuminismo, si vede persino nel loro irrazionalismo (che è un *ismo*, cioè una corrente di pensiero, un ideo-

[1] «Ho scrupolosamente seguito il precetto del geniale fisico teorico Ludwig Boltzmann, secondo cui i problemi dell'eleganza vanno lasciati al sarto e al calzolaio». (Albert Einstein, *Über die spezielle und allgemeine Relativitätstheorie*, Prefazione del dicembre 1916).

logismo). Non è irrazionalità, non è qualcosa d'istintivo, è un'irrazionalismo tutto di testa, una costruzione razionale decostrutta in un caleidoscopio non ricomponibile, come i giocattoli rotti dai bambini nevrotici, che li smontano perché vorrebbero essere loro a ricostruirli, a farli funzionare. Solo che non ne sono capaci e non vogliono ammetterlo; e allora dicono che il giocattolo non gl'interessa. La potenzialità artistica, una volta che abbia smarrito il momento felice in cui dare forma al suo oggetto, si disperde nell'ambiente come la spuma da barba fuoriuscita dal flacone; non c'è più possibilità che si rimodelli in una forma qualsiasi. E senza forma non c'è espressione».

Alceo lo guardò con gratitudine. Lo considerava già il maggiore storico italiano vivente. Vedeva ora che aveva anche più gusto e più discernimento artistico di tanti letterati di mestiere.

«Io non me n'intendo», interferì l'ingegner Romiti della SNIA. «Ma ho l'impressione che le migliori menti, come dire, le migliori potenzialità intellettuali non si dedichino alla poesia ma alle professioni liberali».

«Può darsi», cercò di reinserirsi Alceo, «ma il fatto è che le case editrici sono ormai nelle mani di questa nuova classe di burocrati dell'intellighenzia. E questi artisti mancati, poi, tendono a selezionare per la pubblicazione i loro simili. Per la poesia, in particolare, prima si stabilisce chi sono i poeti – gli appartenenti a una determinata cerchia – e poi cos'è la poesia: il prodotto degli appartenenti a quella cerchia». Alceo si accorgeva di stonare, con la sua insistenza monotematica, in una riunione mondana, ma non riusciva a trattenersi.

«Non sarà che la poesia non vuole più lettori?», contrappuntò ancora Romeo. «M'è venuto questo sospetto scorrendo l'antologia di Sanguineti ch'è uscita in questi giorni. La poesia è diventata una delle forme della noia. L'avanguardia (di che?) ha ucciso il piacere di gustarla. Si direbbe che concepisca la poesia come sevizie. E che di questo si compiaccia».

Alceo l'avrebbe abbracciato, ma gli altri cattedratici intorno erano freddi. «Come dice Pierre Reverdy», osservò il professor Giustappone, «*la poésie n'est pas et ne doit pas être un sujet de conversation*».

«È vero», ammise dentro di sé Alceo «del fatto artistico si

può dire solo questo di definitivo: che è indefinibile. La cosa migliore sarebbe farlo, non parlarne. Ma la creazione artistica è – quando è – un dono saltuario. E allora non possiamo fare a meno di parlarne, come chi ama non riesce a non pensare alla persona amata, specie quando questa è assente o non lo corrisponde. Anche se, quanto più ci pensa, tanto meno la fa sua. Comunque, nessuno di questi signori della letteratura ha conosciuto la condizione di *entusiasmo* sperimentata da chi ha sentito un dio entrare dentro di sé (εν–θεός), quella condizione di possessione della mente, di divina follia, di cui parla Platone e che corrisponde misteriosamente alla nostra attesa più profonda. Ecco perché sono scettici e deridono l'ispirazione per affidarsi a una versificazione inautentica, di abilità o di schieramento».

«Sapete che vi dico?», Regalmuto si rivolse a Sansulpicio e a Straziota. «Che Ierace è stato fortunato a non avere figli. Sarebbe bastato che un gommista, mentre gli montava la figlia, le avesse detto che ne aveva piene le scatole delle cazzate del padre, sarebbe bastato questo perché la figlia girasse i suoi dipinti con la faccia al muro».

«È vero che Ierace ha lasciato tutto a un figlio adottivo, saltato fuori all'ultimo momento?».

«E da dove è spuntato?».

«Secondo me dev'essere un figlio naturale».

«In ogni caso stupisce che non abbia neanche menzionato Ella nel testamento».

«Le ha dato abbastanza in vita».

«Ho sentito dire che non l'hanno nemmeno fatta entrare, quando Ierace era agli sgoccioli».

«E chi poteva arrogarsi questo diritto?».

Ella in realtà era stata una volta, nell'ultima settimana, da Ierace. L'artista giaceva su un letto ortopedico, di quelli che si alzano a sezioni, a manovella. Aveva il busto sollevato, leggermente ansante. Le gambe e le braccia giacevano inerti; la mano sinistra, però, era agitata da un tremito regolare come nel morbo di Parkinson. Ella entrò col passo veloce di cerva col quale era solita irrompere nel suo studio. Ierace non spostò la testa; probabilmente non poteva. Era ormai ingabbiato nel proprio scheletro; nessuna carcerazione è così costrittiva come quella in cui ci imprigiona un corpo divenuto sarcofago.

Ella si mosse davanti alla sua faccia, come si fa passare una lampada dinanzi agli occhi di un cieco per vedere se reagisce. Gli occhi non la seguirono. Infilò allora dolcemente la sua mano sinistra nella mano corrispondente di Ierace. «Se mi riconosci», gli sussurrò «stringimi la mano». Il moto convulso si placò per un momento che sembrò lungo. Ella attese ma non sentì nessuna stretta. Alzando gli occhi al viso del moribondo ebbe un'impressione terribile: Ierace aveva girato le pupille da un'altra parte! Era come se si fossero mossi gli occhi in una statua.

«La morte solo in provincia fa notizia», aveva proclamato Vulpicio.

«Non è vero», contestava mentalmente Alceo «o perlomeno non è sempre vero. L'evento, oggi, qui, non è la presentazione del libro di Ella, ma la morte di Ierace. Anche se la cosa strana è che proprio la morte degli artisti è meno traumatica di quella degli altri: perché, a differenza della quasi totalità degli uomini che operano solo finché sono vivi, loro dopo morti non cessano di agire; continuano a interferire con la nostra vita mediante le loro opere. Per un artista quello che conta non è se è vivo o se è morto ma se riesce a suscitare empatia, cioè il piacere di condividere come proprio il suo messaggio. Quando questo avviene, quando, per un dono inspiegabile, l'artista riesce a far scattare un secondo livello di comunicazione, suscitando nel fruitore della sua opera la συμπάθεια, il sentire assieme, allora, allora sì, l'artista vive in noi, allora il contatto giunge a segno, lo schermo interiore s'illumina: mittente e destinatario, sconosciuti l'uno all'altro, sono qui, adesso, compresenti, magari a distanza di secoli, in un'interazione che estrinseca l'uno e interiorizza l'altro, annullando il tempo e le distanze. Policleto che duemilaquattrocento anni addietro scolpiva il suo *Doriforo* e noi che lo sfioriamo oggi con gli occhi e con le dita, *siamo contemporanei*. Mozart che, centottant'anni fa, scriveva sul letto di morte l'ultima nota su uno spartito e noi che siamo oggi pervasi dalla sua musica, *siamo contemporanei*. L'arte, l'arte realizza quel travaso inspiegabile di un tempo in un altro tempo che la sottrae – e in certo senso ci sottrae – alla spietata irreversibilità della freccia dello spazio-tempo. È questo l'evento, non la morte carnale dell'artista! Certo», – frenò – «questo vale per la grande arte».

Alzò gli occhi agli affreschi. Era grande arte quella di Ierace? Ella stava seduta su una liana, che le passava sotto il sedere come un'altalena, nella posa di una trapezista che stia per spiccare il balzo. Alceo notò la schiena leggermente inarcata e la tensione delle braccia sulla liana. Era la posizione, tale e quale, che Ella aveva assunto sul bordo della piscina al Circeo quando si accingeva (con qualche esitazione) a saltare giù.

Era questo il verismo (per molti eccessivo) della pittura di Ierace? Alceo non si soffermò su questo interrogativo. Guardava la peluria a ciuffetto rosso-cenere del pube di Ella, che evocava senza mostrarle apertamente le sue parti intime; il colore biancastro del suo corpo che diventava di un verde-azzurrino nell'esterno delle cosce e sui fianchi, fondendosi con i tronchi biancheggianti e col fogliame cangiante, appunto, dal verde-acqua al grigio-azzurro. Ella era veramente una creatura silvestre, una ninfa della foresta, una Dafne che aveva respinto (o che, perlomeno, non aveva condiviso allo stesso modo) la passione del suo amante, il quale l'aveva inseguita mentalmente tutta la sua esistenza, intricandosi sempre più in una vita che non gli apparteneva e che in definitiva l'aveva lasciato ai margini.

Alceo si riaccostò al gruppo di Vulpicio, che s'era fatto più numeroso; c'era anche Leda.

«Sì, sì», raccontava Vulpicio; «Ella è andata a visitarlo, una tantum. Ierace giaceva su un fianco, paralizzato. Ella gli prese la mano, chiedendogli: "*Se capisci quello che dico, stringimi la mano*". Ierace gliela strinse. Allora Ella volle fare la controprova: "*Se non capisci quello che dico stringimi la mano*". Ierace gliela strinse di nuovo».

Nel gruppo non molti intesero, ma vedendo che alcuni sorridevano, parecchie signore si associarono.

Si allontanarono, Altieri con Alceo, Regalmuto sottobraccio a Straziota. «Verrai al mio funerale?», chiese questo all'altro.

«A condizione che tu, poi, venga al mio», rispose Regalmuto.

«Guarda, guarda ci sono i fratoni!». Alceo guardò nella direzione verso cui era rivolto Straziota. Due distinti signori vestiti di nero erano impegnati in una pantomima nel vano della porta. Mandavano avanti la gamba, poi la ritiravano, stendevano il braccio in avanti abbassando all'unisono la spalla e poi descrivevano col polso un arco di cerchio come chi, scappellatosi, renda omaggio col cappello piumato in mano; ma nello stesso tempo insinuavano il fianco.

«Perché fanno quel giochetto?», chiese Alceo.

«Sst!», fece Sansulpicio. «Stanno cercando di passare dalla porta».

Non era così semplice. Aroldo di Lamavolara e Gherardo Altibrandi di Bingen avevano, ovviamente, i quattro quarti a posto e, se possibile, anche di più. Il loro lignaggio risaliva, rispettivamente, all'inizio e alla metà del Milleduecento. Nell'Ordine di Malta erano il primo Gran Balì, il secondo Gran Siniscalco. Erano, dunque, pari grado. E questo faceva sorgere un irrisolto problema ogni volta che si trovavano a passare insieme per un varco; nessuno dei due aveva la precedenza sull'altro; entrambi facevano la mossa di concederla ma in realtà si aspettavano che l'altro gli cedesse il passo. Da qui quei movimenti a scatto da burattini. Ci sarebbe voluto ogni volta un vigile urbano.

«Ma loro non hanno i voti? Come mai vengono in quest'ambiente contaminato?», fece finta di scandalizzarsi Straziota. Ce l'aveva con l'Ordine perché, pur essendo per parte di padre di antica famiglia nobiliare, non era stato ammesso tra i cavalieri a causa di un quarto un po' difettoso per parte della madre, proprietaria benestante.

«Che c'entra?», ribatté Sansulpicio. «Sono frati d'onore e devozione, tenuti ai voti che hanno pronunciato, ma vivono nel mondo. *Ils sont vierges d'honneur*», soggiunse con un sorriso.

Finirono faccia a faccia. Altieri tese la mano, che i due cavalieri strinsero spostando leggermente indietro le spalle. Poi presentò Alceo, come il professor Rondíni d'Altafiumara. I venerabili non rifiutarono il segmento distale dell'arto di Alceo, ma nel prenderlo con la punta delle dita, uno dopo l'altro portarono energicamente indietro il busto, formando un angolo acuto quanto più possibile spinto rispetto al bacino, così da tenere *l'altro* alla massima distanza, come se gli puzzasse l'alito. Straziota e Regalmuto se l'erano battuta.

I venerabili chiesero a Sansulpicio di accompagnarli dal capo di gabinetto del presidente del Consiglio.

Una figura strisciò lungo il muro. Alceo si sforzò di identificarla; era sicuro di conoscerla. Infine gli sovvenne: era il duca dell'Agone. «Uno che devi vederne l'ombra per realizzare che c'è», aveva detto una volta Vulpicio. Alceo si stizzì dentro di sé per aver rievocato una frase di quel serpente; ma l'espressione era così icastica che gli s'era impressa nella mente.

Arrivò, come un vento, Ella e passando fece una carezza ad Alceo, senza fermarsi.

Il maggiordomo invitò a controllare il tableau dei posti a tavola.

Alceo non è che puntasse proprio a stare al tavolo di Ella; ma data l'occasione, un po' se l'aspettava.

Invece alla sua destra Ella aveva collocato Moravia, alla sinistra il finanziere G. G., di fronte a sé l'onorevole Asterotte (ch'era anche uno dei quattrocento lettori dello Strega), con a fianco la signora Bonomi, i critici Caccavale e Giustappone, Ambra Cipro e Leo Soperchio.

Monsignor Santonastaso l'aveva messo al tavolo con l'onorevole Farison, il quale era in ritardo. Entrò mentre si stavano avviando ai tavoli. Camminava a passetti piccoli piccoli e svelti svelti, dondolando con un lieve tremolio la testa come quelle testuggini di ceramica il cui guscio fa da salvadanaio. Con lo stesso atteggiamento e con lo stesso passo entrava nella cattedrale di Verona: appena arrivato la mattina col treno alla stazione, rifiutando il caffè al prefetto che l'attendeva sul marciapiedi, si faceva portare immediatamente alla cattedrale, imboccava il corridoio centrale e puntava dritto dritto alla balaustra dove, buttatosi in ginocchio, riceveva a mani giunte la comunione. Tendeva il mento verso l'ostia con un leggero scotimento, come il baco da seta quando cerca la foglia del gelso.

Aveva chiesto al valletto di accompagnarlo dal duca dell'Agone: un'industria di tutto rispetto dalle parti sue.

Il valletto, benché sconcertato, non aveva potuto non assecondarlo. Il duca lo accolse affabilmente, con un'espressione in faccia fra il lasciar perdere e il lasciar fare.

Era il presidente del Consiglio in carica ma il consigliere di Stato F. F. non lo degnò di uno sguardo. Eppure era il suo capo di gabinetto. Sua Incombenza era stato sistemato al tavolo a sinistra di quello di Ella, in mezzo ai due fratoni. Avrebbe preferito due belle nobildonne con cui fare il civettone; e invece, per la presenza di quei due, non poteva nemmeno fare spirito in libertà con le due signore attempatelle che gli erano capitate.

L'onorevole Farison afferrò la mano a monsignor Santonastaso e gliela baciò. «Non sono una dama», avrebbe voluto dirgli monsignore, ma era troppo navigato per non adeguarsi al ruolo che l'altro gli affibbiava. Cercò, facendo buon viso, di trarre qualche vantaggio dalla situazione. Ignorando (Dio sa con quale sacrificio) la bella e procace colonnello Corpetti che Ella gli aveva piazzato alla sinistra, si dedicò al presidente del Consiglio. Col nuovo papa le cose non andavano bene. Il ruolo di sommo referente della sanità cominciava ad andargli stretto; Vademecum temeva anzi che finisse per diventare la sua camicia di Nesso. Era meglio sbarazzarsene per tempo. L'incarico di nunzio presso lo Stato italiano lo avrebbe tirato fuori da quella situazione e gli avrebbe forse anche spianato la strada verso la porpora.

Erano già agli antipasti quando Ella venne al tavolo di Alceo con una bella ragazza: «Posso presentarvi Caroline Visset?». Poi, chinatasi all'orecchio di Alceo, gli sussurrò: «Aiutami ad abbassare l'età media dei miei invitati».

«*C'est mieux écrire sa vie par soi-meme, n'est-ce pas?*», l'accolse Alceo.

«Ah, vi conoscete già?», si sorprese Ella.

«No, ma siamo colleghi».

«Non sapevo che facessi anche l'attore...».

Non era Alceo che faceva l'attore; era Caroline Visset che da un po' di tempo s'era messa a fare la giornalista. Faceva interviste per il «Messaggero». Aveva cominciato in sordina. Poi aveva pubblicato un'intervista molto brillante ad un ministro; e aveva proseguito, con lo stesso stile e con grande professionalità, con altri ministri, con Ettore Bernabei, con Giuseppe Petrilli, con Francesco De Martino.

La voce che circolava al giornale era che fosse il ministro F.M.P., infatuato di lei, a scrivergliele, o almeno a darle una mano. Comunque Caroline era una ragazza deliziosa, piena di brio e al tempo stesso capace di prestare molta attenzione al suo interlocutore.

Alceo si tirò un po' su. Questa volta Ella aveva formato i tavoli secondo le convenienze – e soprattutto secondo la sua –, senza dar prova di quell'abilità nel mescolare le carte, componendo i suoi *mazzetti assortiti* di ospiti per i quali andava famosa.

Ersilia Corpetti si divertiva a strusciare la sua coscia contro quella di Sua Sanità. Monsignore guardava preoccupato il presidente Farison. Ma non c'era pericolo: per Farison le donne proprio non esistevano; non le vedeva nemmeno. Se qualcuna gli avesse fatto piedino, avrebbe pensato che le era venuto un crampo.

La Bonomi parlava col finanziere G. G.: «Non mi si presenta questo baldo giovanotto e con faccia di bronzo mi fa:"*Se mi presta dieci miliardi gliene restituisco dodici tra un anno*". Perché non me li presti tu, gli faccio io, bauscia!».

«Eppure ho sentito dire che questo Bellantoni, Lambrusconi... come si chiama, è un rampante. È uno che pare ci sappia fare... Ha inventato una nuova attività imprenditoriale: l'ingegneria gestionale del territorio. Visto quanto rende, dovrebbero istituire un nuovo corso di laurea. Anche il modo di fare investimenti immobiliari, cara signora, andrebbe rivisitato, rapportato alle nuove opportunità...».

Il consigliere F. F. era assediato dai due fratoni. Nelle settimane precedenti avevano provato invano a farsi ricevere da lui a Palazzo Chigi. Poi il consigliere diplomatico del presidente aveva combinato, con la duchessa dell'Agone, quest'occasione d'incontro. Fremevano di sdegno trattenuto, i due, ma non avevano voluto lasciarla cadere.

La questione era da *casus belli*. Tal Pirgi di Malpasso, segretario generale dell'Associazione Italiana dei Cavalieri del Sovrano Militare Ordine di Malta, era stato licenziato in tronco. Contro il licenziamento aveva avuto l'ardire di rivolgersi alla magistratura italiana. Un giudice («pensi che sprovveduto!») aveva emesso un provvedimento cautelare d'urgenza reintegrandolo interinalmente nel posto.

«Non esiste un posto di segretario generale», precisava il venerabile Balì con le labbra tremanti. «Quello di segretario generale è un grazioso incarico!».

«Ma percepiva un regolare stipendio ed era legato all'osservanza di un orario di lavoro?», chiese il consigliere F.F.

«Sarà pure, ma questo che cambia?».

«Niente, stavo cercando di capire...».

«Comunque il punto saliente non è questo. Di fronte all'invadenza o incoscienza – non so come qualificarla – di questo giudice è stato emesso un *actum principis*».

«Da parte di chi?».

«Come da parte di chi? Del Gran Maestro in persona!».

«E questo impudente di giudice», intervenne il Gran Siniscalco, «ignorando *l'actum principis,* ha affermato – affermazione sua! – che al Pirgi spetta l'indennità di licenziamento e quella di preavviso. Preavviso di che e da parte di chi? Chi lo doveva preavvisare e di che cosa? Che non era più gradito al sovrano?».

«Ha capito? Anziché rivolgersi al suo Ministero degli esteri affinché esaminasse la cosa nelle vie diplomatiche, questo magistrato si è permesso di disconoscere un *actum principis!*».

«Beh!», osservò il consigliere di Stato...

«Attenzione, c'è atto d'imperio! Attenzione!», avvertì il Gran Siniscalco.

«Capisco... Forse l'errore sta proprio qui. Nell'aver fatto intromettere il Gran Maestro dell'Ordine. L'Associazione italiana dei cavalieri è soggetto giuridico distinto dall'Ordine, sottoposto all'ordinamento italiano. L'Ordine invece è soggetto di diritto internazionale».

«Mi permetto di ricordare che l'Ordine non è solo soggetto di diritto internazionale; l'Ordine è sovrano; sovrano *e militare*», scandì il Gran Siniscalco guardando significativamente il Gran Balì, che asseverò col capo.

«Quest'atto del giudice», riprese il venerabile Balì, «è lesivo della sovranità dell'Ordine; e poiché questo giudice per noi è nessuno, è solo un cittadino italiano che non conosce nemmeno le regole della buona creanza, del suo operato risponde lo Stato italiano, in tutte le competenti sedi di contenzioso internazionale e con tutte le possibili conseguenze...».

«E con quant'altro!», ammonì il Gran Siniscalco.

Tacquero ed entrambi guardarono in faccia il consigliere di Stato. Non sembrava molto impressionato; ma non poteva non esserlo.

«Beh, vedremo», disse Sua Competenza. «Ne parlerò col Ministero di grazia e giustizia».

«Col Ministero degli esteri, bisogna parlarne, col Ministero degli esteri!».

«Questo, se permettete, appartiene alla ripartizione interna delle competenze dello Stato italiano».

«Non eccepiamo», accondiscese il Gran Balì. «Ma restiamo in attesa di una risposta, per il seguito del caso».

«E per quant'altro!», ribadì seccamente il Gran Siniscalco.

Alceo cercava con gli occhi Leda. Tra la prima e la seconda portata si alzò un momento e fece un giro. Era tre sale più in là, al tavolo di Vulpicio, maledetta Ella!

Nel tornare al suo posto, passando vicino al tavolo di Ella Alceo fu colpito dal movimento delle mani di Moravia. Era un movimento inconsapevole, un grattare, un appallottolare le molliche di pane come fanno certi vecchi solitari in trattoria. Gli ricordavano le mani di zio Leandro quando tastava le pere premendole con l'unghia vicino al picciolo per vedere se erano mature e sua sorella Mena scuoteva la testa. Ad Alceo fecero impressione: quelle mani scarnite, quasi adunche, tempestate di macchiette nere sul dorso, avevano un che di avido, di rapace; esprimevano – così gli parve – l'ingordigia di vita dei vecchi. Alcuni la rivolgevano al denaro, altri al potere, altri agli ultimi spasimi con le donne... Moravia se ne stava incespugliato nei suoi sopraccigli che gli davano un'aria corrucciata. A farlo parlare, i suoi commensali non ci provavano nemmeno. Il fatto era – secondo un'altra scuola di pensiero – che Moravia era un po' sordo. Avrebbe potuto conversare guardando il suo interlocutore in bocca; ma avrebbe perso le battute oblique, che nei salotti fioccavano. Preferiva, così, la posizione di osservatore, la quale gli consentiva un certo distacco e un atteggiamento di superiorità verso quell'ambiente mondano che pure frequentava sistematicamente.

Caroline Visset era una ragazza davvero interessante; parlava italiano con un incantevole accento francese e sembrava impadronirsi, via via che parlava, delle sue parole.

Alceo, tuttavia, stava sulle spine. Non vedeva l'ora di riavvicinarsi a Leda. Inoltre si sentiva in una posizione falsa: il libro lo aveva scritto lui, dalla prima parola all'ultima. Non era un capolavoro, ma era meglio di molti altri. Eppure l'autrice riconosciuta era Ella. »Quanti», si domandava Alceo «lo credevano davvero?». Gli affiorò nella mente un proverbio calabrese: *'U jaddhu faci l'ovu e 'a jaddhina 'nci bruscia 'u culu.*[2]

[2] «Il gallo ha fatto l'uovo e alla gallina brucia l'ano».

«Il punto è», rifletteva, «che l'evento mondano è costituito dal fatto che Ella presenta il *suo* libro». Sarebbe stato di cattivo gusto indagare su chi l'avesse scritto; e comunque non interessava a nessuno. I più complimentosi si dimostravano proprio i letterati dello Strega ammessi per la prima volta nel suo salotto.

Non erano i soli nuovi. C'era la Trimurti dei servizi segreti, Campari, Allartéria e Alatri-Canini. Ammiraglio il primo, generali gli altri due, erano tutti e tre, come sempre, in borghese; in bleu, con un tocco in più, Campari, in grigio fumo gli altri. Persino i sindacati (naturalmente quelli unitari) erano rappresentati, anche se a dire il vero apparivano piuttosto sottorappresentati. Peltrone, Carestia e Strafallace stavano l'uno stretto all'altro, imbranati come giovenchi. Erano detti la troika del Tiburtino. In realtà non li aveva invitati nessuno. L'invito era stato rivolto ai segretari generali; questi erano impegnati fuori Roma per una manifestazione unitaria e allora la segreteria aveva pensato di girare, giù giù per via gerarchica, l'invito, che era così arrivato fino ai vicesegretari confederali, a loro tre. Presentatisi a casa dell'Agone, i camerieri li avevano fatti entrare, malgrado i vestiti marrone, le scarpe nere, le camicie dozzinali e le cravatte da vaccari alla fiera. Si era pur sempre in un salotto di sinistra...

Erano stati confinati nell'ultima stanza, in un tavolo isolato con cinque posti liberi. Se ne stavano lì, ignorati da tutti e all'inizio anche dai camerieri, non vedendo l'ora di alzarsi.

Al dessert arrivò il libro di Ella: retto in alto su un grande vassoio flambé da due camerieri che fecero il giro della sala principale, un gelato di cioccolato e crema riproduceva, in edizione gigante, il libro, con le scritte in rilievo che già si stavano squagliando. La prima fetta Ella, tra gli applausi scroscianti, la fece tagliare a Moravia. Era quasi una consacrazione.

Per il caffè ci si alzò dai tavoli. Finalmente gli ospiti poterono raccogliersi in gruppi meno disomogenei.

Il conte Virginio (Gingio, per gli amici) di Morpone era stato al tavolo del consigliere F. F. senza fiatare. Ora però cercò di abbordarlo: aveva da esporgli un caso. F. F. però si stava dirigendo verso il gruppo dei politici. «La raggiungo tra un attimo», lo assicurò.

Alceo si unì al gruppo di Leda. «Quella ragazza che stava al suo tavolo non è Caroline Visset?», gli chiese una signora.

«Ha una bocca devastata da pratiche da lupanare», sogghignò Vulpicio.

Era un'infamia. Caroline era una ragazza moderna, la cui disinvoltura – o spregiudicatezza, se vogliamo – poteva colpire in relazione alla sua famiglia di origine ma certo non in relazione all'ambiente che frequentava o a quello in cui si trovavano. Niente di più.

Alceo proruppe: «In te il gusto di *t'encanailler* è così irrefrenabile da spingerti fino alla voluttà dell'abiezione!».

Ah, gliel'aveva detto finalmente!

Ma Vulpicio non sembrò risentirne.

«È graziosa», osservò la signora di prima.

«Graziosa!», si mise in mezzo Leda. «Con quei denti! Smorfiosa, vuol dire».

Alceo ingoiò: Leda si schierava ancora una volta dalla parte di Vulpicio. «Ma no, sarà un po' gelosa», si rinfrancò però dopo un momento.

Tra due ali di ammiratori e ammiratrici Ambra Cipro si era avvicinata e si era adesso appollaiata all'angolo di un divano, in una posa vezzosissima.

«Sarà vero quello che dicono di questo Gerovital?», chiese la signora Rettovaglia al professor Larizza. Indossava anche lei un vestito a palloncino che la faceva assomigliare a una mongolfiera.

Il professore, andrologo, era scettico.

«Eppure sembra che funzioni», replicò un tale.

«Funziona, funziona!», trillò una signora di mezz'età.

«Lei che ne pensa?», chiese ad Alceo una bruna coi capelli ramati, sulla quarantina, con le gambe accavallate e il busto eretto, in una posa d'assalto.

«Il mio giudizio è positivo», rispose Alceo.

«Pure lei è professore?».

«Sì, di docimologia».

«Allora è un esperto. Ci dica, ci dica, ci renda edotte. È vero che bisogna andare dalla Aslan per avere veramente un risultato efficace o basta prendere il prodotto, anche qui?».

«Tutto sta», premise Alceo «a non farsi eccessive illusioni. Bisogna intendersi su quale obiettivo si abbia di mira. Per alcuni fini il Gerovital è efficace, per altri non funziona».

«Spiegati meglio», gorgheggiò Ambra Cipro, «per cosa funziona e per cosa no?».

«Ecco», riattaccò Alceo, «bisogna precisare. Il Gerovital non funziona per ringiovanire. Se si spera, prendendo il Gerovital, qui o in Romania, che le proprie cellule ritornino quali erano a trenta o vent'anni, ci si illude. Il tempo non torna indietro. Del resto, altrimenti torneremmo tutti bambini o persino embrioni».

Le signore ascoltavano Alceo col fiato sospeso; ma era ad Ambra Cipro che lui principalmente si rivolgeva. A Cortina, camminando a braccetto con lei ed Ella nel salone, le aveva infilato una mano su per il braccio, sotto il bolero di ermellino. Aveva sentito sotto le dita, golosamente, la carne burrosa eppure soda, fresca.

«Se invece ci si pone come obiettivo semplicemente di arrestare i processi d'invecchiamento, allora il Gerovital è OK. Per esempio – visto che mi chiedeva una spiegazione – se lei comincia stasera a prenderlo e poi prosegue con assunzione regolare, da oggi stesso il suo processo di invecchiamento resta sospeso e lei si ferma a trentatré anni dieci mesi e un giorno».

«De che?», sbottò Ambra Cipro. «Ahò! Di quale trenta e rotti stai a parlà? An vedi 'sto stronzo? Da dove è uscito? Io vi calo le brache a tutti!».

Alceo restò impietrito. L'improvvisa brutalità della Ciprigna[3] lo trovava spiazzato. Non aveva voluto offenderla; e non aveva creduto fosse un'offesa, ma solo una spiritosaggine, attribuire a una signora – e, sia pure, a una bella attrice – trentatré anni. Veramente aveva pensato trentasei. O aveva detto trentasei? Si sentiva a disagio non solo per sé ma per la stessa Ambra, venuta fuori con quelle espressioni triviali e violente: guardava la sua bella bocca deformata dalla collera.

Dovette constatare, peraltro, che le donne stavano dalla parte di lei. Uno sguardo generale di disapprovazione era rivolto non verso Ambra ma verso di lui, che aveva suscitato l'ira della diva. Era qui il suo errore; aveva trattato una dea come una comune mortale. Le dee non invecchiano e dunque non raggiungono nemmeno i trentatré o trentasei anni, che lui le aveva blasfemamente attribuito.

[3] Usuale attributo di Afrodite.

La *sciura* Rettovaglia, palesemente a disagio, strinse le cosce, rosee come prosciutti cotti; ma le ginocchia vaccine rimasero discoste.

Sopraggiunse, come una ventata, Ella, guidata dal suo fiuto telepatico: «Dicono che hanno allungato la vita... Un cazzo hanno allungato! Non hanno mica allungato la giovinezza, 'sti stronzi! La vecchiaia hanno allungato!».

Anche Ella aveva pronunciato la parola stronzi; ma quella parola, come tutta la frase, era aleggiata leggera e scherzosa sulla sua bocca atteggiata al sorriso.

«Sì», pensò Alceo «si può dire anche cazzo e stronzi con classe...».

La situazione, comunque, era irrecuperabile. Alceo si staccò dal gruppo di signore e si avviò con studiata lentezza verso quello dei politici.

Si stava parlando di certi magistrati. F.F., naturalmente, non s'era tenuto dal raccontare la vertenza con l'Ordine di Malta riuscendo a strappare un pallido sorriso anche a Sansulpicio, il quale tuttavia, con lo sguardo un po' sperduto, *obiter dixit*:[4] «Sessantamila turchi non riuscirono a prendere l'isola, difesa da seicento cavalieri...».[5]

Poi, dall'esilarante, il discorso era passato al serio. Il pretore di Fiesole aveva disapplicato un decreto del ministro delle poste su un'antenna del radiotelefono e aveva impartito ordini all'amministrazione. «Ricordo», disse F.F. «che quando nell'assemblea costituente Piero Calamandrei voleva riportare tutte le magistrature alla giurisdizione unica, sopprimendo il Consiglio di Stato, Aldo Bozzi e Meuccio Ruini gli opposero, come argomento vincente, che in quel modo un semplice pretore avrebbe potuto annullare un atto dell'amministrazione o un procuratore della Repubblica avrebbe potuto entrare nel merito della sua funzione». Ed ora si era giunti a questo! F.F. ci vedeva una patente violazione del principio della separazione dei poteri e ne traeva infausti presagi per il futuro della democrazia nel nostro Paese. «O li si ferma subito, certi giudici, o di-

[4] Lasciò cadere lì; disse en passant, quasi involontariamente.

[5] Nel 1565, da maggio a settembre, i turchi di Solimano II, al comando di Mustafà pascià, assediarono Malta con una grande flotta. I cavalieri resistettero, appoggiati dagli isolani e col sostegno di spedizioni di soccorso spagnole, genovesi, napoletane, siciliane, toscane. I turchi dovettero abbandonare l'assedio dopo aver lasciato sul terreno, negli assalti, ventimila uomini.

verranno un potere invasivo, intollerante e irresponsabile, un potere che delegittimerà amministrazione e governo».

Asterotte era più accomodante, ritenendo che un debole potere democratico centrale, accompagnato da un diffuso consenso popolare, sarebbe prevalso sempre su un forte potere frazionato, a base non elettiva, qual è quello della magistratura.

F.F. scosse la testa: «Togliatti l'aveva capito: non per nulla pretese il Ministero della giustizia nel governo Parri e nel primo gabinetto De Gasperi».

«Ma chi c'è dietro questi magistrati? Quale disegno c'è sotto? Chi gli dà tutto questo potere se sono degli isolati?».

«Sono dei santocchi, degli esibizionisti di virtù».

Una volta tanto Alceo concordava con monsignor Vademecum: «La gente ne ha soggezione perché hanno fatto della legge il nostro superego, come facevano in altri tempi i preti col catechismo e con la sessuofobia».

«Ma come si possono osservare le leggi in Italia», sospirò Altieri, «quando vengono giù come la grandine...».

«E contro la grandine ci si può assicurare. Contro le leggi non c'è assicurazione che tenga», aggiunse Straziota.

«Diceva De Gaulle», commentò Asterotte, «che non si può governare un paese che ha più di cento formaggi. E che dovremmo dire di un Paese come l'Italia che ha più di centomila leggi?».

«Sono tante», fece notare F.F., «perché sono fatte male. Senza conoscere né il sistema né la normativa di settore».

«Abbiamo voluto la democrazia rappresentativa?», osservò Regalmuto. «E adesso questo passa il Parlamento...».

«Non c'è un nesso così ineluttabile. In Francia le leggi sono fatte con lucidità cartesiana. E sapete perché? Perché le fa il Consiglio di Stato. Secondo l'indirizzo politico del Parlamento, ovviamente. Ma le fa chi le sa fare, da professionista, non da imbonitore».

«Abroghiamo queste centomila leggi», intervenne monsignor Santonastaso; «torniamo ai dieci comandamenti».

«Forse sarebbe ancor più difficile osservarli», sorrise tagliente Asterotte.

«Piuttosto», chiese Soperchio rivolgendosi mezzo ironicamente ad Asterotte e Farison, «che ne pensate voi, padri della Costituzione, di questi equilibri più avanzati verso cui De

Martino e Ruffolo vorrebbero spingere la politica e il governo? Secondo me siamo già sull'orlo del baratro: un passo più in là e l'Italia sprofonda».

«Non siamo padri di niente», mise le mani avanti Asterotte. «Siamo tutti figli di noi stessi».

«Anche perché di certi padri della Costituzione è meglio diffidare e non poco», osservò Vademecum. «Basti pensare all'accoppiata Dossetti-Moro. E appresso a loro a questa genia di professorini venuti su come funghi a discettare su tutto, a voler riformare tutto senza avere esperienza di niente».

«Effettivamente fanno più guasto loro che i magistrati», convenne Asterotte. «Come dico spesso, in Italia quando uno non sa fare una cosa, sale in cattedra e l'insegna».

«Moro è il classico esempio di professore al governo e di *one-man movement's leader*», rincalzò Soperchio.

Carestia, Peltrone e Strafallace si erano avvicinati quatti quatti. Avevano accolto con sollievo la fine del pranzo; ma la situazione era, se possibile, peggiorata ulteriormente. Nessuno se li filava. Erano passati così da una stanza all'altra riposizionandosi qua e là, ma sempre badando a restare gomito a gomito tra loro. Si spalleggiavano come facevano gli emigrati di qualche sperduto paesino italiano ritrovandosi in due o tre nella folla estranea e incomprensibile di New York o Buenos Aires. Adesso finalmente erano capitati in un gruppo meno alieno, al quale aggregarsi.

«C'è solo un modo per evitare di farsi trascinare nell'incognita da questi equilibri più avanzati: fare una politica *sociale* più spinta. Passare dal sistema previdenziale-assicurativo a un sistema di sicurezza sociale, come in Svezia», si buttò Strafallace.

«E come no? Così basta che un disgraziato metta al mondo un figlio perché questo sia *ipso facto* a carico della collettività».

«Tutti hanno diritto alla salute e all'istruzione».

«Ma andate a lavorare!». Per Straziota il lavoro era un dovere in sé e per sé, quand'anche si trattasse di segare le vigne.

Asterotte stirò le labbra sottili: «E con quali risorse pensate di finanziare questa politica sociale ancor più avanzata?».

Ma qui gli venne meno, inaspettatamente, F.F. «Il problema non è di risorse; è di scelte politiche», enunciò. «Siamo la seconda agricoltura d'Europa, preceduta solo dalla Francia. Abbiamo un tasso d'inflazione dell'1,7-1,8%. L'Italia è uno dei paesi con minore disoccupazione e con minor debito pubblico. Siamo all'avanguardia nella chimica delle materie plastiche, nell'elettronica, oltre che nella siderurgia e...».

«Sì, andate avanti così! Col quinto centro siderurgico di Gioia Tauro!», eruppe Straziota. «E vi ritroverete un altro gigantesco lacerto, un feto di ferro come la Liquichimica di Saline».

«Bisogna buttare il cappello al di là dell'ostacolo!».

«Buon uomo, abbiamo già dato!».

Carestia non risentì della sferzata; ma fu Asterotte a scoraggiarlo: «Guardi che quando si butta il cappello al di là della siepe, non sempre la testa lo segue. E a volte non si recupera né il cappello né la testa».

L'onorevole Farison scuoteva appena appena il capo. «Tu che ne pensi?», lo interpellò Asterotte. «Non mi sembri molto d'accordo».

Farison non era né d'accordo né in disaccordo. Non era nemmeno realmente perplesso. Semplicemente tentennava la testa, con un tremito leggero e incessante. Denominato *la sfinge di Verona* dai suoi pochi fans e *re Tentenna* dai suoi molti sostenitori, non aveva in realtà mai deciso nulla in vita sua, nemmeno la sua candidatura alla Camera. E se avesse deciso qualcosa, nessuno gli avrebbe dato retta. Si dava per scontato ch'egli fosse allineato, volta a volta, sulla posizione di Segni, poi su quella di Fanfani, poi di Piccoli, infine ancora di Fanfani e persino su quella di Taviani. Non si era nemmeno contrapposto a Moro fino a quando Fanfani non l'aveva tirato per le orecchie. Si trovava in tal modo ad aver cambiato più volte posizione, senza averne mai preso alcuna. Formava tuttavia col ministro del tesoro Emidio Destriero una coppia ritenuta altamente affidabile, tanto che li chiamavano i dioscuri del partito-chiesa, e aborriva, come cani in chiesa appunto, gli esponenti di sinistra. E così era diventato prima vicesegretario del partito e poi presidente del Consiglio. La sua forza era di non contare niente. Non gli passò quindi nemmeno per l'anticamera del cervello di pronunziarsi sull'interpello di Asterotte.

G.G. aveva la voce soffocata: «Voglio vedere se un governo di centro vorrà dissestare la finanza pubblica più di quanto non abbia fatto quello di centro-sinistra. Bisogna alzare le dighe, altro che lasciarsi trasportare dalla marea!».

«Volentem ducunt fata, nolentem trahunt».

Soperchio aprì sconsolatamente le braccia: «La DC contiene in sé tutti i partiti, dalla destra alla sinistra. Ma che i dorotei, il centro convergano anch'essi obliquamente a sinistra...».

«Il fatto è che in questo ha visto giusto Moro: il centro è sempre determinante, ma non ha un asse di orientamento suo proprio; il centro è una massa mobile che si sposta a destra o a sinistra a seconda che veda la governabilità dall'uno o dall'altro lato».

(*Ma non parliam del rinnegato moro / del quale fu funesta la mitezza / che tanti lutti addusse ai dorotei / pria che del gioco avessero contezza.*)

Si vedeva che F. F non era un politico: il suo accenno a Moro aveva fatto rimescolare il sangue a più d'uno, Altieri compreso, per quanto glielo consentiva la sua innata signorilità: «I sindacati ci porteranno alla rovina. Anche a loro interessa soltanto accrescere il loro potere...».

G.G. era pienamente d'accordo: «Hanno una sola arma e l'adoperano per tutto. Si tratti di manifestare per Lumumba o in ricordo del Che o per il rinnovo del contratto dei bancari o a favore degli studenti di Parigi o contro l'aumento delle tariffe ferroviarie, dopo aver pensato e ponzato la loro risposta è sempre quella: per gli argentini ogni occasione è buona per ballare il tango; per i senesi per correre il palio; per i sindacati per fare sciopero!».

«Ne sapete una?», alleggerì il discorso F. F. «Alle poste, negli uffici smistamento, quelli che ripartivano la corrispondenza nelle caselle, i cosiddetti sbracciatori, avevano una speciale indennità *di sbraccio*. Adesso la ripartizione per zone avviene automaticamente. Beh, che credete? I sindacati hanno reclamato e ottenuto per gli ex sbracciatori un'indennità sostitutiva, l'indennità di *mancato sbraccio*!».

«I sindacati sono camorriosi come le vecchie mogli», sentenziò Straziota.

«Sapete che differenza c'è tra la destra e la sinistra? La destra vuole prima il denaro e poi il potere; la sinistra prima il potere e poi i soldi».

«Il male oscuro di cui ha sempre sofferto il partito socialista in Italia è questo complesso d'inferiorità verso chi si colloca alla sua sinistra».

«Sì, onorevole Asterotte», ammise Soperchio. «Ma mi sembra che dello stesso complesso sia affetta anche la Democrazia cristiana».

«Ho sentito», interloquì l'ingegner Bronzini, «che il ministro Mariotti ha annunciato un programma di potenziamento e risanamento delle ferrovie dello Stato».

Asterotte increspò appena le labbra: «Ci sono due tipi di pazzi: quelli che si credono Napoleone e quelli che credono di poter risanare le ferrovie dello Stato!».

Ella si avvicinò. Asterotte si alzò con perfetto tempismo, le baciò la mano e fece per accomiatarsi. Ella lo accompagnò verso l'uscita.

Alceo guardò l'orologio: era le quattro e mezza in punto. Era arrivato all'una e trenta precise. «Come per Kant», pensò Alceo «sulle sue entrate e uscite si potrebbero regolare gli orologi».

Farison scattò in piedi a sua volta e si diresse anche lui verso l'uscita. Con i suoi passetti piccoli e rapidi da topo avrebbe preceduto Asterotte se non si fosse attardato nella vana ricerca del duca dell'Agone. E poiché Ella era rientrata, finì così per uscire insalutato e senza salutare, dondolando lievemente la testa come quei cani di pezza dal collo poco consistente.

Il conte di Morpone aveva atteso pazientemente, in piedi, a qualche passo di distanza. Aveva un naso che le verruche rendevano imponente. Questa volta F.F. non poteva sottrarsi al suo approccio.

Al seguito di Ella erano intanto arrivate *le sue fanciulle*: adesso che l'ambiente si era un po' sfollato e il ricevimento aveva preso un'aria più briosa, sciamavano per le sale aggregandosi ora qua ora là ai gruppetti di ospiti. Due si erano poggiate come farfalle sui braccioli della poltrona in cui F.F. era sprofondato. Nel divano di fronte stava seduta Caroline Visset che gli si rivolse con una smorfietta: «Davvero lei è così possente?».

«Mi preferirebbe impotente?», sorrise F.F.

«Non si dice possente?», chiese la Visset guardandosi intorno.

«La forza dell'Italia, come sostiene uno storico francese, è nella sua insigne *faiblesse*», riprese amabilmente F.F. «Questa blanda cleptocrazia tutto sommato ha agevolato lo sviluppo del Paese e l'avanzata verso il benessere di tutti i suoi ceti».

«Mi pare di capire che lei è una specie di amministratore delegato», azzardò la della Gherardesca.

«Contessa, sono tempi di piccoli uomini, perché non possiamo permetterci grandi errori».

Il conte Virginio, in piedi accanto alla poltrona, guardava Sua Incombenza in un'attesa muta ma così eloquente che, malgrado F.F. avesse messo le mani sulle loro ginocchia, le fanciulle capirono e si allontanarono.

Era per un parere giuridico che Morpone si rivolgeva al consigliere di Stato. Certo avrebbe potuto rivolgersi a un avvocato, ma l'argomento era delicato e c'erano profili ch'era bene considerare preventivamente con uno dell'ambiente. Un suo amico era stato estromesso da casa dalla moglie. Poteva farlo? Comunque l'aveva fatto. Un giudice avrebbe potuto intervenire senza che si giungesse a sciorinare in pubblico vicende strettamente personali?

«La casa di chi è?», domandò F.F.

«È il palazzo di famiglia».

«Beh, potrebbe esperire un'azione possessoria», osservò F.F. «Ma, trattandosi di marito e moglie, indubbiamente c'è anche inadempimento dei doveri coniugali e in primo luogo violazione dell'obbligo di convivenza e poi di quello di assistenza...».

Morpone avrebbe preferito un'altra strada: «Per questa via la questione rischierebbe di complicarsi...». No, non poteva specificare più che tanto e meno che mai entrare in dettagli, per riguardo al suo amico.

F.F., però, conosceva già la vicenda; gliel'avevano raccontata qualche settimana prima, nel salotto borghese Fabiani.

Gingio di Morpone era uscito di casa, come ogni mattina. Giunto al suo ufficio di amministrazione immobili, in corso Rinascimento, si era accorto di aver dimenticato un documento nella giacca che aveva cambiato. Era così tornato a casa ed era andato dritto dritto alla camera da letto. La porta era chiusa. Pur spiacente di dover svegliare la contessa che evidentemente si era riaddormentata, il conte bussò: una, due volte. Alla terza la porta si aprì ma l'accoglienza della moglie lo lasciò di stucco. «Come ti permetti di disturbare a quest'ora?». La contessa era su tutte le furie; probabilmente era stata interrotta in un momento inopportuno.

«Un documento, una scadenza...», balbettò il conte.

«E non potevi telefonare? Fartelo portare da un domestico? No, ti presenti così, senza avvertire!».

Benché interdetto, il conte non poté fare a meno di sbirciare nella camera. Il letto era sottosopra; ed ebbe l'impressione che nel bagno ci fosse qualcuno.

La contessa se n'accorse: «Che guardi? Che stai a spiare? Ecco perché sei tornato di soppiatto, per spiare! Scommetto che ti sei appostato nei pressi. È questa la fiducia che hai in me... Nel matrimonio la prima cosa è il rispetto reciproco. Ma tu il rispetto non sai nemmeno dove stia di casa. Non hai mai capito niente... Nella stanza della cameriera saresti entrato di sorpresa? E la moglie cos'è? Meno di una cameriera!».

«Ma no cara, ti assicuro, non credevo di disturbare...».

«Non credevi? Che cosa devi credere tu? Sono io che non credo più in te. Ti apposti per cercare di cogliermi in difficoltà, per mettermi in una situazione di svantaggio, di disagio. Ma in difficoltà ci sei tu, e lo sai bene!».

«Ma cara, ti prego, non prendertela così; io non intendevo...».

«Non c'è niente da intendere. È tutto chiaro! No? Vuoi che la renda ancora più chiara? Esci di là, tu!». L'architetto Guattani esitava: si era ritirato nel bagno più per urbanità che per altro, ma non gli sembrava il caso di spingere più oltre la piazzata...

Ma la contessa era ormai fuori di sé: «Esci, Rodolfo! Ecco, sei contento ora? Il signor conte ha visto bene? Embè? Ho ricevuto un amico! Non sono padrona di ricevere amici a casa mia?».

La contessa urlava da farsi sentire dal piano di sopra.

«Ti prego, calmati...».

«Calmarmi? Mi ti introduci in camera come un ladro e dovrei stare calma? Ma io grido fino a far venir giù il soffitto! Anzi, sai che faccio?».

La contessa si strappò di dosso la vestaglia e la scaraventò sul letto, restando nuda.

«Ecco, i miei amici io li ricevo così! Che c'è di male? A me piace ricevere nuda!».

«Va bene, ne parliamo poi...».

«Parlarne? E di che cosa c'è da parlare? Ma te lo dico io tutto quello che c'è da dire: levati di mezzo e non farti più vedere. Lumacone!».

E gli sputò in faccia.

In fondo al corridoio la servitù faceva capolino. Il conte si rese conto che l'unico modo per interrompere quell'indegna scenata era, intanto, di squagliarsela all'inglese.

Tornò a casa la sera, a tarda ora. La chiave non entrava nella serratura: l'avevano cambiata! Suonò il campanello. Venne alla porta la cameriera della contessa, che aprì solo lo spioncino. La signora contessa non voleva essere disturbata; gli effetti personali del conte erano in cinque bauli, nell'androne.

F.F. avrebbe dovuto gongolare. Era la sua rivalsa su quell'ambiente che snobbava la sue storielle di genere coniugale. Eppure il conte Virginio, mansueto e mazziato, gli faceva pena.

«Vede», osservò, «per quanta discrezione si usi, è difficile che il comportamento della signora non venga valutato sotto il profilo della violazione dei doveri coniugali».

Il conte si raschiò la gola: «E se anche lei tirasse in ballo l'assolvimento dei doveri coniugali?».

Per quanto intenerito, in F.F. l'inclinazione al sarcasmo era troppo connaturata per non riprendere il sopravvento: «Beh, mi rendo conto che non si può cadere nel *battibecco* con una gentildonna. La questione però si chiude inevitabilmente in un dilemma e il dilemma è... biforcuto: o il marito abbandona il palazzo di famiglia abbozzando su tutto o non può fare a meno di accusare la moglie di violazione degli obblighi coniugali. Questo come prima mossa. Se poi la signora dovesse riconvenzionalmente contestare, a sua volta, il mancato assolvimento del dovere coniugale da parte del marito, questi potrà contrapporre che quando si presentava per adempiere trovava occupato oppure, addirittura, si trovava di fronte al fatto compiuto dell'adempimento da parte del terzo».

Morpone era più confuso che persuaso ma F.F. si era ormai alzato e, cinta al volo alla vita una fanciulla che passava accanto, si era avviato con lei.

«M'incontro nel vano della porta con Mezzasalma», stava raccontando Vulpicio.

«Con chi?», chiese Marilù della Paulera, ma Vulpicio proseguì senza raccogliere la domanda: «Quasi mi scontravo con lui».

«Ma di chi parla?».

«Di Álvido, del padrone di casa», bisbigliò la Corpetti.

«*Peri Bacalari*,[6] gli sparo in faccia a mo' di saluto».

«Lei chi è?», mi chiede Mezzasalma.

«Faccio un passo indietro e mi passo una mano sulla fronte. *Oh Dio,* gli faccio, *lo sa che non me lo ricordo?*».

Non c'era spesso se non una minima parte di verità in quello che Vulpicio raccontava. Quel che gli interessava era *épater les nobliaux* e specialmente *leurs dames.*

Le fanciulle di Ella svolazzavano ormai da una sala all'altra. Alceo non aveva mai capito se erano davvero studentesse, come sosteneva Ella, o aspiranti attricette o tutte e due le cose. I loro modelli erano Marina Punturieri e Donatella Perotti Kraft, che, affrancandosi dalla regola che i buoni partiti arrivano solo se mammà li tiene d'occhio, avevano fatto il colpaccio del matrimonio, la prima con Lante della Rovere e la seconda con Zegna. Ma probabilmente erano aperte a qualsiasi opportunità, da un viaggio in barca a una serata mondana, a una notte brava. Quel che contava era restare nel giro *in.*

«Ti sei appecoronato ai democristi?», sogghignò Vulpicio rivolgendosi ad Alceo.

«Lo sappiamo che tu sei per il partito unico...».

«Questi governanti (plurale di governante), questi democristi sono come i nobili: sono l'immagine sbiadita, anemica dei politici veri. Tutti remore, indugi, l'importante per loro è evitare qualsiasi choc. La forza della *izquierda*, della *gauche*, è invece proprio la capacità di rompere gli equilibri».

Parecchi erano andati via ma una cerchia si raccoglieva ancora intorno a Tito Stagno. «Il deus ex machina», stava raccontando, «è questo tedesco, questo Wernher von Braun».

«Non è quello che fabbricava le V2 per Hitler?», interruppe Vulpicio.

«Beh, i tecnici di Penëmunde, alcuni li hanno presi i russi, altri sono finiti in mano agli americani. Gli americani hanno pe-

[6] «Camini delle fate», in turco. Vulpicio l'adopera come saluto, per lasciare interdetto l'interlocutore, giocando sull'assonanza con baccalà o baccalare, stupido.

scato meglio. Comunque, se entro quest'anno gli americani arriveranno sulla luna lo dovranno a lui».

«Anche Astolfo arrivò sulla luna...». Vulpicio faceva lo scettico di turno.

«Non solo per ragioni politiche», si disse Alceo, «ma anche per rubare l'uditorio a Stagno».

«Gli americani non sono mai i primi a muoversi; ma quando lo fanno, fanno sul serio. Dovreste vedere che centro hanno messo su a Huntsville!».

«Huntsville non è quel posto dove c'è una scuola per boia?».

«Huntsville è il posto dove si assiste all'estensione del possibile, dove la fantascienza diventa realtà. Se – come sono sicuro – il volo avrà successo, l'uomo sarà divenuto un essere pluriplanetario, non più solo terreste».

«Tutto sta a intendersi su che cosa va ritenuto un successo. Se l'Apollo XI non esploderà sulla rampa di lancio come il suo precursore,[7] sarà considerato o no un successo?».

«Arriveranno sulla luna, vi dico. Entro tre mesi gli americani metteranno piede sulla luna».

«Se anche arrivassero nei paraggi – e il mio è un periodo ipotetico di terzo tipo – non avrebbero mai il coraggio di uscire dalla capsula: ricordate l'Apollo VII?».

Non lo ricordava nessuno.

«Non mi sovviene bene», riprese Vulpicio, sornione, «quanti parsec[8] è distante la luna dalla terra?».

Da buon giornalista Tito Stagno si guardò bene dal raccogliere, mollando il filo del discorso.

«Dissertare di viaggi interplanetari senza sapere quant'è un parsec dà la misura di quanto velleitarismo ci sia in questo progetto», proclamò Vulpicio rivolgendosi a Leda.

«Giocatore di tre carte!», lo detestò dentro di sé Alceo. «Scambia volutamente giornalisti con tecnici. A chi la può dare a bere?».

L'infastidiva che Vulpicio si fosse rivolto ancora una volta a Leda ma l'offendeva che avesse cercato di suggestionarla con un argomento da magliaro e ancora di più che Leda potesse esserci cascata, come una *sempliciotta*. «Per la distanza terra-

[7] L'Apollo I, il 27 gennaio 1967, s'incendiò nella fase di lancio e perirono i tre astronauti a bordo (Grisson, White e Chaffee).

[8] Equivale a tre anni luce e un quarto.

luna un parsec è un'unità di misura eccessiva», precisò, calmo. «Può tornare utile, invece, per misurare la tua ciarlataneria. *Ne supra crepidam, sutor!*».[9]

Leda lo guardò per un attimo con considerazione, come quando le risolveva le parole crociate.

Era finita, se Dio vuole! Ormai anche gli ultimi se ne stavano andando.

«Ti fermi?», sussurrò Ella all'orecchio di Alceo.

«Vado», rispose Alceo avviandosi con una mano sul fianco di Leda.

«Ci vediamo il quindici maggio a casa Bellonci?», chiese Ella a Vulpicio.

«*Ça va sans dire*», mormorò Vulpicio inchinandosi al baciamano.

[9] «Il calzolaio non giudichi più in su della scarpa».

Capitolo diciottesimo

Tornarono nella villa, dove erano già.

Era tutta una fuga di ambienti che prolungava il soggiorno come in una fantasmagoria di specchi. E attraverso uno specchio (che in realtà era una porta magnetica a specchio) bisognava passare, di spalla, per introdursi nella sequenza di vani rientranti l'uno nell'altro come scatole cinesi.

Le pareti erano di tela su un'ossatura di legno.

«Ecco perché Ierace ha potuto dipingervi sopra una foresta di alberi e liane», pensò Alceo. «Infatti su cosa dipingono i pittori? Su tela». Quella però sembrava tela di sacco.

E c'erano ragnatele come folate di nebbia che congiungevano l'una con l'altra grandi zampe di elefante sporgenti dal suolo. Più che zampe sembravano spalle di pachidermi accovacciati qua e là. Alceo le toccò: erano carnose, pur sotto la pelle spessa, rugosa come legno di quercia da sughero. Avrebbero potuto essere membra di dinosauri, se non fossero state ricoperte da pelle vegetale, che ne ammantava le forme morbide e membranose fin nelle minime pieghe, come cuoio. Alceo le toccò di nuovo: gli sembrarono tiepide. «Strano», pensò «eppure i ficus magnoloidi sono entità vegetali a sangue freddo».

Ma forse si era sbagliato, come quando ci si attende che i termosifoni comincino a scaldarsi e toccandoli si ha l'impressione che non siano proprio freddi mentre in realtà hanno solo la temperatura dell'ambiente.

Tanti ficus magnoloidi Alceo non li aveva mai visti nel giardino di Villa Riviera. Ma poi capì: non era sul terreno del giardino che protendevano le loro membranose radici ma nelle caverne *sottostanti*. Ecco perché quelle radici erano così ben nutrite, come piante carnivore, corpi disossati adiacenti ma quasi indipendenti dal tronco che si ergeva più su. In quell'ambiente umido e caldo avevano trovato l'humus giusto, il loro habitat. «Altro che l'albero gomero di Buenos Aires!».[1] Qui i rami si diramavano per un raggio di oltre cinquanta metri, appoggiandosi, come su dei gomiti, su delle stalattiti vegetali discendenti a puntellarli dai rami stessi. Non avrebbe mai immaginato che tali meandri cavernosi si addentrassero nelle viscere di piazza delle Muse. Credette di vivere in un sogno, anzi in un *incube.*

«Erano», gli chiarì Ella, «le antiche fognature naturali di Roma, da dove defluivano gli *scolii* delle scuole di retorica. Io le ho trasformate nel mio jardin d'hiver».

In effetti gli ambienti apparivano trasformati; diventavano sempre più spaziosi, anche se con la volta non molto alta. Qua e là si aprivano fenditure nella roccia e da lì s'introducevano i rami aerei dei ficus inerpicandosi verso l'aria e la luce naturale. Alceo si chinò a raccogliere i frutti – una specie di ghiande morbide – staccatisi dall'albero. Sembravano fruttini di pasta di mandorle. Gli venne voglia di assaggiarli. «To', assaggia questo», disse Ella porgendogli un frutto che credeva di non aver mai visto. Era una specie di grosso mango ma con la buccia martellata in sfaccettature a rombi, o forse a esagoni, come i diamanti o le bombe a mano *ananas*. «Guarda, si mangia così». Con un coltello Ella tagliò il frutto in due semisfere perfettamente uguali come con la taglierina si troncano i sigari toscani esattamente a metà. Si formarono così due coppe piene di una polpa bianca profumata. Una damigella porse ad Alceo un cucchiaino. Si mangiava come un budino. Il sapore, o meglio il profumo, richiamava ad Alceo qualcosa.

«Qual è il nome di questo frutto?».

«Ti piace? Si chiama annona. Cresce in Egitto e in qualche altro posto».

«In qualche altro posto... Nel giardino della casa d'Altafiumara, ecco dove cresceva, insieme alle araucarie!». Ne ricordava il profumo mentre zia Mena li tagliava in due emisferi come un cocomero. Era un frutto vietato ai bambini, perché non sapeva bene, forse provocava allucinazioni. Solo zia Licia (o Delicia?), la cognata di zia Mena, poteva mangiarlo. Zia Licia era sempre profumata ma non s'era potuta sposare perché aveva peccato.

[1] Gigantesco ficus magnoloide, vicino alla Regoleta.

«Se vuoi annusare, annusa questi!», gli propose Ella; stese un braccio verso un albero sul quale erano appollaiati, come pappagalli, dei fiori sgargianti. Il fiore batté i petali, spiccò il volo e le si andò a posare sulla mano. Alceo l'annusò e provò una sorta di ebbrezza. «*Palos borrachos!*»,[2] gli spiegò Ella.

«Andiamo!», comandò. Si avviarono. Ella camminava avanti, col suo corteggio di damigelle. Indossava delle calze autoreggenti e una camicetta di seta verde che le arrivava sì e no alla zona pelvica, stretta in vita da un cordone di cuoio morbido a forma di serpente. Aveva il culo e il pube scoperti e li ostentava a chiunque incontrasse.

«Esibisce le insegne del suo potere», notò Alceo «come un re che mostri ai sudditi il fallo, volevo dire lo scettro».

Arrivarono a una caverna grande quanto le grotte di Postumia, occupata in tutta la sua lunghezza, tranne i bordi rialzati, da un lago che si perdeva sul fondo. Da un cunicolo sulla sinistra scorreva un ruscello limpidissimo. Alceo s'inginocchiò con le mani a conca e bevve un sorso. In quel momento sentì come un singhiozzo soffocato dentro il cunicolo.

«Che cos'è?», chiese.

«È la fonte di Lucullo che emette l'acqua sorgiva a intermittenza, a singhiozzo, come la poesia», gli fece occhiolino Ella.

«Ma allora siamo al Circeo!».

«Che *baggiano* che sei! Sai quanti, prima di te, hanno creduto che io fossi la donna della loro vita?».

«Mi ha letto nella mente», trasalì Alceo. «Quell'accenno alla poesia...».

Erano infatti al Circeo, nella grotta della maga. Da Monte Antenne (come aveva fatto a non ricordarsene?) c'era un passaggio sotterraneo che portava sino a lì; un'antica via di fuga dei romani quand'erano assediati. Il *lacus suburbanus* veniva utilizzato per fuggire in barca. I papi invece allagavano piazza Navona, rendendola intercomunicante col lago di Nemi; e così avevano il soccorso della flotta per le battaglie navali.

La superficie del lago era fumigante; eppure l'acqua del ruscello che lo alimentava era fresca. Dovevano esserci dei soffioni sotterranei che la riscaldavano. Alceo si addentrò nell'acqua che gli arrivava al petto; ogni tanto doveva nuotare.

[2] Letteralmente «pali ubriachi»; alberi piuttosto spogli, dai fiori sgargianti, frequenti a Buenos Aires.

Era come nelle gole dell'Alcantara, solo che l'acqua era calda; non dappertutto, però; in certi tratti c'erano delle fasce d'acqua fredda. «Per ragioni salutari», suppose Alceo: «*calidarium et frigidarium*».

Ella camminava sul bordo roccioso, levigato naturalmente, affiancata e seguita dalle sue damigelle seminude. Vulpicio si chinò a baciarle la mano; ma, nel farlo, strusciò biascicando le labbra umide sul dorso, come un lumacone.

«Che ci fa lui qui?», si chiese Alceo; ma poi vide, mentre si piegava, che portava in mano un vecchio libro rilegato. Riuscì a decifrarne il titolo: *Gli odeporici*[3] *primaverili ai monti Lepini e al tempio di Giove Anxur*[4]. Quindi Vulpicio era disceso nell'antro in viaggio d'istruzione e di lepidezza. Indossava, a mò di perizoma, un asciugamanino di spugna. Era piccolo e gracile, ma acquistava una sua imponenza per il gran vello nero che, fondendosi con la barba, dal collo gli scendeva fino al basso ventre coperto dall'asciugamanino.

«Non può essere vero tutto quel pelo», rifletteva Alceo. «Si dev'essere messo un *toupet*». Alceo uscì completamente dall'acqua. Una delle damigelle gli porse un piccolo asciugamano di spugna col quale cercò di asciugarsi; ma presto fu zuppo. Per fortuna l'ambiente era caldo, come ai bagni termali.

«Ma perché Vulpicio si è truccato col pelo finto?», si domandava Alceo. Ragionò: «È come per la barba finta. È per nascondere la sua vera identità. Ma quale identità? Sapevano tutti che era Vulpicio. Sì, ma *chi* era Vulpicio?». Alceo capì che era lì la chiave del mascheramento. «Rifletti», si disse, «questo è un antro degli antichi romani. Che ha che fare con loro Vulpicio? Niente, apparentemente. Lui è di origini spagnole. Ma pure alcuni probi pensatori e assennati imperatori romani erano originari della Spagna. Ecco perché s'è messo la barba finta; per fingere le virtù di un filosofo stoico. Solo che è troppo evidente l'ostentazione, o quanto meno l'ostensione...».

«Una virtù esibita con compiacimento perde gran parte del suo pregio», gli disse, per fargli comprendere che aveva scoperto il suo gioco.

Vulpicio gli strizzò un occhio, mentre con l'altro rimase impassibile.

[3] Viaggi d'istruzione e di piacere, nel Settecento e Ottocento.

[4] A Terracina, vale a dire al Circeo.

Poi sollevò il libro rilegato come un libro sacro e lo mostrò a Ella, che si turbò visibilmente.

«Perché?», si chiese mentalmente Alceo.

«Perché?», gli domandò Vulpicio.

Alceo, per tutta risposta, ammiccò con tutti e due gli occhi. «Dice un proverbio cinese che una persona intelligente parla spesso solo con gli occhi».

Ma Vulpicio non ci cascò. «Perché Ella è impallidita?», tornò a interrogarlo.

Alceo si accorgeva di fare la figura dello stupido.

«Guarda, ti metto sulla buona via. Poniamo alla prova la tua intelligenza. Che libro le ho mostrato?».

«Un libro di viaggi».

«Bene, ma non solo. È un libro dal titolo sibillino. Ora, chi è stato il più importante viaggiatore del Sette-Ottocento?».

«Goethe».

«Esatto. Sei sulla strada. Ora trai da te le conseguenti deduzioni».

Ma Alceo non ci arrivava.

Con un sorriso di degnazione Vulpicio gli spiegò: «Cosa ha scritto Goethe? "*Gli anni sono come i libri sibillini: più se ne consumano, più diventano preziosi*"».

Ecco perché Ella era rimasta colpita: non si trattava semplicemente di un'espressione letteraria. Lì, nell'antro della Sibilla, la frase assumeva il valore di un monito, d'un responso sibillino.

«Tu sei il mio Dante», gli disse con falsa benevolenza Vulpicio.

Alceo intuì che intendeva in tal modo affermare per relationem ch'egli era il suo Virgilio. Ma era solo una mascherata. Vulpicio non era un santo laico; era uno spirito perverso, demoniaco, scacciato dal senato degli spiriti eletti, che mirava a condurlo nel baratro. «Perché gli era venuta in mente quella parola, senato, invece di quella più appropriata di cenacolo?».

All'improvviso Alceo realizzò che tra Vulpicio e Sulpicio c'era solo una lettera di differenza. Fu come se avesse acceso la luce: «Ecco chi era Vulpicio! Il figlio naturale di Sulpicio, insigne senatore romano, che non s'era dato al commercio perché ai senatori dell'antica Roma l'unica attività imprenditoriale consentita era quella agricola. Un figlio pervertito che s'era rivoltato contro il nobile padre».

Provò la stessa soddisfazione di Edipo nel risolvere l'enigma della sfinge. «Hai voglia a truccarti!», gongolò interiormente. «Ti ho smascherato una volta per tutte!». Ma fece finta di niente e stette al gioco.

«Come si chiamano?», domandò Alceo a Vulpicio accennando col mento alle ragazze, facendo così mostra di considerarlo la sua guida laggiù.

«Non lo sai? Onyx, Oniris e Onuptiis».

«E la quarta?».

«Quella devi indovinarlo tu, da solo. E sai qual è il soprannome di Ella?».

Alceo tirò via, nel timore che Ella potesse sentire, ma Vulpicio lo raggiunse: «È denominata Luxuriae».

Alceo lo sapeva già.

«E sai qual è il suo vezzeggiativo?».

Non lo sapeva e non lo voleva sapere.

«Dai, sforzati. Ti ricordi la storiella di quel marinaio ricoverato con un tatuaggio sul pene? Ti ricordi come s'abbreviava la scritta AMSTERDAM?».

Alceo non riusciva a capire.

«Ricordi? Se prendiamo la prima e l'ultima lettera: AM. Ora prendi le prime e l'ultima lettera del soprannome di Ella».

Alceo compitò fra sé e sé: «L-U-E-: Lue!». Sentì freddo allo stomaco.

«Di cosa credi che sia morto Ierace?», incalzava Vulpicio. «È stata quella la malattia della sua vita».

Passeggiavano come filosofi tra i suffumigi verso il fondo lontano della grotta con i fianchi cinti dagli asciugamani, ma Alceo, malgrado avesse assunto una posa di distacco filosofico, non riusciva né a pensare né a parlare; la lingua gli s'era appiccicata al palato. Non era tanto per sé che si sgomentava quanto per Leda: e se gliel'avesse attaccata? Non se lo sarebbe perdonato mai. «Ecco», osservò «perché Ierace si era separato dalla moglie, ricongiungendosi solo in punto di morte».

«Maestro», si rivolse Alceo a Vulpicio, «perché Ella esibisce così il suo sesso?».

«Vedi, il sesso per le belle donne che hanno superato i quaranta è come la comunione per i credenti: hanno bisogno di farlo ogni giorno per essere confermate oralmente nella fede. D'altra parte in questa materia non esistono prove scritte...».

Ella si era immersa con le sue damigelle in una pozza d'acqua stagnante, l'ultima prima che la corrente prendesse velocità.

Dall'espressione del suo viso Alceo capì che stava facendo la pipì. Sulla superficie della pozza affiorarono delle chiazze gialle come olio che galleggi sull'acqua.

«Indovina cosa sono quelle macchie», gli domandò Vulpicio.

«Urina di rane», pensò Alceo, ma non profferì parola.

«È piscio di sorca»,[5] ghignò Vulpicio.

Alceo sentì il bisogno di andare al gabinetto. Lateralmente si apriva una cavità. Vi si addentrò e trovò, incassato per terra, un gabinetto alla turca, come negli spogliatoi della lotta greco-romana. Si accoccolò per urinare, alla maniera delle donne, e in quel momento lesse un graffito nella parete rocciosa di fronte: *Non dico che del buco dobbiate fare centro / ma, figli di puttana, cacate almeno dentro!*

Non ebbe bisogno di chiedersi chi ne fosse il laido autore. Lo sapeva benissimo: Vulpicio. E se pure l'incisione non fosse stata proprio di mano sua (periodo ipotetico di terzo tipo) senza ombra di dubbio era della sua scuola!

Sul fondo la grotta si schiudeva in un arco naturale che faceva intravedere l'azzurro. Proseguirono in quella direzione. Sedute sul bordo roccioso c'erano tre ragazze, con le gambe abbandonate nell'acqua; la corrente che da lì rinforzava come in un fiume tendeva a portargliele via come arti snodati di bambole di pezza e loro le recuperavano ridendo.

«Come mai le ragazze sono tre se le damigelle sono quattro?», si chiese Alceo. E all'improvviso gli venne in mente il nome della quarta damigella: Onanis.

Si fermarono in atteggiamento cortese (*cortigiano*) accanto alle ragazze. Vulpicio sembrava non conoscerle. E allora anche Alceo fece finta di vederle per la prima volta.

Avevano un asciugamano allacciato sui fianchi e il petto nudo; il seno di Fiamma, stupendo, si ergeva con le mammelle palpitanti dalla vita stretta. Lalla era la più allegrotta. Ma la più bella era forse la terza, quella ritrosa, che vedendoli arrivare aveva girato il volto dall'altra parte.

Vulpicio si fece avanti e venne fuori al naturale: «*Domanda-*

[5] Pantegana, topo di fogna; figurativamente termine romanesco volgare e dispregiativo per utero.

re non è errore», fece, rivolto alle ragazze. «*Son puttane lor signore?*».
«Dipende», rise Fiamma.
«Dipende da che?».
«Dalla cifra», rispose Lalla, stando al gioco.
La terza non girò la faccia. Ma un cigno enorme le si avvicinò, scivolando silenzioso sull'acqua contro corrente, e cominciò a strofinare flessuosamente il collo sulla sua guancia. Leda si strusciava al collo del cigno come fanno col leone le leonesse che vogliono farsi montare.
Ad Alceo venne voglia di buttare Vulpicio nel fiume; ma in quell'istante si accorse che sotto l'asciugamanino indossava un perizoma rosso come quello che Leda aveva regalato a lui per capodanno, a Cortina.
Fu attratto dallo sbocco della caverna.
Vulpicio gliel'additò. «È il varco attraverso cui Ulisse sfuggì a Polifemo». Ma Alceo intese che mentiva e che voleva dire a Circe; anzi a Calipso.
«Perché non ti affacci?», e chiaramente pensava che non ne avrebbe avuto il coraggio, come Walter Schirra.[6]
Sfidando il suo sogghigno, Alceo si avviò risolutamente verso la fenditura estrema della roccia. Camminava con un piede nell'acqua e uno sulla roccia, appoggiandosi alla parete.
La galleria era più lunga di quanto non sembrasse; era una specie di prospettiva del Borromini all'incontrario. Fin allora l'avevano vista come in un cannocchiale alla rovescia.
Finalmente giunse all'arco naturale; vide che la feritoia originaria era stata allargata con lo scalpello per far passare un uomo. Seppe così che era quella *la finestra sui mari del Sud.*
Si sporse fuori cautamente, reggendosi forte contro il capogiro.
Dall'arco naturale il fiume si buttava direttamente nel mare con un salto di due-trecento metri. In quel momento però il lago non fuoriusciva dalla grotta. Alceo ci mise un poco per scoprirne la ragione. Il fatto è che nell'ultimo tratto il fiume s'ingrottava in una cavità sotterranea, come quelle in cui fermenta il mosto, e piano piano la colmava, senza traboccare. Solo quando la luna faceva montare la marea, il livello dell'acqua

[6] Uno dei tre astronauti dell'Apollo VII (11-22 ottobre 1968); la prima missione con equipaggio in orbita del programma Apollo.

saliva di quelle ultime due dita che riuscivano a farle superare l'estremo, infinitesimo dislivello; il lago si riversava così nel mare.

Di questo fenomeno, detto dei vasi comunicanti, si era avvalso Ulisse. Si era messo a bagno nella vasca nottetempo e aveva aspettato l'alba. Quando era sopraggiunta la marea, la scolmatura della vasca lo aveva naturalmente travasato in mare. Solo che nessuno (appunto: *nessuno*) ci aveva pensato prima di lui.

Alceo guardò giù per vedere se c'erano scogli: non ce n'erano; il mare era solo un po' più chiaro nel punto in cui si buttava la cascata, per l'acqua polverizzata che sviluppava ossigeno provocando un pizzicorino al naso come quando si beve la gassosa.

Nel resto, in tutta la sua turgida distesa, il mare era del blu cobalto dei mari del Sud; il cielo era un tono di colore meno intenso. Su tutto si stendeva, con un manto di silenzio, la calma meridiana, quella specie di sopore tiepido e quasi fumigante ch'esala dall'acqua riscaldata dal sole allo zenit.

Era ora di fare il punto.

Alceo aprì le gambe a compasso e aspettò che gli si abituasse la vista: dovevano vedersi le Eolie. Si stropicciò gli occhi, ma erano indeboliti. Si ricordò che non è con il cristallino che si vede, ma col *cervello*: è lì che prende forma la visione.

E allora finalmente *vide*: quattro pagnotte di cenere galleggiavano sulla superficie del *lago mediterraneo*. L'acqua era liscia e risplendente come carta stagnola perfettamente stirata. Distinse Stromboli, dal pennacchio di fumo, Panarea, dallo scoglio Basiluzzo, Salina, dalle forme a cuspide, e una quarta isola più lunga. Filicudi e Alicudi non si riusciva a vederle; erano troppo lontane. Pure per un attimo ad Alceo sembrò di scorgerle, ma poi sfumarono, bluette, nell'azzurro del mare. «Dovrebbero essere cinque», notò Alceo, ma poi si rese conto che Lipari e Vulcano formavano da lontano una sola isola.

«Quattro come le damigelle di Ella», notò, ma poteva essere anche una semplice coincidenza.

«Quattro come le isole Pontine, piuttosto», ragionò. Ecco perché ne aveva viste quattro. «E quell'isola lunga? Ma era Ischia, naturalmente!».

Con gli occhi della mente aveva visto le Eolie mentre in

realtà vedeva le Pontine. Ma se l'isola lunga era Ischia le isole avrebbero dovuto essere cinque e non quattro: Ponza, Zannone, Palmarola, Ventotene e Ischia, appunto. Ovviamente, ma in realtà erano due isole fuse in una, Lipari e Vulcano, quindi le isole sembravano quattro ma erano cinque e il conto tornava. Gli rimase, però, un senso di disagio, come per qualcosa di innaturale, di inspiegabile. Gli era sembrato di distinguere il pennacchio di fumo di Stromboli e la forma a cuspide di Salina. Dunque era stato un miraggio! In quel subemisfero, in particolari condizioni di rifrazione ottica l'atmosfera funge da cristallino e riflette, come se fossero presenti, immagini di realtà dislocate al di là della portata della vista umana trasponendole dentro il raggio visivo. È il fenomeno della Fata Morgana, che si verifica all'incirca ogni vent'anni, in coincidenza con la fioritura dell'agave. L'affaccio di Alceo alla finestra nella roccia era coinciso col manifestarsi del fenomeno.

Guardò di nuovo giù: la roccia era tagliata di netto come le ambe etiopiche. Ma la parete rocciosa era completamente nascosta dall'imponente cascata d'acqua. Solo che l'acqua, anziché cadere, saliva dal basso in alto, dal mare, come l'enorme getto di un geyser, o un fungo atomico, e faceva da muraglia liquida di sostruzione al superiore livello. In quel momento l'acqua sotto i suoi piedi si sollevò. Sentì mancare l'appoggio e nello stesso tempo un fragoroso cachinno echeggiò di caverna in caverna alle sue spalle. Capì che doveva abbandonarsi, in tutta levità, al venir meno della forza di gravità. L'acqua fece per traboccare; mancavano solo due dita perché colmasse l'estremo dislivello e precipitasse giù. «Sono le mie colonne d'Ercole», pensò. Per un attimo eterno provò l'esperienza totale di cadere fuori del bordo del pianeta, che allora si credeva piatto.

Volle tornare a casa dal Circeo malgrado si fossero aperte le cateratte del cielo. Sembrava di avanzare, con la Giulia, in una piscina. Alceo provò ad abbassare il finestrino per guardare avanti da lì, sporgendo la testa. La ritirò inzuppata, senza che la visuale fosse migliorata. «*Sunt lacrimae rerum*», e gli sembrò di sentire sulle labbra un sapore lievemente salino e tiepido. «Piangere a calde lacrime...».

Adesso si aggiungevano, a diminuire ancora la visibilità, i

vapori esalanti dalla testa bagnata che si espandevano nell'abitacolo. Il gemito insistente del tergicristallo guaiva tutta la sua impotenza.

Sotto l'azione lisciviante della pioggia la campagna si sfaldava, ai lati della strada, minacciando di farla franare. Si ripiegava in grandi e morbide tese argillose, uno strato sull'altro, come pece che si spande. Le falde si sovrapponevano con grande lentezza, vincendo la vischiosità dell'argilla che dava contorni arrotondati ai bordi, e s'impaginavano una sopra l'altra nel grande libro della natura. «Una volta i libri erano formati da tavolette d'argilla», venne in mente ad Alceo. E la similitudine del gran libro della natura gli sembrò suggestiva. Le ondate di terra impastata d'argilla sembrava che venissero da lontano, da un grande pianoro sconosciuto, come il mare vecchio.

«È un sommovimento provocato dalla trasposizione della Fata Morgana», intuì Alceo.

La Pontina era ridotta a un torrente. Fortuna che Alceo fosse particolarmente abile a guidare sull'acquaplano. Ma era difficile persino distinguere il tracciato allagato della strada dall'adiacente campagna sommersa. Alceo aguzzava gli occhi. «Devo vedere con gli occhi della mente», si disse con uno sforzo di volontà.

La situazione migliorò lentamente. L'acqua continuava a venir giù come Dio la mandava ma la visibilità era migliorata. Una grossa calotta di nuvoloni incombeva gravida di pioggia ma tutt'intorno una fascia color celeste sciroccato si stagliava sull'orizzonte. Era palesemente dipinta, come i fondali dei film di Fellini. Sul fondale celeste spiccava, a semicerchio, un filare di pini con le chiome a gorgiera, orgogliosi come Grandi di Spagna.

Alceo cominciò a sentirsi nei pressi di casa. Affrontò in terza marcia, su di giri per evitare che si spegnesse il motore, l'alto dosso che immette dalla Pontina nella Cristoforo Colombo. Ma superato il dosso ebbe la sorpresa: la Colombo era completamente sommersa. La Giulia nello slanciò proseguì come un motoscafo; Alceo con lo sterzo cercava di guidarla come se impugnasse un timone. Era finito in una grande conca d'acqua limacciosa: solo le chiome dei pini segnavano i bordi della strada scomparsa sotto l'acqua insieme alla campagna. Qua e là, defluendo dalla strada nei varchi tra gli alberi, delle macchine galleggiavano come battelli alla deriva. Alceo cercò di restare sul tracciato della strada; aveva staccato, ovviamente, il piede dall'acceleratore e manovrava solo col volante. Si trovò davanti, sulla direttrice di marcia, una FIAT 124 coupé quasi ferma; cercò di scansarla ma aveva ancora troppa velocità. Premette a fondo il piede sul pedale del freno; come se avesse dato una sgassata, la Giulia acquistò velocità e tamponò in pieno la 124. Ma non ci fu ammaccamento di lamiere; la 124 piroettò leggera come una barca e, dopo un paio di testa-coda giocosi come quelli delle macchinette dell'autoscontro, s'infilò tra due pini andandosene per la campagna. Alceo, che pure era finito testa-coda, la seguì con la Giulia ma col bagagliaio avanti e l'avantreno dietro.

Una volta Valerio aveva detto che quando si tampona una macchina bisogna tornare a tamponare sempre quella, per evitare di coinvolgere nell'incidente altre autovetture. Diede così con la Giulia ancora un colpetto sul fianco alla 124. In quell'istante si accorse che Valerio era alla guida e Leda gli stava accanto.

Cercò di fermarsi premendo disperatamente il freno a pedale e si svegliò mentre spingeva col piede la coperta rimboccata in fondo al letto.

Leda dormiva, sul fianco: il suo labbro superiore, increspato in un piccolo broncio, dava al suo viso l'espressione contrariata di un angelo fanciullo addormentatosi mentre piangeva. Alceo avrebbe voluto stringerla a sé perdutamente; ma non se la sentì di svegliarla.

Capitolo diciannovesimo

La finale del torneo sociale non aveva guastato l'amicizia tra Fiamma e Leda.

Avevano sollevato insieme la coppa, abbracciate l'una all'altra, per la fotografia.

E nei giorni immediatamente successivi la cosa si era ripetuta. La ditta Neri (*Se neri bevi ne ribevi*)[1] aveva fatto un servizio fotografico e uno filmato sulle due giocatrici abbracciate sul campo in gonnellino da tennis con le magliette attillate e niente sotto. Al club circolava la diceria che le avessero riprese anche abbracciate sotto la doccia, a busto nudo; ma quando Alceo gliela aveva riferita Leda aveva scrollato le spalle, infastidita.

Non era rimasto dunque quello strascico di rancori che in casi del genere finisce per estendersi a tappeto, fino a diventare un tapis roulant che allontana sempre più.

Tuttavia, un giorno dopo l'altro, i commenti insistenti e certi silenzi ugualmente espliciti nel giro delle tenniste avevano finito per avvelenare il sangue a Fiamma.

La prima volta che Leda l'invitò a giocare addusse una scusa. Leda ci provò una seconda volta, poi lasciò cadere. Non che ne facesse una malattia; non era una patita del tennis. Ma si annoiava. Adesso che aveva finito il libro di Ella, Alceo avrebbe dovuto essere più libero e invece era più impegnato di prima. Aveva messo mano a una grossa monografia per il concorso a cattedra e aveva iniziato una collaborazione alla televisione con Leone Piccioni per la rubrica *L'Approdo*. Inoltre lavorava ai testi per la trasmissione sulla poesia di Achille Millo *Parole e musica.* E tutto questo si aggiungeva al corso che teneva alla Sapienza e alla direzione della pagina letteraria del «Messaggero».

Aveva fatto l'abitudine, Leda, a quelle partitelle accanite e divertenti che riempivano i pomeriggi; e l'appuntamento tri-

[1] Slogan di quegli anni, reclamizzante una bibita di quella ditta.

settimanale le mancava. Cominciò così a giocare regolarmente con Valerio, sempre e incondizionatamente disponibile. Non è che la cosa facesse piacere a Fiamma; ma questo ci aggiungeva un pizzico di pepe.

Molto più che a Fiamma la cosa, però, spiaceva ad Alceo. La soluzione migliore era indurli a mostrare le carte: «Perché non l'inviti una sera dopocena?», le propose.

Era un vecchio discorso.

«Per farci cosa?».

«Così, per chiacchierare un po' insieme».

«Se ti va di riunire gente, allora possiamo fare un party. Magari non proprio come quelli di Ella... Alla nostra portata, o per lo meno alla mia...».

«Sei astiosa...».

«Io? Ma no; constato semplicemente che non sono à la page. Sai che ha detto una che era seduta al mio tavolo? "*Trovo estremamente indelicato*" – ha detto – "*presentarsi con la moglie alla cena di una signora separata...*"».

Il doppio, ora, lo facevano ogni tanto, per divertirsi, con l'ing. Shandijó e qualche altro tennista che lui cooptava. Inspiegabilmente non invitava mai Valerio, forse perché socialmente inferiore; e una volta che Alceo aveva proposto il suo nome, Shandijó aveva fatto finta di non aver udito.

Quel sabato, passando come al solito dal bar per prendere il caffè prima della partita, Alceo stranamente vide che dietro il bancone non c'era Jalal, ma un ragazzotto di Ostia. Pensò che avesse preso un pomeriggio di permesso o che stesse male.

Ma dopo il doppio, negli spogliatoi, mentre faceva la doccia, venne a sapere il fatto. Jalal era stato arrestato. Colto da un raptus aveva dato una coltellata ad Alì. Il motivo? Nessuno, a quanto pareva; o per lo meno nessuno lo conosceva. Alì, entrando nel bar del club, gli aveva detto qualcosa di incomprensibile e all'istante Jalal aveva afferrato un coltello dal bancone e aveva vibrato il colpo.

Alceo ricordava lo scherzo che aveva messo su con lui per l'Epifania.

«Fa bene a continuare nel suo lavoro come se niente fosse», gli diceva.

E Jalal: «Per favore, signore! Se si sparge la voce...».

«Beh, se anche la cosa arrivasse all'orecchio del fisco, lei se ne potrebbe sempre tornare in Egitto».

«E già! Così anziché prendermi il venti per cento, mi prendono tutto e mi mettono pure in un campo di concentramento».

«Ho fatto bene, io, a non comprare il biglietto della lotteria, dato che il mio non è uscito», concludeva Alceo.

La voce che Jalal avesse vinto la lotteria di capodanno si era propalata, era durata qualche mese e poi s'era afflosciata.

Jalal era stato sempre lì, fino a quel giorno.

«Ma cosa gli aveva detto Alì?», domandò Alceo a Shandijó.

«Una brutta cosa», rispose evasivamente Shandijó. Era l'unico che avesse capito, ma non amava farlo sapere, nemmeno ad Alceo. Era una frase con cui la soldatesca italiana usava schernire gli egiziani nella campagna d'Africa: «*Camello bombardato, sorella bottana, dhare mancia!*». Vedendo Jalal che rastrellava le cento lire dal bancone, Alì l'aveva apostrofato in quel modo; e Jalal non ci aveva più visto dagli occhi.

Tornò a casa rattristato. Già era contrariato perché Leda, come al solito, quando giocava con lui era di un'abulia incredibile. Avevano rischiato di perdere per colpa di lei, anche se Shandijó, invece, non faceva che prodigarsi in elogi: per come la signora aveva colpito la palla, perché non sbagliava mai, per come giocava a rete. Eppure, a fondo campo, erano più le palle che lasciava ingiustificatamente ad Alceo che quelle che andava a prendere. Avevano vinto solo perché al terzo set Alceo aveva stretto i denti. Risentiva ora della tensione, tanto maggiore in quanto sulla tribunetta gli occhi degli spettatori dicevano chiaramente di lui: «Riesce a far perdere persino Leda!».

Già la cosa in sé gli scuoteva i nervi al massimo, ma un ulteriore, e più profondo, fattore d'irritazione era costituito dal fatto che aveva letto recentemente in un saggio di psicologia che le mogli che non amano più il marito hanno un modo tutto femminile di farglielo intendere: se lui ama l'ordine, lasciano la casa in abbandono; se tiene alla buona tavola, si mettono a trascurare la cucina...

«Che cosa fine è stata posare da pin up con Fiamma per i calendari da barbiere!», la provocò.

«Sai che c'è?», lo rimbeccò Leda. «Tu non sai né godere né far godere».

E lo guardò di traverso.

Capitolo ventesimo

Il quindici maggio la presentazione de *La duchessa verde* era andata liscia; nel senso giusto, pareva.

Certo c'erano state delle défaillances importanti. Il primo presentatore avrebbe dovuto essere Moravia. Moravia non s'era né impegnato né rifiutato; ma al dunque non se ne fece niente.

Lo aveva sostituito Malabrocca. Non era la stessa cosa. Di Gustavo Malabrocca si vociferava ch'era uno che sapeva vivere. Aveva vinto – è vero – lo Strega qualche anno prima con *La Reinante*; ed era notoriamente un devoto di Moravia. Ma non c'era un'indicazione ex cathedra. Ai fedeli veniva lasciata libertà di coscienza. La circostanza che Malabrocca fosse un autore Mondadori, agevolava – secondo l'editore – la possibilità di alleanze e sinergie contro l'Einaudi. Ma altri ribattevano ch'era singolare che l'editore non avesse trovato, a fare da presentatore, un nome di spicco nell'ambito dei propri autori.

Per rinforzare la presentazione, a Malabrocca erano stati affiancati, anziché un solo critico, due: Eufemio Giustappone e Dante Caccavale; titolare della cattedra d'italianistica alla Sapienza il primo, preside della facoltà di lettere a Firenze, il secondo. Ma Caccavale era più introdotto nel giro della *Nuova Antologia* che in quello delle case editrici. E Giustappone aveva forse più oppositori che seguaci nel mondo accademico e in quello della critica letteraria. Aveva, in particolare, un antagonista accanito in Paco Rosa Pomposa, ch'egli chiamava Er sor Tinébra, il quale aggregava intorno a sé, nella seconda cattedra alla Sapienza, tutta la crema (e tutta la schiuma) della contestazione emergente e della pre e post-avanguardia.

Malgrado questi segni poco propizi non c'era motivo di preoccuparsi. Quell'anno non c'erano grandi nomi in concorso e la Rizzoli era pur sempre una delle tre maggiori case editrici. Un'incertezza, semmai, poteva esserci per la vittoria finale, ma non per l'ingresso nella cinquina. In fondo quel che interessava a Ella non era tanto il premio quanto la serata conclusiva nel Ninfeo di Villa Giulia: lì, sotto lo sfolgorio dei riflettori, tutta l'Italia l'avrebbe vista. E (pensava segretamente) in una riunione ch'era più mondana che letteraria, il suo nome sarebbe stato un catalizzatore irresistibile.

Giovedì dodici giugno, giorno della prima votazione, l'ingresso dell'appartamento all'ultimo piano di via Fratelli Ruspoli 2 era ancor più stipato, se possibile, dell'ingresso della villa dei dell'Agone a Cortina. Solo che qui l'affollamento non si decomprimeva, poi, col deflusso nelle sale. Le dimensioni di casa Bellonci erano quelle di un normale appartamento di civile abitazione, sia pure con lo sfogo di un terrazzo e di un terrazzino. I votanti erano molti, anche se non tutti e quattrocento avevano partecipato e se qualcuno aveva inviato il voto per posta. C'erano poi gli esponenti delle case editrici e qualche invitato. Le stanze erano gremite all'inverosimile. E la cosa più difficile era passare dall'una all'altra o al terrazzo, schiacciati petto a petto come si era nello stretto corridoio. Come riuscisse a sfilare, in quella calca, la Camerlenghi era un mistero. Era lei che accoglieva quelli che contavano e li pilotava nel secondo salotto a rendere omaggio a Maria Bellonci, che attendeva là in poltrona, per poi indirizzarli al salotto principale dove c'era l'urna per la votazione. La coadiuvava la Scribani, che faceva l'impossibile per convincere i camerieri ad affrontare la calca con i vassoi pieni di pizzette, rustici e mignons ben alti sulle teste, tanto ch'era difficile arrivare a pizzicarci qualcosa.

Seduto sul muretto del terrazzo, Vulpicio imperversava. Aveva preso di petto il professor Vanocore: «Lei dice ch'è un libro mediocre? Lo dice lei. Io non lo so, non l'ho letto. Nemmeno lei l'ha letto. Sarà invece un buon libro, magari. Ma non l'ha letto nessuno; nessuno, nemmeno i relatori». Giampaolino Vanocore avrebbe voluto sprofondare. Era un professore universitario laboriosissimo, tendente alle analisi più minuziose. Mostrava grande deferenza verso il professore Giustappone (ma poco minore verso tutti gli altri cattedratici) e si onorava dell'amicizia del collega di filosofia del linguaggio Alibicco, autore di un saggio su *Il concetto di concetto*. Vanocore non recepiva un giudizio critico (di prendere posizione in proprio non se ne parlava nemmeno) se non trovava appoggio in valutazioni autorevoli e concordanti. Il guaio era quando gli schieramenti erano in contrapposizione. In tal caso Vanocore, se poteva, ignorava il discusso soggetto. Se proprio non poteva, faceva un discorso così intricato, girando e rigirando intorno, da dire tutto e il contrario di tutto. «Uno», l'aveva definito Vulpicio «che se deve scegliere una spagnoletta, s'avvolge talmente nel filo che finisce per restarne imbozzolato». Proprio lui aveva preso di petto Vulpicio mettendogli in bocca, a fini puramente dialettici, opinioni che non si sarebbe mai sognato d'esprimere. Cercava di sottrarsi all'assalto, ma era trattenuto per la manica da Vulpicio e pressato alle spalle dalla ressa della gente che il corridoio continuava a rigurgitare sul terrazzo. «È un libro», proseguiva Vulpicio «concepito né con la testa né col cazzo. È un compitino scritto a casa con un dito nel culo e una rosa nel calamaio».

«Gradisce un pasticcino?». Vanocore accolse come una salvatrice la Scribani che s'incuneava seguita dal cameriere e ne approfittò per squagliarsela.

Alceo, uscendo in terrazza, aveva colto, se non le parole, il senso della concione di Vulpicio.

«Avrei voluto vedere se avresti avuto il coraggio di sputtanare così il libro se presentatore fosse stato Moravia», gli disse sul muso.

«Ma *non è* Moravia».

«Ah, il nostro opinionista indipendente! Questa è la conferma che se fosse stato lui ti saresti appecoronato nel gruppo dei fedeli. *Scherza coi fanti e lascia stare i santi*, eh, il nostro libero pensatore! Perché non hai il coraggio di ammettere che Moravia ha perso la fede nella letteratura, nell'arte, insieme con l'ispirazione, nel momento stesso in cui è assurto al soglio pontificale? Perché se il papa è lui, cosa possono mai essere i suoi filiani?».

«Molto meglio di lui è la Morante. È lei la vera narratrice di questi anni». Alceo si voltò con simpatia verso Adele Cambría. Graziosa ma minuta, con un bel visetto, quello scricciolo manifestava un'indipendenza di giudizio di cui si sarebbero vanamente ricercati altri esempi in quell'ambiente. La rivedeva dopo tanti anni; e ritrovandola così miniaturizzata, si chiedeva come avesse potuto destargli le prime voglie quando, bambino, andava a giocare a palline col fratello, suo compagno di scuola, nella bella casa che avevano sul lungomare di Reggio e lei passava nel corridoio in vestaglia.

«Peccato solo che usi l'imperfetto al posto del trapassato e il condizionale presente in luogo del condizionale passato...», non poté tuttavia trattenersi dal rimarcare. «Lo scrittore di razza, l'artista è Pasolini; un poeta, anche, in tutte le sue opere, comprese quelle cinematografiche ed eccettuate soltanto le poesie». Si voltò per riattaccare Vulpicio: era scomparso! Come perdeva ogni baldanza e se la batteva Straziota di Patarriti davanti ai fratoni, per timore che venisse messo in discussione il suo lignaggio, così se la svignavano i critici d'assalto se si metteva in questione il papa rosso.

Alceo non aveva dubbi sui motivi per cui Soperchio gli aveva affidato la direzione della pagina letteraria del «Messaggero»: la qualità delle recensioni da lui pubblicate sul giornale e quella del suo saggio sulla subliminarietà, innanzi tutto; poi, se vogliamo, l'ascendenza dello zio Mauceri e il fatto che Pietro Cimatti andasse matto per lui. Arrivava tuttavia a capire, persino lui, cosa Soperchio si aspettasse: che utilizzasse l'influenza della sua posizione per sostenere il libro di Ella. *Ça allait sans dire.* In fondo non era il suo libro?

Ma i percorsi mentali di Alceo non erano così a senso unico. Già avrebbe avuto non poche remore a segnalare il libro a questo e a quello se avesse portato il suo nome. Ma molte di più ne provava di fronte al fatto che figurava come autrice un'altra, una dama dell'alta società. Prima o poi tutti avrebbero saputo ch'egli le aveva fatto da negro. E già questa era una disonestà: concorrere allo Strega con un libro ch'era un falso. Quello poi che lo bloccava del tutto era il pensiero che qualcuno potesse credere ch'egli fosse stato pagato per produrre un'opera spuria, di paternità irriconoscibile, e che pure si aveva l'impudenza di pretendere che ottenesse un riconoscimento ufficiale in testa a una persona come Ella, che tutto poteva essere tranne che una scrittrice.

Non aveva così mosso un dito. Attendeva tuttavia l'esito della votazione con moderata apprensione. Sotto sotto confidava che il libro entrasse nella cinquina. Sarebbe bastato che lo votasse la metà dei giurati presenti al ricevimento di Ella.

Il quarto libro entrato in cinquina riportò trentanove voti. Il quinto e ultimo ne ebbe trentasette. *La duchessa verde* trentasei.

La delusione per Alceo fu molto maggiore di quanto non avesse immaginato. Cercò di rifugiarsi in considerazioni di maggior respiro e super partes. Che cosa era mancato nella pseudoautobiografia di Ella? «È strano», commentava Alceo, «come la stragrande maggioranza della gente, critici e letterati compresi, non si renda conto, pur dopo Proust, che ci sono due modi di ricordare: uno della memoria volontaria che mette in fila i ricordi con maggiore o minore abilità; l'altro che fa rivivere involontariamente, come se si verificasse in quel momento, l'accaduto. È solo questo secondo modo di ricordare che segna la sua impronta nella nostra psiche e che coinvolge dal di dentro gli altri nel nostro *rimembrare*». Ma era un discorso che portava troppo in là: anche il libro della pittrice Lalla Romano, *Le parole tra noi leggere,* ch'era quello che aveva ottenuto più consensi e che alcuni avevano contrapposto deliberatamente al suo libro, non aveva mica la magia della rievocazione proustiana. Aveva sì, qua e là, delle pennellate impressionistiche, ma nel complesso era un libro voluto come se fosse stato fatto su ordinazione. Era però un'ordinazione che l'autrice aveva fatto a se stessa. Ecco la differenza! La cosa che bruciava di più ad Alceo era proprio questa: sentiva oscuramente che facendo da ghostwriter a Ella si era giocato la possibilità di vincere lo Strega non soltanto con quel libro ma anche, in futuro, col libro – questo sì figlio del flusso inconscio del suo sangue – che aveva in incubazione dentro di sé. E questo non per ragioni propriamente artistiche ma di convenienza, di opportunità, d'immagine, che nello Strega contavano forse più delle prime.

Tornandosene in macchina a Casalpalocco valutazioni opposte gli s'alternavano nella mente, come – si disse – quando si è bocciati a un esame: un'esperienza che Alceo non aveva fatto mai; fin allora. Da una parte sentiva tutta l'ingiustizia dell'esclusione di un'opera attraente, brillante, anche suggestiva se vogliamo. Dall'altra sentiva dentro di sé di aver tradito la sua vocazione. *Abietto e sublime, ispirato da un dio e invasato da un demone:* così avrebbe voluto che fosse il suo libro. Aveva scritto invece – bene, in stile serrato, *corseté,* un'opera che non attraversava un percorso profondo di conoscenza, un'opera senza valenze segrete, una storia di cui probabilmente nessuno sentiva davvero il bisogno. La poesia, l'arte – si diceva – sono la chirurgia estetica del quotidiano; lui invece aveva fatto solo un lavoro di maquillage, sia pure professionale, sotto il quale il quotidiano continuava a rivelare i suoi lineamenti banali.

Capitolo ventunesimo

Alceo rallentò, scrutando sulla destra. Sapeva ch'era stato demolito, ma qualcosa del palazzotto doveva essere rimasto e non avrebbe potuto sfuggirgli. Superò la fontana-lavatoio dove si radunavano le donne d'Altafiumara con anfore, orcioli e panni da sbattere.

Era stato un viaggio stancante, con un caldo che Alceo aveva ormai dimenticato. Erano partiti alle sei del mattino ed erano in viaggio da più di tredici ore. All'inizio era andata bene; poi, dopo lo strazio della periferia di Napoli, avevano imboccato l'autostrada Napoli-Salerno, credendo di riprendere la corsa. E lì avevano trovato il tappo. Le macchine erano in fila, ferme per chilometri. Venditori ambulanti offrivano accendini, orologi falsi e radioline che la gente faceva andare a tutto volume; ragazzini giocavano a palla a volo tra e sopra le macchine; barbieri da strada, con scodella di sapone, pennello e rasoio a mano, facevano la barba agli autisti seduti sul cofano o rimasti al volante coi finestrini abbassati. Quando Dio aveva voluto, s'erano mossi a passo d'uomo e infine più scorrevolmente fino a Salerno. Da lì, prendendo la statale 19, s'erano inerpicati verso Lagonegro, dove avevano comprato una pagnotta fragrante di pane casareccio e *soppressata*[1] col peperoncino rosso che strappava la lingua. S'erano fermati con la Giulia vicino alla fontana. Sul muretto stavano seduti cinque-sei giovani. «Siamo passati dai Borbone ai Savoia, a Mussolini, alla Repubblica e alla Cassa del Mezzogiorno, ma i giovani qui aspettano sempre. Altro che movimento giovanile...», aveva detto Alceo a Leda.

«L'acqua però è buona», aveva commentato Leda, raddrizzandosi e asciugandosi la bocca con la mano.

[1] Tipico salame calabrese.

«Non di sola acqua vive l'uomo...».

I giovani attorno alla fontana guardavano Leda con gli occhi spiritati.

Scesi sulla costa per la provinciale incassata nella valle del Noce avevano preso la litoranea. Appena in vista del mare, Leda aveva gridato: «Facciamo il bagno, facciamo il bagno!». Superata Praia a Mare, s'erano fermati ai bordi della spiaggia di fronte all'isola di Dino. Leda era scesa dalla macchina di corsa, dopo essersi sfilata dalla testa il vestito e, così come si trovava, in reggiseno e mutandine, s'era inoltrata in mare spruzzando acqua intorno allegramente. Alceo l'aveva seguita in slip, senza aver tempo di indossare il costume, con in mano le chiavi della macchina, per timore che gliela portassero via e li lasciassero lì, adamiticamente, come Tyrone Power e Linda Christian. Era il ventuno giugno e per fortuna, pur essendo sabato, non c'erano ancora bagnanti sulla spiaggia. Arrivò una famiglia al completo – col capofamiglia che portava le sdraio e la moglie l'ombrellone – mentre stavano uscendo dall'acqua. Alceo ne evitò gli sguardi, ma se li sentiva puntati addosso come se fossero nel mirino di un fucile da tiro a segno. Asciugatasi sommariamente, Leda si era tolti reggiseno e mutandine, mentre Alceo le teneva l'asciugamano intorno, e s'era reinfilata il vestito a sacco, senza niente sotto; le cosce strepitose le restavano scoperte due palmi sopra il ginocchio. Reimmettendosi nella statale 18 e guidando solo con la sinistra perché la destra la teneva tra le gambe di Leda lisce come seta, Alceo non aveva rispettato lo stop. Trenta metri più avanti c'era una pattuglia di carabinieri che l'aveva fermato: gli avevano preso i dati anagrafici stentatamente, con una sospettosità criminale come se gli pigliassero le impronte digitali.

Se n'era andata tutta la giornata per giungere sulla ionica.

«Siamo arrivati?», domandò Leda, risvegliandosi per un momento.

«Manca poco».

Mancavano, in effetti, più di quaranta chilometri. Dovevano arrivare a Capo Spartivento, ma Alceo voleva far rivedere a Leda *La Sena* o quel che ne era rimasto. Contò i metri, 150, dalla fontana e si fermò. Doveva essere lì. Ma la superstrada 106 proseguiva ininterrotta. Passarono due donne con le anfore sul capo, come venti secoli prima.

«*La Sena*?», domandò Alceo a voce bassa.

Le donne lo guardarono senza capire. Stavano lì da venti secoli e non ricordavano un castelletto che c'era fino a pochi anni prima. Un castelletto ai cui muraglioni loro e i compaesani dovevano forse la vita.

«Che c'è?», fece Leda nel sonno. Non gradiva che si chiedessero informazioni. In questo il suo anticonformismo sconfinava nel rifiuto irragionevole delle relazioni interpersonali usuali nella società civile; si regolava col sole, con certi punti di riferimento preconsci, forse con certi richiami magnetici che solo lei, come gli uccelli e i pesci, percepiva.

Questa volta un richiamo dall'inconscio lo sentiva Alceo: la casa era lì! Bisognava però girare a destra o lasciare la macchina pericolosamente sul bordo della strada. Proseguì per un paio di centinaia di metri, ritrovò il ponte della ferrovia e la strada sterrata che vi passava sotto, tornò indietro e accese gli abbaglianti. Aveva ritrovato la via di casa come un cavallo che torna alla stalla scosso, senza cavaliere. Ma la casa non c'era: uno spiazzo sabbioso infestato da sterpi si apriva davanti, col terreno acquitrinoso e resti di mattonato dove affiorava il salnitro, segnato ai margini da qualche pezzo di muraglia diroccata. Massi megalitici erano sparsi tutt'intorno. Ma proprio sopra la casa dovevano far passare la superstrada! Sarebbe stato tanto più logico fare una curva...

Spense i fari e appoggiò la testa sul volante. Dalla casa – gli tornava negli occhi – si passava alla spiaggia e dalla spiaggia al mare senza soluzione di continuità. Sotto i muraglioni a macigni del castello si spalancava l'immensa cantina, estesa quanto tutto il caseggiato, che si prolungava poi sotto il terrapieno in un tenebroso budello che una volta sbucava a mare. Lungo le pareti si allineavano nella semioscurità le botti, *le commari*, come le chiamava Peppe il fattore (per zio Leandro: le *tastetonneau* o *l'ivre du seigneur*), che le contraddistingueva non con un numero ma per nome: *commare Santuzza, commare Venanzia, commare Petronilla, commare Natuzza...* Gli si accostava tenendo il calice da degustazione in mano, con la migliore creanza: «Commare, vi trovo ben portante. Gradite sgravarvi di un goccetto?». Spillava due dita di vino e portava il calice al naso, annusando profondamente; poi lo elevava all'altezza degli occhi socchiusi, mormorando *prosit* con la fronte leggermente inclinata, e sorseggiava pensosamente. L'espressione in faccia variava dalla perplessità alla beatitudine ma la bocca in ogni caso era atteggiata a compiacenza: «Che Dio benedica questa panza», concludeva immancabilmente e si accomiatava palpeggiando le doghe della *commare*. Il suo pensiero recondito lo teneva per sé per rivelarlo esclusivamente a don Elpidio, il sabato sera, in una stanzetta riservata a questo solo offizio, come un confessionale, dove il padre di Alceo lo riceveva seduto in una seggiola che ne costituiva l'unico arredo. Peppe si presentava con la berretta in mano ma a testa alta, compenetrato del suo ruolo, ed enunciava lentamente i suoi referti, infallibili e oscuri come oracoli. A *La Sena* Alceo restava da giugno a ottobre. Nei mesi di luglio e agosto c'erano anche la mamma e zia Mena. Poi solo una donna di servizio, sottordinata alla moglie del fattore, che badava in primo luogo a zio Leandro, il quale faceva la sua apparizione saltuariamente e senza preavviso scompariva per giorni. Suo padre, tranne il mese di agosto, veniva solamente il sabato e ripartiva il lunedì mattina. Negli altri mesi Alceo dormiva spesso solo, con un fuciletto calibro 32 poggiato accanto alla spalliera del letto e i cani che giravano liberamente per casa.

A settembre e ottobre, la mattina presto Ntoni Galeota, il primogenito del fattore, veniva a bussare accompagnato da un paio di figli. Si avviavano nell'oscurità, portando sulle spalle le gabbie delle quaglie accecate, per una stradella di campagna fiancheggiata da vecchi ulivi e lecci, nel cui fitto qualche volta un gufo sgranava all'improvviso gli occhi. Poi prendevano su per il vigneto, risalendolo fino ai piedi delle colline; lì piazzavano i richiami sui pali e aspettavano. Le quaglie giungevano stremate per la traversata dall'Africa e si gettavano giù come sassi: le si sentivano frusciare nel buio fra le foglie delle viti. Alle prime luci Ntoni andava a ritirare il sacco a rete colmo, se lo buttava in spalla e andava via. Tornava dopo un po' con quattro-cinque cani e cominciava la sparatoria.

Il vigneto si stendeva dalle colline fino al mare, dardeggiato dal sole. Un torrente secco, scarnificando il terreno, serpeggiava giù da *timpa*[2] *la Motta*,[3] si allargava nella Conca del Soppiatto e scendeva fino al litorale segnando il confine col

[2] Voce dialettale: cima rotondeggiante nell'Appennino meridionale.
[3] Denominazione di antiche località fortificate, a volte risalenti all'epoca romana.

comune di Péllaro: un solco invalicabile come quello tracciato da Romolo con l'aratro. La spiaggia era racchiusa tra gli scogli da un lato e una punta sabbiosa all'altra estremità, dove stavano le barche dei pescatori.

Uscivano con la lampara a pesca di costardelle e aguglie. Rientravano verso mezzanotte – tutti gli orari ruotavano con la pesca e gli uccelli di stagione – e la moglie di Peppe, con la nuora, si metteva subito a friggere i pesci che ancora guizzavano.

Il giorno Alceo lo trascorreva sulla spiaggia coi figli dei pescatori e con i cugini di Milano, che venivano per due, tre settimane. Ricordava suo cugino Gianni quando s'era scottato terribilmente al sole e la pelle gli veniva via a lembi come l'impanatura delle cotolette. Zia Mena se l'era presa con Alceo, che pure era più piccolo. Non conservava ricordo di quando avesse imparato a nuotare: era stato in un'età antecedente quella dell'autoconsapevolezza, tanto ch'egli stentava a intendere come qualcuno potesse non nuotare, così com'è inconcepibile che non si sappia camminare o respirare. Nuotava con qualsiasi tempo e con qualsiasi mare. Nessuno si spingeva a nuoto lontano quanto lui. *U senariu*[4] era considerato un po' pazzo dalle mogli dei pescatori e dei contadini sparsi con le loro casupole lungo la costa: richiamavano con grida lamentose i loro ragazzi perché non lo seguissero nelle sue sfide a oltranza.

Qualche volta, in barca a vela o anche a remi, andavano fino alla punta di Péllaro. Un chilometro abbondante della punta era stato ingoiato dal terremoto del 1908. Al terremoto seguì il maremoto: un'onda gigantesca si ritirò una sessantina di metri dalla riva scoprendo il fondale sabbioso e poi si abbatté sulla costa; e un tratto della punta di Péllaro non riemerse mai più. Qualche metro sotto l'acqua limpidissima si scorgevano le case sommerse, divenute abitacolo di pesci. Tuffandosi dalla barca, Alceo e i figli dei pescatori si immergevano in apnea e con stecche d'ombrello tramutate in frecce andavano a stanare i pesci dalle loro stanze subacquee.

Il territorio del comune d'Altafiumara era contiguo a quello di Péllaro. La proprietà Rondíni cominciava proprio subito

[4] Il ragazzo de *La Sena.*

dopo la punta, una striscia di terra che l'abate Cudia aveva definito *Finisterre*. L'abate Cudia era colui che aveva introdotto la coltura e l'industria del bergamotto in provincia di Reggio: una coltura d'elezione, pagata a peso d'oro (fino a quando, alla fine degli anni Trenta, l'essenza non venne prodotta anche sinteticamente), perché il bergamotto è indispensabile come base per fissare qualsiasi profumo. Ma la rinomanza dell'abate Cudia non era affidata tanto a questo quanto a una sua massima per il gioco della scopa entrata nel sapienziario popolare: *U dissi puru l'abbate Cudía: / cu setti d'oru non si cugghiunía.*[5] Appena superata la punta di Péllaro il paesaggio cambia improvvisamente: agli alberelli di bergamotto con la chioma a ombrello subentrano, a perdita d'occhio, distese di viti. Zio Leandro si mise in testa d'impiantare nel loro vigneto il bergamotto. Ma il tentativo fallì. Fece allora venire un cattedratico di agraria da un'università del nord che s'installò in casa e dopo lunghe riflessioni suggerì di piantare un filare di alberi frangivento. Per cinque chilometri, lungo la riva del mare, vennero piantati degli eucalipti, che crebbero rapidamente. Un certo numero di piantine di bergamotto attecchì; e alcune, anche, si svilupparono: ma non giunsero a fioritura. Zio Leandro fece allora venire un esperto da Barcellona il quale emise il verdetto che la causa andava ritrovata nella composizione chimica del terreno. Venne trasportato da Péllaro e da San Gregorio terreno di riporto, comprato a prezzi proibitivi: una lunga teoria di *carri matti*[6], tirati da buoi, portava la terra, che un esercito di contadini spargeva in uno strato sottile sul terreno. Alcune pianticelle misero i fiori; ma il frutto abortì. Zio Leandro s'incaponì; fece trasportare altra terra. Niente: fino a Finisterre il bergamotto prosperava; un metro più in là scattava l'interdetto dell'abate Cudia: la pianta, anche se cresceva, era sterile. Zio Leandro, intanto, si era indebitato con le banche per le enormi spese che gli erano rimaste sul groppone; a un certo punto aveva firmato delle cambiali. I fratelli onorarono la sua firma; ma tutta la proprietà, un pezzo dopo l'altro, dovette essere venduta e il papà di Alceo

[5] In dialetto calabrese. «L'ha detto pure l'abate Cudia: col sette di denari non si scherza» (nel gioco della scopa e dello scopone il settebello vale da solo un punto e inoltre concorre a formare la primiera e i punti di denari).

[6] Carri bassi e lunghi, tirati da buoi, usati per trasporti pesanti al tempo in cui gli autocarri erano rari.

dovette impiegarsi alle dipendenze altrui, continuando a praticare la professione il pomeriggio, fino a notte fonda.

Pur essendo solo a una quindicina di chilometri da Reggio, Alceo non ricordava di essere mai tornato d'estate in città, in quegli anni, tranne la volta in cui morì zio Apollonio, il marito di zia Mena (che zio Leandro chiamava Ampollonio). Viveva come una doppia vita, in due mondi completamente separati: d'inverno scuola e città, d'estate mare, terra bruciata, libertà. Gli si angustiava l'anima quando, a ottobre inoltrato, doveva tornare in città: il vento spazzava la spiaggia e la strada, facendola impallidire sotto il cielo velato.

Passò dal palazzetto al palmento, ch'era adiacente: ecco perché non lo aveva visto fin allora; perché l'avevano venduto! L'avevano venduto ai Bòttari, quelli che avevano in via Aschenez quel grande deposito di legname cui avevano dato fuoco per riscuotere l'assicurazione. Ma lo scheletro, pur dopo l'incendio, doveva essere rimasto. Con quelle mura ciclopiche, figuriamoci! E poi era il deposito ch'era bruciato, non il palazzotto.

Cercò di aprire gli occhi e si ricordò di quello che gli raccontava zio Leandro, stesi sulle sedie a sdraio sul terrazzo nelle notti d'estate di un nero profondo. «Vedi?», gli diceva mostrandogli il cielo stellato. «Lì, in quella zona oscura in direzione di Vega, noi non vediamo nulla eppure c'è una galassia, troppo recente perché la sua luce giunga fino a noi. E lì, vedi quella stella nel Sagittario? Brilla ma in realtà è già estinta. Quella che vediamo è solo la sua immagine sopravvissuta a se stessa». Era stato lo zio a fargli notare che il sole sorge in un punto diverso dell'orizzonte a seconda della stagione. E a mostrargli come la fiamma cambia di colore se ci si butta sopra del sale. Zio Leandro era un tipo strano. Sapeva a memoria la *Divina Commedia*, dal primo verso all'ultimo e dall'ultimo al primo, a ritroso. E non voleva mai scendere nel rifugio ricavato dalla cantina sotto il castelletto, dove si raccoglieva, con paglericci e coperte, gran parte degli abitanti d'Altafiumara. Se ne restava, durante le incursioni aeree, sulla terrazza a fumare la pipa. «Spegni quella pipa, almeno!», gli urlava zia Mena. «Bum, bum», ridacchiava zio Leandro. «Ringrazia santa Caterina che ti tiene la mano sul capo!», incalzava zia

Mena. «Santa Caterina ci metterà del suo, ma non è che loro abbiano una grande mira», ribadiva pacatamente zio Leandro, cacciatore dall'occhio scaltrito. Eppure, quando se ne stava assorto al buio con la pipa sembrava che stesse per trovare la soluzione a chi sa quale problema.

Alceo si svegliò e riaccese il motore. «Che c'è ancora?», protestò Leda. Le vigne verde-bruno che digradavano dalle colline si erano oscurate. La spiaggia era una lunga e ricurva lama di stagno. Il mare effondeva una sua luminosità interiore, come se avessero acceso una lampada ad acetilene nelle sue viscere, e palpitava come una mammella gonfia di latte. Tutto il paesaggio era profondamente assorto in attesa dell'inondazione della luna.

Il pisolino aveva fatto bene ad Alceo. Riprese la superstrada. Ai lati, ogni cento-duecento metri, si ergevano i camini delle vecchie fornaci di mattoni. Erano tutte, da tempo, abbandonate. A volte la fornace era stata demolita; ma il camino era rimasto, chi sa perché.

Alceo se n'era andato da Roma appena terminato il corso all'università e fatta la prima sessione di esami. Per la pagina culturale del «Messaggero» si era accordato coi redattori. Ma non aveva chiesto il permesso al direttore. Si era recato, sì, in direzione, ma siccome Soperchio era occupato, aveva pregato l'onnipotente segretaria di riferirglielo lei. «Dovrebbe parlargliene di persona», l'aveva avvertito Geppy Gizzo. Ma Alceo non ne aveva proprio voglia. Era estate; aveva bisogno di libertà.

Lasciarono i bagagli in macchina e si buttarono sul letto; Leda col vestito che aveva addosso; praticamente non si era mai riscossa del tutto dal sonno. Meglio così. Alceo s'era tolto solo i pantaloni e si era steso sul letto accanto a lei. Pensava di sprofondare nel sonno. Ma la tensione della lunga guida, o forse il sonnellino fatto ad Altafiumara, lo tenevano sveglio. Proprio sveglio non era, si trovava in uno stato tra l'esaltazione e il semisopore, come per una leggera azotemia.

Avevano preso in affitto per un mese una casupola di pescatori, ai margini della spiaggia. Era una casetta in pietra: più di una volta le onde lunghe delle mareggiate d'autunno dovevano averla lambita, a giudicare dalle pietre sconnesse nel muro gonfio dal lato mare e dal gradino d'ingresso smosso. La luce era spenta ma la stanza non era al buio: man mano che gli occhi si abituavano alla semioscurità un chiarore inspiegabile si spandeva nella camera. Alceo si alzò e uscì dal portone: come un'enorme lampara, la luna stava sospesa sulla casa illuminando a giorno la grande spiaggia bianca. Di tanto in tanto il mare aveva un palpito. Rientrò e si stese supino sul letto; non era riuscito a chiudere il battente grossolano e deformato della finestra, che aveva solo potuto accostare all'infisso. Vicina e aliena, la luna era sopra di lui; la sentiva, sentiva la sua attrazione come la sentivano il mare e l'acqua salmastra dei pozzi, che tentava di sollevarsi dal fondo con un gorgoglio lieve come un sospiro strozzato in gola nel sonno. Nel chiarore stuporoso diventava palpabile il segreto legame di dipendenza reciproca col nostro satellite specchiante. La luminescenza assumeva una consistenza quasi gassosa: nella piccola camera dai muri imbiancati, il letto sembrava sollevarsi dal suolo e restare sospeso in levitazione in un bagno di luce fluorescente, come dentro una cabina spaziale.

A Capo Spartivento la vita era rimasta come era ad Altafiumara vent'anni prima. La mattina veniva la capraia, con due capre, e portava pure un po' di spesa: mungeva due tazze di latte e loro lo bevevano così, crudo e tiepido come sgorgava dalle mammelle. Di prima mattina Alceo si faceva una nuotata di due-tre ore. Per chi l'ama, il mare è come per il vero fumatore la prima sigaretta al mattino: appena alzato, non vede l'ora di assaporarlo. Anche perché del mare ogni ora ha il suo sapore. Solo a chi non l'ama si mostra a tutte le ore uguale. Per coloro cui si svela, ogni ora ha un aspetto diverso. Pallido e un po' tumefatto al primo mattino, semiassopito in una trasparente membrana fetale, il mare ha qualche raro sussulto, qualche sbadiglio di luce. Più teso nelle ore seguenti, ma ancora intatto, solo qualche barca di pescatori lo solca: la superficie liquida rimargina prontamente la ferita del loro passaggio così come si rinchiude e si spiana dietro una pinna di pescecane che passa oltre senza lasciare segno. Si anima via via con l'avanzare del giorno plissettandosi, al modo di una tenda che si apra, in onde minute, che verso mezzogiorno lo disfano come un letto buttato all'aria. Il mare allora sfida a tutto campo il cielo nell'intensità dell'azzurro e lo vince nella profondità del blu. Comincia poi a placarsi, poco a poco, nel tardo pomeriggio, tra bagliori alternati d'oro e di piombo, preparandosi alla distensione notturna. Un ansimare regolare come il respiro d'un dormiente anima appena la superficie dell'acqua nelle ore che gli uomini destinano alla quiete. Certe notti, tuttavia, il mare si agita come un malato cui aumenta la febbre nelle ore notturne e che non riesce a trovare pace nel suo letto, diventato all'improvviso un letto di costrizione. Si gira e si rigira inasprendo l'affanno fino al ringhio dei marosi, raschia il sottofondo sabbioso della riva con una specie di rantolo, ora lungo ora più rabbioso, sotto la sferza del vento.

Appena Alceo entrava in mare, Poseidon s'impadroniva di lui e lo spingeva ad addentrarsi sempre più fino a veder diventare incerti i contorni della riva. Ma più s'addentrava più acquistava forza, come Anteo al contatto di Gea. La spinta dal basso si decuplicava e con essa si decuplicava la baldanza di Alceo; il mare, al largo, lo sosteneva come un pallone elastico; a braccia e gambe aperte, Alceo galleggiava supino come se fosse di sughero. Una volta, mentre semiassopito si lasciava trasportare così dalle onde, sentì un urto in una spalla e subito dopo tre, quattro mani che lo brancicavano, l'afferravano dai capelli: una barca a vela di pescatori l'aveva investito. L'avevano scambiato per un naufrago e cercavano di tirarlo a bordo. Se non fosse stato per il pensiero di Leda, avrebbe potuto nuotare per venti chilometri e per dieci ore consecutive senza alterare la cadenza delle bracciate e senza che il battito cardiaco si accelerasse di una pulsazione. Nessuna pelle di donna, nemmeno quella di Leda, aveva la levigatezza, la sericità, la freschezza, la dolcezza dell'acqua del mare. Nemmeno il marmo tirato a lucido; solo il cristallo ha una levigatezza paragonabile. Un'immensa colata di vetro liquido l'avvolgeva d'ogni dove con limpidezza cristallina, lo dissetava come acqua sorgiva, gli toglieva la fame come la soluzione fisiologica che immettono in vena con la flebo, gli massaggiava con fluida voluttà fin i più inusitati muscoli del corpo, anche il cuore e gli altri muscoli involontari.

Al mare si va incontro come viene, / in un'illimitata inconcludenza, / sentendosi lambire a ogni bracciata / da una carezza che non si trattiene. / Non c'è altro senso nel tendere al largo, / dove l'acqua è mielata dal tramonto, / se non di tenere la cadenza / fino a quando stramazzano le braccia / e spegnere nel mare il desiderio / di raggiungere a nuoto la soglia / che segna il limitare a un nuovo giorno.

Al ritorno, senza nemmeno uscire dall'acqua, Alceo faceva il bagno con Leda. In acqua scompariva il divario di agilità tra loro e la situazione, anzi, si rovesciava a suo vantaggio. Se in montagna Leda era un camoscio, in mare Alceo era un delfino. Nuotava passabilmente Leda, ma non era certo un pesce; e poi aveva paura ad andare sott'acqua; l'aborriva proprio.

Il pomeriggio uscivano ogni tanto con la barca a vela che Alceo s'era procurato. Era un gozzo con l'albero: gliel'aveva procurato Carmelo il calafato, che gli portava il pesce appena pescato. Doveva essere anziano o forse era solo un uomo stagionato. Aveva i capelli bianchi e la pelle incatramata; i muscoli e le vene in rilievo erano a nudo, marmorizzati come nei corpi mummificati della cappella di San Severo a Napoli. S'introduceva fin in casa per presentare il pesce personalmente a Leda. «Adesso che ho visto *a* voi posso morire contento», le diceva sorridendole con i denti cariati. «È strano come nel dialetto calabrese l'accusativo di persona voglia la *a* come nello spagnolo», aveva notato Alceo.

Il 2 luglio arrivò, a sorpresa, Valerio. Sorpresa in senso relativo, s'intende. Alceo gli aveva dato l'indirizzo e l'aveva spronato a venire a trovarli. Ma non ci faceva veramente conto. Invece Valerio era arrivato in roulotte, con moglie e figlia.

«Io non cucino!», mise subito le mani avanti Leda. Non c'era problema: avrebbe cucinato Gigliola. Ma di fatto diedero poi una mano tutti: Leda faceva le spaghettate e le insalate; Valerio cucinava il pesce sulla brace; perfino Alceo, che non sapeva nemmeno friggere un uovo, preparava i polpi crudi, tagliati a pezzi, col limone. Gigliola inorridiva; e le facevano senso anche i ricci che Alceo e Valerio andavano a prendere nello scafo di una nave da guerra naufragata a mezzo miglio dalla riva. Non voleva saperne nemmeno del latte di capra, finché non la convinsero che per evitare la brucellosi bastava bollirlo (anche se, così, perdeva il gusto).

Nelle nuotate mattutine Valerio accompagnava Alceo per un'oretta e poi se ne tornava. Come resistenza non poteva competere con lui; e neanche sott'acqua. D'altra parte per vocazione Alceo era essenzialmente un nuotatore solitario; e solo per adattamento un nuotatore da competizione. In immersione, poi, nessuno potenzialmente avrebbe potuto reggere il confronto con lui: poteva restare tranquillamente in apnea quasi tre minuti. Ancora l'anno prima, alla visita medica per tesserarsi al tennis, aveva fatto registrare 7,3 litri di capacità polmonare; ed era fuori esercizio da anni, oltre a fumare venti sigarette al giorno. Più giovane, quando faceva le gare di nuoto, aveva sette litri e mezzo: mezzo litro più di Fausto Coppi.

La mattina adesso Leda faceva il bagno con Valerio, quando questi se ne tornava a riva lasciando Alceo alle sue nuotate omeriche da Capo Spartivento a Brancaleone. Gigliola però, appena era a tiro, lo richiamava per affidargli la bambina; lei provava diffidenza per il mare e specialmente per quel mare che, malgrado la spiaggia di trecento metri, sprofondava improvvisamente a due metri dalla battigia, tanto che Alceo e Valerio c'entravano di corsa col tuffo di partenza, come dal bordo di una piscina.

In barca a vela andavano in tre, come quando Alceo portava sul beccaccino Wanda e Leda. Adesso era Valerio a bordo, con Leda, mentre Gigliola e Lodoletta restavano sulla riva. Il gozzo era pesante e poco agile, ma qualche volta Alceo riusciva a farlo volare; sentiva il vento anche nei minimi refoli e ne coglieva la direzione con una sensitività paragonabile a quella con cui Leda, in montagna, intuiva l'esistenza di sentieri invisibili.

La mattina li svegliava il sole: straripava dall'imposta mal connessa, dai margini del portone, da ogni fessura e invadeva la casa. Ma Leda in genere si girava a faccia in giù e proseguiva a dormire. Una mattina, tre giorni dopo l'arrivo di Valerio, Alceo sentì Leda alzarsi al buio cercando di non fare rumore e uscire dalla camera. Lasciò passare tre minuti, contandoli sui battiti del polso, e sgusciò fuori anche lui. Era l'ora più cruda che precede il risveglio. L'orizzonte cominciava appena a schiarirsi. Una colla incolore si spandeva sulla calotta del cielo, sul mare, sulla spiaggia, sulle gibbosità del promontorio, velava le stelle rimpicciolite senza spegnerle ancora. Persistente e dolciastro, gli era rimasto addosso il profumo della saponetta greca del bagno. Alceo sentiva un'oppressione nel petto; fece un profondo respiro col naso. Non era della saponetta quell'odore, veniva dalla campagna: un profumo di gelsomini così intenso da far girare la testa. Poco a poco la cateratta che velava lo sguardo diveniva più trasparente, mentre il cielo perdeva profondità uniformandosi gradualmente al mare, gonfio come per un grosso respiro trattenuto. Nello stupore dell'aria sospesa sopra il mare si percepiva l'attesa dell'avvento della stella diurna che avrebbe azzerato tutte le altre. «L'albume è l'albore del mondo», venne in mente ad Alceo e questa ideuzza, quasi senza senso, s'intonava bene all'atmosfera quasi senza colore. «La verità è *svelamento*. Come ha ragione Heidegger», pensava, «quale aberrazione mentale può aver portato gli occidentali a convertire la parola greca ἀλήθεια, rivelazione, in *veritas*, *Wahrheit*, la cui radice significa custodire, tenere, mantenere?!».

Una giovane donna in baby doll stava seduta a venti metri dalla riva con le ginocchia rialzate e le braccia che circondavano le ginocchia. Gli voltava le spalle ma Alceo la riconobbe egualmente: non era Leda, era Gigliola. «L'amore è il frutto di un'infinita solitudine», si disse. «Anche il mio amore è stato un soliloquio; quando non è stato un sogno». Eppure, senza Leda il suo amore non sarebbe potuto esistere. Leda era l'alterità cui si relazionava, unilateralmente, il suo sentimento d'amore.

Rientrò stando attento a non farsi scorgere da Gigliola.

«Dove sei stato?», gli chiese Leda.

«E tu?».

«Al bagno».

La giornata predomenicale si annunciava afosa. Anche il mare, liscio come l'olio e denso come sansa, era così caldo e salato che quasi non dava sollievo. Uno strato sottile di vapore ristagnava sull'acqua come se avessero passato il ferro da stiro. A mezzogiorno mangiarono solo cocomero, tenuto in fresco nel pozzo. L'acqua del pozzo era salmastra, per infiltrazione marina, ma per rinfrescare il cocomero andava bene lo stesso. Alceo e Leda si ritirarono in casa; ma si soffocava. Un'ora dopo, madidi di sudore, uscirono per sdraiarsi all'ombra che lentamente cresceva. Valerio e Gigliola, sui lettini di tela da campo, boccheggiavano; Lodoletta frignava. Non c'era un alito di vento. Leda aveva solo il pezzo di sotto del costume; anche Gigliola era in topless ma quando loro erano usciti si era coperta il seno. Leda invece, distesa nella sdraio con le braccia sollevate, se ne stava con assoluta naturalezza col petto nudo. Non aveva più il seno da ragazzina; da tempo era prepotentemente sbocciato. Tuttavia nel viso e nel corpo Leda dimostrava meno dei suoi venticinque anni. Nell'atto in cui aveva alzato le braccia i due seni si erano sollevati e come animati, senza cambiare forma. Due pere sode e palpitanti: Alceo gliele avrebbe voluto succhiare.

Un cane dalla pelle di capra, pieno di zecche, se ne stava buttato in un filo d'ombra come un otre vecchio. Una pellicola appiccicosa s'era attaccata alla pelle ostacolando la traspirazione.

Leda stava soprappensiero, con le parole crociate sulle ginocchia.

«A che pensi?», le domandò a bassa voce Alceo. E avrebbe voluto chiederle: «A *chi* pensi?».

«Tiene il piede in due scarpe».

«Cerchiobottista», fece Alceo.

«Non c'entra».

«Vulpicio».

«È ancora troppo lungo...».

«Come sei enigmatica!».

Una lucertola stecchita sfrigolava sulla pietra rovente.

La sera scese come un manto di seta grigia. Stavano seduti sulla grossa ghiaia pulita vicino alla riva. Era singolare come sulla battigia la grossa ghiaia cedesse d'un tratto il posto a una sabbia finissima. Formava un tappeto sottomarino largo duetre metri, dolce e carezzevole sotto i piedi come talco. In corrispondenza l'acqua assumeva nelle ore più calde una tinta turchese, che impallidiva nel color acqua marina la mattina e la sera: i pescatori chiamavano quella fascia d'acqua il nastro della Vergine. Subito dopo il fondale sprofondava; da lì il mare aveva di solito, a perdita d'occhio, una tinta blu carico che sfumava nel blu di Prussia, con qualche occhieggiamento ametista. Quella sera, però, a qualche decina di metri dalla riva, si era formato come uno stagno: uno strato d'acqua assolutamente immobile stava sovrapposto come una lente di ghiaccio all'acqua più colorata sottostante e l'aveva sbiadita in superficie. Come una lente a contatto può far cambiare colore agli occhi, così quella lente di cristallo mutava colore al mare. Alceo, che vi aveva fatto qualche bracciata, aveva sentito la differenza di temperatura: nuotando, la faccia e le braccia avvertivano la freddezza dello strato più superficiale dell'acqua, sottile come una lamina di cristallo, mentre il ventre attingeva lo strato sottostante che per contrasto sembrava surriscaldato.

Un senso di grande fiacchezza li aveva pervasi. Parlava solo Valerio: domandò di Hard. L'avevano lasciato al canile. Raccontò di come, ad Acquappesa, avesse incrociato con la roulotte una macchina nel punto più stretto, un passaggio tra le rocce denominato *Apprezzamilasino* perché, quando s'incontravano due asini, dato che gli asini non fanno retromarcia, i due conducenti concordavano il prezzo dell'asino di minor pregio e lo buttavano giù nel burrone. Poco alla volta ogni voce tacque, compresa quella di Lodoletta rannicchiata in braccio alla mamma, e ammutolirono tutti.

Si udiva solo, stanchissimo, lo sciacquio soffocato della risacca, a intervalli che sembravano ogni volta più lunghi. Alceo si sentiva rabbuiato anche dentro; vedeva Leda in disparte, con quell'espressione indecifrabile di scontentezza, di angelo corrucciato, e se ne crucciava e faceva una colpa senza sapere perché. «È lo scirocco», si giustificò. Gigliola si alzò portandosi via Lodoletta.

All'improvviso Leda cacciò un grido: «Guarda, è luminoso!». Un pesce fosforescente, poi un altro, e un altro, saltarono fuori dell'acqua. In quel momento un fascio di luce basso sull'orizzonte, come se avessero acceso un riflettore, isolò dalla massa liquida buia una stretta e lunga striscia di mare. «Dai, acchiappiamoli!», gridò Leda e, toltosi il vestito, così com'era con le sole mutandine di pizzo, si buttò in mare. Valerio, che aveva i calzoncini da bagno, fu lesto a seguirla. Alceo esitò un attimo; indossava un paio di bermuda e niente sotto. Poi si decise: se li tolse e si tuffò nudo in mare. Si mise a nuotare vigorosamente; voleva evitare che Valerio stesse a ridosso di Leda, magari per proteggerla dal buio, e involontariamente o meno i loro corpi si sfiorassero. «Piano», disse Valerio: il mare si accendeva intorno al corpo di Leda e ne disegnava i contorni in una sagoma fosforescente.

«Nuotiamo nella luna, nuotiamo nella luna!», fece Leda. S'inoltrarono verso il largo cercando di restare nello stretto fascio di luce. Anche lì l'acqua era fosforescente ma la fosforescenza spiccava meno. Ritornarono nell'area buia, sebbene Leda fosse un po' riluttante: le faceva impressione stare immersa nell'acqua nera. «È come con i proiettili traccianti nel cielo nero durante le incursioni aeree», emerse nella memoria ad Alceo. Adesso che nuotavano piano anche il corpo di Valerio era fosforescente. Il suo non lo scorgeva; ma sollevando le braccia vedeva stillare una cascata di puntini luminosi. Leda volle tornare a riva, disse di sentire freddo; eppure il mare era caldissimo, più caldo dell'aria. La lenticola d'acqua più fredda s'era disciolta. Alceo, a ogni modo, la seguì da presso. Leda uscì gocciolante: lo slip si era ritratto in mezzo alle natiche ed era, comunque, completamente trasparente. Nel fascio lunare che s'era ormai allargato ad allagare di luce la spiaggia e più oltre, Leda si ergeva, praticamente nuda, come una stupenda Venere notturna.

Alceo raccolse da terra il vestito e glielo porse.

«Sono tutta bagnata».

«Sei anche nuda», sussurrò Alceo a fior di labbra.

«Piuttosto tu. Copriti che ci scandalizzi Gigliola».

Alceo tenne sospesi i bermuda davanti al pube, portando con l'altra mano il vestito di Leda, che incedeva davanti a lui e a Valerio, senza ombra di disagio, come una dea.

Quella notte Alceo fece l'amore con lei forsennatamente, col desiderio che risorgeva inestinguibile appena placato, fino a che Leda gli disse: «Basta, che mi sciupi. Poi, domani, mi si vede in faccia».

Si staccò da lei, ma rimase per ore sveglio nella notte fonda, in un silenzio substellare, con la spada sguainata.

Capitolo ventiduesimo

Tornarono a Roma il 17 luglio e il giorno successivo Alceo si recò al «Messaggero».

Nella cassetta della posta, insieme con l'invito per la finale dello Strega a Villa Giulia il 3 luglio, aveva trovato un telegramma datato 23 giugno col quale Leo Soperchio gli comunicava che la sua collaborazione col giornale doveva intendersi cessata con effetto immediato.

In quei ventisette giorni aveva cancellato completamente la sua vita lavorativa di Roma come faceva ad Altafiumara, nei mesi estivi, per la vita scolastica a Reggio. Non aveva comprato i giornali; sentiva solo di tanto in tanto la radio; non sapeva nemmeno chi avesse vinto lo Strega; e non gliene fregava niente.

La Gizzo gli fece fare un'ora e mezza di anticamera. Alceo ne approfittò per dare una scorsa ai giornali di quel mese: era imminente lo sbarco sulla luna. La Gizzo lo sbirciava, forse stupita di vederlo così indifferente. Dietro le sue spalle, incollata al muro, c'era una scritta in caratteri maiuscoli di stampa ritagliati: *Il calcio del capo è meglio di un bacio in bocca.*

Soperchio fu sbrigativo: la pagina culturale andava male, l'invenduto era aumentato, la tiratura... Alceo non conosceva i rendiconti delle rese ma sapeva che non era vero. Aveva ricevuto apprezzamenti da ogni dove, per le sue critiche e per la sua impostazione. Certo molti riconoscimenti gli erano stati espressi a voce, ma aveva anche molte lettere e bigliettini. Era consapevole di aver fatto un buon lavoro: come numero di recensioni non poteva ovviamente eguagliare Pietro Cimatti, che ne redigeva personalmente sei alla settimana; ma come responsabile della pagina letteraria l'aveva portata al massimo livello di prestigio che avesse mai raggiunto. Ma che valeva? Sorrise con sufficienza e si alzò: ne avrebbe parlato col suo legale, disse. Ma in realtà non ne avrebbe fatto nulla. Passando dall'anticamera si vide in uno specchio. Trasalì: aveva sul viso la stessa espressione, tra lo strafottente e l'incompreso, di zio Leandro.

Il giorno dopo incontrò all'università Vulpicio. Casualmente Alceo aveva con sé una borsa più piccola di quella usuale.

«Borsa *de jubilado*, eh!», ghignò Vulpicio.

L'aveva già saputo. Fu tale la sua meraviglia che non gli venne nessuna battuta di rimando.

Peggio rimase con Leda. «Che farai adesso che hai tutto questo tempo libero? Ti annoierai!», era stato il suo commento acido.

«Ti sei inficato molto?», gli chiese più tardi scherzosamente cercando di recuperare.

«Inficato?».

«Sì, perché bisogna dire per forza incazzato? C'è la parità dei sessi, no? Non hai letto il manuale della Marinucci per un linguaggio non maschilista? Basta con l'autista, il commercialista... Si dice il dentisto/la dentista, l'avvocato/l'avvocata, il tassisto/la tassista, il poeto/la poeta, il fisioterapisto/la fisioterapista».

Alle dodici e tre quarti del lunedì erano davanti al televisore. C'era anche Valerio. Gigliola, con la bambina, era andata in montagna con la mamma, a Pievepelago, sull'Appennino modenese.

Leda stava sbrigando qualcosa in cucina e non c'era verso di farla venire di là.

Tito Stagno e Ruggero Orlando si intralciavano, più che alternarsi, nel tirare virtualmente la volata. «Sta scendendo, sta scendendo!», esclamò, eccitatissimo, Liguori.

Finalmente, all'ennesimo richiamo, Leda entrò nel soggiorno proprio nel momento in cui Edwin Aldrin, scendendo l'ultimo scalino della scaletta, metteva anche lui[1] il piede sul suolo lunare e vi stampava l'orma.

«Ma è la luna, quella?», domandò Leda.

Alceo e Valerio saltavano per il saloncino come canguri. Leda si mise a saltare pure lei, abbracciata ora ad Alceo ora a Valerio.

[1] Il primo a scendere fu, com'è noto, Neil Armstrong alle ore 4,56 (ora italiana) di lunedì 21 luglio. Il modulo LM dell'Apollo XI allunò nel Mare della Tranquillità alle ore 22,17 (ora italiana) della sera prima.

«Perché non l'invitiamo a cena?».
«Non abbiamo niente di speciale».
«Noi siamo sportivi; l'hai visto, no?».
Combinarono per quella sera.
«Potresti metterti uno di quei minivestiti di Londra», propose Alceo quando Valerio fu uscito. «E sotto quello slip di pizzo che avevi quella notte a Capo Spartivento.
«Ma dai!».
«Perché, che c'è di male? Quella notte hai attraversato tutta la spiaggia davanti a Valerio, come se fossi nuda; anzi più che nuda...».
«Smettila! Lo sai che non mi piaci quando fai così».
«Ma se l'hai fatto!».
«Cosa ho fatto?».
«Ormai ti ha visto spogliata. Ti conosce tutta, ormai. Non hai nulla di segreto per lui».
«Sei ancora rimasto a queste cose, tu?».
Ancora e ancora nel pomeriggio Alceo la supplicò; finalmente riuscì a strapparle un «va bene, mettiti calmo», ma a muso duro. Erano le sette e mezza e Leda stava ancora con uno chemisier un palmo sotto il ginocchio.
«Non vai a cambiarti?».
«Devo cucinare».
«Ma alle venti c'è il telegiornale. Ceniamo dopo».
«E dopo mi cambio».
«Sì, dopo ch'è venuto Valerio. Come spieghi che vai a cambiarti d'abito...».
«Insomma, piantala!».
Alle sette e cinquanta Valerio suonò al cancello. Alceo si rifiutò di aprire finché Leda non fu salita in camera a cambiarsi.
L'aspettava col fiato sospeso. Quando la vide scendere le scale con le stupende cosce scoperte il cuore gli andò in fibrillazione. L'orlo era un palmo sotto l'inguine. Non riusciva a vedere che mutandine avesse indossato. La seguiva con lo sguardo dappertutto: non guardava nemmeno alla televisione la ritrasmissione dello sbarco di Neil Armstrong e Aldrin, con Michael Collins in orbita. A ogni movimento si aspettava di vederle il culetto: niente! Finalmente le andò appresso in cucina e le sollevò da dietro, a sorpresa, il vestito.

«Smettila!», sibilò irritata Leda.

Alceo si ammosciò. Sotto il vestito Leda aveva indossato un paio di mutande bianche di cotone spesso, castigate come quelle delle suore.

Cenarono, dopo la TV, e si sedettero nel salottino. Alceo e Valerio nel divano, Leda in una delle poltrone di fronte. Teneva le lunghissime gambe accavallate. Alceo si rifece un poco gli occhi. Le cosce di Leda erano sterminate; uno spettacolo della natura. «Come le cascate di Iguassú», pensava, «o *la mer de glace* del Monte Bianco». Gli parve che Valerio non distogliesse mai lo sguardo.

«Hai visto come ti guardava le cosce?», le chiese appena Valerio se ne fu andato.

«Ma se me le vede sempre al tennis!».

«Non è la stessa cosa...».

«Anzi il gonnellino è più corto. E lì non indosso il coprimutande...», fece Leda, maliziosa.

Alceo sentì piombo liquido corrergli per la spina dorsale. Saltò in piedi e rovesciò Leda sul divano. Le sfilò furiosamente le mutande da monaca e la penetrò col cazzo tremante. Fece appena in tempo a introdurglielo che venne. Leda rideva ma non aveva fatto in tempo a godere. «Fammi andare a lavare. Dai che sporchiamo il divano!».

Ma Alceo non voleva che la cosa finisse così; attese la risposta di Leda prima di lasciarsi andare ancora, questa volta contemporaneamente a lei.

«Ti è piaciuto?».

«Come un cioccolatino».

«Non ti vedo la voglia in faccia...».

L'indomani fecero un doppio con Valerio, accoppiato con Leda, e con Scarafone, in arte Grattugia, della compagnia chitarrista che aveva in Beppe Merlo il suo uomo di polso. Non fu un granché divertente: e la testa per il caldo era come un mattone arroventato.

Alceo reinvitò Valerio per la sera successiva. Un demone si era impadronito di lui, come quando si addentrava in mare, un demone che lo traeva irresistibilmente a spingersi sempre più in là...

Leda indossava lo chemisier.

«Potresti metterti un pareo...».
«Non siamo in spiaggia».
La cena filò via, banale. Poi Alceo servì lui della vodka ghiacciata. Aveva fatto in modo che Leda si sedesse accanto a Valerio sul divano. Ma stavano seduti alle due estremità, con un sedile d'intervallo in mezzo.
«Non sei stata carina», le disse quando furono a letto.
«Perché?».
«Detesto quello chemisier».
«Ma non ti sei accorto che non avevo mutande?».
Chi sa se era vero, o se lo diceva solo per farlo gabbato e contento. I giorni successivi andarono al mare, a Ostia. Lo stabilimento *La Caletta* era strapieno ma arrivandoci alle otto del mattino precedevano il flusso dei pendolari romani e trovavano una cabina vicino al mare. Valerio passava a prenderli alle otto meno venti. Leda indossava il due pezzi e si toglieva il pezzo di sopra solo quando era sdraiata. Alceo avrebbe voluto che mettesse quello verde: apparentemente era uno slip normale ma la stoffa poteva scorrere come una tendina sul laccetto in vita fino a ridursi a un microscopico tanga, sia di dietro sia (molto più scabroso!) davanti. Riducendolo al minimo, nonostante Leda si fosse depilata abbastanza lasciando solo un ciuffettino lì, restavano scoperti i peli del pube. Ma non se ne parlava nemmeno.
La settimana seguente Alceo riprese la sua monografia. Era un lavoro che l'appassionava su *Il subconscio nella psicanalisi e il preconscio nell'arte*. Sentiva l'ispirazione e malgrado il caldo la penna gli correva veloce. Declinò di andare a mare; del resto il mare di Ostia, con il fondale piattamente monotono e tutta quella sabbia in sospensione, gli dava più depressione che piacere. Bisognava andare molto al largo per ritrovare il sapore del mare; ma era pericoloso con tutti quei gommoni, motoscafi, barconi. Valerio continuava a venire, puntualmente, alle otto meno venti: prendeva Leda e andavano via con la sua 124 coupé.
Una sera Alceo vide che Leda stendeva ad asciugare nel giardino, insieme con un altro, il due pezzi verde. Ebbe un trasalimento al cuore. L'indomani mattina non era più appeso. Si mise a frugare nei cassetti di Leda: non c'era. Li attese, al ritorno dal mare, col cuore in tumulto.

«Perché non ti fermi a cena?».
N-n-no-o-o-nn v-v-vo-vo-r-r-rei d-disturbare», rispose Valerio.
«Perché balbetta?», si domandò Alceo. «Allora vieni per un dopocena», insistette.
«V-v-va b-b-bene».
«Questa sera ti metti il minivestito», impose. «E, sotto, quel tanga bianco che t'ho regalato a maggio».
Leda non replicò.
Prima di cena, per evitare delusioni, volle assistere alla vestizione. Le porse lui stesso il tanga: era un esile perizoma di seta bianca formato da una fettuccia di dietro e un'altra davanti. Erano così sottili, e così lente, che lasciavano tutto scoperto. Leda l'indossò visibilmente contrariata.
«Ma l'hai invitato a un dopocena o a letto?».
«Per gli eschimesi prestare la moglie fa parte dei doveri dell'ospitalità», cercò di scherzare Alceo.
«Ci sono pure quelli che si trafiggono le guance con uno spillone...».
«Secondo Freud[2] in ogni atto sessuale sono implicate quattro persone».
«E l'altra donna chi sarebbe?».
«Perché l'altra? Può essere un quarto».
«E allora *il quarto* chi sarebbe, Ella?».
La cena fu un mortorio. Alceo si chiedeva il perché ma in realtà lo sapeva, senza confessarselo: Leda detestava le imposizioni, le messe in scena organizzate in qualsiasi campo, e nel campo dell'eros ancor più che negli altri. Non c'era che da rassegnarsi.
Dopo cena si misero a guardare la TV; Valerio ritardava. Arrivò finalmente e Alceo lo fece accomodare nel divano; lui si sedette di fronte, in poltrona.
«Porti tu i drinks?», disse a Leda. «C'è un vassoio coi bicchieri in cucina».
La sua attesa, la sua speranza era che Leda, poggiando il vassoio sul tavolino, si piegasse e così facesse vedere il culo. Aveva previsto giusto; solo che Leda voltava a lui le spalle, mentre, posando il vassoio, domandava a Valerio cosa gradis-

[2] «Mi sto abituando all'idea che in ogni atto sessuale siano implicate quattro persone» (Sigmund Freud, *Lettera a Fliess* del 1° agosto 1899).

se. Poi poggiatolo lì, si era andata a sedere nel divano, lasciando che Alceo si servisse da sé. Le aveva visto il culo: splendido, nudo come se non indossasse niente, con la fettuccia di seta bianca ballonzolante che non la copriva per nulla e che nel movimento si era anche spostata lasciando intravedere, da dietro, un po' dello spacchetto della micetta. Prima o poi avrebbe dovuto offrire le terga anche a Valerio... Ma Leda stava attenta a come si muoveva e, alzandosi dal divano, si era drizzata in verticale puntando le ginocchia. Pure, qualcosa Valerio doveva aver visto.

Le settimane successive Alceo si dedicò ancora interamente al suo saggio e non andò a mare. Si alzava la mattina alle sei e si metteva alla scrivania; alle sette e un quarto svegliava Leda; alle otto meno venti Valerio suonava al cancello. «Ma non hai finito le ferie?», gli chiese una mattina.

«Ho preso il congedo straordinario».

«Ti piace?», domandò Leda. Indossava un vestitino di cotone delizioso, a losanghe grigie e rosa, con un piccolo taschino. Veniva giù appena appena svasato; solo che era corto come una maglietta. Arrivava due dita sopra il pube; e di dietro copriva solo la parte superiore delle natiche.

«Da sturbo! Ma... non è troppo corto?», non poté fare a meno di osservare Alceo, con la lingua secca.

«Scemo! È un copricostume. S'indossa col costume sotto. In genere...».

«Non sapevo che in Italia facessero dei vestitini così deliziosi. È più bello di quelli di Carnaby Street».

«In Italia facciamo le cose più belle. E i nostri tessuti non hanno eguali al mondo».

«Come mai Valerio non è venuto questa mattina?».

«È andato ad accompagnare la moglie e la bambina».

«Sono tornate dalla montagna?».

«Sì, sono tornate ieri».

«E dove le accompagna?».

«Dalla madre di lei, in viale Libia. Vanno ad abitare lì. La bambina andrà in un asilo lì vicino».

«Allora anche Valerio se ne va?».

«Forse. Se riesce ad affittare la casa. Per lui però Casalpalocco è comodo, è a un passo dall'ufficio, dall'EUR».

«L'ho invitato per stasera a cena», riprese. «Tanto so che ti fa piacere».

Valerio suonò alle venti in punto. Gli andò ad aprire Alceo; Leda era sopra, in camera da letto a cambiarsi. Scese dopo qualche minuto, lentamente: indossava il minivestito della mattina e... nient'altro! Aveva il ciuffetto del pube di fuori e mentre scendeva s'intravide anche la fessura rosea. Calzava un paio di zoccoli col tacco alto che davano, se possibile, ancora più slancio alla sua figura. Alceo si sentì svalvolare il cuore. Per un attimo pregò interiormente affinché se ne tornasse su; ma nello stesso tempo si sarebbe voluto buttare in ginocchio e baciarle la potta, lì, subito. Si trattenne con uno sforzo supremo. Non osava guardare dalla parte di Valerio ma *sapeva* con certezza che non le staccava gli occhi di dosso.

La cosa più stupefacente era la nonchalance con cui Leda portava quella mise. Recò l'arrosto in tavola come se fosse stata in grembiule e cuffietta. Appariva perfettamente naturale e metteva – per quanto incredibile questo potesse sembrare – gli altri a loro agio. Fuori brontolava qualche tuono, per una perturbazione di dopo ferragosto che si sperava spezzasse il nerbo dell'estate. Ma Alceo non riusciva a ingoiare un boccone. E Valerio lo stesso.

«Che c'è, non vi piace la cena?», domandò scanzonatamente Leda. Lei aveva vuotato con buon appetito il suo piatto e aveva anche preso una seconda porzione di arrosto. E si era scolata mezza bottiglia d'*Altafiumara* che avevano portato dalla Calabria.

Altafiumara: il vino di suo padre, della sua famiglia. L'aveva comprato alla cantina sociale; ma non lo trovò all'altezza del suo ricordo. Non gli sembrava lo stesso vino color rubino che suo padre dapprima guardava in controluce, quindi, con un micromovimento del polso, faceva ruotare in giri prima concentrici e poi a spirale che non superavano mai l'orlo, come il motociclista nel pozzo della morte. Ogni volta che s'iniziava una nuova botte suo padre ripeteva la lezione su come va assaggiato il vino: se ne prende in bocca un sorso non pieno, lo si tasta con la lingua arrotolata aspirando con la bocca e lo si manda lentamente giù espirando col naso, in modo da sentirne il retrogusto con tutti gli aromi. Tre erano le condizioni per gustarlo: la temperatura, il luogo e la compagnia.

Leda si era seduta a capotavola tra i suoi due cavalier serventi. Stavano lì come due allocchi, imballati e col cervello stravolto.

«Devo versare io il vino a voi?», chiese Leda.

Alceo prevenne Valerio e le riempì per tre quarti il bicchiere. Poi però non gliene versò più e allontanò la bottiglia. Da brava triestina, Leda sapeva apprezzare il vino; ed era un'intenditrice. Solo che era pericolosa: quando il vino le andava alla testa le si allentavano i freni inibitori. Alceo non vedeva l'ora che la cena finisse e che Valerio se n'andasse. Si sentiva sgomitare il sesso nei pantaloni.

«Ci alziamo?», propose Leda. Ad Alceo si annebbiò la vista. Il vestitino le lasciava scoperto il culo fin quasi alla sommità. Si sedette in poltrona e prese un giornale, più per coprirsi la faccia che per darsi un contegno. Valerio si era seduto nel divano al solito posto. Leda portò i gelati: porse una coppa a Valerio, una ad Alceo e si sedette, con la sua, sul bracciolo piatto e largo del divano. Il vestitino le salì su di altre quattro dita. Aveva il grembo completamente scoperto fin quasi all'ombelico e stava lì, col pube in mostra, a un metro e mezzo da Valerio. Alceo riuscì a ingoiare qualche cucchiaiata di gelato: ne aveva bisogno. Leda, finito il suo, si era messa a chiacchierare del più e del meno con Valerio; veramente il suo era un soliloquio perché Valerio, col volto congestionato e le mani tremanti, riusciva sì e no a balbettare qualche interlocuzione. Alceo aveva ripreso il giornale: ma vide benissimo che a un certo momento Leda aveva tirato su e ripiegato una gamba sul divano, stando con l'altra puntata contro il pavimento. In quella posizione la fica era divaricata e sicuramente Valerio doveva vedergliela in ogni sua più intima espressione, con quel suo broncetto alla Brigitte Bardot. Gliela mostrava di proposito, gliela stava offrendo, non c'era dubbio!

«Ci vediamo domattina. Andiamo al mare», disse Alceo, facendo mossa di alzarsi per indurre Valerio ad andarsene.

«Ma sarà cattivo tempo».

«Non credo. E comunque meglio (così ci sarà meno gente in spiaggia)».

Sarebbe andato con loro l'indomani al mare. Non voleva interrompere quell'abitudine; e non voleva essere estromesso. «E poi», pensava, «meglio riprendere i rapporti normali, come se non fosse accaduto niente, prima che il comportamento incredibile di Leda in quella serata si consolidasse nella memoria, bloccando irrecuperabilmente i loro rapporti. Sarebbe stato come se si fossero ubriacati; smaltita la sbornia, sarebbero tornati alla vita di ogni giorno».

Finalmente Valerio si accomiatò. Appena richiusogli il portone alle spalle, Alceo balzò addosso a Leda. Rotolarono sul tappeto avvinghiati come nella lotta. «Ti ha fatto piacere?», gli chiese Leda mentre Alceo le spalancava le gambe.

«Da morire! Sei proprio una porca!».

«Sì, una porca », fece eco Leda con la voce roca. Tutta la sua apparente indifferenza era scomparsa. La vulva le si contraeva con spasimi da orgasmo. Scottava. Labbra a labbra, Alceo la sentiva bagnata come non mai. Le cercò la clitoride con la punta della lingua e la palpeggiò a due terzi circa dalla sua estensione: era turgida e impellente. Leda gli venne, fremendo, in bocca quasi subito. Poi gli montò di sopra col busto eretto e si sfilò il vestito. Il busto era quello di una statua greca. Il membro di Alceo incalzava e incalzava come un remo, proteso ai recessi di Leda come l'onda vuole raggiungere la battigia. Vennero e vennero ancora, insieme, altre tre volte; meravigliosamente insieme, con una simultaneità di orgasmi come se i due sessi formassero un unico organo, ermafrodito.

L'indomani mattina Valerio passò a prenderli con una mezz'ora di ritardo. Il cielo non prometteva niente di buono. Grossi nuvoloni si addensavano gli uni sugli altri all'orizzonte e il vento era fresco. Alla Caletta c'era solo il bagnino. La pioggia aveva compattato la sabbia rastrellata facendone una pedana elastica. Si misero, vestiti, a leggere i giornali nella veranda della baracchetta, seduti sugli sgabelli. Arrivò uno scroscio d'acqua, breve e violento; la pioggia battente aveva spianato il mare e ora lo crivellava di buchi come una grattugia. Dopo un'oretta fece capolino il sole. Leda entrò nella cabina, si tolse il vestito leggero e rimase in costume: aveva indossato il bikini verde, senza che Alceo glielo avesse chiesto. Mentre Valerio si cambiava, Alceo, sulla verandina, glielo strinse: di più di dietro fino a lasciarle il sedere tutto scoperto, un po' meno davanti in modo che le scoprisse – ma appena appena – il ciuffetto del pube. Adorava quell'acconciatura che Leda si era fatta lì: un cespuglietto piccolissimo che esaltava il broncetto delle piccole labbra. Avrebbe voluto metterglielo allo scoperto; ma aveva osato anche troppo. Il pezzo di sopra Leda non l'aveva indossato. Si stesero sui lettini; Leda si rivoltò prona e disse a Valerio: «Mi passi la crema?». Stava col culo sporgente come per invitarlo a passargliela lì. Valerio gliela spalmò solo nelle spalle. Leda si girò: «Me la passi anche sul petto?». Alceo stava sulle spine. Valerio gliela passò un pochino alla base delle mammelle, torno torno. Arrivò una famiglia che però prese una cabina lontana dal mare. Siccome i lettini erano bagnati Leda s'era seduta su uno sgabello; Valerio aveva steso l'asciugamano sulla sabbia ai suoi piedi; nel busto inarcato i due seni di Leda stavano eretti come se fossero stati pompati fino a scoppiare. Valerio aveva indossato sopra lo slip calzoncini da bagno. Alceo notò la grossa protuberanza lì. Anche Leda l'aveva notata. «Perché non ti togli il calzoncino?».

Valerio lo tirò un po' più su.

«Dai, levatelo», disse Leda e con la punta del piede glielo abbassò. Valerio si ricoprì in fretta ma non tanto che non gli si vedesse qualcosa. Di nuovo Leda provò ad abbassargli col piede i calzoncini. Ma Valerio li teneva con la mano.

«Te lo tolgo, te lo tolgo!», giocò Leda e buttatasi addosso glielo abbassò a forza. Alla fine Valerio se lo lasciò sfilare. Il sesso gli fuoriusciva dallo slip di tre dita abbondanti e stava lì, tosto come un randello.

«Facciamo il bagno, facciamo il bagno!», fece Leda e presolo per mano lo portò di corsa con sé in acqua. Valerio si copriva il membro eretto con una mano. Per fortuna erano vicini alla riva e lì non c'era nessuno. S'inoltrarono per un'ottantina di metri fino alla secca. Là le onde s'impennavano sollevando alti spruzzi. Leda cadeva ridendo ogni volta che arrivava un'ondata e Valerio la risollevava porgendole una mano. Alla fine si fermarono in una fascia meno agitata. L'acqua gli arrivava poco sopra la vita. C'erano solo loro in mare. Alceo vide Leda dare un rapido bacio sulla bocca a Valerio. Fu un bacio breve ma i due rimasero vicini, petto a petto. «Che staranno facendo?», si chiedeva Alceo. A quella distanza non si poteva capire. Forse stavano solo chiacchierando. Quando tornarono alla spiaggia, il membro di Valerio si era sgonfiato. «Sarà stata solo l'acqua fresca?», si domandava Alceo. La banda davanti del costumino verde si era storta un po' di lato e Leda aveva metà pube di fuori. Era deliziosa col ciuffettino bagnato.

«Cambiamoci insieme», invitò Leda; ma Valerio rimase fuori. Leda lasciò la porta della cabina accostata. Uscì con un altro slip rosso che Alceo non le conosceva; doveva averlo comprato in quelle settimane. Aveva poco da invidiare a quello verde. Davanti copriva un po' di più perché aveva un triangolino di stoffa, piccolo piccolo ma non retrattile come l'altro. Ma di dietro aveva solo un laccetto sottile che era come se non ci fosse. I seni erano nudi. Per mangiare al ristorante Alceo insistette che Leda si coprisse con un pareo: era più una finzione che altro perché il pareo era di velo; ma le convenienze erano salve. Dagli altri due tavoli occupati tuttavia non facevano che guardare lei.

Dopo l'una cominciò a venire gente; la giornata s'era aggiustata e arrivava, a getto continuo, la torma dei romani. Decisero di tornarsene a casa.

Fecero l'amore fino alle due di notte, ma Alceo era come bloccato. Sentiva la gola d'amore di Leda palpitare ed era, da parte sua, eccitatissimo di testa. Non riusciva però a venire. Leda si scatenò comunque sul suo inguine strozzato dalla voglia; e Alceo tenne botta. Quando Leda finalmente s'addormentò Alceo rimase col pene dolorosamente eretto, come per priapismo.

In genere dopo aver fatto l'amore con Leda Alceo s'addormentava di colpo; ma quella notte non riusciva a prendere sonno. Una sbarra di dolore gli attraversava, dai testicoli, il basso ventre. Avrebbe voluto star fermo per non disturbare Leda, ma non trovava la posizione.

«Perché non dormi?», mugolò nel sonno Leda.

«Ricordi quella volta all'isola di Rab?».

«Eeeh...?».

Era stata la prima volta che Leda l'aveva sorpreso per la sua disinibizione. Alceo aveva cercato di prepararla con molta delicatezza al fatto che andavano in un'isola di nudisti. Leda aveva storto il muso: «Tutta quella gente sformata, col ventre debordante e i seni a caciocavallo...». Poi, però, era uscita dal bungalow nuda e s'era avviata tranquillamente con la borsa in spalla verso la spiaggia percorrendo il vialetto nella pineta, cementificato nel più squallido stile cominformista. Alceo aveva tenuto i calzoncini. C'erano anche altri ch'erano usciti già spogliati dall'albergo ma ad Alceo sembrava che solo Leda fosse nuda. L'aveva lasciata così, nature, stesa su una stuoia ricoperta dall'asciugamano sulla brutta spiaggia metà terrosa e metà rocciosa e aveva fatto una nuotata più breve del solito; per non lasciarla molto tempo sola e anche perché l'acqua era fredda. Erano quasi tutti non italiani; molti i tedeschi. C'era una grande educazione, ma Leda era piuttosto disgustata: «Hanno le chiappe rosse come quelle scimmie là, come si chiamano, i macachi, no, i mandrilli». Né minore ripugnanza le ispiravano tutti quei membri flosci: «C'è da disgustarsi del sesso...», aveva borbottato.

«Mica pretenderai che tutti ti facciano il presentat'arm appena ti vedono», aveva cercato di buttarla in scherzo Alceo.

«Non essere grossier. Quando parli così mi fai senso!», aveva tagliato corto Leda.

Come aveva parlato? Come sempre. Che cosa aveva urtato Leda? Vallo a capire. Leda era così: andava a momenti.

Ad ogni modo, dopo un paio di giorni se n'erano andati con la macchina in giro per l'isola alla scoperta di spiaggette non frequentate. Quella era una delle più belle. Qualcuno però li aveva preceduti. Un gruppo di ragazzi tedeschi sguazzava nell'acqua lanciandosi il pallone. «Vuoi che cerchiamo un altro posto?».

Leda non rispose. Si spogliarono e si stesero sulla spiaggia alla massima distanza – una cinquantina di metri – dai tedeschi. Erano sette-otto, sui diciotto-vent'anni; altri due stavano sopra un materassino di gomma, remando con le braccia. Erano dei bei ragazzi, ben fatti, scattanti (anche se come nuotatori probabilmente non valevano molto), abbronzati.

«Questi non hanno il sedere scottato», fece notare Alceo.

«Non sono male nemmeno davanti», aveva replicato Leda.

«Ma come, non dici sempre che il cazzo moscio non t'ispira?».

«Che c'entra! Mica bisogna sempre stare a pensare al cazzo. Può fare piacere anche vedere dei bei corpi giovani, atletici...».

«Mi posso fidare a lasciarti? O vuoi che resti accanto a te?».

«Figurati! Magari succedesse qualcosa...», scherzò Leda.

Alceo s'era inoltrato in acqua nella stretta e lunga insenatura; allontanandosi dalla riva nuotava a dorso, così poteva tenere sotto controllo la situazione. Leda era sempre allo stesso posto, sdraiata nuda con un berrettino sportivo sulla faccia. I ragazzi tedeschi continuavano a giocare all'altra estremità della spiaggetta. Fu in forse se proseguire; da quando erano nell'isola non aveva ancora fatto una bella nuotata. Un grosso scoglio restringeva, all'incirca a un terzo della sua lunghezza, il fiordo. Alceo sostò un momento; diede un'ultima occhiata alla spiaggia e proseguì fino al mare aperto. L'acqua era fredda ma stimolante; sentiva tutto il corpo frizzante, con la pelle, per reazione, irrorata da un calore sottile, come per una piacevolissima bruciatura epidermica. Fu di ritorno allo scoglio dopo quaranta minuti; guardò nella spiaggia: Leda non c'era! I ragazzi tedeschi continuavano a giocare a palla, ma solo tre o quattro. Gli altri stavano distesi sulla spiaggia. Alceo si mise a nuotare a bracciate rapidissime; ora sì che affannava! Dopo un trecento metri si fermò e guardò di nuovo. Leda era lì, sdraiata, ma non nel posto dove l'aveva lasciata, una trentina di metri più in là. A qualche metro da lei erano sdraiati quattro-cinque giovani. Ecco perché non l'aveva vista! L'aveva confusa con loro. Non aveva più il berrettino sulla faccia. S'affrettò alla riva.

«Hai fatto il bagno?», le chiese, vedendo che aveva i capelli umidi.

«Breve...».

«Vuoi farne un altro?».

«No, l'acqua è fredda».

«Andiamo?», Alceo, rientrando, aveva visto che tre ragazzi stavano a faccia in giù. Due di essi si erano sollevati un poco quando lui gli era passato accanto: si era accorto così che avevano il membro turgido. Il quarto era un bellissimo ragazzo; aveva un'abbronzatura d'oro brunito e una peluria nel pube dello stesso colore; i grandi occhi azzurri contrastavano coi capelli castano scuri ramati. Se ne stava supino, a tre metri da Leda, in un atteggiamento indecente, senza minimamente curarsi di nascondere – anzi ostentando sfacciatamente – la sua prorompente erezione.

«Andiamo!», ripeté Alceo. Leda continuava a starsene sdraiata.

«Andiamo?!», bisbigliò piano, di nuovo, stando seduto all'angolo dell'asciugamano. Leda si stiracchiò. Mettendosi a quattro zampe per raccogliere l'asciugamano voltò le terga dalla parte del tedesco dimenando un po' i fianchi: la fessura, semidischiusa, si apriva e chiudeva come una bocca. Nel linguaggio del corpo era certo un segnale: di disponibilità? Alla prima svolta avevano fermato la macchina arroventata e avevano fatto l'amore lì accanto, nudi sull'erba, avvinghiati e coi muscoli guizzanti come atleti dorici.

Alceo continuava a stare con gli occhi aperti, al buio. Le scene dell'estate di due anni prima gli erano passate dinanzi agli occhi («gli occhi della mente», si disse e nello stesso momento si rese conto che s'era assopito un attimo) come la pellicola di un film. Ora, però, volle provare a cambiare il finale. Fin quando lui era arrivato a nuoto allo scoglio, Leda era rimasta nella stessa posizione: su questo non c'era dubbio. Ma dopo? Alceo fece scorrere all'indietro la pellicola e con la macchina da ripresa (ma era lui?) filmò la nuova versione. Leda se n'era stata ancora qualche minuto immobile quando lui era scomparso dietro lo scoglio. Credette che Alceo si fosse allontanato. Lui, viceversa, dopo qualche bracciata era tornato indietro e, aggrappato allo scoglio, guardava da lontano, battendo i denti per il freddo. A un tratto vide Leda, alzatasi di scatto, entrare di corsa in acqua mischiandosi al gruppo dei ragazzi tedeschi e spruzzando allegramente quelli cui passava in mezzo. Dopo un attimo di sorpresa i ragazzi s'erano dati a ricambiare gli spruzzi. Saltando nell'acqua come una saltatrice in lungo Leda era arrivata al materassino; l'aveva rovesciato da un lato facendo cadere in acqua i due tedeschi e adesso cercava di arrampicarvisi sopra. Aveva abbrancato il materassino da dietro e, bocconi, provava a tirare su una gamba ripiegata. In quella posizione mostrava la fica che si torceva, schiudendosi e chiudendosi, in una posizione involontariamente impudica. Un ragazzo cercava di tirarla giù dalla gamba; altri due, invece, cercavano di aiutarla a salire sul materassino, spingendola dalle natiche; uno, per aiutarla meglio, le mise la mano nella forcella inguinale, come si fa alle ballerine per reggerle in alto.

«No, eh!», protestò Leda, ma rideva.

Accorsero altri e ribaltarono il materassino. Leda cadde tra le loro braccia; si dibatteva, sguazzando e ridendo. I ragazzi la sollevavano, la lanciavano in alto e la riprendevano tra le braccia; una, due, tre, quattro volte. E intanto la toccavano dappertutto: nelle spalle, nei fianchi, nel culo, nelle gambe, in mezzo alle cosce.

«Mi fate solletico, mi fate solletico!», rideva Leda.

E anche lei brancicava: acchiappava i membri eretti e si teneva forte da quelli per non farsi lanciare in alto. Alceo affrettò le bracciate; il cuore gli andava a stantuffo. Irruppe in mezzo al gruppo, afferrò Leda da un braccio ringhiando: «Andiamo!».

Ma Leda teneva stretto stretto il virgulto di un giovane alto, con gli occhi azzurri, come se avesse paura di lasciarsi andare nelle onde. Finalmente riuscì a strapparla alla sua presa e la trascinò sulla spiaggia. Leda camminava controvoglia; ogni due passi doveva strattonarla. Raccolse al volo l'asciugamano da terra con una mano e la tirò fino alla macchina; tre-quattro ragazzi tedeschi li avevano seguiti, a qualche metro di distanza. Lasciò il braccio di Leda e girò dal lato guida per aprire lo sportello. In quel momento vide che Leda aveva abbracciato il giovane alto e lo baciava profondamente, con la lingua in bocca. Tutto il suo favoloso corpo nudo aderiva al corpo nudo del giovane. Alceo aprì da dentro, piegandosi, lo sportello di destra e sporgendosi afferrò dal braccio Leda traendola in macchina. Dovette metterci tutta la sua forza. Finalmente Leda si staccò dal suo ragazzo: Alceo vide che nei loro occhi azzurri si era smorzata simultaneamente la luce nell'atto in cui i loro corpi si erano staccati. Bloccò lo sportello di Leda, spingendo giù il pomello, e cercò di mettere in moto. Finalmente ci riuscì. Il tedesco era rimasto lì a fianco, impalato: Leda lo teneva forte dalla prolunga attraverso il finestrino abbassato. Nel momento in cui si muoveva sgommando sulla sabbia Alceo sentì che la macchina aveva strani sussulti: a ogni sussulto un liquido lattiginoso schizzava sul lunotto e un tergicristallo opzionale che non aveva mai funzionato lo spazzolava come se vi fosse spruzzato liquido detergente.

Si sentiva scottare come se avesse la febbre. «Non avrò preso un'insolazione?», si chiese e si accorse di battere i denti.

Aveva il membro penosamente indurito e una dolenzia diffusa in tutte le membra. Un bruciore sottile gli serpeggiava nell'epidermide facendola rabbrividire come quando il sole scotta in una giornata di vento gelido.

«Perché ti agiti?», farfugliò Leda con la bocca impastata.

Per fortuna l'indomani (cioè quella mattina) era domenica e non sarebbero andati al mare.

Alceo decise di parlarle dopo pranzato. Cominciò con la versione variata del suo bagno nella caletta col gruppo di ragazzi tedeschi.

«Ma io *ho* fatto il bagno in mezzo a loro!», celiò Leda.

«Ed erano in erezione?», proseguì Alceo, stando al gioco.

«Quasi tutti».

«E tu che facevi?».

«Passavo da un piolo all'altro, come quando ci si regge dal corrimano».

«Dai, non scherzare!».

«Credi che scherzi? Pulcinella motteggiando diceva la verità...».

Adesso, adesso era il momento. Adesso o mai più. «L'erotismo» – rifletteva Alceo – «porta a uno spostamento continuo del suo limite, ma non è vero quel che ha scritto Paul Verlaine[3] che il limite, una volta varcato, elimina ogni limite. L'affermazione di Ponsard vale per l'ubriacatura, ch'è indotta anch'essa da Dioniso, non per il sesso, ch'è pur sempre il gemello mutante dell'amore. In quello, come in questo, appena abbattuta una barriera, se ne erge, invisibile, un'altra. Lo stesso accade per la poesia: superato, con un verso folgorante, un orizzonte di significato, un nuovo orizzonte si staglia a delimitare daccapo la nostra capacità di trascendimento della realtà recepita. E valicato un limite, se ne vuole superare un altro. Chiunque, anche il più debosciato, ha il suo tabù. Solo che in una coppia non è affatto detto che il limite attuale dell'uno, nel sesso, coincida con quello del partner. Bisognava porre dei paletti, segnare convenzionalmente un confine invalicabile; altrimenti l'avrebbe perduta».

Stavano seduti accanto, sul divano: «Siete amanti?».

«Chi?».

[3] *Laissant la crainte de l'orgie/ et le scrupule au bon ermite / puisque quand la borne est franchie / Ponsard ne veut plus de limite.* (*Laeti et errabundi*, V strofe)

«Dai, non fare finta di non capire!».
«Non capisco, no! Come faccio a capire? Tu covi una fantasia nella tua mente e poi vorresti che gli altri ti venissero appresso...».
Per un attimo assurdamente Alceo si sentì sollevato. Ma un attimo dopo piombò nello sconforto. Dio come mentiva! Poteva gareggiare con la duchessa di Rocheblanche.
«Scusami; lo sai che mi piaci da impazzire. E mi piace tutto quello che fai. Non volevo mica farti una reprimenda. Solo che non vorrei essere escluso. Siete amanti?».
«Se non mi dici con chi...», provocò Leda.
«Perché quanti ce n'hai sottomano?».
«Eh, c'è una lista d'attesa...».
«Uno alla volta, come diceva quella. Valerio è il tuo amante?».
«Dio, come sei *cheap*! Non si dice amante».
«E come si dice, pretendente, spasimante?».
«Ueeu! Peggio mi sento. Ma dove vivi? Si dice fidanzati».
«Ma lui è sposato...».
«Che vuol dire! Una cosa è la legittima, un'altra è la diletta».
«Insomma siete fidanzati!».
«Ma che, è una novità! Come se non l'avessi voluto proprio tu il nostro fidanzamento...».
Era vero. L'aveva spinta lui tra le braccia di Valerio. Gli tremava il mento. «E cosa fate?».
«Quello che fanno i fidanzati...».
«E cosa fanno i fidanzati?».
«Dipende...», rise Leda.
Dipende! Alceo sentì un bruciore accecante, come per una fiondata nell'occhio. Quella parola era come un sasso nello stagno della memoria, suscitava una serie di onde concentriche come i messaggi radio, che gli ricordavano non sapeva cosa.
«Beh, se siete fidanzati non dovete superare certi limiti».
«Quali limiti?».
«Quelli dei bravi fidanzati. Ci sono cose che si fanno durante il fidanzamento e altre che si fanno nel matrimonio».
«Non mi pare che osservassimo molti limiti nell'appartamentino di via Fata Morgana, quando eravamo fidanzati».
«Che c'entra! Io ero il tuo promesso sposo».

«Che fai? Parli come Manzoni?».
«Meglio Manzoni che Sartre. Comunque volevo dire che io ero pronto a sposarti in qualsiasi momento, ad esempio se tu fossi rimasta incinta...».
«Ma se prendo la pillola! Che discorsi fai?».
«Insomma, Leda, io non voglio perderti!».
«Ma se è un gioco!».
«Un gioco del cazzo!».
«Perché ne conosci qualcuno più divertente?».
«Proprio perché è un gioco bisogna osservare certe regole. Altrimenti non è più un gioco. E non si può più stabilire chi ha vinto e chi ha perso».
«Ma tu vuoi vincere o perdere?».
Alceo deglutì a fatica.
«Ma anche altri uomini ce l'hanno così gigante?», cinguettò Leda.
«Non farti illusioni. Valerio è un caso a sé. Il suo è proprio fuori ordinanza».
«Non è solo grande; è così bello cicciotto...».
«Leda, io ti voglio proporre un patto. Un patto che rinsalderà il nostro rapporto. Tu con Valerio puoi fare tutto, tranne una cosa».
«Cosa?».
«Fartelo infilare».
«Ma allora che gusto c'è? Sarebbe un tale spreco! Con tutto quel ben di Dio...», ridacchiò Leda.
Quando rideva in quel modo Leda lo faceva impazzire.
«Ti supplico, amore mio stupendo. Tu sei l'unica ragione della mia vita. Hai detto tu che è un gioco? Bene, la regola del gioco è questa: potete fare tutto, tranne la penetrazione».
«E... se ne ho voglia?».
«Vi potete toccare».
«E basta?».
«Beh, potete fare qualsiasi altra cosa. Qualsiasi, ma non la penetrazione».
«Non mi sembra un gioco tanto divertente».
«È divertente, invece. Hai due uomini totalmente tuoi, *very fond of you*: un marito e un fidanzato. Col fidanzato giochi a tennis, vai in giro, civetti... Poi a casa c'è il maritino che t'aspetta col cazzo in resta».

«Ti piacerebbe, eh? L'amico ti spupazza la mogliettina e tu al rientro te la godi!».

«Ma dai, proviamo! Vedrai che è più eccitante così. Se anche con Valerio metti il rapporto su un piano matrimoniale, dopo un po' di tempo ti stufi. Di lui e di me. Invece lo provochi, lo ecciti, lo fai impazzire e poi, all'ultimo confine, ti neghi».

«Poverino! Gli prenderà un colpo apoplettico!».

«Beh, glielo puoi smenare. Non ti piace prenderglielo in mano, sentirlo così grosso, sentire il tuo potere su di lui?».

«Sì, mi piace molto prenderglielo in mano», disse Leda, seria. «E mi fa venire una voglia tremenda».

«E tu mostragliela, sbattigliela in faccia, fatti toccare da morire. Basta che non te lo fai infilare».

«Ma che è, questa? Un supplizio di Sisifo? Volevo dire di Tantalo? Ma che, siamo ai tempi della cintura di castità?».

Alceo all'improvviso scoppiò a piangere. Piangeva a singhiozzi forti, irrefrenabili come quando era bambino. Leda gli avvolse la testa con le braccia e gliela poggiò nel suo grembo. «Non uscirò più con Valerio, se non vuoi».

«No, non è questo che ti chiedevo. Solo che...».

«Ah, ma allora non sei un bravo bambino; sei un ragazzo viziato...».

«Neanche tu sei una brava ragazza».

«È vero. Pensi che sia strana?».

«No, sei stupenda. Sei stupenda così. Sei il sogno realizzato della mia vita. Non potrei lasciarti mai, qualsiasi cosa mi facessi. Ma, vedi, ho paura che potresti essere tu a lasciarmi».

«Per Valerio? Ah, come non mi conosci!».

Alceo si sentì rifluire il sangue. «Voglio che esci con lui, voglio che ti sfreni, che lo fai impazzire, che lo fai separare dalla moglie, voglio che ti togli ogni sfizio, senza pudore, senza remore, anche davanti alla gente. Ti chiedo solo di non fartelo infilare».

«Ma perché? A questo punto che senso ha?».

«Il senso del proibito. Ci vuole qualcosa di proibito, altrimenti non c'è trasgressione».

«Appunto: e a noi le proibizioni piacciono tanto... Per trasgredirle!».

«Leda ti prego, ti supplico! Tutto, ma non quello. Facciamo questa prova».

Leda taceva.
«Ti prego!».
«Va bene», sussurrò Leda a fior di labbra.
«No, me lo devi promettere. E poi devi mantenere. Ecco sei ancora libera di dire sì o no; ma se prometti, poi la promessa sarà inviolabile».
«Va bene».
«Hai promesso? Me lo giuri?».
«Che cosa ti devo giurare, che ho promesso?».
«Giuramelo», le chiese Alceo in ginocchio.
«Non fare scene. Sai che non mi piacciono».
«Promettimelo, allora!».
«Ma se ho promesso! Quante volte!».

Alceo avrebbe voluto strapparle di più. Avrebbe voluto chiederle di giurare sulla vita di sua mamma, cui Leda era attaccata molto. Ma avvertiva che non poteva tirare più oltre la corda, senza sciupare tutto. Si accontentò della promessa.

E si trattenne, anche, dal guardare più a fondo in se stesso. C'era forse un motivo più inconsapevole, o più inconfessabile, alla base della sua pretesa d'imporre un qualche condizionamento alla libido di Leda: quello di farla crescere fino all'acme, di farle superare ogni livello fin allora raggiunto. Solo se gli si frappone un ostacolo un fiume si rigonfia fino a superare gli argini. No, non poteva guardare così in basso: lo sgomentava la vertigine; la vertigine che l'attirava irresistibilmente.

Agosto si avviava alla fine. Le mattine seguenti andarono al mare tutti e tre, tutti i giorni. Sembravano tornati ai tempi in cui non era ancora successo nulla. Leda indossava vari costumi; anche il tanga e anche il costumino verde, ma non permetteva che Alceo glielo restringesse. Il reggiseno lo aveva proprio abolito. Era di una bella abbronzatura uniforme; solo nel pube aveva una piccola area più chiara, grande quanto un petalo. «Anziché una foglia di fica, hai un petalo di rosa», le diceva scherzando Alceo, baciandogliela.

Nello stabilimento i bagnanti si erano molto diradati; resistevano le più fanatiche della tintarella, che erano anche le più piacenti. Niente di paragonabile a Leda, comunque. Il venerdì decisero di andarci ancora il lunedì successivo, ch'era il primo settembre; non minacciava la pioggia, ma il sole faceva capolino solo di tanto in tanto, pallido e infiacchito. C'era un venticello di grecale, frizzantino, e il mare era un po' mosso.

«Porti il costumino verde?», aveva chiesto la mattina a Leda Alceo.

«Ho di meglio. Hai presente il tanga? Ho comprato qualcosa di molto più striminzito; qualcosa di veramente minuscolo; è meno di un cache-sexe. Vi farà uscire gli occhi dalle orbite».

Alceo aveva il cuore in tumulto. Doveva essere qualcosa di perineale; e già quest'annuncio gli faceva balzare il cuore in petto. Ma ancora di più gli accelerava i battiti quel pronome, *vi* anziché *ti*, che Leda aveva usato.

Alla Caletta non c'era nessuno. L'estate era proprio finita. Si spogliarono in fretta insieme, lui e Valerio, e attesero l'uscita dalla cabina di Leda. L'attesa non andò delusa. In un primo momento, all'aprirsi della porta, Leda sembrò nuda. In realtà non lo era, ma era peggio che se lo fosse. Quel che indossava, più che un tanga era un perizoma; una cordicella di cotone intrecciato cingeva i fianchi e da quella partiva, infilata a occhiello, un'altra cordicella verticale, dello spessore di un dito, che scendeva all'inguine e risaliva in mezzo alle natiche riallacciandosi al cingi-vita. Non era il massimo della nudità che si fosse visto in quei giorni al mare: nell'adiacente stabilimento de *La Casetta* qua e là qualche devota della stella locale prendeva il sole completamente nuda. Ma il costume noncostume di Leda era – sembrava ad Alceo – il massimo dell'indecenza. Già, da lontano, sembrava che non indossasse niente perché il color corda si mimetizzava con la pelle. Da vicino, poi, lasciava davvero ben poco all'immaginazione; un qualcosa, un minimo, un niente tuttavia restava e questo accresceva l'eccitazione. Leda, però, si era completamente depilata, togliendo così un po' di peccaminosità alla sua impudenza. Alceo diede uno sguardo a Valerio: malgrado i calzoncini era vistosamente in erezione; come lui, del resto, *si... parva magnis componere licet.* Leda si diede qualche colpo di spazzola nei capelli; a ogni colpo dava una scossa con la testa e la cascata color grano maturo le passava da una spalla all'altra. Alceo le aveva preparato il lettino; ma «c'è vento», disse Leda e stese l'asciugamano per terra, fermandolo con la borsa. Valerio stava già sdraiato sulla sabbia, supino. Leda fece un passo e andò a sederglisi in grembo, a cavalcioni. Gli tirò giù i calzoncini, spostò il laccetto del perizoma e accoccolandosi stropicciò la *pussy* sul suo sesso straripante.

«Uuhmm!», fece Leda atteggiando il viso all'espressione di una bimba golosa. Gli occhi, però, erano seri seri.

Si stese con i piedi dalla parte di Valerio. Teneva le ginocchia sollevate e unite; ma da sotto si doveva vedere ugualmente molto più del consentito. Alceo pensò che sarebbe bastato che divaricasse le gambe solo di un palmo perché Valerio le vedesse le parti più intime; temette che, malgrado la sua apparente giocosità, qualche contrazione rivelasse a Valerio quanta voglia in realtà avesse Leda. Non gli era sfuggito il turgore dei suoi capezzoli. La fronte di Valerio sfiorava i piedi di Leda; si sollevò un poco e le depose un braccio sul piede.

«Mi fai solletico, mi fai solletico!», rise Leda, scalciando.

Era visibilmente felice. E Alceo lo era con lei.

Capitolo ventitreesimo

«Alceo, Alceo! Hard! Corri! Hard si è impiccato!».
Alceo si precipitò giù per le scale.
«Dove?».
«Nel muretto».
Cercò freneticamente le chiavi del cancelletto di dietro e si precipitò nel giardino. La catena passava sopra il muro di cinta. Corse fuori: la catena pendeva all'esterno del muro con attaccato il collare a strangolo, spezzato.
Da quando erano tornati, Hard non era più quel grosso cucciolone che avevano lasciato. Al canile aveva fatto un macello: aveva forzato la gabbia, abbattuto la rete di recinzione e sfondato quella del box dove stava rinchiusa una cagna in calore. Hard era (o almeno veniva spacciato per) un pastore tedesco. Ma la sua conformazione era quella di una tigre; le zampe, la testa e la criniera erano quelle di un leone maschio. Era il terrore dell'isola XIX, pur essendo un cane buonissimo con i suoi padroni; di Leda, poi, era lo schiavo adorante. Quando lei si sedeva nella dondolo in giardino, lui si stendeva ai suoi piedi con la testa tra le zampe e restava in quella posizione un tempo indefinito, guardandola da sotto in su con occhi dolcissimi. Era un saltatore formidabile; mentre loro erano fuori aveva preso l'abitudine di saltare il muro di recinzione. Un giorno, tornando dal mare, avevano visto un assembramento di gente al crocicchio della strada di casa: uomini e donne con scope, badili, bastoni picchiavano su una pelliccia che sussultava a terra. Hard teneva sotto di sé un cane, azzannato alla gola, e tutta quella gente infieriva su di lui senza riuscire a fargli mollare la presa.
«Hard!», gridò Alceo. Leda si aprì un varco come una furia nel gruppo di esagitati. «Hard!», gli mormorò, facendogli una carezza sul capo. Hard lasciò la presa e la seguì scodinzolando, incurante dei tagli e delle ammaccature.

Fu allora che decisero di tenerlo a catena quando non erano in casa. Certe volte se lo dimenticavano legato, come quel pomeriggio. La catena era una grossa catena da bue fissata e ribattuta con rampini nel muro; era lunga quattro metri e mezzo e consentiva a Hard di entrare nella sua casetta e di stendersi all'ombra sotto il pino. Eppure, legato o no, ogni tanto Hard trangugiava qualche gatto. Un pomeriggio, mentre lavava i piatti, Leda aveva cacciato un urlo: «La testa, la testa!». Alceo era accorso: Hard stava all'esterno della cucina, con le zampe anteriori poggiate sul davanzale della finestra. In un primo momento non vide niente di strano; all'urlo di Leda Hard aveva chiuso la bocca e sembrava tutto normale. Dopo qualche secondo però, per respirare, la riaprì e Alceo vide due occhietti che da dentro le fauci sembravano fissarlo. Leda era fuggita via. Prima con un legno, poi con un tondino di ferro, Alceo, facendo leva, aveva costretto Hard ad aprire la bocca; ma del gatto, oltre la testina, la spina dorsale e la pelle che vi era attaccata, non restava altro. Fu un mistero, per un certo tempo, come mai i gatti, che non sono certo stupidi, venissero nel giardinetto a farsi sbranare da Hard, finché Leda non sorprese due ragazzini – il figlio dei Buonadonna e un vicino – che lanciavano un gatto dal di là del muro dentro il giardino.

Chi non aveva timore di Hard era Pussy, la loro gattina. Sterminatore dei suoi simili, Hard, che aveva giocato da cucciolo con lei, la rispettava e anzi ne subiva le prepotenze quando avrebbe voluto anche lui salire sul divano di bambù e Pussy con colpetti di zampa glielo impediva. Il fatto era che le pretese di Pussy erano sostenute dall'autorità di Leda, cui Hard si piegava pur soffrendo della disparità di trattamento. Due settimane prima, però, Pussy aveva avuto i gattini e Alceo aveva fatto separare con un alto cancello il passaggio tra la parte posteriore e quella anteriore del giardino, dove con sughero e cartone Leda aveva preparato una cuccia per la gatta.

«È qui, è qui!», gridò Leda, dal cancelletto d'ingresso. Alceo andò a recuperare Hard per farlo rientrare da dietro: non voleva che spaventasse la gatta e i gattini. Decise di far alzare di un metro e mezzo il muro di recinzione.

«Sai come si dice ombrello in spagnolo? *Paraguas*. E radicchio? *Acicória*. E fagiolino? *Judía*, chi sa perché».

«*Judía*, come l'abate Cudia», notò dentro di sé Alceo. «Chi sa se era spagnolo; e magari originariamente il nome si scriveva proprio Judía, prima di assumere la grafia della pronunzia. Ma no, non può essere», ragionò; «non può essere che un abate avesse un nome ebreo. Però di coltivazioni se n'intendeva...».

«E pantofole? *Babuchas*, *babucce*, come diciamo noi».

«Babbuccia è una parola d'origine persiana, non triestina».

«E orma? *Pisada*. Ragnatela? *Telaragna*. Rabbrividire: *tiritár*. Non fa ridere?».

«Ma come ti è venuta questa fissa dello spagnolo, ora?».

«Voglio impararlo».

«Con chi?».

«Con Shandijó».

Alceo tirò un respiro di sollievo.

«E il tempo chi te lo dà? Stai tutto il giorno in giro con Valerio. Ma non ha finito il congedo straordinario?».

«Ha preso un altro periodo».

«Senza assegni?».

«Boooh...».

«Un bel gioco dura poco».

«Dipende da chi lo mena».

«Le più sfrenate erano le Menadi», pensò Alceo. «E... lo meni tu?».

«Mi pare proprio».

Erano ormai a settembre inoltrato; le giornate erano bellissime. A mezzogiorno faceva caldo come in luglio ma la mattina e la sera rinfrescava. Alceo aveva ripreso i suoi ritmi. La mattina usciva presto per andare in via Asiago a seguire la preparazione de *L'Approdo*; aveva cominciato a registrare in voce, sia alla televisione che alla radio, dopo avere per vari mesi collaborato ai testi. Lasciava Leda ancora a letto. Che faceva dopo? Un giorno sì e uno no veniva la donna a ore. Alceo aveva accennato a Leda che le cameriere vanno guidate, altrimenti combinano poco. A casa sua – ma questo non l'aveva detto a Leda – avevano tre donne di servizio più la cuoca; però zia Mena era sempre presente; e anche la mamma, quando non era impegnata con le sue attività culturali. Ma Leda era tanto renitente a ubbidire quanto a comandare.

«Andate ancora al mare?».

«Qualche volta».

«Non mi sembra più tempo. Lo stabilimento è ancora aperto? Ci sarete solo voi».

«C'è ancora qualcuno».

«Ma non senti freddo?».

«Quando fa freddo ci ripariamo dentro la cabina», ridacchiò Leda.

«Ti ricordi del nostro patto, vero?».

«Quale patto?».

«La promessa che hai fatto».

«Ho fatto una promessa?».

«Dai, non scherziamo. Mi sconvolgi la vita».

«Ma sta tranquillo...».

Non stava tranquillo per niente.

«Sai dove siamo stati ieri? Nella pineta di Castelfusano».

In un primo momento Alceo non risentì il colpo. Ma dopo un momento un dubbio gli attraversò il cerebro. «Dove? Nel lato destro o nel lato sinistro?».

«Dipende».

«Che vuol dire dipende? Dove siete stati? Guardando il mare, a destra o a sinistra della Colombo?».

«Vuoi sapere se siamo stati nel nostro posto? Sì, siamo stati lì. Era bellissimo».

«L'hai portato tu o ti ha portata lui?».

«Io, ovviamente. Lui nemmeno ne conosceva l'esistenza».

«E avete giocato a nascondino? Avete fatto il nostro gioco?».

«Che domande! Se no che andavamo a fare fin là?».

«Ti sei nascosta nuda tra i cespugli e lui ti cercava?».

«È probabile».

«E quando ti ha trovato che cosa avete fatto?».

«Secondo te?».

«Lui... ha tirato fuori il cazzo?».

«Tu che pensi? Io ero nuda e lui...».

«Te l'ha infilato?».

«Secondo te?».

«Secondo me? E secondo Matteo? E secondo Luca? Sei tu che devi dirlo! Sì o no?».

«Ma tu cosa vuoi? Che sì o che no?».

«No, no! Abbiamo fatto un patto».

«*Tu* hai fatto un patto. Tu te la canti e tu te la suoni».

«Va bene. Ti chiedo solo di dirmi tutto. Lui aveva il cazzo di fuori?».
«Sì, ti ho detto».
«E te l'ha infilato?».
«Insomma...».
Fluitava in mente ad Alceo – non come un ricordo, fluitava con immediatezza palpitante – quando l'aveva abbracciata alle spalle, fremente, tiepida come una gazzella in corsa e avevano goduto come se fosse la prima volta. «Che vuol dire *insomma*. Sì o no?».
«Insomma, sei monotono. Fai sempre la stessa domanda».
«No, semmai sarò monodico, monotematico, se vuoi. Rispondimi questa volta e poi non te lo chiederò più».
«Ma è così importante?».
«È la cosa più importante nella vita!».
«Eeh! Sono altre le cose importanti della vita!».
«Va bene. Se è cosa senza importanza, che difficoltà hai a raccontarla? Te l'ha infilato?».
«Se ti fa piacere, sì».
«Avevi promesso!».
«Ma se è per farti piacere posso pure trasgredire la promessa. A noi le trasgressioni piacciono... Tu che cosa vuoi, che l'abbia preso o no?».
«Che no, te l'ho detto».
«E allora no, non me l'ha infilato. Abbiamo fatto di tutto, ma non me l'ha infilato. Non è la stessa cosa?».
No, non era la stessa cosa. Se Leda, resistendo al desiderio, non l'aveva preso dentro gli aveva dato la più grande prova d'amore. Conosceva la veemenza della libido di Leda; e la sua irreprimibilità. A volte si assopiva, come i felini, ma era sempre in agguato. Si risvegliava subitaneamente, come una belva. Leda passava dall'apatia, da quella sua sorta di spleen, alla pulsione dionisiaca così, all'improvviso, senza sintomi premonitori, inaspettatamente. Ancora dopo tanti anni Alceo restava ogni volta sorpreso, travolto. Era meraviglioso, certo, un dono di Venere, ma non riusciva a goderne appieno; Alceo aveva bisogno di preparare la sua mente a un certo comportamento. Gli piaceva – come suo padre pregustava il vino in maturazione – gli piaceva assaporare l'attesa di un evento prefigurato nel livello profondo del suo cervello arcaico, nel suo

paleoencefalo, eppure ogni volta rinnovantesi miracolosamente come qualcosa di inaccaduto. Nel loro rapporto aveva cercato di gestire la sensualità di Leda, di programmarne, di ritualizzarne gli accessi, fors'anche per esorcizzarli. Tutta la sua vita era programmazione: tutta, tranne la poesia; e la sua passione per Leda. Ma anche nella poesia, quando un verso gli veniva – per divinazione – sulle labbra, lui aspettava a scriverlo, rinviava un po'; in quell'indugio provava la gioia più intensa che avesse mai conosciuto. Così, anche, nel passare con Leda dall'immaginazione alla realizzazione del suo desiderio, il differimento aggiungeva al piacere un fremito che dava tempo e modo al suo io più profondo di affiorare alla superficie della coscienza; altrimenti era come se, anziché agire, l'io (quell'io ch'egli riconosceva, non l'altro che sormontava oscuramente da ignoti recessi) fosse agito. Ma il differimento, la repressione, ancorché transitoria, di una pulsione, non erano nel temperamento di Leda. Non c'era niente di più contrario alla natura di lei. Se Leda avesse resistito! Sapeva che sforzo sovrumano sarebbe stato per la sua natura. *L'assoluto naturale*, l'aveva definita, a Natale dell'anno precedente, sua sorella Wanda. No, non era possibile. Era pazzamente vogliosa del cazzo di Valerio. Perché avrebbe dovuto inibirsi di infilarselo tutto, fino in fondo, di spomparglielo una, due, tre volte, come faceva con lui? L'aveva messa lui in tentazione; l'aveva spinta a vincere le sue ritrosie. Già, perché per mesi Leda era stata riottosa. Chi sa se ancora adesso qualche remora, quella, quella sola non reggeva tuttavia? Leda era imprevedibile, inconoscibile, in fondo, in ogni senso. Se avesse resistito! Magari non ogni volta, ché sarebbe stato troppo; ma una volta su tre, una volta su cinque; magari solo quella volta!

«Perché non sei cara cara e mi racconti tutto? Allora, quando ti ha scoperta tutta nuda nel cespuglio, lui lo ha tirato fuori; e cosa ha fatto? Ce l'aveva grosso?».

«Enorme!».

«E te l'ha infilato?».

«Me l'ha messo in mezzo alle gambe».

«Dentro o fuori?».

«Un pochino...».

«Cara... un pochino... D'altra parte era così grosso che non era facile farlo entrare... E tu cosa hai fatto?».

«Sono salita a cavalcioni del suo randello e me ne sono andata balzellon balzelloni per il bosco, come una strega nuda sul suo manico di scopa».

«Non sfottere!».

«Ma no, non sfotto, ti racconto la favoletta. Non volevi sentire la favoletta?».

«Allora mi hai tradito!?».

«Nooh... Figurati! È solo un gioco. Un gioco dell'immaginazione. Ma dai, scemo! Non siamo nemmeno andati in pineta...».

Chi sa qual era la verità! Quale che fosse, Leda era la sua Sheherazade e lui era pazzo, pazzo, pazzo di lei.

Capitolo ventiquattresimo

«Che fai?».
«Esco».
«E... non metti le mutande?».
«A che servono?», cinguettò Leda.
«È allegra come una cinciallegra», notò Alceo.
«Andate in macchina?»..
«No, in bici».
«Avevo pensato di andare al mare».
«Non è stagione».
«E allora mettiti le mutande».
«Perché, le mutande sono un indumento di stagione?».
«Se vai in bicicletta senza, te la vedono».
«E che c'è di male? Vado con Valerio. Hai detto tu che, tanto, ormai mi conosce tutta...».

L'aveva detto lui? Forse; forse sì. Ma quando?

«Bisogna applicare delle remore...». Già le *remore*, le famose *remore* di cui suo padre faceva cenno ogni tanto, ermeticamente, a zio Leandro, che sfumazzava la pipa sornione. Per anni Alceo non aveva saputo che fossero; pensava che dovessero essere una specie di sanguisughe contro la pressione alta.

«Ma, insomma, tu vuoi che gliela mostri o no?».

«Voglio, sì». Alceo sentì che la voce gli s'incrinava suo malgrado.

«E io gliela mostro, sta tranquillo. Gliela mostro da impazzire».

Alceo prese la Giulia, Valerio si presentò con la 124 nonostante fossero d'accordo di andare tutti con la stessa macchina. Leda fece per salire sulla coupé, ma Alceo la tirò forte per il braccio, in silenzio, cercando di non farsi vedere da Valerio, *per delicatezza* verso di lui, perché non si sentisse escluso. Guidavano allegrotti, sorpassandosi l'un l'altro con falsa spensieratezza goliardica, facendo finta ognuno dei due di non sapere dove fosse diretto l'altro. All'incrocio con la pineta svoltarono a sinistra; superarono il punto dove si diramava il sentiero che portava alla loro isola segreta. Adesso Alceo marciava avanti, con la Giulia. Valerio lo seguiva con la 124; Alceo si accorse che reggeva lo sterzo solo con la sinistra. «Tiene la destra in mezzo alle gambe di Leda», intuì. Percorsero tutta la pineta e sbucarono sulla litoranea; superarono gli ultimi stabilimenti e l'ultimo ristorante a mare e s'aprì davanti a loro la spiaggia libera. Veramente era recintata perché dopo il fatto della Montesi era vietato l'accesso al mare. Solo il presidente della Repubblica e i suoi guardacaccia potevano andarci: correva voce («ma è una favoletta», aveva detto Leda) che di notte, nelle dune, cuocessero il cinghiale sotto la sabbia, per non farsi scorgere; i bracconieri dei duchi Grazioli, tuttavia, ne sentivano l'odore e ronzavano intorno come cani randagi. Ma Valerio aveva scoperto un varco dal quale si poteva passare a piedi sopra i cardi. Da dietro ammiccò ad Alceo per fargli capire che era da lì che dovevano passare. Alceo, però, conosceva un altro punto dove la rete era stata abbattuta da Hard e si poteva entrare con la macchina. Li guidò là. Passarono a stento, rischiando di disassare le macchine, tanto erano inclinate di traverso, e poi di lacerare qualche gomma sui rovi. Non ci era mai passato *nessuno*. Il terreno era sabbioso, ma ricoperto da un intrico di radici, da bassi ginepri, da tamerici, da rosmarini, da piante grasse e da erbe infestanti, specie da succulenti mesembriantemo. Procedevano balzellon balzelloni, facendo la gincana in mezzo alle dune. Arrivarono a uno spiazzo sabbioso. Il motore si fermò e loro scesero. Bisognava procedere a piedi. All'istante Leda si sfilò il vestito dalla testa e rimase nuda. Ai piedi aveva gli zoccoli col tacco alto con i quali era scesa dalle scale nel soggiorno la prima volta che aveva mostrato il ciuffettino a Valerio. Alceo aveva paura che potessero vederla dalla strada: ma la voce non gli usciva dalla gola. Per fortuna da entrambi i lati le dune si estendevano a perdita d'occhio come pani di burro; ogni tanto erano percorse da una lieve ondulazione e la sabbia scorreva per un momento su di esse come nel deserto quando soffia il ghibli.

Una buganvillea faceva da spalliera a un terrazzamento naturale autosostruentesi come la *timpa*[1] di piazza delle Muse.

[1] Cfr. nota 2, capitolo ventunesimo.

«Oh, guarda! Un ibisco nano!», esclamò Leda e lo raccolse. Miracolosamente, come le stelle alpine nella roccia, un ibisco era spuntato nella sabbia. «È un fiore del mio *jardin d'été*», disse Leda e lo buttò via. Valerio lo raccolse prontamente. Il sole scottava già dalla mattina; là, in quell'avvallamento tra le dune, non soffiava il venticello frescolino che agitava le chiome dei pini nella pineta e faceva scorrere la sabbia sul dosso delle dune. La sabbia era bianca come calce: e infatti era sabbia calcinata.

Leda procedeva dinanzi a loro come una statua vivente: i seni, i fianchi, i glutei, le cosce erano di marmo di Paro. «È una fornace questa conca», sbuffò e salì su una duna. Lassù era molto più in vista; Alceo si sentì tremare il cuore.

«Scendi!», le disse.

Ma Leda, approfittando di una ventata ch'era arrivata in quel momento, mise i piedi di traverso e si lasciò trasportare per qualche metro dalla sabbia mobile come se scorresse su un nastro trasportatore; o piuttosto su uno skate-boord.

Finalmente tornò giù. Alceo e Valerio si alternavano alle sue terga come fanno i ciclisti: solo che non lo facevano per tagliare il vento ma per stare a ridosso del movimento alternato dei suoi glutei. Valerio teneva in mano l'ibisco. Tutto sembrava fuorché un ibisco; ma Valerio lo portava con venerazione come san Giuseppe la sua verga fiorita.

«To', un narciso!», esclamò Alceo e raccolse il fiore di un mesembriantemo. Come mai quei fiori di desolata bellezza sbocciavano in quella plaga desertica? «Sono i *fleurs du mal*», realizzò Alceo. «E i *fleurs du mal* attecchiscono anche nel deserto, inducono in tentazione persino gli anacoreti».

«Non è un narciso!», sentenziò Leda senza nemmeno girarsi. Era la stessa cosa in montagna quando andavano a funghi: chi sa perché tutti quelli che trovava lui non erano buoni.

Si affondava nella sabbia ma Leda procedeva senza sforzo apparente, indifferente alla sua gloriosa nudità come una statua in testa alla processione.

Ogni tanto, tuttavia, una grossa goccia di sudore si staccava dalla sua nuca bionda e scivolava lungo la schiena nivea giù giù dentro il solco che divideva con una fessura profonda le natiche (*les fesses*). Valerio la seguiva con lo sguardo, estasiato come se avesse visto sudare una statua di marmo della Madonna. Sia lui che Alceo avevano le magliette zuppe di sudore.

«Perché non vi spogliate?».

«Siamo arrivati», disse Alceo.

Erano giunti a uno slargo tra le dune. Lì arrivava solo ogni tanto una raffica di vento. I dossi, da ogni parte, creavano un orizzonte limitato (un *hortus conclusus*), senza precisa percezione di ciò che stava al di là. Solo il fragore della risacca faceva capire che il mare era vicino. Si tolsero le magliette e i calzoncini e rimasero con gli slip.

«Perché non vi togliete anche il costume?», osservò Leda. «Altrimenti così, io sola nuda in mezzo a due uomini vestiti, mi fate sentire una puttana come quella là sull'erba vicino al fiume nel quadro di Manet (o di Monet?)».

Effettivamente non c'era nessun motivo ostativo ma Alceo dentro di sé – chi sa perché – era contrario. Leda aveva già steso l'asciugamano. Valerio distese il suo e si sdraiò prono; aveva il pistone enorme.

«A faccia in su, a faccia in su», rise Leda e lo rivoltò come si gira un montone sullo spiedo. Poi raccolse il suo asciugamano, se lo portò vicino e si sdraiò anche lei supina con la nuca in grembo a Valerio. La verga si ergeva dritta e tosta come un tronchetto della felicità. Alceo si stese col suo asciugamano dalla parte dei piedi di Leda, a un metro di distanza. Sperava – sperava con tutta l'anima – che Leda aprisse le cosce: avrebbe potuto vedere così quanto era eccitata. Ma Leda era come se lo facesse apposta: teneva le ginocchia ostinatamente unite. Sicuramente glielo faceva per dispetto; doveva sempre contrastarlo nelle sue fantasie erotiche. La faccia, invece, Leda la teneva appoggiata al tronchetto di Valerio; ogni tanto gli dava un bacetto, sul fusto, però, non sulla cima. Erano bacetti piccoli, ma a succhiotto. A un tratto si mise a dargliene tanti tanti, tutto intorno e anche sulla punta; quando lo baciava sulla testa scappucciata, il membro di Valerio palpitava come un aquilotto.

«I napoletani li chiamano *vasi a pizzichillo*»,[2] si ricordò Alceo. «Che, poi, sono l'equivalente dei saltimbocca alla romana». Se ne stava prono sull'asciugamani, pregando mentalmente: «Apri le cosce, aprile almeno un poco!».

[2] «Bacetti a succhiotto, dati di sfuggita».

Come se l'avesse sentito, Leda divaricò le gambe. Probabilmente, tutta presa dai suoi succhiotti, non s'intignava più a contrariarlo. Alceo sentì un fiotto di calore nelle reni: era come se gli si liquefacesse il midollo spinale. Il sole lo scottava sulle terga nude e la sabbia rovente gli scaldava il basso ventre. Ad Alicudi aveva visto arrostire così il pesce: in mezzo a due pietre piatte. Ebbe, improvvisa e irrefrenabile, un'eiaculazione. Il piacere fu breve e intenso, ma ancor più intensa fu subito dopo la vergogna. Temeva che Leda e Valerio si accorgessero del suo vizio solitario. «Sono un onanista», si disse. «Ecco perché la quarta damigella si chiamava Onanis». Li sbirciò per vedere se se n'erano accorti. Pareva di no: Leda era sempre più infervorata nei suoi succhiotti; gliene dava ormai mille e mille, quante le stelle del cielo, come Lesbia. Valerio era tutto preso dallo sforzo di stare immobile, col membro enorme penosamente eretto. Alceo raccolse quatton quattoni l'asciugamano che aveva una zona inzuppata e cercando di voltargli le spalle provò ad allontanarsi con finta disinvoltura.

«Dove vai?», gli chiese Leda interrompendo un momento i suoi vasi a pizzichillo.

«Vado a fare il bagno».

«Il mare è mosso».

«Sono nuotatore ognitempo».

Si allontanò in direzione del mare, ma superata la duna, tornò indietro strisciando gatton gattoni e si acquattò a spiare. Voleva vedere fino a che punto sarebbe giunta Leda. Voleva vedere se manteneva il suo patto. Per un po' Leda continuò a ricoprire di bacetti il tronchetto di Valerio. «Il tempo», calcolò Alceo «che io giunga, secondo lei, in riva al mare e m'immerga».

Non si sbagliava; trascorso esattamente *quel* tempo, Leda si alzò, montò sopra Valerio e cominciò a strusciarsi tutta sul suo corpo: gli passava prima un seno, poi l'altro sulla faccia e Valerio le dava un vaso a pizzichillo sui capezzoli; poi scendeva giù, sempre più giù, inarcando la schiena e gli sfiorava coi seni l'aquilotto, che fremeva. Poi... Alceo credette a un abbaglio dei sensi. No, non si sbagliava. Leda si era seduta col busto eretto sul tronchetto della felicità e, incavando le reni e sporgendo il culo, se lo stava facendo entrare dentro piano piano. «Uuuhmm!», fece, atteggiando il volto all'espressione di una bimba golosa e passandosi la lingua sulle labbra. Alceo deglutì come se trangugiasse un turacciolo. Per fortuna Leda si riscosse, come se si fosse ricordata di qualcosa, se lo sfilò e inarcò nuovamente la schiena.

«Quanto le sarà entrato?», si domandava Alceo. «Un pochino... Ma un pochino quanto? Beh, sarà stato un dito...». Una gioia pazzesca gl'invase il petto. Leda manteneva la promessa.

Si era rallegrato troppo presto. Leda aveva ripreso la cerimonia di prima: strusciava i seni prima sulla bocca, poi sul petto, poi sul membro di Valerio; dopo di che prima inarcava la schiena e quindi drizzava il suo busto da dea e, mentre Valerio le prendeva i capezzoli turgidi tra le dita, lei piano piano lo inguainava nel suo grembo di dea faciulla. Restava in quella posizione alcuni momenti – che ad Alceo sembravano eterni – e poi si risollevava.

Questa volta era entrato un po' di più. «Un paio di dita», calcolò Alceo. Di nuovo Leda si stese con tutto il corpo su Valerio come le massaggiatrici di Bangkok, di nuovo gli fece scorrere i seni addosso facendoglielo fremere e poi affondò il suo pupacchiotto nell'inguine. «Un altro dito ancora», congetturò Alceo. «Sono gli *spostamenti progressivi del piacere*».

Non voleva vedere più. Strisciando a ritroso si allontanò dalla duna e, prima con le ginocchia piegate poi con le gambe dritte, si mise a correre verso il mare, entrando d'impeto nell'acqua. Un'ondata lo ributtò indietro. Alceo riprovò di nuovo; ancora l'onda gl'impedì di entrare. Evidentemente lì la secca era proprio vicina alla riva. Le onde, già alte per il mare grosso, incontravano in quel punto uno scalino di sabbia e s'impennavano schiumeggiando come contro una diga foranea. Alceo avrebbe potuto cercare un altro punto: ma ci voleva altro per scoraggiarlo; il mare era il suo elemento e lui sapeva come penetrarvi. Non esistevano barriere liquide ch'egli non fosse capace di perforare. E voleva superarle lì dove il mare, incontrando un ostacolo occulto, raggiungeva la massima altezza della sua voglia. Aspettò che arrivasse un'onda gigantesca, oltre quattro-cinque metri; la vide sbattere nella secca e verticalizzarsi di altri due metri. In quel momento si tuffò, rasente al fondo del mare, e mentre l'onda gli passava sopra, sforbiciò le gambe furiosamente: era passato oltre! Altre onde arrivavano; per qualche minuto Alceo rischiò di essere ributtato indietro. Ma ci mise il meglio della sua *ars natatoria* dovuta alla sua eccezionale vescica natatoria di sette litri e mezzo, e ci aggiunse tutta l'energia del suo corpo, forte ed elastico come un pescespada, proseguendo verso il largo. Le onde si susseguivano l'una all'altra; ma quanto più si allontanava dalla riva tanto più diventavano lunghe. Alceo nuotò inizialmente a crawl, con qualche movimento a rana e alla marinara. Poi, quando si trovò nella *distesa equorea,* si mise a giocare col mare. Fece una cinquantina di bracciate a delfino; qualche volta, sollevato dalle onde, gli sfuggiva la presa acquea; ma recuperava dando un gran colpo con le gambe, come se avesse avuto una monopinna: come i delfini, appunto. Poi volle nuotare a dorso. Pochi nuotatori – dei più bravi – avrebbero saputo nuotare a dorso con un mare di quella forza. «Forza otto», calcolò Alceo. Ma in questo era imbattibile. Nuotava con la stessa facilità olimpica che se il mare fosse stato piatto. Arrivavano da dietro la nuca onde alte tre-quattro metri. Alceo non aveva bisogno di vederle: le pre-sentiva, come una premonizione, per l'incavarsi del mare sotto la sua schiena. E quando l'onda arrivava, sollevava leggermente il capo ed espirava misuratamente, senza smettere di nuotare e senza buttare fuori tutto il fiato; l'onda gli passava sopra, lo sommergeva per un momento per rilasciarlo, un attimo dopo, più oltre. Di nuovo s'incavava sotto la schiena: era un'amaca, una culla che lo dondolava con avvolgente amore. Lo stesso amore che gli aveva dato, bambino e adolescente, ad Altafiumara, quando la mamma era in città e lui restava solo nella grande casa labirintica. Sì, lo sosteneva sempre, infallibilmente, non gli veniva a mancare mai, il mare. Se si ritraeva un momento, era per tornargli poi voluttuosamente addosso con l'ondata successiva: come Leda sul corpo di Valerio. Si sentiva libero come se fosse sulla luna; anzi di più, librato com'era sulla distesa liquida in assenza di gravità. Fece due o tre capriole, come gli astronauti. Provò ad andare a fondo: ma l'acqua era torbida per tutta quella sabbia e per le alghe in sospensione. Si girò prono e riprese a nuotare a crawl: il mare colluttava col suo petto, una bracciata dopo l'altra, in un *corpo a corpo* dolcissimo. Le onde gli sbattevano sui pettorali, turgidi di possanza, gli massaggiavano gli addominali, gli vellicavano tutte le fibre più riposte. La verga, in quella posizione, gli faceva da timone. Ogni tanto si fermava e, col ventre rivolto verso il basso, eiaculava. Branchi di pesci accorrevano sotto di lui per deporre le uova prima che lo sperma si depositasse sul fondo. Il piacere non era limitato alla zona genitale; tutto il suo corpo era erotizzato. Avrebbe dovuto sentirsi in colpa per questo. Ma lui la sua parte l'aveva fatta; non usava mica contraccettivi, lui. Era Leda che non aveva voluto restare incinta. Certo, lui le teneva bordone. Ma anziché provare vergogna per questo, se ne esaltava. Lui era il compagno d'avventura, il complice segreto di Leda nei suoi giochi proibiti; insieme potevano sfidare il mondo, l'invidia di tutte le coppie che avrebbero voluto imitarli e non ne avevano il coraggio. Chi dava loro quel coraggio? Il piacere, il piacere di Leda. Il piacere di Leda *suprema lex esto.*[3]

Si lasciò cullare un po' dalle onde, in dormiveglia. Un suono, quasi un sibilo leggero gli giungeva alle orecchie immerse nel materasso liquido fluttuante. Temette fosse un motoscafo e sollevò la testa; non c'erano motoscafi né gommoni. Standoci attento, il suono risultava sincopato, con una sua intermittenza simile all'alfabeto morse. Credette che fosse il richiamo delle sirene che l'attiravano verso il fondo; ma s'accorse che il suono aveva un che di dolente, come un gemito; uno spasimo di sartie tese all'estremo dal vento. Non erano le sirene, erano *le delfine*! Pensò di immergersi e di giocare sventuratamente con loro. Ma non se la sentì di tradire Leda. Leda non l'avrebbe seguito sott'acqua; aveva una vera avversione. Riprese a nuotare, a dorso, ma continuava a sentire quel gemito lieve e modulato; modulato sul ritmo delle sue bracciate. E infine capì: non era fuori di lui, quel suono dolente e melodioso, era dentro le sue orecchie. Come le conchiglie riecheggiano il rumore della risacca così le sue orecchie conservavano la risonanza del mare. Era una prosodia misteriosa e allusiva, scandita come una poesia arcaica che gli tornasse verso a verso nell'orecchio.

Come mai non aveva scritto sul mare il più grande poema che fosse mai stato concepito dopo Omero? Aveva scritto un poemetto: s'intitolava *Mete* e riproduceva tutte le movenze

[3] *Salus reipublicae suprema lex esto!* Era, com'è noto, la suprema regola dell'ordinamento giuridico romano, quella che consentiva di superare e infrangere qualsiasi altra legge quando fosse in gioco la salvezza dello Stato.

del mare, i suoi incanti inesprimibili (attenzione: *contradictio in adiecto*!). L'aveva mandato a Italo Calvino per un giudizio: nessuna risposta. Qualche settimana dopo, però, Calvino aveva pubblicato, sotto la rubrica *L'osservatorio del signor Palomar*, una serie di elzeviri che parevano modulati, pari pari, sul suo poemetto. Ne era rimasto così sconcertato che non aveva fatto più vedere le sue poesie a nessuno. Aveva però continuato a scrivere: quando l'ispirazione gli pulsava dentro, non poteva reprimerla. Era il momento più bello, il supremo evento messianico della sua vita: quando la mano scrive come il braccio di una telescrivente che trascriva un messaggio che giunge da lontano, un messaggio fino a quel momento non affiorato alla coscienza e che pure sentiamo come profondamente nostro e vero nello stesso momento in cui lo decrittiamo. Poi, nei giorni successivi, era la lima dell'esattezza a prendere il sopravvento; tornava e ritornava su quei versi scaturiti di getto e che a prima impronta gli erano sembrati insostituibili e definitivi, per limarli, smussarli, ritoccarli, scavarli, polirli fino a dargli la forma che insaziabilmente il suo io segreto inseguiva o a mollare la spugna, inappagato e vinto. *Poeta* – aveva scritto qualcuno – *è colui per il quale ogni parola non è la fine ma l'inizio di un pensiero.* «Nuotatore», confermava Alceo, «è colui per il quale ogni bracciata non è la fine ma l'inizio di un movimento che fluidifica il corpo nel mare». Lui era nuotatore e poeta. Ma non aveva scritto il poema della sua vita.

«Ecco ora ritrovo l'ispirazione!», si disse; e fece un'inspirazione. Ma non poteva darsela a bere da se stesso. Nessuna delle sue molteplici applicazioni l'aveva portato a un risultato conclusivo. Costruito dalla natura per il nuoto, con una capacità respiratoria praticamente inesauribile, avrebbe potuto diventare campione olimpico e recordman mondiale nel mezzofondo; avrebbe potuto essere il primo uomo al mondo a scendere sotto i quindici minuti nei 1500 stile libero. Ma non aveva perseguito l'obiettivo con quella determinazione esclusiva che fa degli uomini a una dimensione dei vincenti, anche rispetto a quelli più dotati. Baciato in fronte dalla musa, non si era affermato come poeta perché aveva trascurato le frequentazioni giuste. Ella avrebbe potuto lanciarlo: era questo il vero motivo, il motivo segreto per cui aveva accettato di scriverle la biografia. Ma lui non aveva sostenuto, con l'abilità e la spregiudicatezza necessarie, il suo libro ed Ella aveva abbandonato lui. Gli restava Leda, lo scopo cui voleva dedicare la vita. «Tutti gli uomini uccidono la cosa che amano», aveva detto, passando in Hide Park (o era Central Park?), quel connazionale di Oscar Wilde con *uno di quei volti britannici che, visti una volta, si dimenticano sempre*.[4] O forse non era un irlandese, era un inglese qualsiasi. Leda; Leda nel parco; anzi tra le dune: lui l'aveva buttata tra le braccia di Valerio e adesso se ne stava con quel pollone estraneo nel ventre, che l'avrebbe portata alla gemmazione.

Da quanto tempo? Da quante ore nuotava? Guardò l'orologio: segnava la stessa ora di quando si era tuffato. Ricordava bene di averlo guardato prima di fare il tuffo d'ingresso raso fondo: segnava le dieci e dieci. La stessa ora che segnava adesso. Probabilmente si era guastato per la furia delle onde. Si era infiltrata – presumibilmente – dell'acqua salata e si era fermato. Era un Rolex d'acciaio inossidabile che gli aveva regalato suo padre quando aveva preso la libera docenza. Ci teneva molto e gli era molto caro; non solo per la provenienza e l'intenzione del dono («da questo momento», gli aveva detto suo padre, «le lancette devono girare inesorabilmente verso la tua affermazione»), ma anche perché funzionava perfettamente. Ora, però, s'era fermato. Ricordava l'avvertenza del compare Cipriani, svagato gioielliere-orologiaio di famiglia e inseparabile compagno di caccia di zio Leandro: «Quando penetra l'acqua salata bisogna portarlo a riparare entro quattro ore. Altrimenti l'orologio lo puoi buttare!». Quante ore erano trascorse? Era fresco e pimpante come quando si era tuffato, ma questo non era indicativo. Dopo otto ore di nuoto lui era più tonico di quando era entrato in acqua. Galleggiava come un pneumatico.

«Il segreto della galleggiabilità», rifletteva, «è avere il meno possibile di personalità; sulle onde, essere il meno possibile soggetto. Il mare ama chi gli s'abbandona totalmente, senza remore (le famose *remore*), chi s'affida ad esso per farsi dislocare sulla sua massa amorfa come la zattera di Kon-Tiki, chi non vuole solcarlo ma lo adotta come un tapis roulant dal quale lasciarsi trasportare senza calcoli pedestri ma orientan-

[4] Sono frasi di Oscar Wilde, scrittore inglese, irlandese di nascita.

dosi soltanto col sole e con la stella polare. Pista d'acqua che ostenta il suo turgore come una mammella palpitante e livella il presente e il passato spianando il tempo col rullo delle onde; piattaforma che scorre oltre la vista, dove ogni punto all'altro è equivalente, sicché il ritrovarsi qui oppure altrove dipende solamente dalle stelle». Leda era la sua stella, la sua stella azzurra. Da quanto tempo se n'era allontanato, aveva preso irresponsabilmente le distanze da lei? Perché, invece di guardare l'orologio, quando s'era tuffato non aveva guardato il sole? Anziché al sestante s'era affidato al quadrante dell'orologio. E l'orologio, abituato a segnare le ore di lavoro mercenario, non quelle interiori e segrete, l'aveva tradito. Gli venne a galla nella mente l'osservazione saggia di Sansulpicio: «Anche un orologio guasto segna l'ora giusta *due* volte al giorno». Fu come se gli fosse caduta una benda dagli occhi. Tornò a guardare l'orologio: segnava sempre le dieci e dieci. *Ma non erano le dieci e dieci!* Erano le due meno dieci! Erano quasi quattro ore, dunque, ch'era in acqua. Era ora di tornare. La riva era piuttosto distante. Fece mille bracciate, poi altre trecento, e si sollevò a guardare. Non era troppo lontano. Mantenne un ritmo di bracciate costante, ma molto sostenuto, con una buona presa nell'acqua. Le onde, ora, lo spingevano verso la riva. Un'ultima ondata lo depose sulla battigia come un pattino.

Corse, nudo, verso la conca al di là della duna. Il vento gli sferzava le terga con la sabbia, come per sollecitarlo. Presso la sommità rallentò il passo e guardò cautamente. Leda era ancora lì. E anche Valerio. Si avvicinò con passo di volpe, cioè mettendo il piede posteriore nell'orma (*pisada*) di quello anteriore. I due stavano distesi sul fianco sul grande asciugamano da roulotte di Valerio. Dormivano e Valerio abbracciava Leda dalle spalle come faceva lui tante notti. Le teneva il muso sulla nuca, acciambellato come un gatto lusitano. A Leda piaceva addormentarsi così dopo aver fatto l'amore. L'avevano fatto? L'ultima cosa che Alceo avrebbe voluto era disturbare Leda; sapeva quanto si svegliasse di malumore se veniva scossa nel sonno. Ma non poteva resistere. Le stese addosso il suo asciugamano, escludendo Valerio.

«Che c'è?», si lamentò Leda.

«Sono le due. È ora di andare».

«Perché? Si sta così bene!».

Anche Valerio si era svegliato. Era un po' vergognoso. Guardò l'orologio. «Quando vogliamo andare...».

Leda sbadigliava, si stiracchiava, faceva la smorfiosa.

«Cominci a scottarti, sei tutta rossa», le disse Alceo per convincerla a muoversi. Intanto loro due si erano rivestiti.

«Non metti il vestito?».

Leda non rispose: stirò prima una gamba, poi l'altra e se le contemplò dalla punta dei piedi all'inguine. In quelle ore il ciuffetto le era ricresciuto, più rigoglioso di prima, ma con una peluria sempre delicata; non erano spuntati quei peli ispidi che vengono fuori di solito quando ci si depila. Era una peluria di color bronzo, con riflessi dorati, a ciocche morbide. Un ricciolo faceva una virgola dove si schiudeva la boccuccia, proprio lì dove le labbrucce erano atteggiate a un perenne, adorabile, piccolo broncio. La sua nudità era più evidente, adesso; aveva perso quel tocco di candore che le davano il pube glabro e il corpo di marmo. Non era vero che s'era scottata: l'epidermide aveva preso una tinta dorata, che le donava meravigliosamente. Era anche più bella che all'andata.

Finalmente Leda si alzò; ma di rivestirsi nemmeno a parlarne. Camminava davanti a loro come prima; ma non con quell'andatura regale, camminava stizzosamente. Procedeva in cima alle dune (*la via elevata* delle antiche mappe) per fargli dispetto e non fargli godere il movimento ritmico dei glutei.

«Scendi giù, scendi giù», la pregava Alceo. Inutilmente. Si arrampicarono anche loro sulle dune; i piedi, nel salire, affondavano nella sabbia fino alle caviglie; dovevano ogni momento sfilarli dagli zoccoli di gomma per far uscire la sabbia. In cima il terreno era più consistente, indurito da radici e sterpi. Arbusti serpeggiavano sul terreno con rami simili a tentacoli che frustavano i polpacci e scorticavano gli stinchi mentre erbe dalle foglie dentellate intricavano e pungevano i piedi, malgrado gli zoccoli. Non era facile tener dietro a Leda. Marciava con le gambe a compasso, facendo leva sulla punta dei piedi a passi lunghi alternati, come nello sci di fondo. Non si sa se lo facesse per distaccarli o per non far andare su e giù deliziosamente i glutei. Ogni volta che doveva affrontare un dosso stirava indietro una gamba e, portando l'altra esageratamente avanti, la fletteva a fondo; ripeteva poi il movimento a gambe invertite, come fanno le centometriste prima di prendere posizione ai blocchi di partenza. Valerio, con in mano il distanziometro (ch'era un multiplo della sua verga, come aveva scoperto Policleto misurando l'asta al doriforo) poneva estrema cura a che la distanza tra Leda e Alceo si mantenesse costante, pur nel saliscendi.

«Adesso basta», la supplicò Alceo. «Dai, scendiamo!». Erano ormai in vista della litoranea e temeva che potessero vederla dalla strada. Infatti un motociclista s'era fermato; e dietro di lui due macchine e poi due ciclisti.

«Ti vedono!».

«E che male c'è?».

«Ma non hai detto tu che una donna nuda in mezzo a due uomini vestiti rischia di essere presa per una puttana?».

«Ma io *sono* una puttana».

Alcuni dei transitanti erano scesi dalle macchine e tutti guardavano dalla parte di Leda che procedeva come nello sci di fondo, facendo finta che la sabbia fosse neve, ma senza sci ai piedi. Si era formato un piccolo assembramento. Qualcuno – sicuramente teppisti – accennò a arrampicarsi sulla rete di recinzione per scavalcarla.

«Guarda che vengono ad assalirti!».

«E che fa? Vuol dire che voi due vi piazzate all'ingresso e date i numeretti!», rise Leda.

Non si sa come arrivarono alle macchine. «Rivestiti!», la pregò di nuovo Alceo. Per tutta risposta Leda passò la mano sulla zona pubica di Valerio. Alceo s'affrettò ad aprire la Giulia e a metterla in moto. La macchina – come temeva – s'era arenata. Alceo sudava sette camicie. «Falle indossare il vestito», chiamò in soccorso Valerio.

Erano seduti, lui e lei, sul sedile posteriore della Giulia; Valerio sollevò il vestito e lo tenne sospeso davanti a Leda come si porge la giacchetta al torero per la vestizione.

«Fa la parte del toro», rilevò Alceo. Alternando sgassate, frenate e improvvise sterzate, riuscì a disincagliare la macchina; derapando, la Giulia arò la sabbia lasciando dei solchi finché le ruote posteriori motrici giunsero sul terreno solido. Da lì, con una partenza a balzo, Alceo la portò sulla strada sterrata. Uscì pericolosamente sulla litoranea, dal varco nella rete, senza dare la precedenza e facendo, per di più, una conversione a U. Era attanagliato dalla preoccupazione che il gruppetto di voyeurs scoprisse il varco d'uscita e si precipitasse lì. Per fortuna erano più avanti e si resero conto troppo tardi che c'era un'uscita occulta. Allontanata un po' quest'apprensione, Alceo temette che ci fosse appostata una pattuglia di carabinieri: aveva commesso una doppia infrazione e l'avrebbero certamente fermato; in questo caso gli avrebbero altresì chiesto conto del comportamento della signora.

Andava veloce per quanto la strada e il traffico glielo consentivano; per fortuna il flusso di macchine era in senso contrario. Leda, però, faceva l'impunita. S'era messa tutta nuda in ginocchio sul divanetto posteriore e ficcava i seni in bocca a Valerio pretendendo che glieli succhiasse; ma gli scossoni della macchina glieli facevano continuamente scappare fuori di bocca come quelli di una bambola pneumatica. La gente che incrociavano gettava un'occhiata dentro: marciavano a velocità abbastanza sostenuta ma probabilmente qualcosa si scorgeva. Svoltarono a destra nella pineta. Alceo sperava d'incontrare meno macchine; ma ce n'erano anche là. Leda era scatenata; aveva aperto la cerniera e tirato fuori il membro a Valerio. «È proprio infoiata», osservò Alceo con atteggiamento mentale da naturalista: e infatti la fica è detta anche *natura*. Adesso stava cercando di abbassare lo schienale del sedile anteriore. Chi sa dove voleva arrivare...

«È meglio che le faccia sfogare la mattana», pensò Alceo. «Altrimenti, magari, qualche macchina ci viene addosso». Lui avrebbe fatto finta di non vedere, da fratello maggiore comprensivo e di superiore equilibrio. Il segreto del suo equilibrio stava nell'orecchio: compensava naturalmente, quale che fosse la pressione esterna. «Ecco perché io vado così a fondo», meditò Alceo. «Leda, invece, resta sempre a fior d'acqua». Questa constatazione lo consolò un poco. La loro vita si svolgeva a livelli diversi: ecco perché l'incontro era difficile. «La vita di Leda è immediata ma superficiale», proseguì; «la mia, contemplativa, è molto più profonda».

Alceo aveva un po' rallentato e scrutava, a destra e sinistra, se c'era qualche strada sterrata praticabile nella pineta. Dopo un paio che non lo convincevano molto, ne scorse una a sinistra: lasciò passare una macchina, due, e, tagliando la strada alla terza per non indugiare in quella situazione a rischio, imboccò il viale ombroso tra gli alberi. Il suolo era duro, anche se cosparso di aghi di pino. Dopo poco il viale si restringeva ma la Giulia riusciva a passare; i rami degli arbusti, sempre più fitti, si piegavano e strusciavano sulle fiancate della macchina facendovi dei lunghi graffi. Alceo temette di essersi ficcato in un vicolo cieco: non sarebbe stato facile fare retromarcia. Oltretutto avrebbe dovuto girarsi all'indietro e vedere cosa stava facendo Leda. Per fortuna, in mezzo ai cespugli, si aprì davanti al parabrezza una radura. Era piccola, ma uscendo con la coda fuori dalla cerchia dei pini e piegando qualche cespuglio, avrebbe potuto fare manovra. Fermò la macchina e spense il motore. Lasciò però gli sportelli col fermo; né tirò giù i vetri dei finestrini. Leda si era messa carponi; era riuscita, girando la rotella, ad abbassare il sedile anteriore di destra e ora, con la testa in giù e il culo in aria, strofinava la guancia lungo il membro di Valerio. Alceo non avrebbe voluto guardare; ma non riusciva a staccare gli occhi dal retrovisore. «Per sorvegliare che non arrivi nessuno», si giustificò con se stesso. Ma mentiva. Leda dimenava il culo vicino alla sua spalla. Diede un'occhiata furtiva dietro: Valerio stava col capo reclinato sul culmine dello schienale e teneva gli occhi chiusi, Leda era troppo presa per pensare a altro. Si spostò leggermente e guardò meglio. Leda aveva preso in bocca il leprotto di Valerio e aveva le guance un po' gonfie, come Hard quando aveva in bocca un gatto e teneva le fauci chiuse perché loro non se n'accorgessero; ma lo tradiva il leggero rigonfiamento delle gote. Leda teneva le mani puntate sul sedile posteriore; aveva incavato un po' la schiena e faceva un lieve movimento su e giù.

Per quello, però, non c'era alcuna proibizione; la fellatio non era tra le pratiche esplicitamente vietate. E, per il principio di tassatività, quello che non era espressamente vietato doveva ritenersi consentito. Non era vietata in quanto non portava alla procreazione fuori del rapporto matrimoniale. Era la pratica di soddisfacimento sessuale cui ricorreva, proprio per questa ragione, la moglie del fratello di Onan col cognato, andando segretamente a trovarlo nel suo giaciglio. Non tenevano, in quel caso, le famose *remore*. Alceo sentì che anche le *sue* remore stavano cedendo. Leda dimenava dolcemente il culo come se fossero su una barca dondolante all'ancora. Si spostò ancora un po': la vulva di Leda gli s'apriva proprio in faccia.

«Ha la fica vogliosa come una mula», pensò. «Come una *mula*, cioè come una ragazza triestina; sì ma come aveva fatto Chiavagatti a sapere che Leda era di Trieste?». Voleva baciargliela, applicare la sua bocca alle sue labbra finché lei era in preda al suo invasamento. Scese a un compromesso col suo ego: «Introdurrò solo un sensore, un termometro sublinguale; solo per cinque minuti, tanto per tastare la temperatura vaginale e stabilire così se è in fase feconda o no». Era il metodo Ogino-Knaus, ammesso anche *ex cathedra*: si poteva fare. Prima invece Leda aveva portato per cinque anni la spirale, il che era sconsigliato. Sfiorò tutto il varco indifeso: le reni di Leda ebbero un fremito. «Ha una febbre da cavalla», dovette constatare Alceo. La bocca segreta di Leda era tumida e palpitava, prima con contrazioni lunghe e intervallate poi ansimanti. Nel cuore di Alceo galoppava una torma selvaggia di cavalli. Come era potuto arrivare a quel punto? Nemmeno nelle più sfrenate fantasie del suo immaginario erotico aveva mai pensato di poter scendere a un tale livello di degradazione. «Evidentemente», pensò «l'abiezione si addice alla voluttà».

La sua, però, era passione. Si diceva questo ma intanto un piacere terribile, che partiva dal cervelletto e scendeva giù fino all'osso sacro, gli percorreva la colonna vertebrale. Il sesso provava una voluttà cocente. Sentì infittirsi gli spasmi. Con un gemito Leda raggiunse l'orgasmo; simultaneamente lo raggiunse *l'altro-da-sé*. Un getto violento di sperma inondò Leda; lei gli si buttò incontro per riceverlo nel petto; un altro, un altro e un altro getto ancora proruppero: erano cremosi come yogourth. Leda stringeva i seni nelle mani.

Alceo andò a prendere un asciugamano a spugna nel bagagliaio e asciugò il petto a Leda: stranamente lei lo lasciò fare. Valerio se ne stava seduto, spompato. «Vestiti», sussurrò piano Alceo a Leda, come deve fare un fratello assennato; cercava così di farle dimenticare il proprio coinvolgimento. Ma Leda buttò via il vestito.

Doveva riportarla a casa; al più presto. Arrivarono a Casalpalocco che Leda era ancora nuda. Alceo fermò la Giulia avanti casa, corse alla portiera di Leda e la trasse fuori per un braccio avvolgendola subito nell'asciugamano a spugna come quando ci si cambia il costume sulla spiaggia. Richiuse il portone e tornò a sistemare la Giulia; Valerio se n'era andato a piedi. D'altra parte dal loro cancelletto d'ingresso al suo c'erano meno di cinquanta passi; venti se si misuravano dal cancelletto di dietro.

Senza una causa esterna Alceo si svegliò: quando ci si rende conto che si sta sognando, il sogno cessa. Ma molto più quando ci si rende conto che il sogno ci ha rivelato una realtà che disconoscevamo, conoscendola.

Capitolo venticinquesimo

Suonò il campanello. «Valerio!», pensò Alceo. Ma non era lui; era la donna. Valerio quella mattina non venne.

Il sogno l'aveva fatto Alceo; ma era come se l'avessero fatto tutti e tre insieme. Sì, avevano superato limiti invalicabili. E anche se la violazione era avvenuta solamente in sogno e il sogno l'aveva sognato solo Alceo, il peso di una colpa collettiva sembrava gravare su di loro. Non osavano guardarsi in faccia; soltanto Leda era rimasta imperturbata, come se il sogno non la riguardasse o se tutto le fosse consentito. «È *la reinante*, la dominante», si diceva Alceo. «Oppure semplicemente è la meno matura. No, non c'è niente di onanistico nel mio atteggiamento verso Leda. Come spesso nei sogni, mi è venuta in mente una parola per esprimere il concetto opposto. Il piacere di Leda è il mio piacere. Niente di meno solipsistico, niente di più lontano da un vizio solitario. Il mio è amore; è una passione coniugale. O coniugata? Nel matrimonio il piacere va convogliato verso la funzione procreativa. E non ammette, in via di principio, intromissioni di terzi. Veramente la legislazione greca consentiva che il fratello si sostituisse al marito in caso di impotenza *generandi*. E a Sparta addirittura qualsiasi uomo prestante era legittimato, in tal caso, ad assolvere l'ufficio. Ma che cavolo sto farneticando? Non sono io ad essere sterile; è Leda che non vuole figli».

Sì, c'era qualcosa di singolare (da *single*) nella sua passione. Godeva del godimento di Leda. Sì, il fatto che lei godesse, gli provocava una voluttà cocente. Cocente: era questo il termine appropriato. «Non siamo responsabili dei nostri sogni», si autoassolse Alceo. «Non rispondiamo delle elucubrazioni del nostro inconscio, della rimasticatura del materiale mnemonico indigerito; non sono soggette al nostro ego le realtà parasensoriali che proiettano la loro ombra sulla nostra vita, come insegna Platone. I sogni forse hanno la stessa funzione. E se fossero dei precursori mercuriali,[1] delle premonizioni? Non si può chiudere comunque la porta ai sogni», ribadì Alceo. «Nemmeno quando sono mandati dagli dei per piegarci ai loro disegni; come fa specialmente Venere».

Tuttavia di fronte al Padre si è responsabili anche delle azioni non commesse. L'uomo è naturalmente predisposto al male, *malintenzionato*, a causa del peccato originale. Ecco perché qualsiasi accusato è per ciò stesso colpevole, come la Santa Inquisizione sapeva bene. Il desiderio equivale a un fatto compiuto: così non si sfugge all'occhio del Padre, spalancato nel Foro interiore. Chiunque abbia pensato di ribellarsi al Padre (e chi non l'ha pensato?) è parricida, perché non è tanto la soppressione fisica che conta quanto la soppressione virtuale dell'ordine morale. Nell'Islam, invece, si risponde solo dei fatti, non delle intenzioni. Né mullah né ayatollah si addentrano nei meandri della psiche come fanno problematicamente i gesuiti. È una religione più pratica l'islamismo; ecco perché si è diffusa in tutto il mondo. Una volta il mondo era pagano. Forse l'impero romano si sarebbe salvato se fosse riuscita la restaurazione della religione avita tentata da Giuliano.[2]

Ebbene lui, Alceo, sarebbe tornato al paganesimo. Da quando aveva visto Leda uscire dalle acque era divenuto politeista. «Che c'è di strano?», osservava. «Ci sono persone che per amore si fanno musulmane, adottano cioè una religione precettistica». Lui avrebbe riabbracciato la religione dell'insuperata bellezza classica. Con Vulpicio non voleva avere in comune nemmeno la religione. Se Vulpicio aveva abiurato la religione della sua razza, anche lui avrebbe abiurato la religione dei suoi padri. Scherzava, naturalmente; o per lo meno cercava di tenere le sue riflessioni su un tono leggero. Pure avvertiva dentro di sé che questa volta avevano violato *le leggi non scritte degli dèi.* Si erano concessi piaceri non permissibili. Poco contava che l'avessero fatto nell'immaginazione o nella realtà, perché il piacere era stato reale e di quel piacere loro avevano goduto. E questo destava l'invidia implacabile degli dèi. È la felicità la vera colpa degli umani! E la felicità la si sconta soltanto con l'infelicità...

Si sentiva l'anima oppressa. Oppressa e colma: colma di Leda.

[1] Da Ermes, per i romani Mercurio.
[2] Giuliano l'apostata.

Valerio non venne neanche la mattina successiva. Ma questo non voleva dire che non si vedessero. Era Leda, adesso, che andava a prenderlo; in genere a quell'ora Alceo era già andato via. Ma una mattina che s'era attardato a casa l'aveva vista, con gli zoccoli alti, andare a suonare al cancelletto. Ci andava anche nei giorni in cui veniva la cameriera, che lasciava spensieratamente sola in casa. Alceo era in pensiero che la donna chiacchierasse. Faceva le pulizie anche in altre famiglie di Casalpalocco, e pure in una dell'isola XIX: c'era il rischio che li sputtanasse. Ma non c'era niente da fare: Leda era uscita di testa, probabilmente; ed era sempre stata refrattaria alle convenzioni, al rispetto umano, alla responsabilità borghese.

Qualcosa, ad Alceo, era rimasto in eredità dalla sua esperienza di responsabile della pagina letteraria del «Messaggero»: collaborava adesso ad «Almanacco» e a «Nuovi Argomenti». Due-tre volte alla settimana tornava però il pomeriggio a casa: aveva la sua monografia da portare avanti. E non trovava Leda; non rientrava mai prima dell'inoltrato pomeriggio. Alceo non le chiedeva nemmeno più dove fosse stata.

Erano tre giorni che c'era un'afa tremenda. Un vento caldo e umido di scirocco appiccicava la camicia addosso. Faceva un caldo torrido, più che in agosto. La sera tutta l'umidità che esalava dai prati irrorati con l'irrigazione a spruzzo restava sospesa nell'aria formando una nebbiolina che poi si depositava sulle macchine, dal tetto bagnato come se fosse piovuto. Dalle otto di sera in poi non si respirava, come in Turchia quando cade il meltemi.[3] Tutti, perfino i patiti del tennis, erano in uno stato di abbattimento per questo prolungamento innaturale della stagione calda.

Leda si mostrava particolarmente insofferente. «Passerà», si diceva Alceo «è il tempo». Ma un senso di insicurezza profonda, di attesa angosciosa, gli stringeva le viscere. Avevano cenato controvoglia, con disappetenza. Leda aveva lasciato – come non faceva mai – i piatti sporchi sulla tavola, senza metterli nella lavapiatti: l'indomani sarebbe venuta la donna. Verso le undici erano andati a letto. Ma Leda non dormiva: gli girava le spalle, coricata su un fianco, e Alceo percepiva, come un contatore Geiger, la tensione che promanava dal suo corpo.

[3] Dal turco *meltem*, «brezza terrestre». Vento soffiante da nord sul mare Egeo.

O forse era per via chimica, attraverso il suo sistema ormonale, che veniva condizionato dai suoi feromoni. Percepiva l'umore di lei come fanno gli animali che avvertono lo stato d'animo mediante odori non avvertiti, almeno coscientemente, dall'olfatto umano. E la tensione di Leda gli si comunicava; neanche lui poteva dormire, ma stava attento a restare ben fermo, trattenendo quasi il respiro. Tuttavia avvertiva come una compressione, uno stringimento endocardiaco. «È perché giaccio sul lato sinistro»: poteva essere una spiegazione plausibile se avesse avvertito altre volte quel peso in quella posizione. Comunque si girò piano sull'altro fianco. In questa posizione voltava anche lui le spalle a Leda; così gli giungevano meno direttamente le onde della sua insofferenza; ma le percepiva ugualmente, con una sensibilità acuita. Avrebbe voluto abbracciarla dalle spalle come aveva fatto tante e tante volte; parlarle almeno. Ma sarebbe stato come passare un guanto ruvido sulla pelle irritata.

Era inutile mentire a se stesso: non era per il tempo, era per lui l'insofferenza di Leda.

All'improvviso si scosse: Leda non era nel letto. Aveva creduto che non si sarebbe addormentato se prima non l'avesse fatto lei e invece si era assopito senza accorgersene. Vide una lama di luce che arrivava dal bagno sul disimpegno e sentì il rumore dell'acqua che correva dal rubinetto. Leda rientrò in camera: si era lavata la faccia. Guardò l'orologio: l'una meno un quarto. Con addosso la lunga camicia da notte Leda aveva aperto l'armadio.

«Che cerchi a quest'ora?».

«Io vado».

Per un attimo il sangue non gli affluì al cervello. «Ma che dici? All'una di notte? Dove vuoi andare?».

Leda non rispose. Aveva tirato fuori un abitino dall'armadio: si sfilò la camicia da notte e lo infilò, dalla testa. Per qualche secondo, di schiena, era rimasta nuda. Alceo si sentì stringere il cuore: Dio, quant'era bella!

«Mi sembra di vivere un incubo!».

«Comunque io non sono la tua succube».

«La mia succube? Ma se esci e torni quando vuoi, esci ogni mattina e non so nemmeno dove vai... Ma ti rendi conto della tua esosità, dell'assurdità della nostra situazione?».

«E infatti è il caso di normalizzarla. Me ne vado e così non avrai più il fastidio di vedermi uscire e tornare».

«Leda, ti prego, non fare così; non fare, non fare questa pazzia. Io non riesco a concepire la mia vita senza di te».

«E io invece sì».

«Ma che dici? Sono talmente innamorato di te che tu per me sei come un'allucinazione».

«Svegliati».

«È difficile: tu per me sei un sogno senza fine. Comunque, sveglio o in sogno, sappi che t'amo, t'amo ancora non per quello che sei ma per quello che sei per me».

«Che sono per te? Un giocattolo. Un rapporto non è fatto solo di fisicità. E io sono stufa di essere considerata una donna a una sola dimensione».

«Ma se per te il sesso è liberazione! E poi che cos'è questo tuo con Valerio? Un rapporto intellettuale?».

«È questione di sensibilità. Di rispetto dell'altro; anche di te. Questione di chiarezza, d'indipendenza; di autovalorizzazione».

«Va bene: se non c'è posto per me nella tua vita – neanche un posto secondario – tanto vale che ne esca del tutto». Alceo si morse le labbra: non avrebbe mai voluto pronunziare quelle parole; gli erano sfuggite. Ma tanto, con quelle o senza quelle, non era lui che menava il gioco. Leda sembrava indifferente alle sue reazioni, quali che fossero.

«Come può essere così proterva?», si chiese Alceo. «Esaspera apposta la situazione per recuperarla dopo...»: sapeva che s'illudeva, che voleva illudersi; ne era conscio ma aveva bisogno di farlo come quando ci si stordisce deliberatamente col whisky per un'amputazione.

Leda aveva indossato il vestitino: era quello di quella sera, quello che non arrivava al pube. Ad Alceo si grippò lo stomaco. «Leda!». La seguì per le scale. «Sei pazza! Vuoi uscire così?».

«Non volevi sempre che la mostrassi...».

«Ma non per strada...».

«È buio e sono quattro passi».

«Ti vedono! Qualcuno ti può vedere».

«Crederà di avere avuto un'allucinazione».

«Ma che senso c'è, che bisogno c'è di uscire così? È questo

il rispetto che hai per me, per noi? Te ne vuoi andare? Perché non facciamo le cose ragionevolmente, da persone civili...».

«Come Ella?».

«Ma quale Ella! Ma non esiste proprio! È stata una meteora».

«Povera stella!».

«Ti prego, Leda. È l'ultima cosa che ti chiedo: non uscire così! Non ci svergogniamo. Non fare la spudorata. Fallo per te, se non per me».

«Potevi prenderti Wanda, ch'è timorata. E all'epoca era pure illibata...».

«Smettila, per Dio! Guarda che ti prendono per una puttana!».

«Ma io *sono* una puttana!».

Alceo rimase interdetto: quelle parole le aveva già sentite. Ma quando, dove, come, non gli sovveniva. La lingua continuava a parlare ma la sua mente era corsa a rifugiarsi altrove: «Leda, per quanto lontano guardi, io vedo il mio futuro accanto a te».

«Cambia veggente!».

«Leda, per l'ultima volta, fermati!».

«Non rompere».

Assisteva paralizzato a operazioni che gli sembravano prendere un tempo eterno: Leda faceva girare la rotella della chiusura di sicurezza del portone. Poi premeva sulla maniglia... Il portone non s'apriva... Leda faceva girare ancora di qualche grado la rotella che non era ruotata del tutto... Piegava di nuovo la maniglia... Ecco ch'era uscita... Aveva richiuso il portone alle sue spalle. Piano, lo aveva richiuso piano. Aveva avuto almeno questa delicatezza.

Alceo rimase qualche momento dietro il portone: mai gli era sembrato così massiccio. Poi corse sopra; dalla finestra del bagno, aperta, guardò giù: Leda aveva già girato l'angolo. Corse nello studiolo, che guardava anch'esso su via Zenone di Elea, ma sul lato posteriore della casa; il primo strappo che diede alla serranda fece – così gli sembrò – un fracasso tremendo; eppure era di plastica. Tirò piano piano la cinghia, con un movimento regolare, senza scossoni. Fuori era notte, ma non era buio: i lampioni illuminavano più che sufficientemente la strada. Leda era già quasi arrivata all'altezza del cancelletto d'ingresso di Valerio; mentre attraversava la strada Alceo poté vederla perfettamente: aveva i glutei scoperti. Sicuramente davanti, allo stesso modo, si poteva vederle il pube. Alceo gettò un'occhiata alle case intorno: erano tutte al buio, ma dalla serranda di una finestra dei Bavetta filtrava della luce attraverso le stecche. Ma questo non significava niente. «Si vede meglio, da dentro, con la luce spenta che con la luce accesa», ricordò Alceo.

Il cancelletto della casa di Valerio si era aperto. Alceo sentì, nella notte, il rumore dello scatto dell'apricancello elettrico. Poi anche il portone si aprì: si vide la luce sul pianerottolo. Un'ombra uscì: Leda salì i tre gradini che portavano al pianerottolo. L'ombra si ritirò; anche Leda entrò nel portone; ma prima che venisse richiuso Alceo vide che le due ombre si abbracciavano. La luce sul pianerottolo si spense.

Chiuse gli infissi della porta-finestra senza tirar giù la serranda, tornò in camera da letto, spense la luce e si sdraiò sul letto. Bisognava superare quella notte; come nei momenti di crisi estrema, nel decorso delle malattie gravi, intanto il primo obiettivo era *passare la nottata*. Se fosse riuscito a dormire! Si alzò, si versò nel bicchiere lungo e stretto della grappa e la mandò giù: era Pommery, la grappa preferita da Leda, e dunque la migliore.

Tornò a letto e si distese supino, al buio, non dal suo lato, dalla parte, ancora tiepida, di Leda. Era una puttana Leda? Ovviamente no. Certo faceva un uso spregiudicato del suo corpo, ma lo faceva per il suo, per il loro, piacere. Semmai poteva essere definita una puttanella, nel lessico di zio Leandro. Ma non era questione di terminologia. Leda era così e così andava amata: una puledra selvaggia che correva fuori dei percorsi tracciati, seguendo un impulso irresistibile di liberazione da tutto sui sentieri della sua (sua di lei) sfrenata fantasia. E lui aveva preteso di starle in groppa, di galoppare con lei senza redini, spronato dallo stesso estro! Addirittura aveva premeditato di essere il suo estro. Che pazzia! Basta, era notte, ci avrebbe pensato il giorno dopo. Non era, non poteva essere la loro ultima notte. La loro favola erotica non era ancora finita; sarebbe proseguita per molte altre notti: novecentonovantanove notti ancora; anzi mille: quella che sembrava non finire mai era soltanto una.

La prima cosa, per dormire, è chiudere gli occhi. Per farsi venir sonno Alceo non aveva mai provato a contare le pecore. Si faceva invece venire in mente i bombardamenti aerei, con grappoli di bombe che precipitavano giù invisibili nella notte; si sentiva solo il fischio, terribile, di quelle che cadevano più vicine; e poi lo scoppio, lo schianto, e subito dopo il sollievo: ancora una volta non era toccato a loro! Bombardamenti navali, come quello ad Altafiumara che nel settembre '43 aveva preparato, la notte prima, lo sbarco dell'indomani alla punta di Péllaro: qualche centinaio di navi martellava metro per metro le vigne con proiettili da 125 e da 250 e con qualche colpo da 305, mentre una batteria tedesca in una sella tra le colline, da Conca del Soppiatto, con pezzi da 220, aveva continuato a rispondere per tutta la notte. Solo all'alba, scendendo in picchiata, l'avevano messa a tacere gli aerei. L'intero paese si era rifugiato, anzi accampato, nella loro cantina quella notte. Ogni tanto qualcuno veniva colto da una crisi isterica. La mamma di Alceo accorreva prontamente: alle donne faceva prima una carezza sul capo ma poi, se continuavano a dare in smanie, rifilava un ceffone; per gli uomini bastava uno sguardo carico di disprezzo. Passeggiando per la cantina a passi calmi, recitava il rosario a voce alta e cadenzata; ed esigeva che tutti rispondessero. Una volta era dovuta intervenire con tutta la sua autorità per impedire che Peppe, con l'accetta in mano, staccasse la testa a uno di quegli zappaterra che, approfittando della situazione, stava cercando di spillare da *commare Ascerenza.* Gli abitanti d'Altafiumara maledicevano quegli ostinati di tedeschi e la loro batteria; ma Alceo, bambino, aveva percepito che in sua madre c'era dell'ammirazione per quella loro indomabilità. Perché pensare ai bombardamenti gli conciliava il sonno? Forse perché gli aerei inglesi (i bombardamenti notturni li facevano loro) arrivavano alle due di notte, in pieno sonno. La sirena lacerava il suo bisogno di dormire, ma non ce la faceva a svegliarlo. «Alceo, alzati, alzati!», lo scuoteva la mamma. Ma lui aveva gli occhi murati. Sentiva che lo sollevavano dal letto e lo portavano via in braccio. «Pesi un accidente!», brontolava suo padre. La mamma raccontava che al suono della sirena lui diventava rigido come un pezzo di legno, ma non c'era verso di destarlo; dovevano portarlo in braccio dalla casa al rifugio e, cessato l'allarme, a ritroso, sempre così, come uno stoccafisso.

Quanti anni erano che non andava a trovare la mamma? Provò un grandissimo senso di colpa. Pensò di andarci l'indomani in macchina; ma si ricordò che l'aveva portata via Leda. Poteva andarci in treno. Ma era bene telefonarle prima. Se, arrivando, non l'avesse trovata in casa? Ma no, non era possibile. La mamma non usciva più. Si era così indebolita... Sarebbe andato; ma intanto, almeno, poteva telefonarle. Perché non l'aveva fatto in quegli ultimi anni? Si sentì attorcigliare le budella dalla pena. L'aveva proprio dimenticata; non ricordava nemmeno più il numero di telefono. Come doveva essersi sentita sola, dopo la morte del marito, nella grande casa dove s'aggiravano come padroni i Bòttari incendiari (che zio Leandro pronunciava Bottàri)! Aveva abbandonato la mamma e la casa per Leda. *Il ripudio del proprio nomos è fonte di sciagura...* Cercò qualche vecchio calendario per trovarvi il numero di telefono. Erano appesi al muro l'uno sull'altro; il più vecchio risaliva al 1964. Lo sfogliò fino al mese della mamma, trovò il suo nome ma accanto non c'era più stampato il numero di telefono. Ci voleva quello dell'anno prima. Ma i calendari si fermavano al 1964; quello del 1963 non ci fu verso di farlo saltare fuori. Perché non aveva riportato nel calendario dell'anno successivo il numero di telefono dell'anno prima? Era come se il cassino fosse passato sulla lavagna sulla quale stavano scritte, in bell'ordine, tutte le *regolette* da tenere sempre presenti.

Aveva gli occhi sbarrati. Provò a serrarli a forza ma gli si spalancavano da soli. «Solo la mamma potrebbe abbassarmi le palpebre», si disse Alceo; ma la mamma era morta e zia Mena le aveva chiuso le palpebre passandole, una sola volta, la mano sugli occhi. «Una donna che chiude gli occhi al marito li chiuderà a molta altra gente», aveva commentato zio Leandro dopo la morte di zio Apollonio.

Si riscosse. La pena che aveva provato in sogno per la mamma era stata grande, ma l'angoscia che lo riassaliva al risveglio era ancora più forte. Lui aveva cancellato dalla propria vita le regolette e Leda aveva cancellato lui dalla sua! La libertà non sopporta compromessi, convenienze... No, questo non poteva accettarlo. Eppure se lei era stata così impudente, evidentemente l'aveva fatto volutamente, per troncare netto, per non lasciargli nessuna residua illusione. Ma la spiegazione poteva essere un'altra: lei aveva voluto punirlo per non aver voluto e saputo conservarsi il suo amore in esclusiva, per averla spinta – spinta in tutti i modi, per un anno – ad avere una storia con un altro. E per la storia di lui con Ella. Ecco perché aveva fatto la spudorata: per ripagarlo con la stessa moneta. Lui l'aveva mortificata nel giro di Ella, e lei lo umiliava nell'ambiente in cui viveva, a Casalpalocco, nell'isola XIX, nella loro stessa casa. Certo, era una versione consolatoria, ma Alceo s'aggrappava a quella. C'era una domanda che Alceo avrebbe voluto rivolgere a Leda: «Lo ami tanto?». Ma non aveva osato: se lei gli avesse risposto di sì, sarebbe stata la fine. Due, tre volte la domanda gli era venuta sulla punta della lingua; ma l'aveva ringoiata a forza. No, quello di Leda per Valerio non era amore; anche se gli assomigliava molto. Se non era amore, però, era una passione devastante. O no? Era singolare che Leda avesse voluto indossare la stessa mise della prima volta che si era mostrata a Valerio. Era lui che l'aveva voluto. Quella mise era un modo per rinfacciarglielo ma era al tempo stesso un messaggio, nel codice segreto del loro erotismo. Veramente quel vestitino l'aveva scelto lei; fors'anche l'aveva comprato di proposito. Lui non avrebbe mai osato tanto. Eh sì! Leda non era come lui, che voleva e non voleva. La sua voglia, quando montava, era incontenibile come la marea, come il turgore del mare per l'attrazione palpabile della luna.

Ecco, aveva imbroccato inavvedutamente la via che portava alla spiegazione giusta: era la stagione degli amori! Era la stagione degli amori: come per le cerve, le gazzelle, i cigni e tutte le altre belle creature che Dio ha voluto sulla terra. Sì, l'estate era la stagione degli amori. Aveva dimenticato l'estate di due anni prima a Rab? Se avesse tardato ancora mezz'ora a uscire dall'acqua l'avrebbe trovata accoppiata con quel giovane tedesco. Sarebbe stato meglio che l'avesse fatto quella volta. Il tedesco era più bello di Valerio... L'avrebbe fatto una tantum e si sarebbe tolta lo sfizio. Ma gli sovvenne di un detto di zio Leandro: *Donne di un solo cazzo ce n'è poche; donne di due non ce n'è nessuna*. L'attrazione sessuale è un fatto chimico, è questione di pelle. Prende anche la testa, ovviamente, ma è solo una vicenda temporanea: la reazione chimica si esaurisce in se stessa; e, dopo, la testa ritorna sgombra. No, non era una reazione irreversibile. Del resto, Leda non era stata attratta da Valerio, per mesi. Non era stata o non era sembrata?

Ma sì! C'era ancora un filo che li univa. Era teso al massimo, ma non era stato reciso. Un filo d'amore; o almeno un filo di tensione erotica. Indisconoscibilmente era una corrente discontinua; ma la corrente alternata non è in genere quella a più alta tensione? A quel filo era appeso il loro rapporto.

Accese la luce e guardò l'orologio: erano le due meno dieci! Si alzò per andare in bagno; in quel momento la luce andò via. Rasentò con lo stinco la sponda del letto e si diresse verso la porta della camera. Ma si ritrovò tra le mani la tenda e comprese così che era finito a ridosso della portafinestra. Raddrizzò mentalmente la rotta; dal bagno, dove era rimasta aperta la finestra, doveva provenire un qualche chiarore: niente! Girò lentamente su se stesso facendo una rotazione completa e finì per perdere del tutto l'orientamento; prese un colpo nella tibia contro la sbarra di fondo del letto. Con le mani avanti e strusciando i piedi sul pavimento cercò nuovamente la direzione del bagno; brancolava nel vuoto; doveva trovarsi nell'antibagno: tra la camera da letto e il bagno. Finì invece addosso a uno stipite murario: era ancora nella camera? Lo tastò allungando gradualmente il braccio: il muro si estendeva abbastanza da entrambi i lati, ad angolo retto. «Bisognerebbe ogni tanto perdere la vista», pensò «per ritrovare i contorni smarriti delle cose». Doveva decidere: o a destra o a sinistra. Prese a sinistra; con le braccia tese, sempre strusciando i piedi, fece uno, due, tre passi e sentì sotto le mani il telaio di legno di una porta. Procedette e si trovò nel bagno. Là non c'era più luce che in camera, ma in un riquadro si stagliava nettamente la finestra. Stando attento a non sbattere contro il battente aperto vi si diresse e poggiò i gomiti sul davanzale guardando fuori.

Rimase a bocca aperta: s'era affacciato sulla Via Lattea! Dal bagno c'era un affaccio diretto sulla galassia! Non l'aveva mai sospettato. Aveva sempre creduto, senza rifletterci, che per vedere il cielo stellato bisognasse essere ad Altafiumara o a Capo Spartivento o in Aspromonte. Roma era per lui il luogo di lavoro, come Reggio era il luogo di studio. La casa di Casalpalocco, invece, aveva anch'essa – se n'accorgeva adesso – una finestra sull'universo!

Era dovuta mancare l'energia elettrica perché se ne rendesse conto. La nostra percezione della realtà passa attraverso filtri mentali tanto inconsapevoli quanto possenti. Gran parte delle informazioni che ci giungono dall'esterno non superano le nostre inconsapevoli barriere mentali. Più per una verifica che per allargare la veduta, volle andare a guardare dalla portafinestra dello studiolo. Sull'armadietto del bagno c'era una pila elettrica tascabile; la trovò, con qualche difficoltà, a tastoni. Sì, l'universo esisteva pure sul retro della casa ed era anche più vasto. Con le braccia sulla ringhiera del balcone se ne stette una mezz'ora a guardare il cielo stellato; era come se avesse applicato alla macchina fotografica un obiettivo grandangolare. Lasciando spalancata la portafinestra, se ne tornò a letto. «Ecco», rimuginava suo malgrado «sono qui con me. Rovesciando un detto di Mark Twain, una gioia va condivisa con qualcuno, ma il dolore si assapora da solo». Adesso l'incombenza era una sola: liberarsi del pensiero di Leda; svuotarsi dell'assillo del suo corpo come si libera dall'acqua una barca allagata azionando la pompa o, se non c'è, con la sassola, cucchiaiata a cucchiaiata. Sì, doveva svuotare il cervello della presenza invadente di lei, cucchiaiata a cucchiaiata. Ma è impossibile aggottare una barca quando s'è aperta una falla. Adesso, adesso la sofferenza aveva raggiunto l'acme: una sbarra incandescente, al calor bianco, gli attraversava il cervello.

Ascoltare il silenzio: è altra cosa che ascoltare lo sciabordare del mare o il fruscio del vento. Persino nella notte nel deserto c'è qualche rumore. Ascoltare il silenzio: quel silenzio che avvolge le cime delle montagne dopo il calar del sole. Il silenzio metafisico che dicono si avverta a Perito Moreno nella spinta immobile dei due fiumi gelati, un attimo prima che il ghiaccio si frantumi con un boato. Anche questa era un'esperienza che non aveva mai fatto. Il silenzio che ascoltano i carcerati in cella d'isolamento. Gli tornò alla mente Ierace, prigioniero del suo stesso scheletro: quello era anche peggio. Sì, c'era di peggio. Al peggio non c'è mai fine. Si rilassò, finalmente.

Era cominciato con un dolore sottile; sembrava, all'inizio, un mal di stomaco. Il diaframma premeva sulla zona cardiaca come per un'ernia iatale; ma poi il dolore si era localizzato di traverso al petto, come quando la pubalgia gli attraversava, dai testicoli, il basso ventre. Alceo provò a muovere il braccio sinistro; poteva muoverlo, ma il dolore si era irradiato nell'ascella e da lì a tutto il braccio. Era come quella volta in cui la sciatalgia, partendo dalla compressione discale nella spina dorsale, si era innervata in tutta la gamba fino alla punta del piede, che s'era storto: *piede forcuto o piede equino* aveva sentenziato il neurologo. L'accecamento del dolore era tale che il bruciore incandescente era passato dal cervello al braccio fino alla punta della mano sinistra: nella falangetta del medio il dolore diventava lancinante. Bruciava per la febbre. «È la febbre del dolore», comprese Alceo. «Non si muore di dolore, sta tranquillo!», gli diceva sempre la mamma. Anche quando s'era rotto perone e tibia, con una frattura scomposta. Anche quando, a tredici anni, l'avevano operato di appendicite, in anestesia locale. Non c'era ancora il pentotal, o per lo meno non c'era in Calabria. L'anestesia generale si faceva ancora con l'etere, nell'ospedale di Reggio. Ma a lui non avevano voluto fargliela, non sapeva perché. Gli avevano conficcato nel ventre i lunghi aghi di grosse siringhe da 10 cc. E lui aveva sentito un formicolio, come quando il dentista fa l'anestesia nella gengiva; poi aveva sentito formarsi un'ispessimento, una piastra nella parete addominale, come se il suo ventre si sezionasse, lamellarmente, a strati. L'avevano pizzicato qua e là sulla piastra indurita e avevano cominciato a tagliare. All'inizio non aveva sofferto molto: era come assistere a un'operazione fatta a un altro. Vedeva tutto riflesso nella lampada incombente sul tavolo operatorio. Ma quando gli avevano tirato fuori le budella, la nausea era stata irreprimibile: conati e conati di vomito biliare gli salivano alla bocca, mentre le convulsioni gli scuotevano il ventre. Si dibatteva sul tavolo operatorio torcendo i polsi serrati ai lati nelle cinghie. Finalmente era riuscito a liberarne uno: a quel punto gli avevano applicato la maschera dell'etere e aveva creduto di soffocare, prima di perdere conoscenza. Anche a Prometeo l'avvoltoio aveva tirato fuori il fegato. Era stato punito per aver sfidato gli dèi; Afrodite callipigia in particolare, che aveva chiamato Venere Libitina[4] (o niña di Semiramide?).[5] Il piastrone dell'apparecchio radiologico gli premeva sullo

[4] Uno dei due primi templi eretti a Roma fu presso il bosco sacro di Libitina, presto identificata con Venere. Si ipotizza che i riti nel bosco di Libitina avessero carattere licenzioso.

[5] Regina assira, moglie del re Nino, fondatrice di Babilonia. Secondo una versione ottenne dal marito di regnare per cinque giorni e, abusando del suo potere, lo uccise. Represse un complotto ordito contro di lei dal figlio Ninyas. Di lei, com'è noto, Dante scrive: *A vizio di lussuria fu sì rotta, / che libito fè licito in sua legge / per torre il biasmo in che era condotta.* (*Inferno*, Canto v, 52-59) Da qui qualcuno desume che Dante abbia dato credito alla leggenda medievale secondo la quale Semiramide avrebbe avuto anche rapporti incestuosi.

stomaco. Rivedeva suo padre, debolissimo: emorragia interna. Quand'è il momento di andare, spesso è anche il momento di ricordare. Si ama e si soffre soli. Dopo tanto vomito desiderava, più di qualsiasi altra cosa, farsi una doccia. «La doccia», diceva Shandijó negli spogliatoi del tennis, «è un diritto tanto dei vincitori che degli sconfitti». Provò piacere a fare la doccia tale e quale come quando era sano.

Ma era sano! Si svegliò con la luce accesa. Era tornata la corrente. L'insopportabile lampadario a gocce che gli aveva regalato zia Mena e che Leda giustamente aborriva stava sospeso, acceso, proprio sopra il letto matrimoniale. Matrimoniale! Si trattenne ancora un po' a letto per far calmare i palpiti del cuore; poi, appena vide trapelare un po' di luce dalla porta del bagno, si alzò e andò al balcone sul retro. S'annunciava una di quelle giornate meravigliose di purezza atmosferica come si vedono solo nei giorni di tramontana. Un filo di fumo azzurrognolo saliva dalla vecchia fattoria. Nel giardino la lagerstroemia era ricoperta di fiori rosa. Le aveva piantate l'Immobiliare Acquasanta nei giardini di tutte le ville e villette, dalle maxi alle minime, una per ogni giardino, in dotazione standard. Grande arbusto o piccolo albero, per gran parte dell'anno non poteva nascondere la sua natura meschinella, sparuta, malgrado il portamento eretto. Ma da luglio a ottobre si trasformava: i suoi fiori rosa, a petali increspati, erano belli come orchidee rustiche o come quelli della magnolia nell'arbusto da fiore. Da un giorno all'altro i rami un po' rachitici assumevano una loro venustà, sufficiente a giustificare l'esistenza dell'alberello per il resto dell'anno. Doveva essere fiorita da qualche tempo, ma, con la testa ad altre cose, Alceo fino a quella mattina non l'aveva notata; gli apparve in un aspetto nuovo, con una sua fresca grazia. Era come se avesse visto delle servette in abito rosa da debuttanti; e ce n'era una in ogni giardino, tutte schierate, pronte per la loro presentazione in società. Gli erano apparse come a Proust una mattina il biancospino rosa di Tansonville a Combray, rivestito con l'abito di festa per il mese di Maria.

Ma era uno scenario ingannevole, una specie di miraggio atmosferico. Il vento, in realtà, non era cambiato: era sempre sciroccoso. Nell'aria saponata non volava un uccello. L'alba, con un rullo d'afa, spianava lunghe lasagne di garza nella fascia bassa del cielo, che s'andava tutto velando. Un banco d'ovatta ristagnava, madido, a sud-ovest infeltrendo l'orizzonte. Un grande cedro – era la mattinata delle scoperte! – si stagliava nel pratone circonvallare, con i rami protesi al cielo, come uno ieratico orante. Si levò, finalmente, il sole: basso sull'orizzonte tagliava gli occhi, ma, così bendato com'era di garza sottile, non li feriva. Lo si poteva fissare senza dolore. Alceo non era venuto ad affacciarsi al lato posteriore della casa per spiare la villetta di Valerio. Pure, non poteva fare a meno di gettarvi ogni tanto un'occhiata; il portone era chiuso, così come erano serrati gli avvolgibili.

Distolse lo sguardo; s'accorse che la catena di Hard entrava, dalla porticina, nella sua casetta-cuccia. Avevano dimenticato di slegarlo, la sera precedente. Si accingeva a scendere per liberare la povera bestia dalla grossa catena quando assistette a una rappresentazione inaspettata. La gatta era passata attraverso le sbarre del cancello di separazione tra la parte anteriore e quella posteriore del giardino; dietro di lei in processione, col codino dritto, i suoi gattini. «Pussy!», la richiamò a bassa voce Alceo. Temeva che finissero in bocca a Hard. Ma Pussy si mostrava sicura del fatto suo: Alceo rimase ad osservare. Al suono della sua voce Hard era uscito dalla cuccia, stiracchiandosi; sembrava che non avesse notato i gattini. La catena non era tesa. Pussy si mise a sedere; i gattini si sedettero dietro di lei. Hard adesso aveva stirato la catena, ma Pussy non si mosse: si era messa seduta appena un po' più in là del punto estremo cui la catena consentiva a Hard di arrivare; era come se avesse preso le misure col metro. Restarono lì per un po' a guardarsi; dalla grossa lingua di Hard sgocciolava la saliva. Dopo una decina di minuti Pussy avanzò; Hard stava steso per terra, con la testa tra le zampe. Pussy si accostò al muso, strofinò un momento il suo nasino sul grande naso di Hard e poi strusciò la gota paffutella sulla sua guancia. Hard sbavava con le fauci chiuse. Ripeté un paio di volte lo strofinio guancia a guancia incavando, anziché inarcare, il dorso. Quindi tornò indietro, si accostò a un gattino e toccò col suo nasino quello del cucciolo; gli diede una leccatina in faccia e si riavvicinò ad Hard accompagnando il gattino da lui: Hard aspettava con espressione perplessa. Pussy rinnovò lo struscio cheek to cheek e poi ristette accanto al gattino che tremava verga a verga. Hard finalmente si decise: annusò il gattino in tutto il corpo, e più a lungo nel sederino, e si rialzò. Pussy accompagnò il gattino indietro e ripeté la pantomima con un altro; uno a uno rifece la stessa passerella con tutti e cinque. Hard era palesemente un po' stufo, ma portava pazienza. Dopo che anche l'ultimo gattino ebbe passato la visita, Pussy, con molta degnazione, fece il percorso inverso: riattraversò le sbarre del cancello e guidò i gattini nella parte anteriore del giardino. Alceo aveva assistito alla cerimonia di presentazione da parte di Pussy dei suoi figlioletti a Hard!

Alzò gli occhi al cielo: una nube gravida di pioggia stazionava sopra il cedro che alzava verso di essa le sue braccia; sembrava che lo allattasse, come una mongolfiera-cisterna. Vapori come suffumigi si levavano dal canale di drenaggio. Il sole fece capolino un momento: Alceo si schermò gli occhi. Le serrande di Valerio erano sempre abbassate.

Tornò in camera e si buttò sul letto. S'era appena assopito che sentì suonare al cancello. Leda! Balzò in piedi con un colpo di reni e corse alla finestra del bagno. Era la domestica. «Questa casa è violentata dalle donne di servizio», imprecò. Gli era venuta in bocca un'imprecazione di zio Leandro. Guardò l'orologio: erano le otto e mezza; aveva dormito un'oretta e mezza. Leda non era tornata. Telefonò in RAI adducendo un'indisposizione improvvisa. L'avrebbe aspettata. Sarebbe tornata a casa; doveva tornare!

Leda rientrò ch'erano quasi le dieci. Indossava, sotto il minivestito, un paio di jeans. Andò dritta in camera, si tolse i pantaloni e si buttò sul letto. Alceo aspettò mezz'ora, contando i minuti, poi in punta di piedi andò a sbirciare: Leda dormiva come una bambina. Chiuse piano la porta della camera e quella dell'antibagno. Poi scese e raccomandò alla cameriera di non fare rumore.

«La signora sta male?», domandò la donna.

«Non sta tanto bene».

Capitolo ventiseiesimo

La grossa Mercedes scura coi vetri fumé, targata CD, procedeva speditamente sulla laterale della Cristoforo Colombo in direzione di Casalpalocco. A dieci metri da un incrocio (ma era un incrocio interno) inchiodò di colpo, inspiegabilmente. Valerio, che la seguiva, fece appena in tempo a sterzare bruscamente; la 124 andò di traverso, poi recuperò la direttrice di marcia ma finì con la ruota anteriore sinistra sulla striscia erbosa umida di separazione tra la Colombo e la laterale. Fu come se la ruota fosse capitata sul ghiaccio: la macchina slittò, fece un paio di mezzi testa-coda, serpeggiando e acquistando ulteriormente velocità nella leggera discesa; infine proseguì obliquamente. Valerio cercò di mantenerla sulla carreggiata, ma la macchina gli era sfuggita di mano, tirava trasversalmente a destra: passò in tromba su una piccola rotonda erbosa spartitraffico, scardinando un paletto di segnalazione, proseguì dritta e impattò contro il muro di recinzione di una villa, lo forò come se fosse stato di cartone e penetrò all'interno continuando la sua corsa sul prato ancora per una decina di metri prima di fermarsi. Il muso della coupé si era accartocciato e il tettuccio era schiacciato come sotto una pressa: la macchina aveva assunto la sagoma di una scatola di sardine. Due boxer giravano intorno alla macchina ringhiando e facendo mossa di avventarsi. Gli schienali dei sedili si erano abbattuti di schianto all'indietro; i due passeggeri erano stesi supini come in una bara doppia. Per alcuni lunghi momenti Leda pensò di essere morta; ma ancor più che shockata, era frastornata da quelle due belve con la schiuma alla bocca che s'accanivano contro la macchina. Nell'urto lo sportello del suo lato si era scardinato ed era socchiuso. Leda provò a spingerlo: si schiudeva, a stento ma si scostava. Un boxer cercò d'infilare nella fessura il muso fremente di furore; Leda trattenne dal maniglione lo sportello accostato. Non riusciva a raccapezzarsi: dov'erano?

Da dove erano balzate fuori quelle due bestie rabbiose? Finalmente dalla casa uscì una donna di mezz'età: Leda la vide mettersi le mani nei capelli. Accorsero un ragazzo e una bambina. La donna cercò di aprire lo sportello da fuori; un cane si avventò. «Il cane!», riuscì a profferire Leda con un filo di voce. «Il cane!». Trascorse un tempo interminabile: la donna tirava da fuori lo sportello e Leda lo tratteneva da dentro. Alla fine la donna realizzò: «Porta via i cani», disse al figlio. Nel poggiare il piede sul prato Leda pensò: «Oh Dio! Ora muoio. Mi drizzo in piedi e crollo». Ma non successe niente: avvertiva solo un lieve capogiro e un dolore al collo. Incredibile! Era incolume. Era venuta fuori da quella scatola di sardine come si esce da una cuccetta in un letto a castello: dovendo solo badare a non dare una capocciata nel tetto. Non aveva il coraggio di guardare dalla parte di Valerio. Senza bisogno di constatarlo coi suoi occhi, sapeva; sapeva ch'era morto. La donna col ragazzo stavano cercando di tirarlo fuori. Non era facile: dal lato di Valerio lo sportello era inchiavardato. Bisognava estrarlo dallo sportello di destra; ma il corpo inanimato pesava enormemente. La donna si accorse che aveva le gambe incastrate sotto il cofano, che dalla sua parte era più schiacciato. Un gemito riscosse Leda. Era vivo! «È meglio lasciarlo così», disse la donna. «Chiamiamo un'ambulanza».

«Che facciamo?», chiese l'autista della Mercedes a un uomo corpulento in clergyman, dalla carnagione di indiano, con una grossa croce d'oro sul petto. «Vado a vedere?».

«*Allez, partons*! *Allons à l'aéroport*», ordinò l'uomo con lo zucchetto rosso. Era un vescovo libanese chiacchierato per un sospetto traffico d'armi; doveva partire per Beirut e non voleva altre seccature.

Nell'autoambulanza Leda sedette avanti, a lato del posto di guida. Avrebbe voluto sedersi dietro, al capezzale di Valerio, ma l'autista aveva detto che lì doveva starci l'infermiere e l'aveva fatta sedere accanto a sé. Non faceva che guardarle le gambe. «Non si può andare più svelti?», domandò Leda, infastidita, tenendo ben accostate le ginocchia e tirando giù l'orlo del vestito.

Al pronto soccorso del Sant'Eugenio cercò di andare dietro la barella di Valerio, ma li separarono. Valerio lo portarono nel reparto rianimazione, lei la trattennero al pronto soccorso. Un medico si sedette sul lettino sul quale le avevano detto di stare sdraiata e le chiese i dati anamnestici: aveva poggiato la cartella clinica sull'addome di Leda e lo usava come ripiano per compilarla.

«Scusi, ma mi deve proprio premere così sulla pancia?», s'indignò Leda. Non aveva niente di rotto, non avvertiva niente di strano e non vedeva l'ora di andarsene.

«Deve restare un po' in osservazione», disse la caposala. «Potrebbe esserci un'emorragia interna. Più tardi verrà il primario a visitarla. Intanto non si muova assolutamente».

«Posso almeno telefonare a casa?».

«Lo facciamo noi. I familiari del signore ch'era con lei sono stati avvertiti», le disse buttandole un'occhiata in tralice.

«È morto?».

«No, che significa? Lo facciamo sempre, nei casi gravi».

Valerio era in coma; aveva un polso e alcune costole rotte; una gamba era fratturata al livello dello stinco, ma quello che destava più preoccupazione era la contusione alla fronte, un ematoma che cresceva a vista d'occhio.

La suora tornò da Leda: non rispondeva nessuno né a casa sua né a casa di Valerio. «Lei è la moglie?», domandò, sapendo già la risposta. Porse a Leda l'agendina di Valerio: «Dove possiamo chiamare?».

«Ma è in pericolo di vita?».

«La prognosi è riservata».

«Potete chiamare la madre», mentì Leda, dandole il numero telefonico di viale Libia. «Posso alzarmi?».

«Ecco il primario».

Quella visita Leda non avrebbe assolutamente voluto passarla. Vide con enorme imbarazzo entrare il primario. Era seguito da un medico giovane e dal medico di mezza età che le aveva fatto l'anamnesi e che già era tornato prima insieme con un graduato dei carabinieri il quale aveva voluto pure lui le generalità e le aveva chiesto chi guidasse la macchina. Il primario era estremamente garbato: sembrò non far caso al fatto che Leda non indossasse indumenti intimi; le tastò a lungo l'addome dopo averle coperto il pube col lenzuolo. Ma gli altri due guardavano; e come guardavano!

«Tratteniamola un giorno», dispose il professor Salvetti. «Domani è bene che faccia una radiografia alla cervicale».

«Ecco come succedono certi incidenti!», disse la caposala a una suora giovane dopo che il primario era uscito. Aveva parlato a voce bassa; ma non tanto che Leda non la sentisse. «Volutamente», pensò Leda.

Alle otto trovò finalmente Alceo in casa. Alceo si precipitò in ospedale; era sconvolto, anche se la voce di Leda era stata rassicurante. Le aveva portato una camicia da notte, biancheria intima e un vestito di ricambio. Voleva fermarsi lì la notte ma non glielo permisero.

L'indomani mattina Leda andò al reparto rianimazione. Prima ancora di vedere Valerio scorse lei, Gigliola: aveva i capelli completamente bianchi! «Le sono diventati così per lo spavento o prima se li tingeva?», si domandò Leda. Quando la vide, Gigliola girò la testa da un'altra parte. Valerio era intubato; sempre in coma, ma leggero.

Leda rifiutò di fare la radiografia. Senza aspettare Alceo, col quale aveva appuntamento alle due, chiamò un taxi e si fece portare a casa. «Non potevi richiamarmi?», si dolse Alceo. Era comunque terribilmente felice di riaverla a casa. Incolume! Perfettamente incolume. Era un miracolo!

Anche in Leda la gioia vitale d'averla scampata in un primo tempo prevalse. Ma già verso sera il suo umore cambiò. Conoscendo la saldezza del suo sistema nervoso Alceo pensava che si sarebbe ripresa presto. Però i giorni passavano e la situazione non migliorava. Leda era scostante, irritante anche nel modo di sbattergli i piatti sulla tavola.

Non era più andata al Sant'Eugenio. Neanche Alceo c'era andato. Conosceva un medico dell'ospedale, marito di una collega del «Messaggero», e assumeva notizie per suo tramite: Valerio era uscito dal coma, l'ematoma si stava riassorbendo senza bisogno di operazione, la prognosi era stata sciolta ed era passato in mano agli ortopedici per le fratture. Aveva il polso e la gamba ingessati, ma ormai era roba di ordinaria amministrazione. Volendo, avrebbe potuto benissimo telefonare. Ma succedeva una cosa strana. La moglie di Valerio aveva fatto voto che, se fosse sopravvissuto, avrebbe lasciato Leda. La promessa l'aveva fatta lei, con quella sua testolina da pispola; ma – non si seppe mai perché – lui la mantenne.

Alceo cercava di stare il più possibile a casa, almeno finché non fossero ricominciate le lezioni all'università. Ma non è che la cosa giovasse. Leda evitava di trattenersi nella stessa stanza in cui era lui; oppure, se era lui ad entrare dove lei era seduta, pigliava in mano le parole crociate. Un tempo queste avevano fatto da trait d'union fra loro due; ma adesso Leda non chiedeva mai la sua collaborazione; piuttosto se ne stava mezz'ora a cercare una parola. Era diventato un suo modo d'isolarsi, una sorta di riflesso condizionato: appena Alceo si sedeva vicino, lei s'immergeva nella «Settimana enigmistica». Chiusa in se stessa come una monade, non avrebbe alzato lo sguardo nemmeno se fossero apparsi sullo schermo Gene Kelly e Cyd Charisse.

«Di tutto ti avrei ritenuta capace, ma non di rinunciare alla soluzione di un cruciverba, pur di estromettermi».

«Trovo stupido che l'unica soluzione per un rapporto in un vicolo cieco debba essere la vedovanza. Che oltre tutto non mi sembra la soluzione più conveniente per te».

«Preferisco la parte del de cuius a quella dell'abbandonato».

In effetti, però, Alceo subiva un rifiuto reiterato ch'era forse peggio di un abbandono una volta per tutte.

Se la sera lui si tratteneva nel soggiorno dinanzi alla televisione, lei pigliava su e se ne andava dritta a letto. Non s'addormentava, però. E se Alceo la seguiva, si alzava di scatto e se n'andava a coricarsi in un'altra camera. Fu così che Alceo prese l'abitudine di dormire nello studiolo, sul divano letto. Qualche volta la notte s'alzava, tirava su piano piano l'avvolgibile e si metteva a guardare il cielo: ma con le luci dei lampioni (ce n'era uno proprio lì, accanto al balcone) non ritrovava più la suggestione profonda del cielo stellato di quella notte. Una notte, tuttavia, che la luna piena si era fermata proprio sul giardino, gli venne in mente un verso del Tasso: *Alto silenzio fa la bianca luna.*[1] Se lo passava e ripassava nella mente e provava un senso di pace, di pacata attesa. Sentì che non tutto, forse, era perduto.

Eppure Leda sembrava allontanarsi sempre più da lui. Ai momenti in cui era repulsiva e astiosa alternava giornate di catatonia. Alceo a volte era silenziosamente furibondo; ma il suo furore sbolliva presto e tornava a scorrergli per le vene l'an-

[1] *E ne la notte bruna / alto silenzio fa la bianca luna.* (Torquato Tasso, *Le Rime*).

goscia, in un ruscellamento occulto che gli dava tutto il senso della sua solitudine. Altro che flusso inconscio del suo sangue destinato a diventare la linfa vivificante del romanzo da scrivere! Era questa la sua *egestas*, la sua angustia, era questo l'emungimento che occultamente lo dissanguava. Di lei era in cerca la notte, di lei era in cerca al risveglio, come un capretto del latte di capra. Prima di conoscere Leda aveva amato essere solo: stava bene, lui, con se stesso. Tanti pensieri, tanti interessi gli occupavano la mente. Divorava libri su libri. E d'estate, ragazzo, ad Altafiumara c'era la caccia, c'era la pesca, c'era la barca a vela, c'era il mare e c'era il nuoto. Una notte la barca di Ntoni l'aveva lasciato a terra, uscendo a pesca di totani. Alceo si era attardato con i nipoti di Peppe a sparare con la pistola di zio Leandro. Avevano sparato, acquattati al buio nella vigna, a un lumino che faceva da bersaglio; ma l'eco dei colpi secchi li aveva traditi. Rientrando a *La Sena* non aveva trovato la mezza pagnotta imbottita che la moglie di Peppe gli lasciava sul tavolo della cucina. Era sgusciato verso la spiaggia e aveva tirato in acqua la barca piccola, aiutato controvoglia da due compagni che poi se l'erano svignata subito a casa con la coda tra le gambe, pronti a rinnegarlo come Simon Pietro. La notte era nera come la pece, punteggiata qua e là sul mare dai fuochi accesi a poppa delle rare barche galleggianti; il cielo, proprio sopra la testa, era invece fitto di stelle palpitanti come tordi che sembrava di poter prendere in mano come noci di diamante da un plateau di velluto nero. Quella notte, con la solitudine, era forse il digiuno a dargli quel lieve capogiro, quel sentimento di valentia, quell'euforia, simile a quella provocata dalla febbre leggera della tubercolosi, che acuiva le percezioni. Dalla barca, il manto bituminoso che ricopriva il mare assumeva una fluidità magmatica di vetroasfalto fuso. I remi entravano in quella melassa con un tonfo attutito, stillando goccioloni pesanti come piombo, orlati di un barlume di stagno. Alceo aveva remato e aveva remato, disdegnando le barche ciondoloni coi loro fuochini e allontanandosi sempre più, a rischio di essere travolto, come il nostromo di Conrad, da qualche piroscafo attraversante lo Stretto. Ragazzo era stato uomo; uomo, era adesso alla mercé del capriccio altrui. «È l'amore che illanguisce l'uomo », si diceva; «nessun uomo malato d'amore per la moglie ha mai fatto una traversata solitaria». Era come un relitto buttato sulla spiaggia, un cetaceo che avesse smarrito il senso di orientamento, divenuto incapace di riprendere il largo. La sua vita si consumava in un'inerte risacca come per quelli che fanno le mosse sulla battigia invece di affrontare le onde e nuotare.

Assisteva, giorno per giorno, al tombamento del suo amore. E con esso di quello di cui si alimentava la sua voglia di vivere la sua vita.

La gatta era diventata il tramite delle loro carezze. Tutte le carezze che loro due non si facevano più direttamente se le facevano attraverso Pussy. Almeno così era per lui. «Chi sa accarezzare una gatta sa come accarezzare una donna», affermava zia Licia scandalizzando zia Mena. «Chi era più invogliante, più indipendente, più misteriosa, di una gatta? Leda. Chi o disponibile o indisponente, senza vie di mezzo? Leda, Leda».

Wanda si raccolse tremante tra le braccia di Alceo. Era una donna; ma il suo corpo di ragazza amava ancora Alceo come al tempo in cui si era schiuso, per lui, all'amore.

Era stato Alceo a telefonare a sua madre, dopo averne accennato a Leda. S'aspettava una reazione irritata da Leda (le due sorelle non s'erano mai potute soffrire), ma l'aveva trovata indifferente. Wanda non era più una rivale per lei; forse perché non era più Alceo il soggetto da contendere. Alla signora Wilma (non era mai riuscito a chiamarla mamma, né pareva che lei, da buona settentrionale, se l'aspettasse) Alceo aveva raccontato dello stato di inspiegabile depressione in cui era caduta Leda. Wilma era rimasta perplessa, ma non aveva detto di no. Parlò e riparlò al telefono con Leda, che rimase chiusa ed evasiva. Sua madre ne avvertì tuttavia l'apatia e tastò il polso a Wanda. Non si era mai fermata a casa loro a Roma, Wanda, anche se alcune volte vi aveva fatto una capatina, di passaggio. Quell'estate (stagione no per Wanda) aveva rotto il suo terzo fidanzamento. Wanda acconsentì; ma si sarebbe trattenuta solo qualche giorno. Era ricominciata la scuola.

Sabato e domenica Alceo l'accompagnò in giro per Roma; Leda, che aveva aderito a venire anche lei, all'ultimo momento aveva detto che non le andava. Di ritorno a Casalpalocco Alceo mostrò a Wanda il muro di cinta trapassato dalla macchina: il grande foro quasi circolare era ancora lì, nel muro, tappato solo con delle tavole di legno. «È una cosa da non credere come non siano rimasti spiaccicati al muro, da raccogliere col cucchiaio, dopo un impatto del genere».

«Leda se la cava sempre», commentò, senza troppa emozione, Wanda.

«Adesso il problema è superare lo shock. Sono incidenti che lasciano segni profondi nella psiche. Come un viaggio di andata e ritorno nell'aldilà. Ha attraversato il muro, come Alice lo specchio...».

«Durerà più la traccia del crash nel muro che del trauma nella sua psiche. La conosco Leda. Ha un carattere molto più forte di noi. Oh forse è semplicemente un'inaffettiva».

«Sai, forse non la conosciamo bene».

«Credi? Povero Alceo! Lei prende sempre quello che vuole. Sei tu che ti fai prendere... Che errore, che errore è stato! Hai buttato via la mia vita per che cosa, per cercare che cosa? Per correre dietro alla tua infelicità...».

«Sai cosa sta scritto nella dichiarazione dei diritti del buon popolo della Virginia, ch'è stata poi trasfusa nella costituzione degli Stati Uniti? Che ognuno ha diritto a ricercare la sua via alla felicità. Il che significa, come risvolto, che ha diritto a procurarsi l'infelicità».

«Non hai solo buttato via me. Hai buttato via te stesso».

«Hai notato che riflessi freddi hanno assunto i suoi occhi da un po' di tempo in qua? Adesso sono di un blu artico».

«Ha sempre avuto uno sguardo di ghiaccio, come zia Velia. Eri tu che lo riscaldavi con la tua fantasia. Te l'ho detto, lei è un'inaffettiva».

«Eppure ha più fantasia di quanto non si possa supporre».

«Ma davvero? Non sarà che ne hai tu per te e per lei? Guarda quanto stai a fantasticare sulla sfumatura di colore dei suoi occhi. È questo l'importante nella tua vita: che riflesso hanno esattamente gli occhi di Leda!».

«Tu conosci le mie sicurezze; lei conosce la mia vulnerabilità».

«E ne sa approfittare, eccome!».

Sì, Leda gli aveva fatto conoscere le delizie raffinate del tradimento, in un gioco di pura immaginazione. Era la sua Sheherazade. Era questo il segreto sulla più sconosciuta identità di lei che Alceo custodiva nel suo intimo.

«Eppure, non puoi immaginare...», riprese a fior di labbra.

«Eh, sì. L'immaginazione è tutto. Sei un caso disperato, Alceo mio. Stai scherzando con una tigre. E tu, a petto a lei, sei un agnellone. So già che fine farai: ti vedo e ti piango».

«Sai (*tu* lo sai, avrebbe voluto dirle): in una coppia, in un rapporto, chi ama di più è sempre più debole. Ci vuole poco a essere più forte; basta non amare, o amare di meno».

Wanda si staccò da lui: «Si direbbe che tu voglia il tuo annientamento».

Alceo non rispose; avviò il motore e rimise in moto la Giulia. A che cosa mirava questo suo disperato struggimento per Leda? Avrebbe potuto non cercarla, non volerla perdutamente? No, non avrebbe potuto. Era il suo destino. *Insciallah*!

> «La mia sorte non è altro che obbedienza
> alla forza del mio amore.
> No, non resisto a questa vertigine pura.
> Che potrei fare, o mia Bellezza, che tu non voglia?».[2]

Certo, se avesse avuto di mira un'unione conveniente Wanda sarebbe stata la sposa ideale, gli avrebbe dato sicurezza, quella sicurezza che non aveva mai potuto avere con Leda. Sarebbe stata l'estensione ragionevole della sua personalità, quale gli altri conoscevano. Ma non avrebbe corrisposto all'appello che montava dai recessi non scandagliati del suo essere. In tanti anni di studio, di letture, di versi e commentari scritti di nascosto, Alceo non aveva sospettato di avere un bisogno occulto così forte: grande quanto l'insoddisfazione che si portava dentro. Era paragonabile solo al suo bisogno del mare: un anelito d'illimitatezza, di liberazione. Liberazione da cosa? Non avrebbe saputo dare una risposta. Era un'aspirazione repressa a vivere un'altra realtà, ad essere se stesso, un se stesso primigenio, e al medesimo tempo a uscire da se stesso. Un desiderio che aveva raggiunto il suo culmine proprio nel momento in cui stava per affrontare la vita, con i suoi impegni quotidiani, sovrapposti e irrecusabili, che venivano a irretire

[2] *Tout mon sort n'est qu'obéissance*
à la force de mon amour.
A ce vertige pur je ne résiste pas.
Que puis-je, ô ma Beauté, faire que tu ne veuilles?
(Paul Valéry, *Cantate du Narcisse*, scena II)

la sua volontà più genuina e la sua fantasia più alta. Era stato educato, Alceo, a prendere ogni cosa sul serio, a dare responsabilmente il meglio di sé in ogni situazione. Si adeguava, da bravo ragazzo studioso, ma non vedeva l'ora che sopraggiungesse l'estate: il mare, il mare era per lui la libertà, con la possibilità di scegliere ad libitum la rotta, mentre la terra, con le sue strade, i suoi binari, era la costrizione e l'adattamento senza illusioni. In quella stagione della sua vita, alle soglie dell'estate, aveva visto per la prima volta ergersi dinanzi ai suoi occhi il corpo di Leda come un ostensorio vivente. Leda gli aveva fatto scoprire il piacere liberatorio del gioco, che poi era diventato il gioco della trasgressione. È vero, alla fine lei aveva barato (o, ad essere sinceri, non aveva accettato le regole da lui imposte) ma ciò non toglieva che avessero giocato insieme, l'uno per l'altro, con un'intesa così profonda che non aveva nemmeno bisogno di esternazione. Giorno dopo giorno Alceo aveva sentito (anche se per molto tempo non aveva ancora capito) che la realizzazione del suo desiderio passava attraverso la partecipazione al desiderio di Leda. Era un bisogno profondo, ancestrale, che emergeva in lui. Tutto il resto del mondo, al confronto, era niente. Solo che avrebbe voluto modellare il desiderio di Leda sul suo desiderio e nello stesso tempo transustanziare la sua sensitività in quella di lei. Godeva delle brioches con gelato che lei mangiava golosamente, godeva dei ravioli di zucca di zia Mena che lei gustava e ch'egli fin allora non aveva apprezzato. Era Leda la sua mezza arancia cui il suo archetipo anelava a ricongiungersi. Era il gemello generato con lui e non nato, era la sorella che non aveva mai avuto. Era l'altro se stesso, complementare, stampato nel suo DNA.

Leda, Leda era il vortice oscuro che risucchiava irresistibilmente la sua vita: fosse pure nell'abisso delle Bermude. Chiunque si frapponesse fra loro due era un nemico. «È volontà di annientamento, la mia?», scorreva in mente ad Alceo, così un'onda cerebrale dopo l'altra. «Cercare la propria via alla felicità, o all'infelicità, significa anche cercare la propria via alla morte? Beh, c'è la volontà di potenza e c'è la volontà di annientamento. Ma più che volontà è voluttà». Ἕρος καὶ θάνατος,. *Fort comme la mort:* detto così sembra un titolo da feuilleton, più che da romanzo, ma l'amore e la morte sono le due forze che portano l'uomo fuori di se stesso. Parafrasando e adattando un concetto buddista[3] si può dire che la vita d'un uomo gira intorno a un solo amore. Come la ruota di un carro, girando, tocca la terra in un solo punto, così la vita d'un amante dura quel che dura un solo amore. Ricongiungersi a Leda, pur se questo avesse dovuto portare a un monismo di morte. Amore e desiderio: può un amore, un amore assoluto, essere divorato dal suo fratello mutante, il desiderio? Foss'anche! Avrebbe fagocitato il suo amore, come una mamma prende a morsi il suo bimbo quando i baci non bastano più al suo trasporto. Come si mangia il fegato al proprio antagonista così si vorrebbe divorare il cuore alla donna di cui non possiamo fare a meno perché è parte appropriabile e inafferrata del nostro io. Leda! Tornare a entrare nel suo grembo, ecco l'acquetamento di ogni tensione, ecco il porto in cui smarrire ogni rotta, ecco il suo illimitato piacere, il suo nirvana. Senza di lei era più che dimezzato, lobotizzato dello strato più profondo del suo cervello, uno strato in cui affondava le radici la sua stessa creatività. Dopo aver conosciuto Leda, da quando l'amava, aveva scritto le sue poesie più belle, i suoi saggi più veri, più originali, come quello sul subconscio nella psicanalisi e il preconscio nell'arte. Grazie a Leda le larve del suo incoscio avevano trovato una via di emersione ai livelli più alti della coscienza e una forma di espressione involontaria e filtrata al tempo stesso. Solo il libro su Ella aveva rappresentato una deroga: perché in esso aveva represso il suo trasporto per Leda. Sì, fondersi in Leda, riannodare il filo spezzato della loro congiunzione congenita, discendere lentamente in lei eiettando fiotti di piacere. La ricongiunzione con lei era l'unica via di liberazione dall'angoscia, dovesse pure discendere per questo agli inferi come Orfeo. O essere entrambi in uno o non essere. «Sì, sì *cupio dissolvi in Leda*:

Ah, se annegassi a sera
nella marea refluente
della tua tenerezza
– o quanto, quanto attesa! –,

.[3] «A rigore, la vita di un essere dura quanto un'idea. Come la ruota di un carro, girando, tocca la terra in un solo punto, così la vita dura quel che dura una sola idea», *Visuddhimagga* (*La via della purezza*), trattato buddista del V secolo.

così come s'annega
nel respiro del mare
(per la sua ambivalenza
d'attrazione e ripulsa
inquieto come il grembo
di un'amante, materno
per il sonno profondo
d'ogni attesa e rimpianto
ch'esso culla nel fondo),
dolcemente frenato,
ancora, dal cedevole
paracadute serico
dell'acqua, imbavagliato
nella lenta discesa
dal perduto piacere del mare!».

Capitolo ventisettesimo

«È per te», disse Leda poggiando il ricevitore sul tavolino.

«Ciaaao! Cooome stai?».

Alceo gettò un'occhiata a Leda: il suo viso era assolutamente inespressivo.

«Ma cooome stai? È possibile che per sentire la tua voce debba accendere la radio?».

Ella riusciva sempre a essere caruccia; nell'abbordare qualcuno trovava ogni volta modo di dirgli la cosa più gradita.

«Insomma ti sembra giusto che io debba avere tue notizie dagli altri?».

«Da chi?», si chiese mentalmente Alceo. «Chi può averle dato mie notizie? A richiesta o spontaneamente?».

«Ma non hai ricevuto il mio invito?».

«No, sì». Sì, l'aveva ricevuto. Era arrivato nei giorni successivi all'incidente. *In casa, dalle 20,30. R.S.V.P.* Alceo non aveva risposto. Se l'era proprio dimenticato: aveva altro cui pensare in quei giorni. In ogni caso, anche senza il crash, non ci sarebbe andato.

«Vedo un po' di amici martedì prossimo. Questa volta non te ne dimenticherai. O non sei più mio amico?».

«Vieni?», le chiese Alceo.

«Perché, ha invitato anche me?». No, non l'aveva invitata, almeno espressamente. Anche il nuovo invito scritto, che era arrivato in settimana, era per il professor Alceo Rondíni; senza *e signora.*

«È implicito. L'invito è sempre esteso alla moglie», mentì Alceo.

«Come! La moglie non è la madre di tutte le abiezioni?».

«Questa è un'espressione di Vulpicio!».

«E questo è un invito di Ella».

«Ma è una moglie anche lei...».

«...esemplare! Perché non mette su una scuola? *La scuola delle mogli.* Voglio proprio andarci!».

Alceo aveva detto a Ella di sì ma non aveva nessuna intenzione di andarci. Senza Leda, poi... Invece ci andò. Tanto, Leda più idrofoba di quel che si mostrava non poteva essere.

Aveva parcheggiato, come sempre, la Giulia sulle rampe di piazza delle Muse che scendevano verso il Tevere, ma un po' più distante del solito perché erano piene di macchine. Si accorse di aver dimenticato l'impermeabile nell'auto, sovrappensiero com'era; ma si trovava ormai piuttosto lontano ed era in ritardo. Guardò in alto: non pioveva in quel momento, ma il cielo era nero e, per quel che si poteva scorgere, nubi cariche d'acqua incombevano basse. L'aria era pregna d'umidità.

Suonò al cancello. Ripercorreva, dopo poco più di un anno dalla prima volta, lo stesso viale. Ma lui non era lo stesso uomo – un anno l'aveva fiaccato come dieci – e quello non era lo stesso viale. Illuminato fiocamente dai lampioni, un tappeto di foglie marce si stendeva sotto i piedi, si appiccicava alle suole delle scarpe. E odore di marcio, di umido, saliva dal suolo. Non c'erano, a segnare i margini del viale, le ciotole di cera fiammeggianti delle serate più gioiose. La mattina un violento nubifragio aveva rovesciato su Roma torrenti d'acqua e le foglie avevano intasato le fogne. Non era solo odore di marcio: dalle fogne esalava puzza di topo morto. Quell'anno san Martino avrebbe dovuto donare l'intero mantello, non solo metà, e magari aggiungerci un paracqua: la sua estate era stata ingoiata dalla più brutta stagione che si ricordasse, in quel periodo, da molti anni.

Il cameriere gli aprì il portone senza salutarlo; ma lo fece entrare senza chiedergli il nome. Era uno degli ultimi. C'era gran parte degli habitués: Moravia, G. G., i Tolomei, i della Gherardesca, la Wertmüller von Elgg, Romiti, Ersilia Corpetti, Bisaglia, Bevagna, Vademecum, la Rettovaglia, Romilda Bollati, Sofo, la Vitti, Regalmuto, la Pucci Pessario, Soperchio, la Paulera...

La forza di Ella era questa: avere lo zoccolo duro; e averlo bello alto. Poi c'erano i volandieri che venivano aggiunti ai *mazzetti* come fiorellini di stagione. Lui, Alceo, era uno di questi: sfiorita la sua stagione, era stato lasciato cadere. E Vulpicio? Non mancava, naturalmente; lui era uomo di tutte le stagioni. Sì, era stato escluso solo lui, Alceo.

Per la verità, senza essere stato escluso, qualcuno mancava: Madamotto. Dopo aver ispirato la sua vita privata e la gestione delle sue aziende alla più oculata prudenza, aveva commesso la peggiore imprudenza che un uomo – e specialmente un ricco – possa commettere: era morto. Alceo aveva letto il necrologio la settimana prima: *Si è sciolto per sempre dall'abbraccio dei suoi cari...* Era lui che aveva aperto per primo la sua casa di Cortina (dov'era un punto di riferimento) a Ella, quando Ella era ancora l'amichetta del futuro suocero, il vecchio duca Everardo dell'Agone. Ed aveva contribuito non poco a portare il fior fiore della società cortinese nel rampante salotto di lei, neoduchessina.

«Come mi trova in faccia?», lo apostrofò Soperchio.

«Bene», cercò di tirar via Alceo.

«No, come mi sta? Dico la faccia!».

«Le sta bene!», tenne botta Alceo guardandolo questa volta negli occhi. Se credeva di spaventarlo con quella sua espressione leonina... *Un cretino, con una faccia da cretino* l'aveva definito Alceo parlando con un amico del «Messaggero»: *Il guaio, per lui,* – aveva sottolineato – *non è di essere un cretino; ce ne sono tanti... Il guaio è che gli si vede in faccia.* Evidentemente gliel'avevano riferito. Uno ad uno tutti gli *amici* gli venivano meno: ma fosse stato tutto qui il suo rovello! Era ben altro il suo torcibudella... Si avviò verso un gruppetto.

«Con i Beatles è cambiata musica...».

«Ma quali Beatles! Coi loro costumini da collegiali! I Rolling Stones...».

«Non stiamo parlando di una sfilata. Stiamo parlando di musica, di nuovi accordi...».

«Accordi! I profeti della rivoluzione musicale di questi anni sono i Rolling Stones! Il loro stesso modo di stare sul palcoscenico è una provocazione, un oltraggio sessuofonico al conservatorismo sessuale, musicale, scenico. Gli accordi d'apertura di certi loro pezzi sono l'equivalente rock and roll della *Quinta* di Beethoven».

Pur di liberarsi del suo ex direttore Alceo si era diretto verso Vulpicio.

«È musica negra...», storse la bocca Soperchio che l'aveva seguito.
«Oh, ecco l'idolo delle nonne!». Vulpicio mosse a sua volta incontro ad Alceo col suo passo di iena. Tutto sommato, malgrado l'avversione reciproca, c'era come un elastico segreto che li legava l'un l'altro; e quando era teso all'estremo per il prevalere della forza repulsiva, proprio allora tornava ad attrarli di nuovo.
«E Leda?».
«(Ecco l'elastico)», trasalì Alceo. «Non è venuta».
«Tu invece sei tornato all'ovile».
«Tu mi pare che non te ne sei mai allontanato, maestro di vita. E ti ci trovo inappuntabilmente in abito scuro e cravatta, sia pure rosso sanguinaccio. Ma lo sai che l'abito borghese è il succedaneo della livrea e della divisa? Comunque, una volta tanto ne hai azzeccata una pure tu, come l'orologio guasto di Sansulpicio».
«*De che*?».
«Che solo in provincia la morte fa notizia. Non mi pare che nessuno faccia caso alla scomparsa di Madamotto».
«Non è tanto questo, quanto che i ricchi non contano di per se stessi, ma per il patrimonio che rappresentano. Non sono persone, sono delle personificazioni patrimoniali ambulanti. Quando muoiono, il loro patrimonio passa agli eredi e con quello l'esponenzialità sociale. Hai notato quante vedove ci sono nel salotto di Ella? Eppure, tranne Rina Brion, sono tutte delle nullità; nullità come persone, ma fin quando il patrimonio conserva la sua consistenza, esse mantengono, tale e quale, il rango sociale della buonanima».
«Non mi dici niente dello sbarco sulla luna? È vero che l'equipaggio non ha avuto il coraggio di uscire dalla navicella e gira ancora intorno senza osare mettere fuori il piede?».
«È stato tutto un bluff, un'impresa fine a se stessa, una cosa senza seguito e senza futuro. Un'impresa cui il popolo americano non ha partecipato e quindi sterile. Come procreare un bardotto, l'incrocio di un'asina con un cavallo: può anche vedere la luce, ma non avrà prosecutori. O come le macchine celibi, quelle macchine che non servono a niente. E infatti non ne parla più nessuno».
«Se è per questo non si parla nemmeno più dell'assassinio di

John Kennedy e di suo fratello Bob. L'unica cosa che sembra interessare la gente, il problema di Stato, è sapere se uno dei due o entrambi abbiano fatto atto indecente con Marilyn Monroe».

«Kennedy – diciamocelo tra noi – era un coglione al cubo. È andato a ficcarsi nel merdaio del Vietnam... E la Baia dei Porci... Non ha fatto scoppiare la terza guerra mondiale per un pelo. Ringraziate il buon senso di Kruscev...».

«Il buon senso è l'oppio dei popoli. Ci vogliono gesti estremi per fare da forcipe alla storia, per determinare il futuro di un popolo».

Alceo guardò Bevagna con stupore: l'aveva sempre ritenuto sì settario ma innocuo. Il suo eloquio, indubbiamente, era una forma di prevaricazione, di sopraffazione. Travolgeva tutto e tutti, senza ascoltare ragioni, senza quella misura che contraddistingue il ragionamento, tendendo inesorabilmente sempre verso la stessa foce, schematicamente predeterminata. Ora lo guardava con altri occhi, anche per quello che si mormorava di lui alla Sapienza. Alcuni cattivi maestri non s'accontentavano più di predicare *contro*; annunciavano la palingenesi. Mistici e paradigmatici al tempo stesso, teorizzavano la *giusta* morte *altrui*. Un delirio di onnipotenza tentava la mente imperiosa di alcuni eletti (autoeletti) con l'attrazione del vuoto. Niente dà il senso di onnipotenza quanto disporre della vita di un uomo, specie se socialmente superiore. È sorprendente come l'uomo, persino se è a capo del più potente Stato del mondo, si riveli alla mercé di colui che decida meditatamente di sopprimerlo.

La sciura Rettovaglia aveva colto al volo un'ideuzza (più che altro una provocazione) della Corpetti alla Paulera di andare per un safari in Kenia o in Sudafrica. «Ci saranno rischi?», chiese a Vulpicio.

«Tra simili si trova un modus vivendi», urticò Vulpicio.

«Ah, verrebbe anche lei», disse la Rettovaglia che non aveva capito. «Solo che si parlava di andarci a Natale e in quel periodo costa di più».

«Pur di andarci con lei», l'assicurò soavemente Vulpicio, «ci verrei anche il giorno della Befana».

Ella attraversò la sala sgommando il prossimo; passò, senza fermarsi, un dito sulle labbra di Alceo e poi in fondo alla sala fece una carezza sul capo a un giovane alto che Alceo non aveva mai visto. Vulpicio seguì il suo sguardo: «Non lo conosci? È il più giovane aspirante banchiere d'Italia».

«Una delle tue! Che significa il più giovane aspirante banchiere?».

«Chiunque può avere delle aspirazioni. Basta che trovi gli agganci giusti; e che rispetti il suo turno. Il giovane Rampíni è il favorito di turno. Non te l'avevano detto che c'era il turn over? Insomma... non possiamo nemmeno dire *mutatis mutandis*, visto che la nobildonna non è usa a indossarle. Comunque fa rima col tuo cognome: è già una *rimembranza*,[1] no?».

Se voleva mortificarlo c'era in qualche modo riuscito; ma a farlo soffrire di gelosia, proprio no. *Chi a uno solo è fedele / spesso a troppi altri è crudele,* aveva detto una volta Ella: era una dichiarazione programmatica che lasciava ben poche illusioni sulle intenzioni caritatevoli di *madame*. Si rafforzava indubbiamente in Alceo il sentimento di emarginazione da quell'habitat, ma si trattava di un mondo al quale si rendeva sempre più conto di essere radicalmente estraneo.

Cambiò discorso: «Ho visto G. G. ma non ho visto F. F».

«Ah, ah, sentite questa ch'è succulenta», proruppe Vulpicio. Ma poi, prima di proseguire, gettò uno sguardo intorno per assicurarsi che Soperchio non fosse nei paraggi. «Me l'ha raccontato Peppino Padellaro, il direttore generale dell'editoria della presidenza del Consiglio. Per l'onomastico, il 4 ottobre, F. F., come al solito, ha ricevuto una sfilza di doni. Ora dovete sapere che F. F. ha una segretaria ordinatrice, come dire, catalogante. In tutti i regali che il suo capo riceve, per Natale, Pasqua e altre occasioni, mette un bigliettino con l'indicazione del donatore e una stima approssimativa dell'oggetto. Così F. F. li ricicla, evitando naturalmente di rinviare al mittente il suo stesso dono. A un orologio dorato aveva messo questo bigliettino: *regalo vistoso, ma di scarso valore, riciclabile a persona di mezza tacca.* Solo che, anziché attaccarlo fuori per toglierlo in un secondo momento, l'aveva posato nella scatola

[1] La *rimembranza* ha, com'è noto, nella filosofia hegeliana un'importanza fattrice, maggiore di quella, pur notevole, che ha il ricordo secondo il senso comune. La *rimembranza* riconquista il tempo, conserva tutto quello che il Sé reale era, nell'intima forma della sua sostanza, abbandonando la sua esistenza esteriorizzata; la Gelstalt è affidata al ricordo. (Hegel, *Fenomenologia dello spirito*)

e se l'era poi dimenticato dentro. F. F. pensò bene di mandarlo, per l'onomastico, a Fiorenzo Ciampi, il presidente della SIAE, che non perde occasione per fargli un presente. Qualche giorno dopo riceve un biglietto: *La persona di mezza tacca ringrazia*».

«Che cafonata! Come fa una persona così a ricoprire un posto di quel livello?».

«Ma no, sono cazzate! Fa benissimo. Perché dovrebbe spendere di tasca propria? Non è mica ricco di suo, lui. Anzi, dimostra un suo disinteresse; riduce una coatta usanza sociale a una partita di giro. *Fatevi degli amici col mammona dell'iniquità!*».

«Che, sei diventato tavianeo?».

«In che senso?», sfuggì a Vulpicio; ma si riprese subito: «Che blateri?». Detestava chiedere spiegazioni, mostrare di non aver capito a primo colpo.

«Tavianeo, *pontiere*.[2] Che fai, butti il ponte verso il nemico?».

«F.F. è un avversario, non un nemico. Appartiene allo schieramento opposto, ma è uno come noi, un uomo dei nostri tempi, non uno zombi di sette secoli fa. È l'equivalente di Ella. Gli è montato in groppa, ai dorotei, e li conduce dove vuole. È una lama, non un astenico come loro. Quelli invece stanno lì, inebetiti da pratiche pietistiche... Potere, mio caro, se ne ha quanto se ne esercita. E il potere *non tolerat vacuum*: se non lo esercita chi ne avrebbe titolo, un altro prende di fatto il suo posto».

«Ma i consiglieri di Stato non sono una specie di casta, un'élite esclusiva?».

«Sono un'élite, ma non per via ereditaria. Non ci sono figli di consiglieri di Stato nel Consiglio di Stato. Comunque l'influenza del Consiglio di Stato è più mitizzata che reale, è come l'influenza astrale o della massoneria o del Grande Vecchio. C'è chi lo vede come un corpo collettivo, come un alveare o un termitaio. Per me, invece, è addirittura dubbio che sopravviva nella realtà postottocentesca e che non sia piuttosto un anacronismo, come il sorriso del gatto di Lewis Carrol,

[2] Nella primavera del 1968 Paolo Emilio Taviani abbandonò Moro alleandosi coi dorotei e determinando così la fine del governo di centrosinistra. Si disse allora che aveva buttato un ponte verso Rumor e Fanfani e pontieri vennero denominati i suoi seguaci.

che persiste ma il gatto non c'è più. Esistono certamente degli individui, come F. F...».

Nell'angolo opposto della sala Straziota si accalorava con Regalmuto: «Hai saputo che hanno finito per ammettere il duca di Glasgow al Circolo della Caccia?».

«Beh, e cosa c'è di strano? È il principe consorte...».

«Che vuol dire? Abbiamo rifiutato l'ammissione anche a capi di Stato in carica; quel che conta è solo il titolo nobiliare».

«E lui non è duca di Glasgow?».

«Questo è il titolo che gli ha dato la moglie, un titolo grazioso, questo, roba del novecento addirittura. Anche D'Annunzio è stato fatto principe di Montenevoso da Vittorio Emanuele, o meglio dal Duce; e che cos'è un principato così? Una patacca. Come dire vescovo di Qom: che, è una diocesi Qom?».

«Non so se è una diocesi ma – mi spiegava Santonastaso – è stata il centro di una delle più antiche comunità cristiane. Fuori dalla Palestina – mi diceva – Qom e Filippi furono le prime».

«Comunque Glasgow è aria fritta. Non è per questo titolo che è stato ammesso alla Caccia, ma come Althingburgh».

«Appunto; che andiamo cercando?».

«Chi cerca trova, mio caro, mio carissimo. Sai qual è l'origine della nobiltà degli Althingburgh? Al tempo delle campagne napoleoniche un principotto tedesco aveva cercato rifugio, come altri, in Russia. Una sera aveva avuto a cena la zarina, con parte della corte. Il pranzo era stato prelibato e la zarina volle complimentarsi col cuoco che il principotto aveva portato con sé dal suo principato. Il cuoco, un certo Auche, si presentò, s'inchinò e la zarina, dopo avergli fatto i complimenti, gli chiese: "*Che posso fare per te?*"."*Prendere mia figlia al servizio di sua maestà*", rispose il cuoco. Alcuni mesi dopo, a una cena di corte un convitato, additando a un altro la figlia di Auche, osservò "*Se quella pulzella fosse una giumenta diremmo ch'è pregna*". Di bocca in bocca la cosa arrivò all'orecchio della zarina, che, notata effettivamente la prominenza del ventre della ragazza, fece una piccola indagine e appurò che l'autore del rigonfiamento era il Langravio d'Affia, anche lui rifugiatosi in Russia. E a lui la zarina scaricò la figlia del cuoco... Hai capito? È questa l'origine della nobiltà dei Mattenberg che poi, attaccati per la loro origine tedesca al tempo della prima guerra mondiale, pensarono bene di anglicizzare il loro titolo in Althingburgh. Ma questa è storia dei nostri tempi, che sanno tutti. È come se Gabriele D'Annunzio si fosse fatto chiamare principe di Snowymountain; sempre Montenevoso sarebbe stato. Cronaca, non storia. E non ha avuto neanche una palla nera! Lasciamo stare Francesco di Campello, ch'è rimasto ancora al livello di condizionamento mentale dell'aiutante di campo del principe di Napoli, e magari pure Sacchetti, ch'è uomo non insensibile alle convenienze; ma mi meraviglio di Massimo Lancellotti, che faceva lo scandalizzato, e di Guido d'Aquino di San Severo!».

Due divani più in là Marilù della Paulera dissentiva da Vulpicio: «Io non credo che sia come dice lei; che per la donna tutto si riduca all'appagamento sessuale. La sua è una visione meccanicistica, kinseyana... Per la donna, invece, l'amore, non voglio dire ch'è tutto perché certo ci vogliono pure i soldi, ma...».

«...Ma io sono pienamente d'accordo con lei, io sostengo proprio l'opposto: la parte psichica, immaginativa è la più importante per la donna. Solo che questa parte la donna ci pensa da sé a fabbricarsela; l'uomo, il maschio deve fornire semplicemente lo strumento, la materia prima».

Straziota e Regalmuto si erano avvicinati.

«Non vedo il marchese Altieri», gli si rivolse Alceo.

«Non è a Roma», rispose asciutto Regalmuto, allontanandosi.

«Lui è in Sicilia e lei è a Montelera», mise lingua Vulpicio. «Con Duccio Cacciaguerra, alias Scopegna», soggiunse ammiccando.

«Chi l'avrebbe detto?», osservò Pucci Pessario. «Sembravano così affiatati...».

«Galeotte furono le castagne davanti al caminetto...», proseguì Vulpicio, «e il fatto che Sansulpicio la lasciasse sola, avendo un vicino di quarant'anni...».

«Certo», spezzò il discorso Alceo, « erano i giorni della merla; quando Francesco Ferrucci[3] andò in montagna e mangiò castagne; e al Maramaldo, che lo sorprese allo stremo su giaciglio di paglia e sfoderò lo stocco, disse: "*Maramaldo, tu uccidi un uomo morto*"».

[3] Capitano fiorentino (Firenze 1489-Gavinana 1530); tradito da Malatesta Baglioni, fu ucciso da F. Maramaldo.

«Ti piglia spesso?», fece Vulpicio.

«Ho voluto raccontare anch'io la mia favoletta. *Dite la vostra che ho detto la mia*».

«Ma quale favoletta! La favola era il loro affiatamento. Anche se bisogna riconoscere che Altieri è uno che porta le corna a testa alta».

«Hai il sangue bituminoso per l'odio!».

Vulpicio sogghignò: «Quante volte ti ha cercato in questi mesi? E ti ha mai mandato una mozzarella? E dire che a lui escono dalle mammelle!».

«Questa è una delle tue solite bufale!».

«Avrà anche il sangue blu, ma, come tutti gli aristocratici, è un animale a sangue freddo. Uomo dal lento pensiero e dal lento coito...».

«Dai proprio il voltastomaco!».

«Non dico mica che non ce la fa. Bisogna dargli tempo; e qualche aiuto. Come quegli asinelli marsicani, infiacchiti dagli incesti, che il contadino aiuta nella monta standogli accanto a suonargli il chitarrino: piano piano, piano piano, finché in qualche modo gli si drizza».

«Lo diresti di tuo padre?».

«Scusa, non sapevo... E perché Altieri non ti ha riconosciuto, visto che ti manifesta tanta predilezione?».

Ad Alceo ribolliva il sangue. Fissava Vulpicio negli occhi serpigni, ma quello sosteneva sfrontatamente lo sguardo.

«Il fatto è», riprese, «che Sansulpicio è giunto a quell'età in cui urinare e defecare sono le funzioni più importanti della vita. E tuttavia è un uomo che ha le sue ingegnosità: siccome gli sgocciola per la prostata, s'è inventato di fare la pipì seduto, come le donne».

«Tu non sei solo plebeo, sei triviale, sei proprio un borgataro del Prenestino!».

«Io me ne sbatto delle regole, del bon ton! Noi ce ne fottiamo di tutto e di tutti, anche perché a noi nessuno ci ha regalato niente! Ed è già tanto se mio padre non m'ha lasciato un nome che non sia peggio di una palla al piede, com'è stato per Bevagna».

Bevagna? cercò nella memoria Alceo. Quale nome? Ah, sì! Orbace.[4] E Vulpicio come si chiamava di nome? Fece uno

[4] Cfr. nota 2, capitolo decimo.

sforzo: Jonás. Neanche quello doveva essere un nome di grande aiuto; non a caso Vulpicio si faceva chiamare semplicemente col cognome. A lui, Alceo, veramente i suoi qualcosa avevano lasciato... E prima, a casa sua, non aveva mai conosciuto ristrettezze. Sobrietà sì, per stile di vita; ma senza privazioni. E senza invidia o risentimento per chi avesse di più. «Quanto mi è stato dato esattamente mi è bastato», soleva dire zia Mena prima del tracollo.

«Le è piaciuta la *Turandot*?», chiese a Vulpicio la Rettovaglia, riaccostandosi con due tartine in mano e accomodandosi su una sedia con tre quarti del sedere. Nello stesso momento si accorse della presenza di Alceo e si zittì di colpo.

Ma Vulpicio rilanciò provocatoriamente: «Tu non sei venuto all'Opera lunedì?». L'espressione con cui si era rivolto ad Alceo era beffarda.

«No, sono andato al Santa Cecilia».

«Hai fatto male. L'opera è meno stucchevole; c'è più azione, come dire, più coinvolgimento. Almeno, Leda mi è sembrata molto coinvolta. *Intimamente* coinvolta, direi».

Lo schiaffo risuonò secco come una pistolettata.

Vulpicio si contorse sul divano come un serpente nelle sue spire. Gli occhi sciropposi erano arrossati come nel morbillo; una leggera schiuma gli orlava la bocca. «Rottinculo!», sibilò. Ma poi riprese subito il controllo di sé: «Riportate l'animale nelle stalle», disse a due camerieri che s'erano avvicinati.

Alceo lo guardava con un certo stupore: gli aveva mollato una sventola da stordire un vitello, ma non sembrava risentirne. A dispetto del fisico smunto, la forza di volontà lo sorreggeva con un'animosità sorprendente. Ad Alceo venne in mente le scena finale del *Riccardo III* quando si torce per terra demoniacamente e fin negli spasimi dell'agonia continua a cercare di colpire con la spada.

I due camerieri, dopo un attimo di perplessità, si tolsero di mezzo. Vulpicio reagiva a modo suo, con le sue armi; e la sua arma era la lingua: «Siamo istericucci, eh? La verità è che tu non sei nessuno! Né nobile né plebeo, né poeta né romanziere, né docente né giornalista. Non sei né ricco né proletario. Un borghese, ecco cosa sei! La peggiore genìa del genere umano: s'attacca alla società come la fillossera alla vite. Non sei né praticante né ateo, né buon marito né buon ganzo! Non appartieni a nessuno schieramento, per ignavia, per cialtroneria, per incapacità di fare qualsiasi scelta. Sei un perdente nato, un fottuto perdente!».

«Io», avrebbe voluto rispondere Alceo «non ho bisogno di un'identità collettiva». Era tetragono, lui, alle verità imposte, rifiutava l'assolutismo dei valori, dei *credo* che si succedono l'uno all'altro con la stessa ricattatoria pretesa di esclusivismo di quello che li ha preceduti. Non era settario, non aspettava il *la* da chicchessia e restava insensibile all'ipnotismo degli opinion-makers ideologici; non riusciva, di conseguenza, a vedere le cose o bianche o nere. E se questo rivelava una sua mancanza di senso politico (stando a quel che sostiene Leo Strauss e cioè che ogni coalizione politica è una *conventio ad excludendum*), bene, sarebbe stato un cane sciolto, un eretico, se è tale colui che ha un'opinione, come ha detto simpaticamente Bossuet. «Comunque il fatto che non mi schieri» – rincalzava in silenzio dentro di sé – «non significa che sia senza personalità; anzi depone proprio in senso opposto. Sono autoreferente, io. Senza dire che è un controsenso accusarmi di mancanza di personalità quando proprio il vostro schieramento, il marxleninismo porta alla negazione o al culto della personalità. La politica: ecco la peggiore contaminazione, il più grande mercimonio, la più forte coazione per la poesia, per l'arte. E il peggio del peggio è quando l'artista è convinto nel profondo dell'anima, zelante, quando aspira a cambiare la società anziché unicamente a far cadere la cateratta che c'invecchia la vista... *Il concetto di arte impegnata è un'ingenuità, perché nessuno* (che sia davvero un artista) *può realmente sapere quello che sta facendo*: sono state scolpite nella sabbia le parole lapidarie di Borges...».

Ma si sentiva scaricato. Aveva reagito di scatto; più per la platealità della provocazione, per l'offensività dell'ostentazione, che perché l'insinuazione di Vulpicio l'avesse veramente ferito nel profondo. Sentiva, senza bisogno di conferme esteriori, sentiva dentro di sé che non c'era e non ci poteva essere confidenza intima tra una dea come Leda e un rachitico come Vulpicio. Ma era esasperato per la sua mancanza di tatto, l'aveva esacerbato l'insistenza della sua volgarità verso Sansulpicio, prima ancora che nei propri confronti. Ora però avvertiva tutto il carattere estremo del suo gesto: la figura dello zotico la faceva lui, non Vulpicio.

La signora Rettovaglia era rimasta col boccone in sospeso e l'altra tartina sollevata; stringeva le natiche e le grosse cosce senza riuscire ad accostare le ginocchia e gli stinchi, massicci come balaustre. I due camerieri stazionavano alcuni passi più in là. Nella fisionomia di uno dei due c'era qualcosa che – Alceo non sapeva perché – lo disturbava. Capì che doveva sgombrare il campo; si avviò, controllatamente, verso l'uscita.

Regalmuto e Straziota avevano assistito alla scena fulminea da una certa distanza. «Però! Non avrei mai immaginato che Rondíni potesse avere una reazione del genere. A vederlo, sembra una persona così a modo, così garbata; distaccato, quasi; signorilmente distaccato, direi...».

«Eh, mio caro», replicò Straziota, «è pur sempre calabrese. Sangue bruzio è. E al dunque la natura viene fuori per quanto puoi essere acculturato. Che ti volevo dire? Dimmi che cosa ti volevo dire... Ah sì, senti quest'orazione: *Ringraziu a Ddiu che ci ha fattu 'ncuntrari / cca finalmente ti pozzu ammazzari. / Ddiu chi mu dasti comu un pisci in mari / tutta la vita ti vogghiu adhurari. / Signuri che ssi giustu e onniputenti / guarda la fine che fa stu fitenti.*[5] È un'antica preghiera calabrese ritrovata da Otello Profazio».

Alceo era giunto in prossimità dell'uscita. Una figura palpitava misteriosamente, inquietando il fondale poco illuminato dell'ingresso. All'improvviso *si vide.* Vide la sua immagine aggirarsi nella parete scura; un fascio di luce l'attraversava: e in quel fascio c'era dipinta la sua faccia. Era entrato in un quadro caravaggesco! Non ebbe tempo di riaversi che il suo stupore aumentò: si era sdoppiato! Un altro viso, affiancato, lo fissava attonito dalla parete; era uguale al suo, come una calza sinistra è uguale a una calza destra. Ma c'era qualcosa di troppo improbabile in quel quadro. Si mosse: la sua faccia si mosse con lui; l'altra però era rimasta immobile. «Le gemelle Kessler invece si muovono in sincronia», venne in mente ad Alceo. «Ellen Kessler; da cosa la si distingue da Alice?». Si girò; percepì, più che vedere, la propria ombra spostarsi sulla parete scura; l'altra non s'era mossa. La guardò in faccia: era il cameriere; uno dei due, che l'aveva seguito. A guardarlo al

[5] In dialetto calabrese: «Ringrazio Iddio che ci ha fatto incontrare, perché finalmente ti posso ammazzare. O Dio che me l'hai consegnato come un pesce nel mare, per tutta la vita ti voglio adorare. Signore, che sei giusto e onnipotente, guarda la fine che fa questo fetente».

naturale, sì una certa rassomiglianza c'era, ma vaga. Era nello specchio ottenebrato che la somiglianza si accentuava, fino a poter apparire uno sdoppiamento d'identità.

Ella lo raggiunse: «Hai dimenticato il soprabito?», gli chiese. Prese dallo spogliatoio un cappotto di cachemire marrone e gliel'appoggiò sulle spalle. «Siamo alti uguali », sorrise, «te lo ricordi?». In effetti il cappotto di Ella gli veniva giusto per lunghezza, anche se gli sarebbe andato probabilmente stretto di spalle. Alceo abbassò un omero, uno soltanto, e lo fece scivolare per terra. «Arrivederci», disse. Avrebbe voluto dire addio, ma gli sembrò melodrammatico.

Una grande pozzanghera, creata dal mancato deflusso, ristagnava davanti all'ingresso. Alceo l'attraversò, come all'entrata, su una passerella di tavole; un piccolo ponte levatoio che per lui non si sarebbe più abbassato. Fu colpito sinistramente dal riflesso nell'acqua stagnante di due grandi ombre, affiancate come figure incappucciate in agguato. Il cipresso accanto al portone, specchiandosi, si era raddoppiato. Si girò: no, erano due; uno avanti e l'altro più indietro, semicoperto, di cui la luce del lampione adesso allungava la proiezione.

E l'uomo curvato sull'acqua sorpresa dal sole si rinviene un'ombra: erano versi di Ungaretti, che però li aveva scritti una parola per rigo.[6]

«La poesia è il cruciverba della vita», passò per la mente ad Alceo. «Ognuno di noi ha il suo doppio: Castore e Polluce, Cosma e Damiano, Straziota e Regalmuto, zio Leandro e il compare Cipriani. Non si può impedire alla nostra ombra di starci sempre a fianco; non possiamo sopprimere la nostra ombra senza sopprimere l'immagine, vale a dire la nostra proiezione nel mondo esterno; e noi stessi». Lo specchio, per primo, ci rivela il nostro sdoppiamento. Ma i bambini e gli animali non si riconoscono nella loro immagine separata da loro stessi, rifiutano l'ipostatizzazione della loro identità, del loro unicum, in un *altro-da-sé*; semmai gli si contrappongono. Einstein, invece, da piccolo parlava con se stesso. Quando gli facevano una domanda, prima provava la risposta a bassa voce e poi la ripeteva a voce alta, tanto che la sua governante s'era fatta la convinzione che quel bambino fosse un po' meno-

[6] Vanità, in *L'Allegria*.

mato. Di Alceo la mamma raccontava, divertita, che a tre anni parlava alla sua immagine nello specchio e che questo suo modo di fare aveva destato qualche preoccupazione in suo padre. «Nella vita bisogna puntare dritto sull'obbiettivo», gli avrebbe ripetuto più volte suo padre, ingegnere, negli anni seguenti. «L'unità non tollera sdoppiamento, ma solo, se mai, frazionamento: uno non può diventare due. E ricordati che l'unico modo per fare più cose, nella vita, è farne una alla volta». «Le botti maturano una alla volta», aveva beffeggiato un giorno, di rimando, zio Leandro. Ingegnere anche lui, avrebbe dovuto fare il proprietario terriero, visto che non esercitava la professione. Ma i vigneti per lui – lo sapevano tutti – erano solo terreno di caccia. Finché non concepì quel suo progetto grandioso, quel sogno nel quale era riuscito a coinvolgere i fratelli e dal quale s'erano risvegliati con un piede nel baratro. Eppure zio Leandro non ne era rimasto scosso più che tanto, almeno agli occhi di Alceo. «Basta con le ragazzate!», udì una volta, entrando in una stanza, che suo padre gli diceva, con tono basso ma perentorio. Alceo si sentiva sprofondare dentro di sé dalla vergogna per lui. Ma zio Leandro aveva avuto la faccia tosta di replicare: «Il gusto della vita non te lo dà la terra, ma fare le cose che desideravamo fare da bambini. Ti ricordi come ti piaceva venire a caccia con me col fucile ad avancarica che prendevo a papà? E per la caccia la proprietà non è indispensabile; basta l'accesso». «Bisognerebbe farti interdire», aveva tagliato secco suo padre, incurante della presenza del nipote. «Trasforma in polvere tutto quello che tocca», si era sfogato un'altra volta con la moglie. «E meno male che non ha figli». Malgrado gli avvertimenti di suo padre (il quale non capiva nemmeno, pur rispettandoli, gli interessi artistici della mamma) Alceo non aveva mai smesso di colloquiare interiormente col *doppio che ci cammina a fianco*. Il perturbante, l'ha definito Freud. Ma ad Alceo non provocava disorientamento, apprensione; forse perché per lui non era una presenza inusuale; era abituato, lui, a quella presenza, a coesistere e a fantasticare con lei. Anzi, era proprio il deuteragonista col quale colloquiava a fornirgli le migliori autogiustificazioni. Quella sera poi, addirittura, aveva assistito a un doppio sdoppiamento di sé nel quadro-specchio dell'ingresso.

Il suo vero doppio Alceo l'aveva perduto alla nascita: un fratello mai nato. «Chi sa se era omozigotico o dizigotico?», rimuginava. «Chi sa se è rimasto in me qualcosa del mio gemello? Se ci siamo sviluppati dallo stesso ovulo... Fin dalla nascita, per me, la vita è stata accoppiata alla morte. Ma non è così per tutti? E chi può dire se poi è veramente morto il mio gemello o non sono piuttosto morto io e io sono in realtà l'altro gemello? Se c'è stata una trasposizione di esistenza dall'uno all'altro? In quale momento assume il marchio d'origine, il marchio DOC,[7] la nostra identità? Nel momento del concepimento o in quello della morte? Come ha scritto Borges, chi non abbia memoria del proprio passato è senza identità. Ma memoria di che cosa, se gran parte delle nostre cellule si rinnova continuamente, sicché noi non arriviamo al terminale con lo stesso corpo col quale siamo partiti? In noi, solo quello che di noi è morto, solo quello ha vissuto... Tuttavia il nostro amore dura oltre il rapporto in cui si è oggettivato... E il matrimonio può permanere oltre la cessazione del rapporto in cui si è coniugato? Un verbo senza coniugazione, un verbo difettivo: come must, dovere... *In amore si comincia con la retorica e si finisce con la filosofia* – ha detto qualcuno.[8] Io almeno finisco con la semiologia, anzi con la grammatica generativa», concluse.

Cadeva una pioggia fina ma fitta. Arrivò alla macchina col vestito intriso d'acqua.

[7] Denominazione d'origine controllata.
[8] Y. Dissord.

Capitolo ventottesimo

«Stai godendo?».

«Faccio ron ron».

Da qualche tempo erano tornati a dormire nello stesso letto. Ogni tanto, però, Leda in piena notte picchiava col palmo della mano sul materasso di Alceo lamentandosi che il suo russare non la faceva dormire. E allora Alceo se n'andava di là, nello studiolo. E di là non riusciva più a riprendere sonno. Se ne stava immobile, incaprettato[1] dalla sua stessa angoscia, nel timore che ogni movimento, ogni cambiamento di posizione, accrescesse la costrizione che lo strangolava, allontanando ancor più la speranza del sonno. La sua pena si acuiva nel suo corpo supino nelle ore che precedono l'alba come si incattiviscono le zanzare, accanendosi su chi finalmente vorrebbe assopirsi.

Per varie settimane dopo l'incidente Leda si era rifiutata di fare l'amore. Si negava anche con malagrazia. Ma Alceo la desiderava più che mai; cercava di starle vicino, senza starle appiccicato. Leda nicchiava, ma poi qualche volta cominciò a non sottrarsi, sia pure ostentatamente controvoglia. Restava inerte come una salma o trovava il modo di esacerbarlo diversamente: una volta, mentre lui la cingeva da tergo, lei, stando sul fianco, prese la boccetta dal comodino e si mise a laccarsi le unghie tenendo poi le mani sollevate per farle asciugare. L'odore della vernice rimase a lungo nelle narici, ad Alceo. E tuttavia l'amava e la desiderava così tanto (non poteva distinguere tra i due sentimenti) che non riusciva a sottrarsi all'impulso di circondarla con le braccia, di stringersi a lei; anche se il suo desiderio era doloroso non solo prima ma anche durante e dopo il congiungimento.

[1] Modo in cui la mafia lega le sue vittime colpevoli delle più gravi infrazioni alle sue regole *d'onore*: una corda viene passata intorno al collo formando un nodo scorsoio e viene poi legata alle caviglie delle gambe ripiegate. *L'incaprettato* giace bocconi e appena tende ad allungare le gambe si strangola da solo. In un modo simile (ma evitando lo strangolamento) sono legati i capretti dal macellaio.

Era stato così anche quella mattina: Alceo sentiva che lei, di testa, era lontana.

Tuttavia l'importante era aver ristabilito il contatto tra di loro. Una volta dopo l'altra il suo morbo d'amore sarebbe tornato a contagiarla.

«Tutto nel tuo corpo è sopra la norma. Eppure lo sai qual è la cosa più bella che hai? La potta!».

«Lo so; me lo dicono tutti».

Il cuore gli fece un sobbalzo: Leda recuperava il loro lessico erotico, tornava a deliziarlo con quel suo parlare spregiudicato, senza che si potesse sapere se per simulazione o per dissimulazione.

Fecero la prima colazione assieme, come non facevano da tempo. Alceo temeva, parlando, di guastare tutto. Ma qualcosa gli centrifugava lo stomaco. Non dubitava che Leda fosse andata all'opera con la Cessalto, come gli aveva detto. Ma bruciava dentro dalla curiosità di sapere se Leda avesse incontrato Vulpicio, se avessero chiacchierato, scherzato magari, se lui avesse fatto delle avances. Da che cosa Vulpicio aveva potuto arguire che lei era coinvolta? *Intimamente coinvolta*, aveva detto lo stronzo.

«T'è piaciuta la *Turandot*?», chiese facendo mostra di non dare importanza alla domanda.

Un rossore sottile le soffuse le guance, come una fiamma che corra sotto il vetro. Alceo rimase attonito. Si rendeva conto di camminare sull'orlo di un precipizio, ma non poteva fermarsi; doveva andare avanti, come un sonnambulo su un cornicione.

«Avevate buoni posti, con la Cessalto?».

«Con chi?». Leda era palesemente irritata.

Alceo non si raccapezzava. Leda aveva declinato di andare con lui al concerto, come ogni lunedì. La Cessalto – sì, aveva detto proprio la Cessalto – aveva un biglietto disponibile per l'opera. Loro due all'opera andavano di rado; e Leda non c'era mai andata senza di lui. Ma aveva sentito parlare bene di quell'edizione della *Turandot*, la Cessalto l'aveva invitata e Alceo non ci aveva trovato nulla di strano. Adesso crollava il mondo.

«Non ti aveva invitato la Cessalto?».

«E secondo te io ci andavo con la Cessalto!».

«E secondo te con chi ci sei andata, allora?».

«Ha importanza?».
«Relativa. Anche l'ernia del disco ha un'importanza relativa. Per chi non ne soffre non ha nessuna importanza. E allora? Mi stai facendo vivere a singhiozzo...».
«Ci sono andata con la Speranzoni».

C'era andata, invece, con Vulpicio. Il palco, veramente, Ella quella sera l'aveva dato a Lucio Sofo. Ma Sofo era stato precettato per un dibattito a oltranza in aula e aveva passato i biglietti a Vulpicio; il quale aveva invitato Leda. Se avesse saputo chi ci sarebbe andata con Vulpicio, Sofo avrebbe piantato lì Montecitorio, a costo di dare una mano al governo.
La fortuna aveva assistito Vulpicio: il palco era per loro due soli. Appena cominciato il primo atto, Vulpicio infilò la mano sotto la gonna; finché le tastò le cosce Leda lo lasciò fare, ma quando cercò di toccarla più su lo bloccò. Si mise a baciarla sul collo; ma dai palchi vicini sbirciavano e Leda lo respinse bruscamente. Provò a reinfilarle la mano in mezzo alle cosce, ma Leda strinse le ginocchia. Al riaccendersi delle luci dopo il primo atto Leda vide che nel palco di fronte – non proprio dirimpetto, un po' obliquamente – c'era la Rettovaglia che li osservava col binocolo. «Andiamo a fare due passi», disse a Vulpicio, che la seguì senza entusiasmo. Ma il foyer era così affollato che era difficile muoversi; ritornarono un po' in anticipo nel palco. La Rettovaglia era sempre lì.
«Non lascia il palco per non perdersi l'intervallo», motteggiò Vulpicio.
«Chi sono quelle signore con lei?».
«Iaia Trabattoni e la Valori Bollati».
«E quella ragazza paffutella, con quell'abito a sboffi?».
«È Aura Bochicchio, sai, quelli del provolone. Non sembra una provoletta affumicata?».
Leda si era seduta in seconda fila, per non sentirsi addosso il binocolo della Rettovaglia. Quando cominciò il secondo atto, tirò ancora più indietro la poltroncina. Vulpicio equivocò; quella mossa per lui fu come un segnale d'attacco. Le cinse la spalla con un braccio e cominciò a baciarla furiosamente sul collo, tastandola con l'altra mano dove capitava. Un seno schizzò fuori; Vulpicio in ginocchio si mise a succhiarlo appassionatamente. La mano, adesso, l'aveva rimessa in mezzo

alle cosce, molto in alto. Leda aveva allentato la stretta ma c'era qualche impedimento di biancheria che gli ostacolava l'accesso alle parti intime. Riprese a baciarla sul collo, scendendo giù fino al seno. «Mi fai solletico con la barba», avrebbe voluto dirgli Leda, ma temette che la sentissero dai palchi vicini. Vulpicio era scatenato; si attaccava come una ventosa. Era troppo: anche se erano piuttosto in dentro nel palco, qualcuno, incuriosito dal trambusto, avrebbe potuto sporgersi a guardare dalle balconate adiacenti. Leda lo scostò; ma Vulpicio tornava a incollarsi al collo.

«Sei un vampiro!», sussurrò Leda.

Vulpicio lo prese per un complimento e raddoppiò l'intraprendenza. «Vieni», soffiò nell'orecchio a Leda, tirandola da un braccio. Leda non si muoveva di pezza. «Vieni», sibilò di nuovo Vulpicio, tirando con tutta la sua forza.

«Dove vuoi andare?».

«Sst!», zittirono dal palco di destra.

«Vieni!».

Leda finì per farsi trascinare. Vulpicio l'addossò alla parete appendipanni nella rientranza del palco tra la porta e le poltroncine. Lì il buio era fitto. Alla cieca le tirò su la gonna e cercò di infilarglielo. Pressava, tastava, si dannava sulle cosce di Leda. Disperato e accanito amatore, non mancava di argomenti per persuadere le riluttanti. Ma in primo luogo era più basso di lei di un palmo e in secondo luogo non era impresa da poco aprirsi la strada nella guêpière.

L'ultima cosa al mondo che Leda avrebbe voluto era che Vulpicio pensasse che lei lo assecondava. Adesso s'era buttato in ginocchio e con i denti e con le mani cercava di aprire la fettuccia della guêpière a cavallo dell'inguine.

«Aspetta», disse Leda. E la sbottonò.

Capitolo ventinovesimo

Era una di quelle giornate d'inverno in cui tutto sembra senza significato.

Alceo, imprevistamente, si era sbrigato in anticipo ed era rientrato a casa per pranzo. Aveva provato a telefonare a Leda per avvertirla, ma non aveva risposto nessuno. E infatti a casa non c'era. Non significava niente, questo: poteva essere andata in centro a fare shopping, poteva essere andata da un'amica, poteva essere andata a giocare a tennis. «Se ha ripreso a giocare è un segno positivo», si disse Alceo e decise di andare a pranzo al club. Nell'entrare incontrò Fiamma che usciva. Lo salutò con espansione. Non s'erano più visti se non fuggevolmente, dopo la finale del torneo sociale.

«Perché non facciamo un doppietto, qualche volta?», propose Fiamma.

«Con Leda?», avrebbe voluto chiederle Alceo, ma non si arrischiò. Per quel che sapeva, non avevano ripreso i rapporti; e poi chi poteva dire se Leda era ancora disponibile per le loro partitelle di una volta? Quelle che un tempo facevano con Valerio...

Ma Fiamma lo prevenne, togliendolo dall'imbarazzo: «Le donne siamo io e la Kissner. Al quarto posso pensarci io».

Alceo le espresse tutta la sua gratitudine con lo sguardo. Al club combinò un singolo per rientrare un po' in palla; ad ogni buon fine aveva portato la borsa del tennis.

Rientrando a casa si accorse, nell'infilare la chiave nella toppa, che il portone era chiuso solo con lo scatto. Sentì una fitta di gioia: Leda era rientrata! Invece non c'era. Si ricordò che, uscendo per andare al club, non aveva girato la chiave nella serratura.

Non era una novità, dopo tutto, non ritrovarla; ma non che ci si fosse abituato; all'opposto. Quando perdiamo una creatura cara, l'accoramento per la sua scomparsa è rincrudito dal rimpianto per quelle che ci hanno lasciato prima di lei. Lo sguardo lungo del nostro cane morente si prolunga negli occhi dei suoi predecessori che un'ingiustizia della natura ha strappato prematuramente a un rapporto d'affetto che sembrava potesse durare quanto la nostra stessa vita.

Cercò il whisky nella credenza inglese. La credenza inglese: l'avevano comprata insieme, appena trasferitisi a Casalpalocco. Alceo non credeva che avrebbero trovato facilmente un mobile da accoppiare alla bellissima cristalliera dell'Ottocento che aveva portato dalla casa dei suoi a Reggio. E Leda partecipava svogliatamente alla visitazione dei negozi di vero e falso antiquariato. Non sembrava fatta per lo shopping, Leda. Anche per l'abbigliamento buttava semplicemente un'occhiata distratta alle vetrine e attraverso le vetrine. Poi, all'improvviso, come se avesse sentito l'odore, entrava in un negozio, provava un capo e due volte su tre le andava perfetto. In quel negozio di via dei Coronari l'aveva seguito guardando più per aria che alle pareti. Ma s'era avvicinata a quello che pareva un tramezzo di gesso, e che erano invece le prolunghe impolverate di un tavolo da pranzo, e, scostandole, aveva carezzato con le dita i bordi arrotondati di un mobile basso e lungo, dall'andamento sinuoso. Nel soggiorno, pur così ariôso, della villetta dell'isola XIX stava benissimo.

L'aveva scelto lei, era un mobile di casa; finché fosse stato là, lì sarebbe stata la loro casa; e Leda non poteva non tornarci. Chi tiene in casa una pantera evidentemente è attratto dalla natura selvaggia della belva; altrimenti terrebbe un gatto o un cane (che non fosse Hard, naturalmente). Ma se non la si addomestica un po', se non le si crea un qualche motivo di attaccamento all'ambiente in cui la costringiamo a vivere, è certo che la creatura selvaggia darà in smanie per recuperare la sua libertà e il suo habitat. Forse se avessero abitato a *La Sena* Leda si sarebbe attaccata maggiormente alla casa. Era congeniale a lei quel caseggiato propagatosi a dismisura sul terreno, senza un criterio, come le radici dei ficus magnoloidi. Si arrampicava su per i muraglioni, Leda, facendo un appiglio di ogni sporgenza, di ogni interstizio. Lanciava gridolini di gioia quando scopriva un nido sotto i cornicioni. Prendeva un attimo i piccoli in mano e gli dava un bacetto sul capino; non si sarebbe mai pensato all'epoca che non avrebbe voluto bambini: proprio come un animale selvaggio in gabbia. Non che lui ne sentisse davvero la mancanza: quando in una coppia ci si ama al calor bianco non si ha bisogno di nessun altro, nemmeno di un figlio, di un figlio della propria unione. Ma con un bimbo tutto sarebbe stato diverso; adesso se ne rendeva conto. Comunque a *La Sena* non avrebbero potuto vivere; ad Altafiumara si poteva fare solo il viticoltore e l'enologo, con rispetto parlando; o il cacciatore e pensatore solitario, come zio Leandro. D'altra parte *La Sena* era andata perduta, prima ancora che fosse abbattuta, perché l'avevano dovuta vendere, alienare ad *altri-da-sé*. Aveva sofferto meno di quanto s'aspettasse, Alceo, a vedere sé e i suoi spossessati della loro casa; l'amore per Leda, la vita con lei a Roma, aveva ormai trasposto altrove il suo *ubi consistam*. Di più gli era dispiaciuto che zio Leandro dovesse andare in pellegrinaggio da un amico cacciatore a un altro a pregarli di prendersi i loro cani; per farglieli accettare aveva regalato sei dei diciotto fucili. Alla fine ne aveva piazzato nove su undici, dei quali tre presso il compare Cipriani; tra quelli dati via, *alienati*, c'erano Jane e Full!

«L'amore», si diceva Alceo, «non è altro che l'abitudine di amare; così come la vita non è che l'abitudine di vivere». Non ricavava un granché da tali ipostatizzazioni, ma si aggrappava ad esse come a una tavola di salvataggio, come zia Mena interponeva una foglia di lattuga tra la guancia e la gengiva infiammata. Cominciava a far buio. Nell'amputazione di un arto, la terza notte insonne è più tormentosa di quelle che l'hanno preceduta perché al dolore si sovrappone il ricordo della sofferenza patita nelle notti trascorse, che lo accresce e lo prolunga paurosamente nell'arto fantasma. Capita che persone che avevano resistito a tormenti atroci, dopo un intervallo cedano di schianto allo sgomento al solo avvicinarsi del carnefice con in mano gli strumenti di tortura. Alceo assaporava la feccia del suo avvilimento, ch'era grande quanto la sua pena, e aspettava. Non vedeva che altro potesse fare.

Leda tornò ch'era notte. Se era sorpresa di trovarlo in casa, non lo diede a vedere. Era meno abulica, ma non si poteva dirla gasata. Alceo preferiva così: se aveva una nuova storia, almeno non doveva essere qualcosa di esaltante. Ma più probabilmente non c'era nessuna storia. In fondo, a quella precedente l'aveva spinta lui; e, almeno fino a un certo punto, si era svolta sotto i suoi occhi. Addirittura poteva credere che agli inizi Leda l'avesse fatto per lui... Perché ora avrebbe dovuto tenergli tutto nascosto? Certo, c'erano delle zone buie nella giornata di Leda. Ma Leda era un'imprevedibile, un'anticonformista, una ribelle; non era per lei il ruolo di Penelope, di angelo del focolare. Piuttosto era il suo subitaneo spazientirsi che lo angustiava; come quando, bambino, certi cambiamenti improvvisi d'umore della mamma gli facevano scorrere in segreto le lacrime in gola.

Adesso la guardava senza parlare, per timore d'irritarla. Si parlavano con gli occhi ormai, più che con la voce; ma si parlavano. Gli sembrò di scorgere nei suoi occhi come un'ombra torbida: Leda stava uscendo dalla sua vita!

Fu Leda a rompere il ghiaccio: «Perché fai quella faccia da sanatorio?».

«Fiamma mi ha invitato per un doppio».

«Che fa, tenta l'avvicinamento per linee esterne?».

«Non credo. L'invito era per me».

«Mi fa piacere, se a te fa piacere»: la voce di Leda era beffarda.

«Perché sei sempre così forastica?».

«E tu perché sei così petulante, così invadente, così sospettoso?».

«Sai cosa sospetto? Che il meglio di te lo dai agli altri e a me riservi il tuo malumore».

«Si vede che la tua presenza è incompatibile col buonumore...».

«La mia presenza? Ma se tu a me badi quanto alla suola delle scarpe! Te n'accorgi solo quand'è bucata. Qualche volta di' la verità. Non a me; non pretendo tanto. A te stessa; quando nessuno ti sente».

«La verità non è un cagnolino che si porta al guinzaglio».

«Ma quale guinzaglio! Sei una cavalla selvaggia che scorrazza dove le pare e piace, una cavalla senza redini e senza ritegno».

«Io non ti reggo proprio!».

«Il tuo modo di fare è una delle espressioni dell'entropia».

«E tu sta alla scrivania a ponzare sulle tue composizioni di belle lettere. Ma hai idea cosa vuol dire avere *un rapporto* con

un'altra persona? Cosa significa integrazione, condivisione? Continua, continua a girare intorno al tuo ombelico!».
«Qualcuno t'inocula il suo veleno...».
«Per fortuna che vivendo con te mi sono mitridatizzata».

Sulla villetta di Valerio era apparso il cartello *Vendesi.*

Capitolo trentesimo

«Apareciste sobre mi sendero
como una nube fría
que en un instante es grande como el cielo.[1]
Questo non te l'aveva ancora detto nessuno!».

«Ma che, fai pure tu poesie come Alceo?».

«Le poesie sono come il caffè: non sono di chi le fa, ma di chi le gusta».

«Ma è tua?».

«Comunque ho la licenza poetica. Non sono un abusivo».

«Ma è tua?».

«È per te. Se ti facessi omaggio di un fascio di rose sarebbero per te, no? Quel che conta non è il giardiniere che le ha innaffiate, ma chi le ha raccolte, ancora non schiuse, per te».

«Non mi sembravi il tipo da cavaliere della rosa...».

«Può darsi ch'io sia diverso da come mi credevi. Può darsi che *tu* mi abbia fatto diventare diverso».

«Sì, come la bella che bacia il rospo...».

«Tu mi *hai* baciato».

«Davvero? Non mi ricordo. Ti avrò scambiato per qualcun altro... Per un rospo appunto...».

«Hai degli occhi che sgranano l'anima!».

«Chi te l'ha detto?».

«Te lo sto dicendo io».

«Perché tu avresti l'anima?».

«Come sei dolce!».

«Non vorrei farti venire il diabete...».

Vulpicio guardava Leda ma ancora di più guardava dentro di sé con uno stupore abissale. Si accorgeva – nello stesso momento in cui si stava chiedendo cosa gli succedesse – si ren-

[1] «Sei apparsa sul mio sentiero
come una nuvola fredda
che in un istante è grande quanto il cielo».

deva confusamente conto di essersi innamorato di Leda come non aveva mai amato, come non avrebbe mai creduto che si potesse amare. Amava, amava perdutamente quella donna per la sua incredibile bellezza ma ancora di più, forse, l'amava per la sua indefinibilità. Aveva creduto di esserle piaciuto quella sera nel palco e ora constatava ch'era come se non fosse successo nulla. «Temo di essermi innamorato come uno stupido», fu tutto quello che riuscì a dire.

«Non mi piacciono le storie da parrucchiera».

«Hai la crudeltà efferata di un'adolescente. Sei assassina come Salomè».

«Non sei Giovanni Battista. Semmai a te farei tagliare non la testa, un'altra cosa. Ma non vorrei fare torto a tua moglie».

«Ma io non ho moglie».

«Non sei sposato?».

«*Sono stato* sposato. Il mio matrimonio è stato annullato».

«E per quale motivo?».

«Per riserva mentale sul fine della procreazione».

«Che significa propriamente?».

«Che ho potuto dimostrare che sposandomi non avevo intenzione di mettere al mondo figli».

«Allora ha ragione Alceo a dire che sei un subdolo».

«Che c'entra! È stato un cavillo giuridico per ottenere l'annullamento dalla Sacra Rota».

«Ma tu t'eri sposato in chiesa?».

«Sì, altrimenti lei non mi sposava».

«E capirai che affare ha fatto! Ma sei tu che hai lasciato lei o lei te?».

«Consensualmente».

«Comunque sono sposata io».

«Puoi chiedere anche tu l'annullamento».

«Alceo ha sempre voluto figli. Sono stata io a non volerli».

«Non ha importanza chi non li volesse. Basta che uno dei due coniugi si sia sposato con quell'intenzione perché il matrimonio sia nullo».

«Tu non hai capito una cosa: per quanto lontano io guardi nel mio avvenire, io vedo accanto a me Alceo».

«E allora digli di fare come Catone».[2]

[2] Catone il Giovine, detto l'Uticense (cfr. Plutarco, *Le vite parallele*, II, XXV, LII).

«Che ha fatto Catone?».
«Un suo amico, Ortensio, deperiva a vista d'occhio perché s'era innamorato da morire di sua moglie Marzia. Disperato, la chiese in sposa allo stesso Catone. E Catone, pur di non vedere l'amico in quelle condizioni, gliela cedette. Quando poi Ortensio morì, consunto dal suo desiderio per Marzia, Catone si riprese la moglie».
«Come Madamotto con quell'hockeysta su ghiaccio, quello lì... l'olimpionico?».
«Come Madamotto con Brivido, al secolo Píncherle; più o meno».
«Con me sarà meno. L'altra sera tu mi hai fatto violenza».
«Ma la guêpière l'hai sbottonata tu».
«Solo per evitare uno scandalo. Se avessi potuto immaginare sarei venuta in pantaloni».
«Te li avrei perforati».
«Non ti sopravvalutare, trapanatore! Certo che sei una tarantola...», ridacchiò.
«Una tarantola, perché?».
Leda lo guardò: Vulpicio aveva una testa da pensatore su un corpo da bambino. «Allunghi le mani dappertutto, sembrano tentacoli».
«Ah, un polpo, vuoi dire».
«Vuoi dirlo tu; io volevo dire una tarantola».
«Lo sai che il calamaro gigante ce l'ha lungo novanta centimetri?».
«Eeh, è gigante *lui*! Ma non è questo che mi farebbe impressione; è essere avvinghiata da tutte quelle braccia con quelle ventose. Hai una bocca che sembra una ventosa, tu...».
«...per meglio succhiarti...».
«Perché gli uomini preferiscono la donna con la gonna?».
«In gonna è più donna; specialmente sotto la gonna».
«Che intendete per donna? Una creatura arrendevole, rassicurante, a rimorchio del partner?».
«Beh, è questione di atteggiamenti...».
«Di atteggiamenti o di travestimenti? Perché i preti vanno vestiti da donna?».
Vulpicio adorava che Leda gli facesse domande. Gli faceva domande come una volta le faceva ad Alceo.

«I preti portano abiti femminili a testimonianza che nel profondo si posseggono entrambi i generi».

«Ma va'! Vorresti dire che l'abito non fa il monaco, ma fa il prete? Io non mi sento meno donna quando indosso i pantaloni».

«Alcune divinità antiche, indiane, siriache, erano duplici: uomo e donna al tempo stesso, perché solo così si raggiunge la pienezza dell'essere. Onofrio, che bazzicava da quelle parti, venne reputato santo proprio perché aveva le mammelle come Tiresia. Anche nella tua bellezza, pur così femminile, c'è qualcosa di androgino. O meglio hai qualcosa della levità degli elfi».

«Non è che stai regredendo? Da storico ad amante delle leggende, come i bambini?».

«Sono amante delle leggende perché tu sei leggendaria. Hai degli occhi e delle gambe smisurate, da favola».

«Tu invece sei sotto misura».

«Non tutto. In qualcosa sono sovradimensionato anch'io».

«Uhm... è solo effetto di proporzioni...».

«Sei tossica come le mandorle amare. Bisogna stare attenti a prenderti in piccole dosi per non restare avvelenati».

Leda lo guardava: abituata alla prestanza di Alceo, il torace sparuto di Vulpicio le faceva pena e tenerezza. Per un attimo l'espressione del suo volto si addolcì. C'era molto di voluto nei suoi toni sarcastici nei confronti di Vulpicio. Detestava le sdolcinatezze; e non gradiva corrispondere alle attese altrui. In questo somigliava a lui, o meglio a Vulpicio quale lo conosceva la gente. Però era vero che – almeno a livello cosciente – non cercava un rapporto sentimentale con lui.

Nulla sulla terra consuma una donna più rapidamente che la passione del risentimento, ha scritto Nietzsche; quando poi è associato alla delusione, il risentimento diventa rancore inestinguibile. Di delusioni Leda ne aveva avute due. Lei, che avrebbe potuto raccattare gli uomini a mazzi, al suo passaggio... La lusingava, e non poco, la suggestione che esercitava sul più refrattario degli scettici, e misurava con compiacimento l'irresistibilità del proprio potere dalla sottomissione di Vulpicio. Ma più che altro ci teneva a essere stimata da lui; stimata per se stessa, non idealizzata e adorata stuporosamente per la sua bellezza. Le era piaciuta la temerarietà con cui

Vulpicio l'aveva assalita. Le piaceva meno la soggezione quasi spaurita che adesso manifestava verso di lei.

«Mi è piaciuto; mi è piaciuto molto», confessò alla Speranzoni. «Non sarò malata?».

«Se lo sei, mi sa che hai trovato la cura giusta. È un bel ragazzo?».

«Ha una voce – dicono – che vellica la... Come il solista dei Platters; sai, quello che fa *only you*».

«Dicono? Chi lo dice?».

«Le signore come si deve...».

Alceo aveva fatto coppia con Fiamma. L'altra coppia era formata da Prisonniero e dalla Kissner. Il colonnello Prisonniero era venuto da poco a Casalpalocco, ma giocava quasi a livello dei migliori; era forse l'unico a conoscere i trascorsi di guerra di Shandijó. Mila Kissner – anche lei una nuova – era, dopo Leda, la più bella del pianeta verde: e non era apprezzamento da poco. Eppure suo marito l'aveva lasciata per mettersi con Amy Stewart.[3] Come gioco però la Kissner non era all'altezza della situazione. Nonostante Prisonniero si prodigasse per due, non ci fu partita. Ma ad Alceo, stressato com'era, non dispiacque vincere una volta tanto a mani basse.

Si avviarono verso gli spogliatoi. Il colonnello Prisonniero era venuto da casa in tuta e se n'era andato senza cambiarsi. Era un piacere camminare in mezzo alle due donne; Fiamma sceglieva sempre le sue amiche tra le più belle. Alceo era preso dall'eleganza delle gambe della Kissner, dalla delicatezza del viso, dalle lunghezza delle sue ciglia.

Entrò negli spogliatoi maschili rilassato. Mentre si stava slacciando le scarpe da tennis gli giunsero le voci di due che stavano sotto la doccia.

«Lo sai che Leda ha lasciato il marito e si è messa con un altro?».

«E chi era suo marito?».

«Come, non lo sai? Vergotto».

«Chi?».

«Valerio».

[3] Bella cantante di musica leggera, di colore, affermatasi in quegli anni.

«E con chi si è messa?».
«Con lo Sfuggente».
«Chi sarebbe?».
«Un amico di Valerio. Uno che frequenta il tennis di sfuggita».
Alceo sentì un tuffo al cuore. Guardò verso il tramezzo che separava lo spogliatoio dalle docce; ma, benché non fosse molto alto, non si vedevano le teste di quelli che stavano al dì là. Raccolse la sua roba sudata e si avviò a piedi verso casa. All'uscita del club si fermò un momento a allacciarsi le scarpe. Era incredibile: *lo sfuggente*. Era questo il soprannome che si portava dietro a sua insaputa. «Un soprannome è la cosa più stupida del mondo», si confortò. «E il mondo del tennis è il più stupido dei mondi possibili». Ma quante altre dicerie circolavano su lui e su Leda senza che lui ne sapesse niente? Viveva in una condizione di confinamento: al di là della cortina che Leda aveva fatto scendere intorno alla sua vita.
Aprendo il portone sentì della musica: Leda era in casa, in cucina.
«Come mai sei tornato a casa sudato, senza farti la doccia?».
«Non c'era acqua. Che disco è?».
Leda non rispose. Alceo andò a guardare nel giradischi: era un disco dei Rolling Stones.
«Chi te l'ha regalato?».
«Perché, secondo te i dischi si hanno solo per regalo? Non si possono comprare?».
«Te l'ha regalato Vulpicio?».
«*Quién sabe*!».
Era una mezza confessione. Non necessariamente, però: rispondere sì o no, come nel sistema binario dei computers, proprio non era per Leda.
«Per quale motivo Vulpicio si è separato dalla moglie?».
Alceo restò secco; non immaginava che Leda seguisse un tale filo di pensieri. Ma si riprese subito: «È lei che l'ha lasciato», rispose.
«E perché?».
«Non lo sai? È per quella sua abitudine spagnola».
«Quale abitudine?».
«Davvero non lo sai? Davvero non conosci il segreto della sua dentatura bianca? Due volte al giorno, mattina e sera, si stropiccia i denti col piscio».

«Con che cosa?».
«Col piscio, mentre urina, come Egnazio.[4] Alla moglie faceva senso baciarlo».
«Ma va' al diavolo! Ti avevo chiesto seriamente».
«E io ti ho risposto sul serio. E adesso rispondimi tu seriamente. L'hai rivisto?».
«Sai come si dice vietare in spagnolo: *prohibir*. E scarafaggio? *Cucaracia*. Curioso? *Curiosso*. E andare a letto? *Acostarse*».
«Leda, basta! Guarda che sono ai limiti estremi dell'esasperazione»: Alceo aveva impugnato un coltellaccio, ma lo teneva con la lama in giù.
«*Io* non ne posso più! Sei asfissiante; è una vita che tenti di influenzarmi, di plagiarmi il cervello con le tue percussioni a batacchio. Voglio respirare, voglio vivere da sola; voglio esplorare il mondo coi miei occhi».
«Coi miei sensi», tradusse mentalmente Alceo. Però c'era del vero! Aveva cercato di plasmarla a sua immagine e somiglianza, quasi come un suo *alter ego* femminile. Ma non è così in tutte le coppie? Comunque, nella misura in cui il processo di modificazione era riuscito, adesso le esperienze che faceva lei in certo qual modo le faceva lui, o almeno qualcosa di lui. Ma era riuscito o era riuscito solo a provocare una reazione di rigetto? L'ultima esperienza che lui avrebbe voluto fare sarebbe stata quella di un rapporto intimo con Vulpicio! Adottò un tono di voce dolce: «Puoi dirmi soltanto se l'hai rivisto recentemente?».
«Che è, l'ora del sermone di giornata?».
«Non fare l'odiosa...».
«E tu non fare il diplomatico. Tanto ti si legge in faccia quello che pensi».
«Magari ti si leggesse anche a te in faccia!».
«Alceo, apri gli occhi!».
«Se li aprissi davvero non so se poi potremmo guardarci in faccia, tu e io. Intendo ognuno nella propria faccia. Gli occhi sono dati per guardare fuori, non per guardarci dentro».
«Alceo, non fare il diplomatico con te stesso...».
«Non so: vogliamo continuare a farci male? Dimmi tu. Vogliamo dilaniarci, o che?».

[4] Catullo, *Carme* XXXVII, 17-20.

«Che cosa vuoi? Sono stufa dei tuoi interrogatori. Vedo lui come vedo chiunque altro. Che dovrei, chiudere gli occhi quando lo incontro?».
«Sei cambiata, sei!».
«Sono cambiata, sono!».

Leda, con un giallo, si coricò nella camera matrimoniale. Alceo se n'andò nello studiolo, senza cenare, e si buttò sul letto.
Giaceva supino: da quando era stato avulso da quello di Leda la percezione del proprio corpo era divenuta in Alceo così scoperta che avvertiva persino di avere le unghie dei piedi lunghe: gli davano fastidio contro il lenzuolo rimboccato. Sentiva stringersi le arterie. «Manca solo che creda di sentirmi crescere le unghie dei piedi. Sono diventato psicotico, isterico, direbbe Freud», si trovò a pensare.
Erano una coppia; e quindi si coricavano insieme come pranzavano assieme. Ma andare a letto ogni sera sconvolgeva i sensi quanto sedersi a tavola per la cena. Tra i loro corpi s'era stabilito lo stesso affiatamento che c'era tra Leda e suo fratello Alfredo nel ballo. A Leda piaceva ancora il corpo di Alceo; le piaceva ancora tutto di lui. Ma il suo organo sessuale l'attirava meno: troppo familiare, consolatorio. Sì, fare l'amore con lui era un po' come masturbarsi. Ma se così era per lei, Alceo, pur risentendo anche lui dell'abitudinarietà febbricitante del rapporto, si riaccendeva alla contemplazione della sua bellezza. Il ricordo dei loro amplessi più sfrenati era stampato indelebilmente nei suoi circuiti cerebrali; e bastava niente – un'occhiata maliziosa, una gamba scoperta – a risuscitarlo con tutta l'impressività di una realtà veemente. E poi c'era la storia con Valerio: era stata per mesi di un'attualità palpitante, gli aveva preso i sensi fondendo il desiderio come cera bollente. Ora Alceo l'allontanava dalla mente, da quando era diventata motivo di raffreddamento con Leda, causa (o occasione?) della divaricazione delle loro vite. Ma, malgrado tutto, le immagini di Leda nelle pose più osées gli passavano e ripassavano nella mente come un ferro da stiro rovente che anziché spianare il nastro dei ricordi li fissava ogni volta più intensamente, ripassandone i contorni in sovrapposizioni che rinnovavano il piacere, o meglio il piacere del piacere: Leda che si siede col pube scoperto sul bracciolo del divano; che punta un

piede per terra ripiegando l'altra gamba sul cuscino e schiudendo la *pussy*; Leda che si accoccola sull'inguine di Valerio dopo avergli tirato giù il calzoncino e fa uuhm, uuhm stropicciando la potta sul suo sesso spropositato con l'espressione di una bambina golosa; Leda – anche – che quella notte va da lui in microvestito. Gli episodi vissuti gli sembravano ormai solamente sognati; stranamente però quelli concepiti in sogno gli apparivano adesso altrettanto reali, quasi una secrezione del suo io profondo, e a volte aveva la sensazione che gli altri li conoscessero come se ne avessero visto proiettato il film. Proprio gli episodi, le scene che più l'avevano fatto soffrire gli generavano adesso il piacere più accecante. Si voltò bocconi: venne così, quasi subito, senza toccarsi, premendo il sesso contro il materasso.

Tornò a girarsi supino. Ma Vulpicio no; un rigurgito acido gli saliva in gola, come quando gli avevano tirato fuori le budella. Il solo pensiero di Vulpicio gli provocava ripulsa, fino all'abominio, verso lui e verso la stessa Leda. Un senso di squallore pervadeva la sua vita e il loro rapporto a quel pensiero: tanto che sarebbe stato capace di troncarlo, nonostante la sua dipendenza da Leda, se non fosse stato per il loro amore. Lo accorava la tenerezza per questo suo amore, come e più che per il bambino che non avevano mai avuto; lo stringeva a sé, sentiva che non poteva privarlo di Leda; avrebbe potuto fare del male a se stesso e forse anche a Leda, ma non gli reggeva il cuore di soffocare questa loro creatura così bisognosa di entrambi. Comunque il problema non si poneva, per lo meno non si poneva con immediatezza: non c'era niente di sicuro riguardo al fatto che Leda frequentasse Vulpicio. Era possibile, era probabile che fossero solo terebrazioni della sua mente.

Doveva farlo. Sentiva che non poteva sottrarsi. Per essere riammesso nella pagina letteraria (ma Soperchio, sornione, non era stato chiaro se come responsabile o come collaboratore e Alceo temeva che fosse più probabile questa seconda ipotesi) doveva sottostare a quella prova. Il suo articolo da Sarajevo sulla visita della delegazione governativa italiana era piaciuto. Ma doveva dare prova di affidabilità. Alla partenza, a Ciampino, all'ingresso del 33° Stormo, era stato perquisito come tutti gli altri giornalisti ammessi sull'aereo presidenziale, ma con un che di sospettosità in più. Quando gli avevano girato in su il palmo della mano Alceo aveva pensato che gli volessero leggere le impronte digitali; invece gli avevano letto la linea della vita, ch'è importante per chi viene ammesso in una linea di volo. La delegazione era composta dal ministro della difesa Gui, dai sottosegretari Pedini e Vesciga (non accettato al Circolo della Caccia) e, in assenza del ministro degli esteri Moro, era capeggiata da sua eccellenza F. F., che fungeva da segretario di Stato, in rappresentanza occulta anche del Vaticano e della massoneria. Nella saletta d'attesa riservata al cerimoniale, nell'aeroporto di Sarajevo, Alceo notò con sorpresa che agli altri giornalisti s'era aggregato Valerio. Aveva letto la sua cronaca dell'incontro di calcio con la nazionale jugoslava e aveva così appreso che Vergotto era finalmente riuscito a realizzare il suo sogno di entrare come giornalista sportivo al «Messaggero». Non capiva però perché era stato incluso, al ritorno, tra i giornalisti al seguito della delegazione governativa. «Vieni anche tu a Roma?», gli domandò, cercando di dimostrare il maggior distacco possibile.

«Faccio tappa», sorrise Vergotto con l'espressione di uno che sa il fatto suo.

«Non balbetta più», notò Alceo.

A Ciampino scesero tutti tranne lui, Vergotto e due ufficiali. L'aereo, con loro soli a bordo, proseguì per la sua destinazione segreta. Alceo vide uscire dalla toilette zio Leandro e fece per corrergli incontro. Ma zio Leandro gli fece significativamente cenno coi sopraccigli e allora Alceo lo incrociò e proseguì alla portoghese, anzi all'inglese, come se stesse andando anche lui alla toilette. Era però imbarazzante far finta di non conoscerlo, essendo così pochi nell'aereo vuoto. Atterrarono al buio, con le luci di pista spente.

«Dove siamo?», chiese Alceo in un soffio.

«Sst! A Farnborough», lesse sulle labbra a zio Leandro.

Scesero, cercando di assumere un atteggiamento disinvolto; i due ufficiali in divisa erano rimasti a bordo. Avevano sperato di passare inosservati, ma camminavano a piedi lungo la pista con due policemen davanti e due policewomen dietro. Alceo non era sicuro di dove fosse andato a finire il microfilm incorporato nel preservativo che gli avevano dato a Sarajevo. Aveva provato a infilarlo come gli aveva suggerito un'ufficialessa iugoslava, ma non era riuscito a raggiungere una passabile erezione e ora temeva che gli fosse sgusciato via. Sperarono di farla franca quando videro che gli facevano saltare il controllo dei passaporti. Li portarono invece in uno stanzino blindato; per primo entrò Valerio mentre Alceo e zio Leandro aspettavano fuori. Poi fu il turno di Alceo: una policewoman gli ordinò di spogliarsi. Intanto Valerio si era rivestito e gli voltava le spalle; nel momento di uscire, però, si girò verso di lui con la proboscide eretta ammiccando con la coda dell'occhio. Alceo riconobbe che aveva indossato il preservativo in modo naturale; e questo aveva fatto sì che non destasse sospetti. Il suo invece non si trovava; rovistarono nelle sue tasche e perfino nel risvolto dei pantaloni. L'ispezione andava per le lunghe. Alceo chiese di andare alla toilette; un policeman ve l'accompagnò così com'era, in slip e con le scarpe senza calze. Quando rientrò vide zio Leandro chino sul lettino dell'infermeria. Un poliziotto gli aveva infilato un dito nell'ano. «È per la prostata», gli fece capire zio Leandro con un'espressione a metà tra l'incompreso e la vittima, una vittima non del tutto incolpevole per il solo fatto di essere sospettata. Il poliziotto estrasse il medio infilato nel preservativo e lo sollevò in alto mostrandolo. Tutti entrarono in agitazione; due policemen afferrarono zio Leandro dalle braccia. «L'ho fatto per te», gli lesse Alceo sulle labbra. «Per te e per zio Mauceri». Sì, l'aveva fatto per salvargli il posto al giornale. Nella confusione Alceo sgusciò fuori e si avviò a piedi verso l'aereo; Valerio era già a bordo. Nel sedersi si accorse di avere le calze in tasca. Sentì qualcosa di umidiccio; ficcò la mano dentro la calza e in fondo in fondo trovò il preservativo-microfilm.

Cercò di arrestare la sveglia per continuare a dormire; ma non riusciva a trovarla; non si era ancora abituato alla sua posizione nello studiolo. Tastava dalla parte dove avrebbe dovuto essere sul comodino, ma non trovava nemmeno il comodino. Capì che avrebbe dovuto alzarsi se non voleva che il suono svegliasse Leda. «È stato un viaggio iniziatico», ebbe però il tempo di pensare mentre si sollevava ancora con gli occhi chiusi. La sveglia era sulla scrivania; finalmente fermò l'allarme.

Andò nel bagno cercando di non fare rumore e fece pipì con enorme sollievo; poi si lavò la faccia. Leda s'era svegliata? In punta di piedi entrò nella camera matrimoniale; si sedette, silenzioso come un gatto, sulla poltroncina accanto al letto e rimase lì a guardarla. «La luce ha una metà di buio», gli affiorava nella mente. «L'amore ha una metà di ripulsa. Come ha scritto Neruda: *Saprai che non ti amo e che ti amo, perché la vita è in due maniere, la parola è un'ala del silenzio, il fuoco ha una metà di freddo*».

«Che c'è?», fece Leda aprendo gli occhi.

A vederla sgranare i grandi occhi pervinca al risveglio, il cuore poteva andare in extrasistole.

«Non mi piace essere spiata».

Alceo si tappò le orecchie. Rinasceva con un altro giorno lo stupore di vederla. Come il levarsi della nostra stella al mattino, come l'elevazione in cui si rinnova il mistero della divinità che si mostra, così era il risveglio di Leda.

Il suo volto era l'immagine stessa della purezza.

Capitolo trentunesimo

«Sarebbe questa la circoncisione?», chiese Leda a Vulpicio con espressione perplessa. «Ma come mai sei circonciso? Non avevi detto che sei cristiano?»

«Che fai, come i tedeschi?».

«?!?»

«Durante l'occupazione di Napoli avevano fermato un uomo per strada per un controllo. Vedendo dai documenti che si chiamava Terracina, "*Tu ebreo!*", fanno. "*Fenire con noi*". Terracina si sbracciava, protestando: "*Non sono ebreo, sono napoletano. Ve lo giuro!*". "*Tu ebreo!*". "*No, non sono ebreo; ve lo giuro sul sangue di san Gennaro!*". "*Fa' vedere*", gli dice un tedesco; e gli fa sbottonare i pantaloni e tirare fuori il pene. Controllano e vedono che non è circonciso. "*Va bene; puoi andare*". "*Gesù, Gesù*", fa Terracina trasecolato. "*Sti tedeschi so' proprio curiosi. Credono più al cazzo che a san Gennaro!*". Così tu credi più al cazzo che al battesimo».

Leda lo sentì crescere rapidamente. In Alceo tutto era proporzionato, come in una statua classica. In Vulpicio quel membro da satiro in un corpo da bambino turbava con la sua oscenità. Ma quel gracile corpo esacerbato da un lungo stato di ipersensibilità le faceva al tempo stesso tenerezza. L'attirò a sé. Andava nell'appartamentino di Vulpicio come da ragazza in quello di Alceo. Era al settimo piano di un edificio popolare al Prenestino; ma dentro era carino, tutto laccato bianco, con librerie dappertutto, anche nello stretto corridoio dove si passava di sbieco. Avrebbe preferito che le imposte fossero socchiuse ma Vulpicio aveva voluto lasciarle aperte.

«*Eres el mediodia oscuro de mi sangre*».[1]

«Fotti e taci».

Vulpicio era sessualmente insaziabile. Divorato dall'invidia

[1] «Sei il mezzogiorno oscuro del mio sangue».

e dal complesso di un fisico meschino, era furente e instancabile nel sesso. Leda, poi, lo faceva impazzire col suo linguaggio, non meno che con la sua bellezza.

«Sei una gran civetta».

«No, mignotta».

Leda usava lo stesso linguaggio dissacratore e arrapante che intrigava Alceo alla follia. Ma questo Vulpicio non lo sapeva. Quel che sapeva era che aveva trovato chi lo batteva in improntitudine. Mai in vita sua aveva provato una simile esaltazione: era come profanare una dea.

E anche Leda provava gusto alla profanazione, anche lei voleva profanare qualcosa: il loro amore, l'amore suo e di Alceo.

«Sposami», le chiese Vulpicio quando finalmente si staccarono.

«Ma non dicevi che il matrimonio è la madre di tutte le abiezioni?».

«Pur di ottenere la grazia di sposare te, sarei disposto ad andare in pellegrinaggio in ginocchio a Santiago de Compostela».

«A parte che io non mi risposerei, e meno che mai sposerei te, io il mio matrimonio l'ho consumato, sai, l'ho consumato tanto...».

«Sì, l'hai proprio consumato, consunto».

«Sai com'è. Il matrimonio o riesce o non riesce. Se non riesce, qualche rimedio si trova, come l'hai trovato tu. Il guaio è quando riesce...».

«Allora mi schizzi davvero, non per gioco!».

«Sai che c'è: tu hai un bisogno tremendo d'amore, ma non ami l'amore. Ecco perché sei dannato».

«Sei dolce e crudele come una gatta».

«Anche tu sei una cara bestiola».

«Posso farti una proposta invereconda?».

«Oh Dio, non farmi arrossire; lo sai che sono pudibonda. Che proposta è, sentiamo!».

«La senti?».

«Sssììì!!».

Si avvinsero di nuovo come due serpi.

Capitolo trentaduesimo

«Ciao, fica!».
«Chi cazzo sei?», ridacchiò Leda al telefono.
«Chi era?», le domandò Alceo.
«Un amico».
«Un amico o il tuo amante? Il tuo fidanzato, come dici tu?».
«*Casi. ¿Y entonces*?[1] *Non sarà un'avventura...*».
«Leda, lasciamoci. Io non reggo più a questo supplizio».
«Ma dai, scemo. Ti pare che se fosse il mio *novio*,[2] parlerei così al telefono davanti a te? Sai come si dice sgabuzzino?», disse Leda entrando nel sottoscala. «*Chiribitil*. Non è buffo?».
«È tragico, non buffo. Siamo sull'orlo d'una voragine e tu scherzi e civetti».
«E sai come si dice volpe? *Zorro*».
«E Vulpicio come si dice? *Zurricio*? Era Vulpicio, è vero?».
«*Quién sabe!*».
«L'hai incontrato? L'hai incontrato di nuovo?».
«Siamo di nuovo all'interrogatorio? Perché non hai fatto il questurino?».
«Non sfuggire. Rispondimi! Siediti un momento e rispondimi. L'hai rivisto? Sei stata con lui?».
«*¿Quieres saber si me he acostado con él? No, no me he acostado*. L'abbiamo fatto in piedi».
«Sei perversa. Che ti attrae in lui?».
«Forse l'elemento demoniaco».
«Chi ti ha messo in bocca queste parole?».
«Parole? Fossero solo parole!».
«Leda qualcuno ti ha demonizzata. Ed è un demonio piccolo e maligno che ti è entrato nell'orifizio. Bisognerebbe farti esorcizzare. Stai diventando repellente, abominevole!».

[1] «Quasi. E allora?».
[2] «Fidanzato», in spagnolo.

«E bisognerebbe far passare le tue parole attraverso un depuratore, come gli scarichi fognari».
«Così lo difendi? Ma allora lo ami! Ti sei innamorata di lui. Dimmelo, me lo devi dire: ti sei innamorata di lui?».
«Il Tao che può essere detto non è l'eterno Tao; il nome che può essere detto non è l'eterno nome».
«Ti sei fatta buddista...».
«Taoista, professore, taoista, non buddista».
«Come sei sibillina!».
«Perché sei presuntuoso, vuoi spiegarti e spiegare tutto. Il Tao invece insegna a cogliere il movimento profondo delle cose e ad assecondarlo senza ragionarci sopra».
«E a cosa porta questo movimento profondo?».
«Porta alla perfetta unione del principio maschile e di quello femminile, generando una straordinaria energia che può condurre all'estasi; magari attraverso l'orgasmo».
«Chi ti ha raccontato queste cazzate? Questo non è il taoismo; il taoismo si basa sull'alternanza, non sull'unione, di yin e yang».
«Vuol dire che con te si può finire solo alla dissociazione, per non dire alla schizofrenia, con altri invece si può giungere a un'intesa profonda, a una valorizzazione reciproca».
«Questa non sei tu!».
«Può darsi che io non sia quella che tu credevi che fossi. Sei rimasto ancora alle parole crociate».
«Tu invece sei cresciuta; sei passata ai gialli...».
«Ti senti tanto intelligente, mio caro, ma non sei quell'essere superiore che credi. In fondo non sei né carne né pesce».
«Queste non sono parole tue. Chi ti ha inculcato quest'opinione?».
«Insomma, stai sempre a chiedere di chi sono queste e quelle altre parole. Perché non interroghi te stesso, invece? Perché non ti chiedi se ti dicono una verità che non vuoi ammettere?».
«L'ibrido è lui, Vulpicio! Il sinistrorso vipparolo, il nichilista *pour dames*».
«Almeno lui non ha fatto da barboncino alla contessa...».
«Lui è come il cagnetto dell'Andò; il fregno montatore... Perché non dici la verità? Non ne hai il coraggio? Tu morirai mentendo; l'ultima parola sulla tua bocca sarà una bugia».

«Io non ti mentisco; magari non sto a raccontarti la verità, che è una cosa diversa. Comunque mettiamo pure che io menta; io mentisco a te, ma tu menti a te stesso. E forse è meglio così per tutti e due; soprattutto per te».

«Sai, mi sono convinto – profondamente convinto – che non c'è posto per tutti e due sullo stesso pianeta. Visto che i voli interplanetari ancora non sono operativi, uno di noi dovrebbe uccidersi o uccidere l'altro. Se vorrai uccidermi, non muoverò un dito per difendermi. Ma è meglio se t'uccidi tu».

«La peggiore violenza è la noia».

«Leda: come siamo finiti su questa spiaggia desolata?».

«Forse ci siamo imbarcati in un viaggio che ci ha portati lontano».

«Lontani, non lontano. L'abbiamo iniziato per ritrovarci più stretti e siamo finiti su rive opposte».

«*Fue la suerte*».

«Non parlare spagnolo».

«Perché? È una lingua molto bella. Il tedesco è per parlare ai cani, lo spagnolo per parlare d'amore».

«Allora con me parla in tedesco».

Leda gli pose una mano sulla testa; Alceo poggiò la fronte sul suo grembo. Sentiva una dolenzia sorda alla punta del cuore. «Mi è rimasta necrotizzata una zona del muscolo cardiaco, come dopo un infarto», pensò; ma nello stesso tempo si rese conto che era la pressione del ginocchio di Leda contro una costola. Scostò appena appena il fianco, con la cautela di un infartuato, nel timore che lei di colpo s'alzasse e lo privasse di quell'ultimo piano d'appoggio. Gli rifluiva nella memoria – ma come una cosa accaduta a un altro – quando aveva affondato la faccia nel grembo nudo di Leda adolescente. Lottava per non farsi vincere dallo struggimento, ma un fiume di lacrime gli sgorgò silenziosamente dagli occhi bagnando il grembo di Leda. Maledisse la debolezza del suo carattere, il lato deliquescente ch'era venuto fuori in lui. Avrebbe voluto essere irriducibile come i diciotto tedeschi di Conca del Soppiatto che duecento navi non riuscirono a schiodare dai loro pezzi da 220; allora sarebbe stato un uomo, un uomo capace di domare l'angoscia della morte, come Jünger, come lo voleva sua madre. Ma le lacrime continuavano a scorrere inarrestabilmente: sì, era vero, non era né carne né pesce. Continuava a restare così, con la faccia nascosta nel grembo; il pianto scioglieva il groppo della sua pena in una soluzione salina, amarognola come acqua di mare. Gli vennero sulle labbra tremanti i versi di Rilke:

> «Se un angelo mi stringesse d'improvviso al cuore
> soccomberei per la sua troppo forte presenza.
> Perché il bello non è se non l'emergere lento
> del terribile; all'inizio possiamo reggerlo,
> e ammirarlo anche, in quanto, indolente, disdegna
> ancora d'annientarci: ogni angelo è tremendo».[3]

Lasciarsi scorrere come l'acqua, consiglia il Tao. Lui galleggiava, senza fluitare, su una palude oscura, ristagnante. Il Tao: che ne sapeva Leda? E che ne sapeva lui stesso? I versi di Rilke erano incredibilmente vicini al suo stato d'animo. E tuttavia le parole cercano pur sempre di esprimere pensieri e questo è il loro limite. Il vuoto che c'è prima del pensiero, il silenzio che c'è prima delle parole, quel vuoto, quell'emungimento che sentiva dentro, quello stato di suggestione indeterminata che virtualmente può generare, come un campo gravitazionale, nessi istantanei e sconfinati che nessuno strumento rivela mai, quello non poteva essere espresso. Ecco perché i pensieri e le parole non bastano mai, dice il Tao. Ma lo dice con parole, come tali impossibilitate ad esprimere il non detto, il non pensato di cui vorrebbero parlarci. «E anche questi miei, sul mio stato di svuotamento mentale, di decerebrazione, e sull'incapacità dello stesso Tao ad esprimerlo» – notava Alceo – «sono a loro volta pensieri e parole, inadeguati, impotenti per definizione a petto dell'indicibile...».

Quanto tempo era trascorso? Un tempo sterminato – gli sembrava – lungo quanto la sua pena. «Il dolore sottrae gli attimi all'usuale progressione del tempo, come quando si cade in un buco nero e non si finisce mai di cadere», osservò. «Allunga la percezione soggettiva del tempo in ragione della sua intensità, come ha rimarcato Einstein». Tuttavia, sotto la guancia, sotto la bocca sentiva il tepore del ventre di Leda, così come

[3] *Und gesetzt selbst, es nähme / einer mich plötzlich ans Herz: ich verginge von seinem / stärkeren Dasein. Denn das Schöne ist nichts / als des Schrecklichen Anfang, den wir noch grade ertragen / und wir bewundern es so, weil es gelassen verschmäht, / uns zu zerstören. Ein jeder Engel ist schrecklich.* (Rainer Maria Rilke, *Elegie duinesi*, I Elegia, 2-7).

lei doveva sentire, attraverso la gonna, il calore delle sue lacrime. Leda gli passava il palmo della mano sulla nuca, come si fa a un bimbo per calmarlo. Ma era una carezza stanca, pietosa, a intervalli; che differenza con quella volta in cui sulla poltrona letto gli aveva messo la mano sulla nuca e l'aveva attirato in mezzo alle sue cosce aperte... Anche allora c'era qualcun altro, l'aveva dimenticato; eppure come scottava quella volta la sua mano! Com'era tiepida e svogliata, invece, adesso!

L'amore purtroppo è fatto così; è come una pianta, un organismo vivente: o continua a svilupparsi o s'avvizzisce e muore. O, per dirla più alla buona con un proverbio marinaro: la luna e l'amore, quando non crescono, calano.

Finalmente il flusso di lacrime s'arrestò. Alceo si sollevò con gli occhi rossi, la faccia impiastricciata e un sapore d'amaro in bocca: «Sai qual è l'unica cosa che abbiamo in comune noi due? L'amore verso la stessa persona: te».

Cercò di darle un bacio.

«Vatti a lavare la faccia».

Alceo alzò il viso con un sorriso stentato sulla bocca, cui restavano estranei gli occhi gonfi: «Signora dai costumi non proprio irreprensibili...».

«...sì?».

«Mi prometti almeno una cosa?».

«Cosa?».

«Le corna le fai solo a me. A me e a nessun altro».

«Te lo prometto: le farò a te. Le farò tutte a te!».

Capitolo trentatreesimo

«Sei *maravillosa, estupenda* in minigonna!».

«La sai quella di Golda Meir? Si presenta al summit con Sadat in minigonna e Sadat le fa: "*Signora, la prego, non c'è bisogno di esibire gli attributi!*"».

Sul viso di Vulpicio apparve un'espressione di disgusto, non si sa se per il riferimento a un personaggio simbolo d'Israele o per la scarsa avvenenza dello stesso.

«Ah! *La barzelletta del cazzu ti piaci cuntarla e quella dei tisticuli non ti piaci sintirla*?», fece Leda con un accento che avrebbe voluto essere frusinate.

«Dai, mi spoetizzi!».

«Non c'è pericolo. Non c'è niente di poetico in te. E poi per la poesia mi basta Alceo».

«Sei proprio dispettosa!».

«Sì, non mi va di averti sempre addosso come una sanguisuga».

«Sei tu che mi succhi il sangue. Sei la vampira che si nutre della mia vita».

«Veramente sei tu che t'avventi sempre al collo. Magari salendo su uno sgabello...».

Vulpicio levò lo sguardo: attorno al collo Leda aveva uno splendido collier di piccoli diamanti. «Chi ti ha regalato quel collier?».

«Niente, è mio».

«Non te l'avevo mai visto; nemmeno ai ricevimenti di Ella».

«È nuovo».

«Te l'hanno regalato adesso?».

«Lo vedi che sei una sanguisuga!».

«È un oggetto notevole. Chi te l'ha regalato?».

«Secondo te?».

«Hai un amante ricco?».

«*Non è importante il dono, ma il gesto delle mani che lo prepara:* così mi ha detto cingendomelo al collo».

«Ma chi?».
«Chi vuoi che sia?».
Vulpicio si buttò in ginocchio e le strinse le gambe premendovi contro la fronte.
«Alzati, che già sei abbastanza piccolo».
Vulpicio si accoccolò sui talloni; nel suo piccolo corpo il fallo prorompeva dalla zona inguinale, impalato come nelle statuette votive di Priapo. Leda aveva già fatto cadere il minivestito. Si sfilò lo slip e rimase in piedi nuda. Portò le mani al collo per aprire il collier ma non trovava il gancio.
«Non vuoi dirmi almeno quando te l'hanno donato?».
«Stamattina».
«Stamattina!».
«Oggi è l'anniversario del mio matrimonio».
«Alceo!». Il membro gli s'ammainò. «Per la prima volta nella mia vita oggi mi sento veramente povero. Perché è solo quando uno del tuo ceto può far vivere la sua donna al di sopra della tua condizione che ti senti un povero Cristo. Finora ho odiato i ricchi; ora odio la *mia* povertà!».
Leda aveva trovato finalmente il gancio del collier con le dita dietro la nuca, ma inaspettatamente rinunciò ad aprirlo. Un lampo le attraversò gli occhi: si distese sul letto tutta nuda con il collier di diamanti al collo e «vieni qui», disse a Vulpicio.
Vulpicio si strinse a lei e lei lo strinse a sé come un bambino; ma era un bambino peloso. Le si attaccò ai seni succhiandoli come se da lì traesse la sua sopravvivenza. Contemporaneamente però il suo grifo impazzito incalzava Leda nel grembo. Leda teneva le gambe unite: le piaceva sentire quel demonietto assatanato che l'insidiava dall'inguine al basso ventre cercando di aprirsi la strada. Lo sentiva fremere, sempre più impaziente. Aprì le cosce: ma nell'agitazione il membro di Vulpicio continuava a frugare freneticamente; finalmente penetrò dentro di lei, trepidante come una bestiola che trovi la sua tana.
Dopo un po' Vulpicio si ritrasse e scese giù con la bocca fino al sesso di Leda: l'amò e l'amò, infantile e perverso al tempo stesso. L'amò senza concedersi e senza concederle tregua; mai nessuno l'aveva amata così.
In Vulpicio l'invidia era sempre stata la molla più potente della sua vita. Invidia verso chi aveva denaro; invidia verso

chi aveva una bella donna. E quella che aveva Alceo era la più bella di tutte. Invidiava Alceo per il suo corpo da atleta dorico. Ora poi s'aggiungeva la scoperta che Alceo poteva pure permettersi di regalarle un collier di brillanti. Sarebbe bastato quello per fargli desiderare Leda inesauribilmente. Quella donna iperurania era per lui una fonte di rivalsa enorme: riscattava nel suo grembo tutta la sua inferiorità fisica. Ma c'era molto, molto di più: dentro di lei Vulpicio scopriva la gioia di uscire dalla sua solitudine. Che la donna più bella e intrigante che avesse mai conosciuto lo desiderasse, che Leda, la *sua* Leda, avesse bisogno di lui era uno scippo al destino che gli faceva balzare il cuore nel petto d'esultanza più che se avesse vinto il premio Nobel. Premendo la guancia e gli occhi contro i seni di Leda, Vulpicio assaporava dunque la sua gioia, una gioia irrefrenabile; eppure, al tempo stesso e ancor più, vi soffocava contro lo sconforto in agguato. La sua, infatti, era una gioia disperata, sottilmente strangolata dall'angoscia. L'unica cosa era rifiutarsi di pensare, di capire, e andare avanti lasciandosi trasportare da quell'onda portante finché durava. Così i primi navigatori cercarono di vincere lo sgomento quando, finiti a loro insaputa in un altro emisfero, levando gli occhi al cielo non vi rinvennero più le costellazioni che avevano costituito fin allora il sistema di riferimento per la loro rotta. Sentiva gli orgasmi di Leda succedersi ora più violenti ora con contrazioni più lente e più lunghe, senza che lei uscisse dal suo stato quasi sonnambolico. Si sentiva emungere fino allo svuotamento di sé; ma quando gli pareva di aver raggiunto lo sfinimento, sentire lei che gli sussurrava «ancora», vederla con gli occhi socchiusi nel volto bellissimo quasi in trance, gli dava una carica tale che niente, nemmeno una rivoltella puntata alla nuca, avrebbe potuto staccarlo dal sesso di lei.

Trascorsero forse sei, forse sette ore prima che Leda, con una leggera pressione sull'omero, gli facesse intendere che ne aveva abbastanza; ecco, era questa l'unica cosa che potesse staccarlo da lei; il suo desiderio, il suo primo e ultimo comandamento.

Scivolò in ginocchio sul pavimento accanto al letto: «Leda, io non posso vivere così; non posso trascorrere tante ore ogni giorno – e ogni notte – senza di te. Ti prego, ti supplico, t'imploro, ti scongiuro: accetta di sposarmi!».

Leda sorrise: «Sai che cosa mi piacerebbe? Mi piacerebbe che tu ti presentassi ad Alceo e gli dicessi: "*Alceo, sono venuto a chiederti la mano di tua moglie*"».
«Purtroppo in Italia non c'è ancora il divorzio, ma ci sarà presto».
«Per fortuna non c'è, vuoi dire».
«Per Fortuna[1] ci sarebbe già...».

Era stato forte, stravolgente; ma, divorzio o no, non avrebbe mai sposato Vulpicio. Le avrebbe fatto impressione vederlo girare per casa a un'altezza diversa dalla sua, a un altro livello, per così dire.
Vulpicio era stato il grimaldello per far saltare la serratura del suo rapporto con Alceo; ma non era quello l'amore. Per lo meno non era *todo el amor* che si aspettava dalla vita.
Era stato forte: un'affermazione di sé che in certi momenti era stata perfino esaltante; un delirio pervasivo e coinvolgente che correva lungo la pelle per tutto il corpo, fino alla bocca, sino al basso ventre, sino al palmo delle mani, fino ai polpastrelli, fino alla pianta dei piedi.
Ma non era l'amore. L'amore doveva ancora venire. Sì, sarebbe venuto. Sarebbe venuto per caso.

[1] Loris Fortuna, deputato proponente, insieme con Baslini, del disegno di legge che, dopo un travagliato iter parlamentare (con strascico postparlamentare nel referendum), sarebbe diventato la legge 1° dicembre 1970 n. 898, la quale ha introdotto il divorzio nell'ordinamento giuridico italiano, consentendo lo scioglimento consensuale del matrimonio civile e la cessazione degli effetti di quello concordatario quando «la comunione spirituale e materiale tra i coniugi non può essere mantenuta o ricostituita».

Capitolo trentaquattresimo

Dopo la cerimonia gli sposi saluteranno gli amici in casa, isola I, via Eraclito, 2.

«Πάντα ρει»,[1] commentò Alceo; «ma questa poi chi se la sarebbe aspettata...».

L'isola I, a Casalpalocco, era la zona delle ville con cinquemila metri quadrati di parco. La villa di Kissner stava in mezzo tra quella di Claudio Pica, alias Villa, e quella di Marisa *Bonsai*. A lui, Ralph, Alceo non aveva mai fatto caso. Eppure non si poteva non notarlo, sia che girasse in Porsche 911 o a fianco di qualche gran bella donna. Ma forse erano state proprio le macchine e le donne con cui andava in giro a colpire l'attenzione di Alceo, facendogli trascurare quel tizio.

E tuttavia a Casalpalocco Ralph Kissner era qualcuno; non tanto perché era uno dei diciotto proprietari di maxiville quanto per le otto vetrine d'esposizione del suo negozio di concessionario in viale Europa, all'EUR, dove teneva in mostra Porsche e Mercedes. La storia con Amy Steward aveva aggiunto alla sua immagine di giovane e spavaldo uomo di successo un tocco di esotismo e d'irresistibilità. Buon giocatore di pallavolo (il che non significava niente) gli si perdonava perfino quello che a Casalpalocco non veniva perdonato a nessuno: d'essere un tennista men che mediocre.

In Campidoglio, certo, Alceo non ci avrebbe messo piede; ma al ricevimento avrebbe fatto una capatina: solo per vedere con che occhi Leda guardava questo suo ultimo capriccio. Ci sarebbe andato in jeans e mocassini, come di passaggio, senza darvi importanza. Del resto era quella la tenuta con cui si andava ai garden parties a Casalpalocco; chi sa quali bori[2] ci avrebbe trovato... E ci sarebbe andato con Mila Kissner. Non

[1] «Tutto scorre»: è la famosa massima in cui si compendia la filosofia di Eraclito (anche se non la si ritrova nei frammenti dei suoi scritti pervenutici).

[2] Pacchiani, grezzi di periferia.

sapeva però dove cercarla; erano quasi sette anni che Alceo mancava da Casalpalocco; era andato a vivere ai Parioli; adesso giocava a tennis al circolo Aniene o a Tevere Remo. Telefonò a Fiamma: l'aveva persa anche lei di vista. «E tu?», le chiese Alceo. Era invitata ma non ci sarebbe andata. Alceo fu in forse; ma il desiderio di rivedere Leda, di osservare se e come era cambiata dentro e fuori era troppo forte. All'ultimo momento sui jeans indossò, con nonchalance, una camicia di seta.

La prima persona in cui s'imbatté entrando nel parco, fu Valerio. Gli venne incontro con un sorriso di sforzata cordialità stirato agli angoli della bocca. Erano sette anni che Alceo non lo vedeva. I suoi reportages sui mondiali di calcio del '70 erano apparsi con un qualche risalto sul «Messaggero»; ormai Valerio era un cronista sportivo militante. Quel giorno, però, sembrava un pinguino: forse intimidito, aveva avuto la bella idea di vestire il tight; in quell'ambiente, con quel caldo e per quella occasione!

«Che, l'hai preso a nolo?», non poté trattenersi dal dirgli Alceo. Stava diventando bilioso e corrosivo come Vulpicio. Ma guardandosi intorno restò allocchito: anche qualcun altro era in tight e parecchi, poi, in mezzo-tight. Il massimo del piccolo borghese, del vorrei ma non posso!

Si staccò da Valerio. Non si era sentito a disagio nell'incontrarlo, pur così inaspettatamente; il cameratismo sportivo era stato più istintivo della comunella sessuale, rimossa (almeno a livello cosciente) tanto che gli sembrava ormai vissuta da un altro. Ma la sua frase sferzante era suonata come se avesse voluto prendere socialmente le distanze da lui. Non era stata assolutamente questa l'intenzione di Alceo, ma tant'è.

Più per darsi un contegno che per altro, Alceo s'accostò al buffet per bere qualcosa. Mentre si versava un succo d'ananas (i camerieri erano costipati e frastornati) si sentì osservato: un tipo alto con un'espressione già vista stava appoggiato a un albero con un bicchiere in mano e con una mezza smorfia di scherno stampata in faccia. Dagli angoli della bocca gli partivano delle rughe che gli scavavano le guance alla Gary Cooper. Era dagli anni immediatamente successivi al suo matrimonio che non vedeva Alfredo, il fratello di Leda.

Guardò intorno per vedere chi altro c'era: Wanda non doveva essere venuta; non vide neanche Vulpicio né Gigliola. La

Dorè, definitivamente detronizzata, aveva lasciato Casalpalocco col marito schiappa. L'ingegner Shandijó era morto. E Claudio Villa? Possibile che non fosse stato invitato, lui ch'era confinante? «Come gira la ruota...».

Scorrendo in volto le signore Alceo finì per accorgersi che quasi tutte avevano il cappello. In quel momento apparve Leda, accanto a sua madre. Era il colmo! Sua suocera, quella che Alceo avrebbe dovuto chiamare mamma secondo le buone regole, era anche lei con un grande cappello, come se fosse venuta pari pari a un matrimonio. Che carnevalata!

Alcune giovani signore lanciarono del riso. «Evidentemente quello che avranno lanciato all'uscita del Campidoglio non sarà bastato per augurare fortuna...», sogghignò Alceo. Malgrado la pretenziosità del ricevimento, tutto gli appariva abborracciato. «Vorrà dire che domattina le galline troveranno mangime da beccare». D'altra parte non era mica uscita dalla soglia di una chiesa al braccio di Ralph, Leda, come aveva fatto con lui. «Per la Chiesa», si disse «Leda è sempre mia moglie. *L'uomo non divida quel che Dio ha unito*». Indissolubile, così era il suo legame con Leda; indissolubile, foss'anche una dissoluta. *Finché morte non vi separi...*

«Qual è Kissner?», domandò. «Non lo conosci? Che, tu sei del gruppo di Leda? È quello», gli rispose il pinguino cui s'era rivolto, adoperando il *tu* tennistico che a Casalpalocco ti sbattevano in faccia di primo acchito anche col battichiappe[3] indosso. Guardò nel punto che gli avevano additato. Accanto a Leda stavano suo fratello e un giovane con una capigliatura color rame che gli scendeva sul collo, alto quanto Alfredo; si era tolte la cravatta e la giacca del tight e aveva sbottonato la camicia. Così scapigliato, Alceo non aveva pensato che potesse essere lo sposo. Aveva la stessa struttura fisica di Alfredo. «Sono della stessa razza», notò.

Ancor più dello sposo, gli invitati, abbigliati in quel modo, erano accaldati nonostante l'ombra lunga delle magnolie, dei pini, dei cedri. Anche Alceo, benché in tenuta libera, sentiva caldo. Si ritrasse dietro un albero: così avrebbe potuto osservare meglio Leda, leggerle in faccia cosa provava per Ralph;

[3] Denominazione romanesca del tight.

e si sarebbe anche sentito meno a disagio con la sua camicia di seta rosso fiamma in mezzo a tutta quella gente incravattata. Più che altro gli dava fastidio che Leda potesse pensare che se l'era messa per attirare la sua attenzione; il che forse era vero o per lo meno era un aspetto della verità. «Perché gli uomini portano la cravatta? Per sentirsi al guinzaglio; senza, sarebbero sperduti. Anche la verità, per loro, è qualcosa che qualcuno, per tutti, tiene a guinzaglio: *Wahrheit.* Non qualcosa da corteggiare, per cui trepidare, in attesa segreta che sbocci. La verità è data loro; la stessa per chiunque». Li guardava come se li vedesse per la prima volta, anche quelli che aveva conosciuto, o per lo meno visto, al club. Non erano solo mascherati; erano anche inciccioттiti, con un'espressione bolsa in viso come se li avessero sottoposti a shock insulinico.

E Leda? S'era un po' arrotondata anche lei, pur non potendo dirla realmente appesantita. Non aveva più quel qualcosa di quasi adolescenziale, di non ancora realizzato del tutto, ch'era una componente del suo fascino. Dimostrava non proprio tutti ma certo gran parte dei suoi trentatré anni. «È maturata!», notò Alceo; «con me era come se non maturasse mai...». Con stupore udì che Leda parlava con Kissner in tedesco.

La guardò meglio, anche se questo gli riusciva penoso: era raggiante. Sembrava tutta presa, non da Kissner, da Bobby Solo, che spopolava lì come tra le parioline, pur senza spiccicare due parole di seguito. In compenso il presidente Sacrestani Benincasa parlava come un televisore acceso. Ad Alceo venne il sospetto che fosse stato lui a fare da pronubo tra Leda e Ralph. D'un tratto capì: non avevano somministrato l'insulina, ai casalpalocchini; gli avevano erogato dosi massicce d'intrattenimento televisivo, in quegli anni. Erano imbottiti di TV. Per quella comunità piuttosto elementare (ma solo per quella?) la vita non era quella che vivevano, era quella che si vedeva alla televisione. Il resto era *un'illusione dei sensi...* Li immaginò sui campi da tennis a sculettare appresso alla palla, uomini e donne, con quei culi di papera.

E Leda, come la pensava? Una volta aveva detto che la verità non è un cagnolino che si porta al guinzaglio. Eppure ora sembrava perfettamente a suo agio in mezzo a quella gente teleomologata. Leda si accostava a Bobby Solo in un modo, come dire, un po' prominente. C'era qualcosa di strano nel suo modo di girarsi: non aveva più quelle movenze da pantera che ne facevano un unicum tra gli esseri umani di sesso femminile.

Alceo andò a sedersi a un tavolo libero in piena ombra, un po' defilato. Da un arbusto vicino giungeva un profumo inusuale per Casalpalocco, un odore che però Alceo aveva già sentito. Si avvicinò, ne ruppe un rametto e lo annusò: era mirto. Gli tornò nell'olfatto il profumo di mirto dei cespugli dove s'era nascosta Leda nuda a Castelfusano, nell'isola Ogigia, la loro isola! Quel profumo ne aveva precorso la scoperta come il profumo d'ambrosia rivelava la presenza delle dee. Inaspettatamente, con tre amici, Kissner venne a sedersi a quello stesso tavolo. Salutò Alceo con cordialità, senza far caso al suo abbigliamento. Del resto anche lui era scamiciato; i peli nel petto abbronzato erano d'un colore oro brunito. La sua fisionomia non risultava ad Alceo del tutto ignota; forse, incontrandolo per Casalpalocco e alla *Laguna blu*, magari insieme a Mila, ne aveva ritenuto inconsciamente i tratti. Di colpo Kissner scoppiò a ridere con gli amici. Rideva come se abbaiasse, con piccoli ululati che gli squassavano il petto, in un abbandono infantile. «Che razza di bestia sarà?», si chiese Alceo.

L'occhio gli tornò a Leda, anzi a sua madre; aveva uno sguardo gaudioso. Di cosa si beava la signora Wilma? Del fatto che sua figlia si risposasse? Del matrimonio della moglie di suo genero! Come poteva sposarsi, Leda, se era sua moglie? E senza chiedere il suo consenso, poi... *Nuntio vobis gaudium magnum.*[4] Nel primo mistero gaudioso si contempla... Alceo trasalì: l'Annunciazione! Ecco qual era il mistero... *Se quella pulzella fosse una giumenta diremmo ch'è pregna!*

Leda era incinta!

Subitaneamente Ralph Kissner acquistò importanza, *pregnanza,* per lui: da lui, Alceo, Leda non aveva mai voluto figli. Guardò Kissner con occhi diversi. Era indiscutibilmente un giovane uomo attraente. Ed era anche disinvolto, spontaneo come Leda. *Dio li fa e poi tra loro li accoppia...* No, la cosa non reggeva; sono gli opposti che s'attirano. Lui e Leda erano complementari; Kissner e lei erano sovrapponibili; facevano scopa. La gradevolezza del volto di Ralph stava negli

[4] «Vi do un annuncio che ci riempie di gioia»: è la formula con cui viene annunziata l'elezione di un nuovo papa.

occhi, grandi e d'un azzurro cobalto come quelli della mamma di Leda. Di lei e di qualcun altro. Di chi? Qualcosa latitava nel ricordo di Alceo; qualcosa che stava quasi per affiorare alla memoria volontaria quando di nuovo sprofondava, come i sommergibili che, giunti di fronte all'isola di Santo Stefano,[5] all'improvviso sprofondano sott'acqua. Dunque Leda aveva incontrato l'amore! No, non poteva crederlo. Si ama, e ci si sposa, una sola volta nella vita; le altre sono mere imitazioni, surrogati per necessità o adattamento. Leda era una giumenta selvaggia senza briglie; non poteva essere che la sua corsa fosse finita lì. «Sono cambiata, sono!», aveva detto Leda; ma certo non in quel senso. Oh, no! Quella non era la *sua* Leda, quella non era *Leda*. Leda, per cui il piacere, il puro loisir era tutto. Si era adattata alla convenienza, lei ch'era la negazione vivente del principio di realtà! Perdendola, non aveva perduto niente. Non si perde qualcosa che non è più; non è e basta.

Si alzò come per andare al buffet e s'avviò verso il cancello posteriore della villa cercando di non farsi notare. La sua era una preoccupazione eccessiva; nessuno faceva caso a lui; poteva uscire in perfetto incognito, *di sfuggita*, senza che un solo invitato girasse la testa. Cercò il pulsante dell'apricancello; il muro era coperto d'edera e non lo trovava. In quel mentre udì degli uggiolii, dei guaiti strazianti, insieme col rumore di percussioni violente. Venivano da dietro il casotto degli attrezzi; si diresse lì. Gli scuotimenti e i guaiti aumentavano di frequenza e d'intensità. Una sorta di bisonte si scagliava contro un'inferriata con spallate da atterrare il portone inchiavardato d'un castello. Le sbarre, benché grosse un dito, vibravano. Un gemito lungo e struggente gli strappò l'anima: Hard! Corse da lui: si abbracciarono in piedi attraverso le sbarre, Alceo lo afferrò dalle guance, dalla criniera, gli fece ganascino. Dall'enorme lingua penzoloni cadevano goccioloni di saliva; ad Alceo sembrò che gli scorressero anche dei lacrimoni sulle gote; certo piangeva lui. Hard! Nella separazione era rimasto, con la villetta, a Leda. Non l'avevano incluso nei patti, ma era logico così. Alceo era andato ad abitare in un appartamento ai Parioli: come avrebbe potuto tenervi un animale di quelle dimensioni e di quell'energia, abituato a vivere all'aperto? Era logico che re-

[5] In Sardegna, vicino alla Maddalena; base navale USA per sottomarini nucleari.

stasse a Casalpalocco. Era logico; cosa c'è di più crudele della logica? I primi tempi Alceo era andato di tanto in tanto a trovarlo. Ma non era una cosa semplice, non tutto filava liscio. Bisognava telefonare a Leda, la quale non è che lo gradisse. Poi, anche se aveva fissato appuntamento, non era detto che avrebbe trovato Leda in casa. In tal caso Alceo si avvicinava al cancelletto posteriore e da lì, attraverso le sbarre, faceva a Hard qualche carezza. Ma Hard non si dava pace, non si rendeva conto del perché Alceo non entrasse, non tornasse a casa. Quando Alceo, alla fine, se n'andava, Hard si scagliava contro il cancello, contro il muro, con una tale veemenza, una tale disperazione da rischiare di schiantarvisi. Alceo pensò perfino di chiedere al giudice un provvedimento che gli desse diritto di rivederlo una volta la settimana. Ma avrebbero sofferto troppo tutti.

Ora era a lui che rischiava di schiantarsi il cuore nel petto. Leda aveva portato Hard in dote a Ralph! E senza dirgli nulla! Se avesse avuto la chiave, avrebbe aperto la gabbia da zoo e avrebbe scatenato Hard a seminare scompiglio e terrore nel ricevimento come il figlio di Laerte era balzato a sgominare gli intrusi che banchettavano con sua moglie. Decise di richiederlo indietro a Leda; altrimenti davvero si sarebbe rivolto al giudice. Prima però doveva trovare il posto dove tenerlo, a costo di cambiare casa. Sarebbe potuto tornare nella villetta dell'isola XIX; tanto, adesso, a Leda non serviva più.

Strinse forte forte la testa di Hard tra le mani e gli depose un bacio sul naso giurandogli che sarebbe tornato presto a vivere con lui. Cercando di ignorare i suoi balzi e i suoi gemiti si diresse nuovamente al cancelletto posteriore della villa. Trovò in qualche modo un pulsante e lo premette; ma non sentì il rumore dello scatto. Riprese la ricerca, mentre Hard raddoppiava le spallate e i guaiti strappacuore e finalmente sotto il rampicante trovò il pulsante giusto; lo schiacciò e uscì dal cancello avendo cura di richiuderlo piano, piano, alle sue spalle: "*compi ciascuno dei tuoi atti come se dovesse essere l'ultimo*", ha raccomandato Marc'Aurelio.

Si ritrovò in via Anassimene; da lì, senza un perché, s'incamminò verso l'isola XIX, verso quella che era stata la sua, la loro casa. Anch'essa si era ridotta in macerie; non fisicamente come il castellotto d'Altafiumara, nella sua psiche; il che era una rovina anche più irreparabile. Dall'isola I, adiacente al club Laguna blu, all'isola XIX c'erano cinquecento metri; mezzo chilometro. Le distanze – almeno quelle – non erano cambiate da quando se ne tornava a piedi dalla piscina con Valerio che gli camminava accanto reggendo la bicicletta dal manubrio. Proseguì per via Parmenide.

Parmenide, lui sì aveva visto giusto, altro che Eraclito! La realtà sta nel pensiero, non nell'illusorietà dei sensi, e il pensiero permane, non si perde come l'acqua che scorre via e viene inghiottita dal terreno. La realtà pensata è l'unica che possiamo conoscere; dunque l'unica che esiste per noi. Non era accaduto nulla. Che poteva dare Kissner a Leda? Nulla; erano troppo simili. A quale integrazione, a quale condivisione poteva portare la loro unione? Uno sovrapposto a uno è un numero frazionario, come dire uno diviso uno: fa sempre uno. Nessuna addizionale, nessun valore aggiunto. Solo lui, Alceo, poteva guidarla per mano in un percorso di conoscenza che portasse alla ricognizione dell'intelligenza, a un sistema irrelato, quello che Leda captava solo con l'istinto.

Per Leda Ralph aveva lasciato Amy Steward, come per Amy Steward aveva lasciato Mila. La costante del suo carattere era l'incostanza, come per Leda. Erano sovrapponibili. Bene: non avrebbe avuto la tristezza di vederla invecchiare. Comunque l'unione con Ralph non sarebbe durata. Non c'era stato giorno, in quei sette anni, in cui lui avesse smesso di pensare a Leda. Ecco perché Leda continuava a esistere, ad avere una sua vita, in cui poteva deviare sventatamente dalla linea del retto pensiero solo se lui, Alceo, ne avesse accettato nella sua mente la devianza. Ma in realtà lei era sempre lì, come lui la conformava col suo pensiero. Il divenire è un inganno dei sensi.

«Appena ti ho lasciata, / vieni con me, cristallina / o tremante, / o inquieta, da me ferita / o colmata d'amore, come quando i tuoi occhi / si chiudono sul dono della vita / che senza tregua ti affido. / Amore mio, / ci siamo incontrati / assetati e ci siamo / bevuta tutta l'acqua e il sangue, / ci siamo venuti incontro / affamati / e ci siamo morsi / come morde il fuoco, / lasciandoci ferite./ Ma attendimi, / conservami la tua dolcezza».[6]

[6] *Apenos te he dejado, / vas en mí, cristalina / o temblorosa, / o inquieta, herida por mí mismo / o colmada de amor, como cuando tus ojos / se cierran sobre el don de la vida / que sin cesar te entrego. / Amor mío, / nos hemos encontrado / sedientos y nos hemos / bebido toda el agua y la sangre, / nos encontramos / con hambre / y nos mordimos como el fuego*

Sì, s'erano strappati la vita a morsi, perché non si bastavano mai, per l'enormità del desiderio che lui aveva sempre avuto per lei e che lei per un certo tempo aveva avuto per lui.

Svoltò in via Aristotele e poi ancora in via Zenone d'Elea,[7] la via di casa. Leda continuava ad essere nel suo pensiero, dentro di lui, ma il paradosso era che il tempo passava e lui si rivelava incapace non dico di ricongiungersi a lei, di raccorciare la distanza. Le aveva concesso un vantaggio iniziale lasciandola staccare da lui e ora non riusciva a riprenderla; anzi s'allontanava sempre più.

Era giunto nell'isola XIX, all'altezza di quella che una volta era la villetta di Valerio. A venti metri c'era il cancelletto posteriore della loro ex casa. Improvvisamente si fermò: gli era venuto in mente a chi assomigliava Ralph Kissner: a quel giovane tedesco dell'isola di Rab! Gli assomigliava veramente o era una realtà concepita solo nella sua mente, come la seconda versione di quell'episodio? Come quella soltanto o come tutta la sua storia con Leda, come la sua stessa vita che con quella storia s'immedesimava?

Incespicò in un cumulo di brecciolino e sabbia catramata lasciato sul marciapiedi in riparazione. Doveva aprire gli occhi (*Alceo apri gli occhi!*): la loro storia era giunta al capolinea del suo percorso segnato nell'inconscio e proseguito con brama inestinguibile nella sua mente. Ecco l'errore: la brama! L'Illuminato[8] ha predicato invano... Il desiderio del desiderio: è questo il peccato più grande... Sentì la sua coscienza smarrirsi. «Sono tarato», percepì, dando un colpo di tallone come quella volta ch'era stato risucchiato in un vortice nelle gole dell'Alcantara. «Sono perduto se continuo ancora a pensare a lei».

Stava solo in lui: *La vita di un essere dura quanto un'idea. Come la ruota di un carro, girando, tocca la terra in un solo punto, così la vita dura quel che dura una sola idea.*[9]

Dipendeva solo da lui: era ora di chiudere il cerchio. Una voglia disperata di riaffermazione del suo diritto al proprio de-

muerde, / dejándonos heridas. / Pero espérame, / guárdame tu dulzura. (Pablo Neruda, *Ausencia,* in *Todo el amor*).

[7] Autore del famoso paradosso di Achille e la tartaruga.

[8] Il Budda.

[9] Cfr. nota 3, capitolo ventiseiesimo.

stino gli gonfiò il petto, in tutti i sette litri e passa di capacità toracica; adesso, dopo aver esteriorizzato il suo desiderio, il suo io profondo, in un altro-da-sé (*et ipse in Leda caro factus est*), adesso il suo pensiero lo avrebbe recuperato reinteriorizzandolo. Il ciclo giungeva a compimento rientrando dall'alienazione che di quel ciclo era stata solo un passaggio; come nel νους θεός,[10] la sua esistenza non sarebbe stata più determinata da altro che da se stessa e *sarebbe stata* interamente e incondizionatamente di per se stessa. Il ragionamento non faceva una grinza; eppure all'atto di chiudere il cerchio il filo logico gli andava – non sapeva perché – in corto circuito. Dove stava il falso contatto? Riprodusse l'intero sviluppo del ciclo: il circolo era completato ma nel momento di chiudersi su se stesso il punto terminale di curvatura non coincideva col punto iniziale, andava a massa. Come mai? È che nel corso del suo viaggio iniziatico, per effetto della sua immaginazione egli era cambiato; per cui il ritorno in se stesso non era precisamente il ritorno in *lui* stesso. Sì, non solo Leda era cambiata, era cambiato anche lui. Non erano cambiate solo le sue cellule, era il *suo-stesso-in-sé* che aveva subito il mutamento. «Sono un mutante», trasalì Alceo e si sentì stringere il petto dallo sgomento come chi, coricatosi la sera in pigiama, svegliandosi di soprassalto si ritrovi nel letto vestito di tutto punto (giacca, cravatta e scarpe comprese), disteso supino come una salma. Nel suo viaggio di oggettivazione e di reinteriorizzazione, il naufrago che approdava alla riva non era lo stesso viaggiatore che s'era imbarcato, così come Odisseo gettato sulla spiaggia dell'isola dei Feaci non era lo stesso Ulisse ch'era salpato da Itaca; e infatti quando se ne accorse ne ripartì definitivamente[11]: non si torna mai lì da dove si era partiti. Del resto chi parte, parte per partire,[12] il viaggio finisce non perché si è giunti in qualche posto (fosse pure a casa) ma nel

[10] Aristotelico, ripreso nell'Idea assoluta, nello Spirito, Geist, della filosofia hegeliana, mentre Nietzsche, pur nella stessa linea circolare, cerca di superare la concezione ontologica sottomettendo il divenire alla *volontà* dell'essere come fine a se stesso.

C. G. Jung, pur muovendo dal riconoscimento del *sé* come elemento originario e fondante e pur non chiarendo compiutamente il ruolo che l'esperienza gioca nello svolgimento della vita umana, pone in risalto che l'*individuazione* è la tendenza specifica dell'uomo che lo porta alla differenziazione dagli stereotipi collettivi: è l'individuazione il focus dove confluiscono gli aspetti psichici originari e le esperienze.

[11] Cfr. Dante, *Inferno*, Canto XXVI, 90-142

[12] «Il vero viaggiatore parte per partire». (Baudelaire)

momento in cui finisce la voglia di viaggiare; e la voglia di viaggiare viene meno non quando abbiamo conosciuto qualcosa fuori di noi, non quando abbiamo visto tutto il mondo, ma quando si è conosciuto quel qualcosa ch'era dentro di noi, quando si è conosciuto se stesso. Affidandosi a Leda, come a un sogno di evasione, Alceo si era giocato – e aveva perduto – la sua chance di vivere, anche solo nell'immaginazione, un'altra vicenda esistenziale, un'altra vita. Come Odisseo, come ogni uomo, *vivendo* aveva smarrito per strada il *suo* tempo. E la vita gli presentava adesso il conto del tempo consumato in suo nome da un altro. Occorre ricordare – ammaestrano – fare rifluire il passato nel presente (o viceversa?) per ritrovare il *temps perdu*. Ma ricordare significava rientrare nel labirinto nel quale s'era smarrito, ritentare quella discesa agli inferi dalla quale si torna una sola volta e a condizione di non guardarsi indietro. «Non esiste un *temps retrouvé*», si disse. No, non avrebbe ceduto, lui, alla nostalgia di un impossibile νόστος,. È più facile varcare le colonne d'Ercole, arrivare sulla luna, che rifare a ritroso il viaggio della propria vita. Oppure basta volerlo? Volere con quella determinazione che Walter Schirra non aveva saputo trovare in se stesso per uscire dal suo abitacolo al momento giusto? C'è un momento per uscire da se stessi e un momento per rientrarvi. In modo reale o in modo virtuale? In ogni caso lui non lo voleva; non voleva volere. «*Il temps perdu è perdu; et quod vides perisse, perditum ducas*![13] Se la rimembranza è la categoria esistenziale dell'essere, basta dimenticare perché quel che è stato non sia, non sia mai stato».

Un'umidità tropicale opprimeva il respiro. Sentì piegarsi le ginocchia; un mancamento di forze incomprensibile, come se gli fosse ceduto sotto i piedi l'asfalto, improvvisamente molliccio. Sì, sarebbe bastato che non la pensasse più e Leda non sarebbe più, non sarebbe mai esistita. Sarebbe stata inghiottita dal non essere come quei sommergibili nucleari che, un momento per l'altro, scompaiono nell'acqua di fronte a Santo Stefano. Un attimo prima c'erano, un attimo dopo non ci sono più. C'erano? O era stata solo un'illusione ottica, *un abbaglio dei sensi*? Dimenticare per non essere, o non essere per di-

[13] Cfr. nota 3, capitolo tredicesimo.

menticare? Comunque doveva dimenticarla, a costo di annullare per questo la sua ragione di vivere.

Doveva fare nella sua testa il vuoto pneumatico, liberandola da ogni pensiero, anche virtuale, al modo in cui con la pompa aspirante si svuota d'aria una sfera; doveva rendere la sua mente pura ed essenziale come il ghiaccio secco, silenziosa come i deserti lunari, profonda come l'abisso marino delle Marianne.

«Sì, sì», gli sovvenne già in stato di semincoscienza «sì, devo dimenticarla. *Voglio ricordarmi di dimenticarla*».

Indice

p. 7 Prologo / epilogo
9 Capitolo primo
11 Capitolo secondo
21 Capitolo terzo
24 Capitolo quarto
35 Capitolo quinto
39 Capitolo sesto
41 Capitolo settimo
45 Capitolo ottavo
47 Capitolo nono
50 Capitolo decimo
63 Capitolo undicesimo
69 Capitolo dodicesimo
76 Capitolo tredicesimo
93 Capitolo quattordicesimo
105 Capitolo quindicesimo
113 Capitolo sedicesimo
119 Capitolo diciassettesimo
146 Capitolo diciottesimo
158 Capitolo diciannovesimo
161 Capitolo ventesimo
167 Capitolo ventunesimo
183 Capitolo ventiduesimo
206 Capitolo ventitreesimo
213 Capitolo ventiquattresimo
230 Capitolo venticinquesimo
246 Capitolo ventiseiesimo
258 Capitolo ventisettesimo
274 Capitolo ventottesimo
278 Capitolo ventinovesimo

p. 283 Capitolo trentesimo
295 Capitolo trentunesimo
297 Capitolo trentaduesimo
302 Capitolo trentatreesimo
306 Capitolo trentaquattresimo